LES ÉMERAUDES
DU PROPHÈTE

DU MÊME AUTEUR
CHEZ PLON

Dans le lit des rois, 1983.
Dans le lit des reines, 1984.
Les Loups de Lauzargues :
  1. Jean de la nuit, 1985.
  2. Hortense au point du jour, 1985.
  3. Felicia au soleil couchant, 1987.
Le Roman des châteaux de France :
  1. 1985.
  2. 1986.
  3. 1987.
La Florentine :
  1. Fiora et le Magnifique, 1988.
  2. Fiora et le Téméraire, 1989.
  3. Fiora et le pape, 1989.
  4. Fiora et le roi de France, 1990.
Le Boiteux de Varsovie :
  1. L'Étoile bleue, 1994.
  2. La Rose d'York, 1995.
  3. L'Opale de Sissi, 1996.
  4. Le Rubis de Jeanne la Folle, 1996.
Secret d'État :
  1. La Chambre de la Reine, 1997.
  2. Le Roi des Halles, 1998.
  3. Le Prisonnier masqué, 1998.

AUX ÉDITIONS JULLIARD

  1. La Jeune Mariée, 1990.
  2. La Fière Américaine, 1991.
  3. La Princesse mandchoue, 1991.
Les Treize vents :
  1. Le Voyageur, 1992.
  2. Le Réfugié, 1993.
  3. L'Intrus, 1993.
  4. L'Exilé, 1994.

AUX ÉDITIONS CHRISTIAN DE BARTILLAT

Cent ans de vie de château, 1992.
Un aussi long chemin, 1995.

JULIETTE BENZONI

LES ÉMERAUDES DU PROPHÈTE

LE GRAND LIVRE DU MOIS

ISBN : 2-7028-3405-1

À ma fille Anne
ma première et si précieuse lectrice
Tendrement

Première partie

LA NABATÉENNE

CHAPITRE I

NUIT SUR JÉRUSALEM...

S'il ne se posait pas tant de questions, Aldo Morosini eût trouvé agréable la promenade nocturne que l'enfant lui imposait. Une douce fraîcheur succédait à la chaleur du jour et le ciel, paré d'une myriade d'étoiles, était de ce bleu profond, velouté dont les terres d'Orient détiennent le secret. Il était fait pour des heures de paix égrenées sur des terrasses à respirer l'odeur des plantes en écoutant l'écho d'une chanson lointaine ou un conte de la mille et deuxième nuit. En outre il y avait, pour le prince antiquaire, ce parfum d'aventure dont il savait bien que son récent mariage ne le guérirait jamais. Lisa, d'ailleurs, ne le souhaitait pas, craignant surtout de le voir « s'encroûter », comme elle disait en fronçant son joli nez, mais espérant tout de même qu'il en userait avec modération.

Tout à l'heure elle n'avait rien dit quand le jeune garçon, si grave avec sa « kippa » blanche, ses petites nattes et son pantalon court, était apparu sur la terrasse de l'hôtel au milieu du ballet des grands Soudanais en galabieh, gants blancs et fez rouge occupés au service du café. Comme s'il le connaissait, il était venu droit à Morosini sans accorder la moindre attention au maître d'hôtel qui le poursuivait et il avait tendu une lettre en disant seulement, dans un anglais parfait, qu'il attendrait dehors. Puis il était reparti toujours aussi digne, toujours aussi rapide sans permettre que l'on pose la main sur lui.

Le couple dînait seul, ce soir, sur la terrasse aux lauriers-roses du tout nouveau King David Hotel dont les peintures étaient à peine sèches. Ceux qui l'avaient accompagné dans ce voyage, qui était aussi un voyage de noces, étaient momentanément dispersés. Adalbert Vidal-Pellicorne, l'archéologue aux mains agiles qui était devenu le meilleur ami d'Aldo durant la longue recherche des pierres manquant au Pectoral du Grand Prêtre, avait accepté l'invitation d'un confrère anglais. Où qu'il aille, ceux-ci poussaient sous ses pieds comme les violettes au printemps. Quant à la vieille marquise de Sommières — Tante Amélie ! — elle soignait sur le yacht du baron de Rothschild, ancré dans le port de Jaffa, une crise de goutte due à un léger abus de champagne, sa boisson unique et préférée. Bien entendu, Marie-Angéline du Plan-Crépin, dame de compagnie, cousine et « femme de main », ne la quittait pas et piaffait à ses côtés dans l'attente d'une guérison que la cave du yacht rendait problématique. En fait, elle ne savait pas que Mme de Sommières avait délibérément choisi d'être quasi impotente afin de permettre à son neveu et à Vidal-Pellicorne de procéder à la remise du Pectoral sans que « Plan-Crépin », vu son goût de l'aventure, soit tentée d'y mettre son nez pointu. La semaine qu'elle leur avait accordée terminée, elle se transporterait volontiers au King David et Marie-Angéline, catholique passionnée, pourrait enfin mettre ses grands pieds chaussés de toile blanche dans les pas du Seigneur. En attendant, on contemplait interminablement la mer et le minaret surmontant la vieille cité de Jaffa... et Aldo vivait avec Lisa les douces heures de la lune de miel...

Tournant sa petite cuillère dans sa tasse de café d'un air faussement distrait, Lisa Morosini observait son mari tandis qu'il lisait le message apporté par le gamin. Au temps où elle était sa secrétaire sous le pseudonyme de Mina Van Zelden, elle l'aurait ouverte elle-même avant de la lui donner mais c'était un geste qu'une épouse ne pouvait plus se permettre. Ce qui ne l'empêchait pas de griller de curiosité... Aldo abrégea son supplice en lui tendant le papier :

— Tiens, lis ! Et dis-moi ce que tu en penses !

Le texte était bref. Trois ou quatre lignes et signées :

« Pardonnez-moi cet appel qui vous surprendra sans doute mais il faut que je vous parle au plus tôt d'un sujet grave. Si vous acceptez, suivez avec confiance le jeune Ezéchiel qui est l'enfant de mon cœur. Rabbi Abner Goldberg. »

Du bout de ses longs doigts fins, Lisa rendit la lettre :

— Que veux-tu que j'en pense ? Tu connais ?

— C'est beaucoup dire. Ce Goldberg était auprès du Grand Rabbin quand nous lui avons remis le

Pectoral. Son homme de confiance, en quelque sorte si j'ai bien compris.

— Alors je n'ai rien à dire...

Aldo sourit au beau regard violet qui contrastait si joliment avec l'épaisse chevelure d'un roux doré qu'aucuns ciseaux sacrilèges ne réduiraient à un petit casque court et plat comme le voulait la mode. Puis il prit la main de sa femme, en baisa tendrement la paume et se leva :

— Je crois qu'il vaut mieux y aller. Je te raconterai ça en rentrant. Tâche d'être sage ! ajouta-t-il avec un coup d'œil façon Othello en direction du quarteron de jeunes officiers anglais attablés un peu plus loin et qui, depuis plusieurs jours déjà, faisaient de touchants autant qu'inutiles efforts pour approcher Lisa.

Ezéchiel attendait en effet devant l'hôtel, assis sur un muret abrité par un térébinthe. Il se leva en voyant arriver Morosini mais se rassit aussitôt en désignant l'élégant smoking blanc coupé à Londres et les souliers vernis :

— Marche un peu longue. Changer !...

— Nous allons loin ?

— Pas très mais mieux vaut changer...

Sans insister, Aldo regagna sa chambre, mit des « tennis », enfila un pantalon, un chandail et rejoignit le jeune garçon qui se mit en marche aussitôt.

En constatant que, passés les tombeaux hérodiens on descendait vers la vallée du Cédron, Morosini bénit Ezéchiel et ses bons conseils vestimentaires. On lui avait déjà montré ce chemin, découvert depuis peu par les archéologues. C'étaient deux tronçons de ces rues à degrés tapissées par le temps de toute une végétation entre leurs pierres cassées et le prince chrétien ne pouvait se défendre d'une émotion : ce chemin, bien souvent, les sandales poussiéreuses du Christ l'avaient parcouru en allant au Cénacle, ou au jardin des Oliviers ou, plus loin encore, à Béthanie chez ses amis Lazare, Marthe et Marie. Et peut-être parce que l'heure tardive le désertait, Morosini le trouvait plus touchant, plus évocateur surtout que la Via Dolorosa toujours encombrée de pèlerins plus ou moins glapissants...

Atteint le fond du ravin du Cédron, le ciel parut reculer entre les murailles de la Vieille Ville et les pentes rocheuses où s'alignaient des tombeaux comme il convenait à ce début de la vallée de Josaphat qui signifie Jugement de Dieu : c'est là qu'à la fin des Temps les âmes seront pesées au trébuchet divin...

— C'est encore loin ? demanda Morosini, conscient d'avoir déjà parcouru un long chemin autour des restes des vieux remparts.

— Plus vraiment, répondit Ezéchiel. Voilà la source du Gihon. Désaltérez-vous si vous le souhaitez ! L'eau est fraîche, pure. Depuis les temps anciens elle est le bien le plus précieux de notre cité.

— Merci, je n'ai pas soif.

— Vous avez bien de la chance ! Venez, nous entrons, ajouta le jeune garçon en allumant une lanterne prise dans un creux de rocher après avoir bu rapidement quelques gouttes dans le creux de sa main.

Il introduisit ensuite son compagnon dans un tunnel qui ouvrait sur un côté de la source et qui s'insinuait sous la masse énorme des rochers supportant les murailles croulantes.

— Il est heureux que le niveau de l'eau ne soit pas plus élevé, fit Aldo en considérant ses pieds déjà mouillés. On pourrait mourir noyés là-dedans... et si j'avais su, j'aurais pris des bottes !

— La source jaillit seulement toutes les trois heures. Rien à craindre. Ce souterrain a été creusé par le roi Ezéchias pour protéger le Gihon et assurer la ville contre la soif...

Quelques marches glissantes taillées dans le roc, une grille en fer que l'enfant ouvrit et referma, puis une plongée dans les entrailles de la terre. Elle parut interminable à Morosini et lui rappela quelques souvenirs qu'il n'était pas certain d'avoir envie de revivre. Sa première rencontre avec Simon Aronov, le boiteux à l'âme fière qui l'avait lancé dans une incroyable aventure, avait commencé de façon assez analogue, par un long parcours dans les caves du ghetto de Varsovie. S'il y avait eu la moindre chance de le rencontrer au bout de ce boyau où il pataugeait depuis un temps fou à la suite d'un gamin inconnu, Morosini l'eût arpenté avec joie mais le maître du Pectoral n'existait plus : il avait mis fin à ses souffrance dans l'explosion de la vieille chapelle emmenant avec lui dans la mort son ennemi de toujours... Et maintenant celui qui était devenu son ami se demandait si ce gamin n'avait pas lu Jules Verne et découvert une nouvelle galerie pour rejoindre le centre de la terre... La lumière jaune de la lanterne éclairait indéfiniment le même trou d'ombre dont rien ne laissait prévoir qu'il pût finir un jour mais qui devait tout de même mener quelque part. Détail inquiétant, on avait maintenant de l'eau plus haut que les chevilles... Enfin, de hautes marches apparurent s'élevant au-dessus du cours d'eau et l'on se retrouva à ciel ouvert... dans la cour d'une mosquée qui devait dater des Croisades. C'est dire qu'elle n'était pas dans le meilleur état. Au milieu, un grand réservoir d'eau, celui qu'alimentait la source et, assis sur une pierre, il y avait un homme barbu, chevelu, au dos voûté, vêtu d'une lévite noire et coiffé d'un simple chapeau de feutre. Pour la mémoire photographique de Morosini, c'était sans aucune doute le rabbin Abner Goldberg. Il se leva pour accueillir les arrivants :

— Tu peux nous laisser, Ezéchiel, dit-il au jeune garçon. Tu as bien rempli ta mission. Je reconduirai moi-même le prince Morosini...

— Puis-je savoir où nous sommes ? demanda celui-ci que son pantalon de flanelle et ses pieds trempés mettaient de mauvaise humeur. Quoiqu'il me semble bien avoir déjà vu cet endroit...

— Il n'y a aucune raison d'en faire mystère, fit le rabbin d'une voix paisible et si douce qu'elle en devenait soyeuse. C'est la piscine de Siloé qui, alimentée par le canal d'Ezéchias, permit à la Cité Sainte de subir maints assauts sans souffrir de la soif.

— Siloé ? explosa Morosini furieux. Vous ne pouviez pas m'y faire venir à pied sec et par le chemin normal ? J'ai l'impression d'avoir fait au moins trois kilomètres...

— N'exagérez pas et pour un homme jeune et sportif tel que vous ce n'était pas un gros effort, surtout quand la chaleur du jour est tombée Rassurez-vous, vous ne partirez pas par le même chemin.

— Vous n'aimez pas vous mouiller les pieds ?

— Ce n'est pas cela mais il fallait que notre réunion soit couverte par le plus grand secret. Nul ne pouvait vous suivre dans le tunnel d'Ezéchias et ce que j'ai à vous dire est capital pour l'avenir d'Israël.

— Encore ? Je crois qu'en vous rendant votre Pectoral au complet, j'ai fait suffisamment pour votre peuple.

— Certes, et notre Grand Rabbin vous a dit notre reconnaissance profonde. Seulement... le Pectoral n'a pas encore retrouvé tous ses pouvoirs...

— Je ne vois pas bien ce qui pourrait lui manquer ? Sinon peut-être un peu plus de patience. Vous n'avez jamais supposé qu'il suffisait qu'il rentre ici pour que d'un seul coup se reconstitue le royaume de Salomon ? La paix règne ici...

— La paix anglaise et, encore une fois, le symbole de l'unité des Douze Tribus, possédait jadis une extraordinaire puissance prophétique... dont nous aurions le plus grand besoin. N'aviez-vous pas remarqué, au dos du Pectoral, deux trous formant comme de petites poches ?

— Si, bien sûr, mais je n'y ai pas attaché d'importance, personne ne m'en ayant expliqué l'utilité, dit Aldo songeant à Simon Aronov.

— Ils en avaient pourtant une, très grande

même, car ils contenaient l'Ourim et le Toummim, deux émeraudes venues de la nuit des temps. Le prophète Elie, déjà habité par l'esprit de Yaveh, les aurait reçues du ciel même au cours d'une vision.. Il était déjà âgé et le Seigneur voulut lui apporter une aide dans le combat sans merci qu'il livrait à Achab, le roi impie, et à l'infâme Jézabel son épouse. Il suffisait de tenir une de ces pierres dans chaque main pour que la clairvoyance du futur jaillisse comme une source d'un rocher...

— Je n'en ai jamais entendu parler à propos du Pectoral et cela pour l'excellente raison que celui-ci fut exécuté sur l'ordre du roi Salomon, c'est-à-dire beaucoup plus tard...

Dans le sombre encadrement de la barbe noire, les lèvres minces du rabbin libérèrent l'éclair blanc d'un sourire.

— Sans doute mais leur réunion s'est révélée singulièrement efficace. Jusque-là, on sait qu'Elie a transmis les émeraudes à son disciple Elisée en même temps que son manteau. Ensuite, elles ont suivi leur route entre les mains des Grands Prêtres qui se sont succédé. Je ne vous en ferai pas l'historique, ce serait du temps perdu, mais quand le Pectoral a été créé, elles y ont trouvé leur place. Or cette place — mal défendue puisque, contrairement aux autres pierres, elles n'y étaient pas serties — elles ne l'occupaient que durant les cérémonies qui revêtaient alors une étrange magie. D'ailleurs les émeraudes étant destinées par Yaveh à renforcer les pouvoirs d'un authentique prophète, les Grands Prêtres n'en obtenaient la faculté de prédire qu'à condition d'être revêtus du Pectoral. Aussi gardaient-ils les pierres dans un sachet de cuir attaché à leur cou par une chaîne d'or...

— Comment se fait-il, en ce cas, que ceux de l'époque n'aient pas vu venir Titus, l'empereur romain qui apportait la guerre, la destruction du Temple et l'anéantissement quasi total du peuple ?

Abner Goldberg détourna les yeux comme pour éviter de contempler une image déplaisante :

— Les hommes n'étaient plus les mêmes et l'indignité, le goût de l'or polluaient ceux qui auraient dû être les plus grands, les plus nobles. Au moment du sac de Jérusalem, Toummim, les « sorts sacrés », n'étaient plus au Temple. D'ailleurs, les prophéties n'ont jamais évité les désastres parce qu'on ne les croyait pas.

— Qu'en avait-on fait ? Les avait-on vendues ? Peut-être avait-on fini par ne plus croire à leur pouvoir ? Dieu n'étant ni aveugle ni sourd, il est possible qu'il ait effacé le don des émeraudes jugeant indignes ceux qui les détenaient ? En ce cas, il ne restait plus que deux pierres précieuses... très belles, je suppose ? ajouta-t-il repris malgré lui par sa passion des joyaux, surtout chargés d'histoire.

— Tout de même pas ! Elles avaient été volées peu de temps auparavant je ne sais par qui mais, ce qui est certain, c'est qu'elles sont passées entre les mains du chef des Esséniens qui avaient trouvé refuge à Massada, la dernière et la plus puissante des forteresses hérodiennes, celle qui a résisté le plus longtemps...

— Je connais l'histoire héroïque de Massada,

grogna Morosini, et elle devrait vous faire comprendre que rechercher vos émeraudes serait une entreprise aussi vaine que tenter de compter les grains de sable du désert. Si les Esséniens ne les ont pas enfouies quelque part dans l'énorme plate-forme rocheuse, elles auront été le butin de guerre du consul Flavius Silva ou le larcin d'un quelconque soldat de la Xe Légion... Alors comment voulez-vous retrouver quoi que ce soit ?... Car c'est bien ça, n'est-ce pas, la raison de notre rencontre ? Vous voulez que je retrouve ces pierres ?

— Exactement ! Si quelqu'un en est capable, c'est l'homme qui a su reconstituer le Pectoral...

— Ne rêvez pas ! Vous savez parfaitement quel fil conducteur solide j'ai eu en Simon Aronov qui étudiait la question depuis longtemps mais Simon n'est plus et jamais il n'a fait la moindre allusion à vos émeraudes...

La figure, déjà passablement sombre du rabbin, vira carrément aux couleurs de l'orage :

— Peut-être parce qu'il les possédait. J'ai entendu dire qu'il pouvait lire l'avenir...

C'était là une vérité. Morosini n'avait pas oublié les terribles prédictions du Boiteux touchant ce qu'il appelait l'Ordre Noir dont il annonçait qu'il s'étendrait sur l'Europe et dont le prince savait déjà à quoi s'en tenir avec Mussolini, l'homme aux chemises noires qui tenait l'Italie dans sa griffe et qu'un certain Adolf Hitler commençait à imiter en Allemagne. Le fascisme, sans dieu et sans frein, qui cependant séduisait déjà tant de gens chez les vaincus de la Grande Guerre.

— Je crois, fit-il avec gravité, qu'il n'avait pas besoin d'une aide quelconque, fût-ce l'héritage d'Elie, pour projeter sur l'avenir un regard clairvoyant. Mais, dites-moi, comment se fait-il que vous n'ayez pas fait allusion à ces pierres lors de la remise du Pectoral ? Vous n'auriez pas l'idée de faire cavalier seul, par hasard ?

— Notre Grand Rabbin est un vieillard sage dont les pensées se tournent plus volontiers vers le Très Haut que vers la Terre. Le retour du Joyau Sacré l'emplit d'une joie profonde et il se contente d'attendre que la Promesse se réalise et qu'Israël redevienne un Etat souverain. Il se peut qu'il n'y assiste pas mais, moi, je suis jeune et ce qui peut advenir m'intéresse. J'ai besoin de ces pierres et c'est pourquoi je veux les retrouver.

— Personne ne vous en empêche... mais sans moi !

— Vous refusez ?

— Positivement ! Je suis un homme d'affaires, monsieur le rabbin, et je n'ai pas de temps à consacrer à des recherches pour le moins fumeuses puisque, en dehors de Massada qui n'est plus qu'une ruine désertique, vous n'avez aucune piste à m'indiquer. Je ne sais même pas à quoi ressemblent ces pierres et nous n'en savez sûrement pas plus que moi...

— Détrompez-vous ! En voici une reproduction à l'échelle, dit Goldberg en tirant de sa lévite un carton sur lequel un véritable artiste avait reproduit à l'aquarelle ce qui, pour Morosini, représentait l'inimaginable : deux prismes d'émeraude parfaitement semblables, deux heptaèdres réguliers de trois centimètres de hauteur sur un de large, d'un vert profond et lumineux dans la transparence desquels apparaissaient deux inclusions, l'une semblable à un minuscule soleil, l'autre à un mince croissant de lune. Jamais l'expert en joyaux connu de l'Europe entière et jusqu'en Amérique n'avait vu de pierres à ce point identiques et néanmoins parfaites et, du coup, sa passion se réveillait :

— Incroyable ! apprécia-t-il. Je n'aurais jamais cru que les flancs du Djebel Sikaït où furent découvertes les premières émeraudes vers l'an 2000 avant Jésus-Christ puissent recéler ce miracle !

— Vous avez dit le mot qui convient : miracle ! Elles ne viennent pas des bords de la mer Rouge. N'oubliez pas qu'elles sont l'Ourim et le Toummim, les « sorts sacrés », et que Yaveh lui-même les a remises à Elie... à la famille de qui j'appartiens.

— Ce qui veut dire ?

— Que le Grand Rabbin de Palestine est le successeur naturel du Grand Prêtre d'autrefois et qu'un jour je serai appelé à cette haute fonction... Les « sorts sacrés » me permettront d'entendre la voix du Très-Haut... Voilà pourquoi il me les faut !

— Ne rêvez pas et songez plutôt que, si ces pierres ne sont pas enterrées quelque part depuis la nuit des temps, elles ont du parcourir un chemin impossible à retracer, qu'elles ont sans doute été séparées, retaillées...

Il n'ajouta pas : « en admettant qu'elles aient jamais existé en dehors d'une légende et que leur image ne soit pas seulement le fruit d'un artiste poète », mais ses doutes se heurtèrent à une obstination pleine de certitude :

— Non. Yaveh ne l'aurait pas permis. Je sais qu'elles vivent toujours, quelque part, et que leur splendeur est intacte ! Le contraire serait impensable !

— C'est ce qu'on appelle la foi du charbonnier ! ironisa Aldo qui n'aimait pas beaucoup le feu fanatique allumé un instant sous les lourdes paupières du rabbin — une réflexion qu'il ne se serait jamais permise avec Aronov lui parlant du Pectoral et qui, d'ailleurs, ne lui serait jamais venue à l'esprit. Quoi qu'il en soit, ce que vous voulez obtenir de moi c'est une autre quête du Graal — ne dit-on pas que le Vase, entre tous sacré, était taillé dans une émeraude énorme ? — mais je ne suis pas Galahad, ni Perceval, ni Lancelot. Je suis un honnête commerçant, jeune marié, qui espère devenir père de famille et...

— Ne dites pas de sottises ! tonna soudain Goldberg. Vous êtes l'homme choisi par Simon Aronov. Cela veut dire que vous seul êtes capable de retrouver les « sorts sacrés ». Et il faut que cela soit ! Israël a besoin de vous.

— Ecoutez, monsieur le rabbin, fit Morosini qui commençait à sentir la moutarde lui monter au nez, tout ce que je peux vous promettre, si d'aventure je trouvais une piste, c'est de la suivre mais ôtez-vous de la tête l'idée que je vais m'y consacrer tout entier. A présent, si vous voulez bien m'apprendre comment on sort d'ici, je voudrais rentrer à l'hôtel. J'ai froid aux pieds, figurez-vous !

Il s'attendait à une réaction de colère, d'indignation, d'obstination, à des prières peut-être mais rien de tout cela ne se produisit. Le rabbin se contenta de regarder sa montre et de sourire :

— Vous pourriez changer d'avis. Ah, j'allais oublier une chose importante, puisque vous avez bien voulu me rappeler que l'argent compte pour vous...

— Pas pour vous ?

— Plus ou moins !... Le jour où vous me rapporterez l'Ourim et le Toummim, je vous les paierai un demi-million de dollars.

Bien qu'un peu surpris par l'importance de la somme, Morosini n'en montra rien et haussa des épaules désinvoltes :

— Vous m'offririez un million entier que cela ne changerait rien à ma décision. Si je rencontre vos pierres, je vous les rendrai contre le montant des frais éventuels — achat ou autres ! — mais sans plus !

— Autrement dit, vous ne vous donnerez aucun mal pour elles ?

— Vous comprenez à merveille : depuis trois ans le Pectoral a bouleversé ma vie et je tiens beaucoup à celle que j'ai en ce moment. Priez Dieu que la chance me sourie et, puisque vous êtes Son serviteur, Il tournera peut-être ses grâces vers vous ? Nous rentrons ?

— Encore un instant, puisque vous évoquez le

Très-Haut ! Savez-vous que c'est près de cette eau que votre Christ a guéri l'aveugle de naissance ?

— Oui, je le savais.

— J'espérais que le même miracle se reproduirait car vous êtes aveugle, prince, aveugle en ce qui concerne les graves conséquences de votre refus touchant l'avenir de ce pays déchiré et le vôtre.

— C'est une menace ? gronda Morosini hautain.

— Une simple mise en garde. Que vous le vouliez ou non, votre quête récente vous a lié aux pierres sacrées que gardait le temple de Salomon. Vous êtes devenu leur serviteur et ce service-là ne se rompt pas si facilement.

— C'est ce que nous verrons. Me voilà bien payé de mes peines !... et je vous rappelle que j'ai toujours froid aux pieds.

— Réfléchissez encore... et veuillez me suivre !

Même sans le détour souterrain dont l'utilité était apparue à Morosini aussi peu convaincante que possible, le retour vers le King David ne se fit pas en cinq minutes. Franchies les ruines davidiennes, on passa les remparts au moyen d'un ancien souterrain ouvert par des éboulements afin d'entrer dans la vieille ville dont on traversa l'ancien quartier juif que l'heure tardive animait à peine d'ombres furtives et de chats en quête d'aventure plus silencieux que les ombres. A la porte de Jaffa on se sépara sur un froid salut et Aldo se mit à courir autant pour se réchauffer qu'entraîné par la hâte d'en finir avec les ténèbres et de retrouver la lumière qui rayonnait de Lisa. Il savait qu'elle l'approuverait d'avoir repoussé la demande de

Goldberg parce que la remise du Pectoral l'avait soulagée autant que lui-même. Que les pierres meurtrières eussent repris leur place dans leurs alvéoles d'or ne les lavait pas de leurs traces sanglantes et Lisa craignait toujours une catastrophe quelconque. Les « sorts sacrés », disparus depuis si longtemps que leur recherche relevait de l'utopie, ne devaient pas être plus fréquentables...

La première personne que Morosini vit en atteignant les jardins de l'hôtel fut Adalbert Vidal-Pellicorne qui faisait les cents pas d'un cyprès à un autre devant l'entrée illuminée en mâchonnant un cigare si gros qu'il eût pu servir de perchoir à un couple de serins. En apercevant Aldo, il fondit sur lui comme l'épervier sur un poulet :

— Où étais-tu passé, sacrebleu ? Voilà une bonne heure que je t'attends ?... Et dans quel état ! Tu as barbotté dans une mare ?

— Non. Dans le tunnel du roi Ezéchias et j'ai à te parler. Mais que fais-tu là tout seul ? Où est Lisa ?

— Bonne question, j'allais te la poser. On dirait que vous menez une vie intense, cette nuit, vous autres Morosini ! Il paraît qu'un jeune garçon pourvu de nattes est venu la chercher environ deux heures après t'avoir emmené toi-même.

D'avoir tant couru, Aldo avait chaud à présent mais n'en sentit pas moins une sueur soudain glacée lui couler le long du dos en même temps que sa gorge se séchait :

— Que viens-tu de dire ? Lisa est partie avec...

— Oui, le portier a cru comprendre qu'il avait dû t'arriver un accident quelconque : Lisa paraissait très inquiète. En revanche, ce qu'il n'a pas compris c'est qu'on lui laisse une lettre pour toi.

— Une lettre ?

— Cesse de répéter ce que je dis ! Tiens, la voilà ta lettre : le portier me l'a remise et j'ai eu besoin de tout ce respect pour le courrier des autres que m'a inculqué ma grand-mère pour ne pas l'ouvrir.

Sans répondre, Aldo saisit le pli à son nom, en déchira l'enveloppe d'un doigt nerveux, déplia le papier... et faillit s'évanouir :

« Votre épouse vous sera rendue quand vous me remettrez les "sorts sacrés". Je sais que vous les trouverez. Mais il dépend de vous que sa captivité soit douce ou pénible, sinon définitive. Montrez-vous raisonnable et elle sera traitée en... princesse. Prévenez quelque autorité que ce soit, civile ou religieuse, et elle sera enchaînée au fond d'une geôle dont vous trouverez d'autant moins le chemin qu'elle se situe hors du pays. Mettez-vous donc en quête sans tarder. Quand vous les aurez trouvées, vous n'aurez qu'à revenir à Jérusalem et à passer dans la presse locale l'annonce suivante : "A.M. désire rencontrer A.G. pour conclure affaire envisagée." Mais ne vous avisez pas d'user de ceci dans l'espoir de me capturer. Sachez-le : aucune torture ne me ferait avouer la cachette de votre femme et, en admettant même que je cède à la souffrance, ses gardiens ont ordre de la mettre à mort si je ne viens pas moi-même, seul et avec les paroles convenues, la rechercher. »

— Le salaud ! gronda Morosini en froissant la

lettre dans son poing dont Adalbert entreprit aussitôt de l'extraire.

— Si tu me laissais lire ?

— Pardon !... Je... je crois que je suis en train de devenir fou !

— Il y a de quoi, apprécia l'archéologue quand il eut achevé sa lecture. Et maintenant explique-moi. ajouta-t-il en allumant une cigarette et en la plaçant entre les lèvres décolorées de son ami. D'abord qu'est-ce que « les sorts sacrés » ?

Aldo le lui dit ainsi que toutes les péripéties subies depuis qu'il avait quitté l'hôtel. Le tout sans être interrompu : Adalbert savait écouter. A mesure qu'il racontait, d'ailleurs, Morosini recupérait un peu de maîtrise de soi parce qu'en même temps il analysait les dernières heures. Ce qui n'empêche qu'en achevant son récit, il avait les larmes aux yeux.

— Ne me dis pas que tu es en train de désespérer ? murmura Adalbert sans le regarder.

— C'est bien la première fois que cela m'arrive mais veux-tu me dire quelles sont mes chances de retrouver ces foutues émeraudes, donc de revoir un jour ma femme ?...

— Je n'aime pas ta façon de dire « mes chances ». Est-ce que par hasard tu m'oublierais ? Le Pectoral a été notre tâche commune. Son corollaire le sera tout autant et nous n'aurons de cesse d'avoir retrouvé Lisa qui, elle, est bien réelle. Ce qui n'est pas forcément le cas des fameux « sorts sacrés ». C'est elle que nous allons chercher, mon garçon, et cela sans avertir la moindre autorité et en faisant semblant de nous occuper des émeraudes envolées. Ce ne sera pas la première fois que nous mènerons seuls une enquête...

— Avant de nous lancer dans une aventure à l'aveuglette, il y a peut-être mieux à faire. Je vais aller voir ce Goldberg, je lui engagerai ma parole de faires les recherches qu'il demande et il n'aura plus aucune raison de garder Lisa...

— Quel âge as-tu ?... Moi, je dirais quinze ou seize ans pour avoir gardé tant de fraîcheur d'âme... Tu t'imagines qu'il y croira, à ta parole ?

— Personne ne l'a jamais mise en doute !

— Lui ne s'en privera pas. La meilleure preuve en est qu'il n'a même pas attendu l'issue de votre entrevue pour enlever Lisa. Il devait bien se douter que tu en avais un peu assez des trésors juifs et qu'aucune envie de rempiler ne t'habitait. Cela dit, ce n'est pas moi qui élèverai la moindre objection contre un entretien à cœur ouvert mais les mains dans les poches.

Morosini alluma une nouvelle cigarette mais cette fois, sa main ne tremblait plus. Dès l'instant où une action commençait à s'engager, il savait que c'était la meilleure manière de faire taire son angoisse et son chagrin. Cependant, Vidal-Pellicorne avait reprit la lettre et l'examinait :

— Il y a un post-scriptum. Tu l'as remarqué ?

— Non, je l'avoue. J'étais trop occupé à recevoir le principal en pleine figure. Que dit-il ?

— Qu'il faut d'abord chercher à Massada parce que...

— Le chef dee Esséniens réfugié possédait les

pierres au moment du massacre, récita Morosini. Il espère que ce digne personnage les a enterrées quelque part avant de mourir et il compte sur moi pour retourner des tonnes et des tonnes de rochers et de murs écroulés...

— Pas de fol orgueil ! Il ne compte pas seulement sur toi mais aussi sur moi. Il y a là quelque chose de très flatteur pour mes talents d'archéologue...

— Eh bien, va là-bas si ça te chante. Moi, c'est Lisa que je veux retrouver. Et vite !

— Et tu vas faire quoi ? Prévenir le Gouverneur ? Aller interroger le Grand Rabbin ? Relis la lettre et tu verras que Lisa a tout à perdre si tu adoptes cette attitude.

— Je sais, mais c'est le gamin que je voudrais retrouver. C'est lui, cet Ézéchiel de malheur, qui est venu la chercher. Je veux savoir où il l'a conduite...

— Tu sais combien il y a de gamins juifs dans cette sainte cité ? Je crois que, pour Lisa, la meilleure conduite à tenir est de partir pour Massada. Il faut avoir l'air d'obéir à ce que l'on t'impose.

— Peut-être, mais je ne partirai pas sans avoir au moins essayé d'avoir avec Goldberg un nouvel entretien. Ce doit tout de même être possible, non ? Il ne tuera pas ma femme parce que j'irai tout à l'heure à la Grande Synagogue demander à lui parler ?

— C'est vrai, tu peux faire ça, concéda Vidal-Pellicorne. Cela ne tirera pas à conséquences. De même, on peut interroger le portier. S'il a vu deux fois le gamin dans la soirée, il l'aura remarqué et peut-être sait-il d'où il sort ?

Mais l'homme aux clefs d'or n'avait jamais tant vu le jeune Juif que ce soir-là et il ignorait tout de lui.

— Pour ces gens-là, une maison comme celle-ci est un lieu de perdition, émit-il avec un mépris visible. Celui-là devait avoir une raison bien forte pour s'y aventurer par deux fois. Mais, si monsieur le prince le désire, nous pouvons faire appel à la police ?

— Non, je vous remercie, dit Morosini. Je ne crois pas qu'il y ait lieu de la mêler à un... incident sans grande importance au fond...

L'enlèvement de Lisa, un incident sans importance ? Aldo se serait battu d'être obligé de prononcer des mots pour lui sacrilèges mais il ne pouvait pas risquer de faire souffrir, si peu que ce soit, celle qu'il aimait de tout son cœur...

Durant le reste de la nuit, il usa le temps en fumant cigarette sur cigarette, assis sur le lit, le poing refermé sur la chemise de nuit en batiste et dentelles blanches que la femme de chambre avait disposée en faisant la couverture. Jamais il n'avait eu aussi peur de sa vie, jamais son cœur n'avait pesé si lourd...

Pourtant nul n'aurait pu l'imaginer quand, le lendemain, Aldo, élégant à son habitude, gagna d'un pas nonchalant la synagogue principale pour y demander le rabbin Abner Goldberg mais, comme il s'y attendait, il ne le trouva pas : M. Goldberg était parti de bon matin pour Haïfa accompagner le Grand Rabbin qui s'embarquait pour Gênes où il devait rejoindre un paquebot en partance pour New York : le saint homme réalisait ainsi une promesse faite de longue date aux Juifs de cette immense partie de la Diaspora qu'étaient les États-Unis.

— M. Goldberg va-t-il lui aussi en Amérique ?

Le lévite qui accueillait Morosini devait commencer à trouver qu'il posait trop de questions car il répondit d'un ton évasif :

— C'est possible... mais je n'en suis pas certain. Peut-être souhaiteriez-vous rencontrer le rabbin Loewenstein qui est en charge de la synagogue ?

Le visiteur déclina l'invitation : c'était M. Goldberg qu'il voulait voir et personne d'autre... à moins que le jeune Ezéchiel ne fût dans les parages ? Les sourcils du proposé remontèrent au-dessus de ses lunettes :

— Ezéchiel ?

— Ne me dites pas que vous ne le connaissez pas ? Le rabbin Goldberg me l'a présenté voici peu en soulignant qu'il était l'enfant de son âme... à défaut peut-être de son corps ?

Le lévite prit une mine navrée :

— C'est bien possible mais, à ne vous rien cacher, monsieur, je viens de Naplouse et ne suis ici que depuis peu... et je ne sais rien, ou à peu près rien de Rabbi Goldberg.

— Et vous pensez que Rabbi Loewenstein en saurait davantage ?

— Peut-être... mais il faut le lui demander.

Ce fut du temps perdu : Rabbi Loewenstein,

pourvu d'un nez si long et d'une si remarquable absence de menton qu'il ressemblait à un pivert à la couleur près, ne s'intéressait pas du tout à un confrère qu'il jugeait hautain, cassant et qu'il préférait aussi éloigné de sa personne que possible. Moins encore, bien sûr, à un quelconque « enfant de son cœur » et il était visiblement ravi d'en être débarrassé momentanément :

— Il se peut même que Jérusalem ne le revoie pas avant un certain temps, confia-t-il à Morosini d'un ton jubilatoire. Je sais qu'il fera tous ses efforts pour accompagner notre chef jusqu'en Amérique.

Cela dit, il planta là son visiteur et s'en alla chanter les louanges d'un Dieu qui s'entendait si bien à exaucer les vœux secrets de son fidèle serviteur. Par acquit de conscience, Aldo quitta la vieille ville et se dirigea vers le quartier de Mea Shearim, sorte de citadelle du judaïsme pur et dur, surtout polonais et lituanien, construit vers 1874 par un certain Conrad Schick. Il avait tout de même appris que Goldberg avait là sa résidence. Il surveilla un long moment l'austère maison de pierre grise aux fenêtres grillées puis arpenta au pas de promenade les rues étroites peuplées de Juifs hassidiques qui semblaient tous taillés sur le même modèle en dépit de légères différences de costumes selon leur origine. Il vit aussi des enfants et des adolescents mais aucun ne possédait le sombre regard impérieux d'Ezéchiel, un regard que Morosini était certain de reconnaître n'importe où. Se pouvait-il que lui aussi fût parti avec le Grand Rabbin ?

Non, c'était impossible ! Ce garçon avait, selon toute évidence, conduit Lisa à l'endroit de sa captivité ou à ceux qui devaient l'emmener hors du pays si l'on s'en tenait aux termes de la lettre. Il était déjà assez surprenant que Goldberg fût parti courir les mers au lieu de veiller sur son otage mais, après tout, c'était peut-être un bon moyen de mettre sa précieuse peau à l'abri des sévices qu'un époux hors de lui était bien capable de lui infliger en dépit de ses menaces. Il devait avoir pleine confiance en ceux à qui l'on avait remis Lisa et dont le jeune garçon faisait peut-être partie. Apparemment, Goldberg avait bien joué son mauvais coup : il ne laissait pas à son adversaire le moindre bout de fil pour trouver l'entrée du labyrinthe... Et pourtant, il fallait y parvenir mais comment, lorsqu'on est seulement deux et qu'on ne peut demander l'aide de la police pour surveiller une ville aussi complexe, aussi enchevêtrée que Jérusalem ? Alors qu'ils avaient affaire à ce qui était peut-être une véritable et puissante organisation...

De retour à l'hôtel, il tomba en plein conseil de famille. Mme de Sommières et Marie-Angéline du Plan-Crépin venaient d'arriver enfin à Jérusalem estimant qu'il était grand temps pour elles de rejoindre les ex-gardiens du Pectoral et d'autant plus que Louis de Rothschild rappelé à Vienne par radio venait de partir. Avec l'élégance qui le caractérisait, il n'en laissait pas moins son yacht à la disposition de ses amis, ayant choisi la voie la plus rapide, c'est-à-dire le train. Son bateau avait simplement remonté la côte jusqu'à Haïfa, le plus grand port de la région, où il stationnerait jusqu'à nouvel ordre. On se sépara à la gare et tandis que la marquise et sa « suivante » prenaient un train de la grande ligne Haïfa-Lod-Jérusalem, le baron en prenait un autre jusqu'à Tripoli pour s'embarquer sur le Taurus-Express qui, par la Syrie et Ankara, le mènerait à Istanbul d'où l'Orient-Express le ramènerait chez lui dans les meilleurs délais.

En compagnie d'Adalbert qui les avait mises au courant des événenements de la dernière nuit, les deux voyageuses, après s'être débarrassées des poussières du voyage, buvaient l'une un cocktail et l'autre du champagne — la crise de goutte s'était envolée sous l'effet d'un emplâtre miraculeux provenant de la boutique crasseuse d'un apothicaire de Jaffa — en attendant Aldo et l'heure du déjeuner.

Quand celui-ci pénétra dans le bar décoré d'une fresque représentant le futur roi David en train d'abattre Goliath d'un coup de fronde, trois paires d'yeux interrogateurs se dirigèrent vers lui mais Adalbert se leva pour l'accueillir :

— Alors ? Du nouveau ?

— Rien... ou si peu. Le Grand Rabbin est en route pour New York et Goldberg l'accompagne. Peut-être seulement jusqu'à Gênes mais on n'en est pas certain. Quant au jeune Ezéchiel, il viendrait de la planète Mars qu'on en saurait sans doute davantage à son sujet. Personne ne le connaît, personne ne l'a vu....

Ayant ainsi délivré son message, Aldo baisa la main de la marquise et de Marie-Angéline, se laissa tomber dans un fauteuil, appela le barman pour lui commander une fine à l'eau et enveloppa les deux voyageuses d'un même sourire :

— Le voyage a été bon ? Vous semblez au mieux, Tante Amélie !

— Je n'en dirais pas autant de toi, mon garçon. Tu as une mine affreuse.

— C'est sans aucune importance. Adalbert vous a dit ?...

— Oui. Tu aurais dû renvoyer ce fichu Pectoral par la poste et faire ton voyage de noces aux Indes ou en Égypte.

Marie-Angéline, dont le nez pointu effectuait un mouvement semi-circulaire en humant l'air ambiant comme un terrier qui cherche une piste, revint à Morosini :

— Comment la princesse était-elle vêtue hier soir ?

— Une robe de Jeanne Lanvin en mousseline blanche imprimée de fleurs jaunes...

— Portait-elle des bijoux... intéressants ?

— Non. Ce n'est jamais prudent de voyager avec des objets de trop grand prix. D'ailleurs, elle n'aime pas « avoir l'air d'une châsse », comme elle dit. Ce soir, elle avait seulement quelques minces bracelets d'or sertis de petites topazes et de brillants, son alliance et l'émeraude de nos fiançailles qui ne la quitte jamais....

— Trente carats ! Il y a déjà de quoi tenter, ironisa Adalbert, mais nous savons que ce n'est pas pour cela qu'on l'a enlevée. Où voulez-vous en venir, Angelina ?

Ainsi italianisé, ce nom n'allait pas vraiment à sa

titulaire mais enchantait une demoiselle montée en graine que la marquise appelait tout uniment « Plan-Crépin ». C'était Adalbert qui l'avait ainsi baptisée mais Lisa et Aldo l'imitaient. Pas encore habituée cependant, elle rosit de plaisir :

— A ceci : il me semble difficile qu'une jeune femme en robe du soir aussi jolie et élégante que Lisa soit escamotée sans que personne n'ait vu quoi que ce soit. D'autant qu'elle est partie à pied d'après ce que l'on sait ?

— En effet. C'est ce que m'a dit le portier. Il n'y avait pas de voiture devant la porte...

— Elle pouvait être plus loin. Est-ce que vous pouvez me dire à quoi ressemble le jeune garçon ?

— Pas moi, grogna Adalbert. Je ne l'ai pas vu...

— J'ai eu tout le temps de le voir, fit Aldo, mais pour le décrire....

— Tu sais dessiner, coupa Mme de Sommières. Fais son portrait.

Aldo fit la grimace :

— Je me débrouille assez bien avec un paysage, un joyau ou des bâtiments mais je ne vaux rien en portrait.. N'est pas Titien qui veut !

— Moi si ! affirma Marie-Angéline avec sérénité en tirant de l'espèce de cabas en cuir fauve qui ne la quittait jamais un carnet à dessin et des crayons. A nous deux on devrait y arriver.

Et on y arriva. Aldo ayant réussi à tracer la silhouette et le contour du visage, « Plan-Crépin » se mit en devoir de les meubler selon ses indications mais avec un art saisissant. En peu de temps, Ezéchiel surgit du papier, parfaitement fidèle au souvenir qu'en gardait Morosini.

— C'est prodigieux ! exhala celui-ci. Vous avez même saisi le regard avec cette expression à la fois avide et orgueilleuse qui m'a frappé. Décidément la liste de vos talents cachés s'allonge chaque jour un peu plus !

— Ne va pas me la rendre vaniteuse ! grogna Mme de Sommières Et maintenant que nous savons à quoi il ressemble, que faisons-nous ?

— Si j'ai bien compris, dit Marie-Angéline qui reprenait peu à peu sa couleur normale, ces messieurs doivent aller explorer... un certain lieu dont j'ai mal saisi le nom...

— Massada ! maugréa Morosini. Une plate-forme rocheuse en forme de fuseau de quelque sept cents mètres de long sur environ trois cent cinquante dans sa plus grande largeur. La moindre des choses à fouiller ! De quoi y passer le reste de sa vie. En admettant qu'il y ait une chance d'y retrouver les pierres, ce que je me refuse à croire. Songez que le drame dont Massada a été le théâtre remonte à l'an 73 de l'ère chrétienne ! Si ces damnés « sorts sacrés » y sont allés, ils doivent en être sortis depuis belle lurette !

— On n'en sait rien du tout ! affirma Vidal-Pellicorne. Si ton rabbin pense qu'il y a là une piste, il faut l'explorer....

— S'il en est si sûr, pourquoi n'explore-t-il pas lui-même ?

— Parce qu'on ne s'improvise pas archéologue, mon bon, et qu'il le sait. En outre, il a peut-être d'autres raisons. De toute façon, il ne faut pas en faire une montagne...

— C'est une montagne !

— Mais non. Tout juste un haut lieu.

— Vaste, très vaste ! fit Aldo dont la mauvaise humeur augmentait d'instant en instant.

— Tu me laisses parler ?... Ce matin, pendant que tu étais à la synagogue, je suis retourné chez sir Percival Clark, mon hôte d'hier soir qui est ici le correspondant du British Museum. Il est déjà âgé mais il n'en reste pas moins attaché à la Palestine où il compte finir ses jours. C'est, tu ne l'ignores pas, le grand spécialiste de l'époque hérodienne. Il connaît parfaitement Massada où il a beaucoup travaillé sur les ruines du palais d'Hérode le Grand qui s'étageait sur la proue de ce navire immobile au bord de la mer Morte. Il dit que c'est l'un des plus beaux endroits du monde et que...

— Passons les considérations touristiques, si tu veux bien. On n'est pas là pour ça !

— Hélas ! En attendant, il m'a donné tous les renseignements que je pouvais souhaiter sur le siège mené par Flavius Silva et, surtout, sur l'endroit où vivaient les Esséniens. Cela réduit de beaucoup notre périmètre de recherches...

— Pourquoi les pierres ne seraient-elles pas cachées ailleurs ?

— Mais parce qu'on en revient toujours au même point : ce sont des objets sacrés et ils ne peuvent être que dans un endroit sacré. Surtout pas dans l'ancien palais d'un tyran ou Dieu sait quel édifice public. De deux choses l'une : s'ils étaient encore aux mains du chef des Esséniens au moment du suicide général, celui-ci les aura dissimulés de son mieux sur place, dans son logis ou dans la synagogue. On a une chance de les retrouver. Sinon, c'est qu'on les a emportés ailleurs ou simplement volés... et on ne retrouvera rien.

— Je parierais pour la seconde éventualité mais tu as raison : il faut tout de même aller voir. A toi de dire à présent ce que nous devons nous procurer pour cette expédition : un véritable matériel de siège, je suppose ?

— Écoute, intervint la marquise, nous savons bien que tu es malade d'angoisse mais cela ne sert à rien de te montrer hargneux.

— Pardonnez-moi ! J'enrage d'être obligé d'aller perdre sur ce maudit caillou un temps que je devrais consacrer exclusivement à la recherche de Lisa...

— Dis-toi que tu contribueras au moins à ce que sa captivité soit douce. Peut-être ne serait-ce pas le cas si l'on te voyait fouiner, chercher à Jérusalem même. Nous, nous ferons cela très bien...

— Nous ?

— Je veux dire surtout Plan-Crépin ! Souviens-toi de la messe de six heures à Saint-Augustin et des informations qu'elle en tirait ! Personne ne se méfiera d'elle. C'est bien ça que vous aviez dans l'idée en demandant un portrait, « Angelina » ?

— C'est bien ça. Nous avons tout à fait raison, fit, avec un grand sourire, la demoiselle qui ne s'adressait jamais à sa patronne et néanmoins cousine qu'à la première personne du pluriel.

— Quant au matériel « de siège », reprit Adalbert avec bonne humeur, on a besoin surtout d'une automobile solide et de tout ce qu'il faut pour camper. Pour le reste, sir Percy m'a recommandé d'aller voir un certain Khaled, depuis toujours son chef d'équipe. Il habite l'oasis d'Ein Guedi à une vingtaine de kilomètres de Massada et il connaît le rocher comme sa poche. On trouvera chez lui ce qui pourrait nous manquer...

— J'ajoute que c'est une bonne chose mais comment as-tu présenté notre future expédition à ton hôte ? Tu ne lui as tout de même pas parlé...

— Des émeraudes ? A un archéologue, même à la retraite ? Pas fou ! Officiellement, je me suis pris d'un intérêt passionné pour les peuples des bords de la mer Morte et, singulièrement les Esséniens. Khaled nous montrera leurs emplacements et ce sera du temps gagné...

Pour la première fois depuis des heures, un sourire vint détendre le visage crispé de Morosini :

— Qui suis-je, dit-il, pour oser te donner des conseils dans une profession que tu connais si bien ? Puis revenant aux deux femmes : Grâce à vous trois, je me sens un peu moins mal. Peut-être arriverai-je même à penser clairement...

— Si l'on veut penser clairement, il faut bien se nourrir, coupa Marie-Angéline doctorale. Et moi je meurs de faim. Si on allait déjeuner ?

On passa sur la terrasse ombragée où le ballet des Soudanais en gants blancs avait déjà commencé. Les deux hommes firent asseoir les deux dames et Aldo allait prendre sa place quand un jeune géant aux cheveux de paille sur une longue figure recuite par le soleil, vêtu d'un impeccable uniforma kaki, vint se planter devant lui, claqua des talons en saluant :

— Je demande pardon si je suis indiscret..., fit-il en anglais.

— Je ne le sais pas encore. Qui êtes-vous ?

— Lieutenant Douglas Mac Intyre, de l'état-major. Je... je dînais ici hier soir avec des camarades...

— Je vous avais remarqué, fit Morosini sèchement. Vous sembliez vous intéresser beaucoup à la princesse Morosini, mon épouse, et...

Le visage tanné s'empourpra : mais les yeux d'un bleu candide ne se baissèrent pas :

— Nous l'admirions tous les quatre mais... moi surtout. Je demande pardon... je voudrais savoir si... si... si rien n'est arrivé de fâché ?...

— Fâcheux ! rectifia Aldo machinalement. Qu'est-ce qui pourrait vous faire croire ça ?

— Eh bien... je suis surpris de vous voir sans elle. Je pensais qu'elle vous avait rejoint dans la vieille maison.

— La vieille maison ?... Venez par ici ! Commencez sans moi ! ajouta Aldo pour ses compagnons en entraînant l'officier vers les jardins où il le coinça contre un palmier.

— Qu'est-ce que cette histoire de maison ?

— J'explique...

L'Ecossais raconta alors qu'après le départ

d'Aldo et contrairement à ce que celui-ci pensait, ni lui ni ses camarades n'avaient osé aborder Lisa.

— Nous n'étions pas présentés et elle nous... impressionnait ! Elle est restée assez longtemps sur la terrasse. Visiblement, elle vous attendait. Elle a fini tout de même par rentrer. Je suppose qu'elle est remontée chez elle. Mes trois camarades m'ont quitté mais moi je voulais rester. Je ne savais pas bien pourquoi, j'étais vaguement inquiet. Je me suis installé au bar pour attendre votre retour. Ce qui est venu, c'est le garçon. Il avait encore une lettre pour la princesse et il l'a attendue, puis ils sont partis tous les deux. J'ai suivi...

— Jusqu'où ? Une voiture garée quelque part ? Auquel cas vous avez dû les perdre très vite...

— Il n'y avait pas de voiture mais de toute façon j'aurais suivi : j'ai une motocyclette, ajouta-t-il fièrement. Ils sont partis à pied presque en courant...

— Ma femme avait-elle changé de vêtements ?

— Non. Elle portait toujours la robe ravissante qu'elle avait au dîner et des souliers dorés...

— A hauts talons ! Courir avec ça dans les rues de Jérusalem ! Et jusqu'où sont-ils allés...

— Une maison de Mea Shearim... Vous voulez que je vous montre ?

— Si je veux ?... Laissez-moi seulement dire à mes amis de déjeuner sans moi...

Un moment plus tard, juché sur le tansad d'une moto pétaradante, Morosini fonçait vers le quartier des Juifs polonais et lituaniens mais au moment de s'y enfoncer, il fit arrêter son guide :

— Votre engin fait trop de bruit. Continuons à pied !

On confia la moto à un marchand de fruits qui somnolait plus ou moins au milieu de ses dattes, figues, amandes, etc., et qui jura de veiller dessus comme sur sa propre mère, puis on s'enfonça dans l'enchevêtrement de ruelles souvent en chicane pour prévenir toute aggression et défendues la nuit par des chaînes jusqu'à une haute maison qu'Aldo reconnut avec accablement : c'était celle de Goldberg...

— Vous les avez vus entrer là, fit-il mais avez-vous vu quelqu'un sortir ?

— Non. Personne. Pourtant je suis resté longtemps... aussi longtemps que j'ai pu. Le jour se levait quand je me suis résigné à partir. Il le fallait bien. Je... je suis soldat.

— ... et vous avez des consignes à respecter ! Merci de ce que vous avez fait, dit Aldo en frappant sur l'épaule de ce garçon qu'il trouvait si profondément antipathique peu de temps auparavant.

— Nous n'entrons pas ?

— Non. Le maître de cette maison est parti ce matin pour Haïfa et peut-être pour les États-Unis avec le Grand Rabbin de Palestine.

— Mais je n'ai vu sortir personne ! s'entêta Mac Intyre. Ni rabbin ni quoi que ce soit ! Et pas même le garçon avec ses papillottes !

— Cela veut dire, simplement, que cette maison a une autre sortie. Les Juifs ont toujours eu la manie du souterrain. Il faut avouer que cela leur aura sauvé la vie en bien des circonstances. Ce quartier n'a que cinquante ans mais il n'échappe sûrement pas à la règle. Rentrons, voulez-vous ?

— Est-ce que... est-ce que vous ne... m'expliquerez pas ce qui se passe ?

Un instant, Morosini considéra le visage couleur de terre cuite du lieutenant. Un visage ouvert, sympathique avec ses incisives écartées et son air ingénu. Finalement, il se décide à lui livrer une partie de l'énigme : ce n'était pas vraiment une « autorité » et il était amoureux de Lisa :

— C'est difficile et je dois faire appel à votre discrétion comme à votre honneur : ma femme a été enlevée par... quelqu'un de très déterminé. Si je préviens quelque autorité que ce soit, police ou autre, elle risque la mort...

— Vous ne me direz pas qui c'est mais il veut quoi, le ravisseur ? Une rançon ? Vous êtes riche, je crois...

— Il ne veut pas d'argent mais... un objet perdu depuis longtemps qu'il pense que j'ai des chances de le retrouver.

— Et vous pensez comme lui ?

— J'ai du mal mais si c'est la seule façon de récupérer Lisa en bonne santé — on m'a assuré qu'elle serait bien traitée tant que je ne lâcherais pas les chiens — il faut bien que j'essaie...

— Je peux vous aider ? Je ne suis pas un officiel, moi ! Mais, à l'état-major on apprend bien des choses...

— Pourquoi pas ? D'autant que je vais devoir quitter Jérusalem pour quelque temps... Venez !

Rentrons à l'hôtel : je vais vous présenter au reste de la famille.

Le lendemain, tandis que Marie-Angéline coiffée d'un casque colonial et chaussée de solides souliers de toile s'en allait, armée d'un attirail de peintre, dessiner ici et là mais de préférence du côté de la Grande Synagogue et aussi de Mea Shearim, Morosini et Vidal-Pellicorne partaient pour Massada...

CHAPITRE II

LE DERNIER REFUGE

Vêtus de chemises et de shorts en toile kaki style « armée des Indes », un casque en liège sur la tête et un sac lourdement chargé sur le dos, Vidal-Pellicorne et Morosini grimpaient depuis un long moment déjà le « sentier du Serpent » qui traçait ses méandres au flanc est de Massada. Khaled, le guide recommandé par sir Percy, grimpait devant eux, vif comme une chèvre en dépit de la soixantaine sonnée, bien étayé par des mollets si secs et si durs qu'ils avaient l'air sculptés dans un vieux bois d'olivier. En bas du chemin, l'un de ses fils gardait les dromadaires grâce auxquels on avait parcouru la vingtaine de kilomètres séparant la vieille citadelle ruinée de l'oasis d'Ein Guedi où l'on avait laissé la grosse Talbot grise procurée par Douglas Mac Intyre qui leur avait permis de parcourir les quelque quatre-vingts kilomètres entre l'oasis et Jérusalem (quarante-cinq de route acceptable jusqu'à Hébron et une solide trentaine d'une piste menant au bord de la mer Morte à travers les montagnes de Juda). Les autres fils fermaient la marche avec le reste du matériel.

A mesure que l'on montait, le paysage devenait plus grandiose encore, si possible. Le désert d'ocre rouge d'où surgissait, solitaire, le roc géant de Massada, se déchiquetait sur une vaste étendue d'eau couleur d'ardoise dont les frémissements lourds se frangeaient d'une écume épaisse due à la densité de saumure. Parfois, le soleil accrochait l'un de ces cristaux de sel et s'y réflétait en flèches d'une éblouissante blancheur... Des nodules de soufre, des branches d'arbres pétrifiés achevaient l'image baroque de cette mer trop salée où le bitume, le gypse et bien d'autres minéraux remplaçaient les poissons et les algues. Là-bas, vers le nord, on pouvait apercevoir la petite crique d'Ein Guedi et la longue coulées de tamaris, d'acacias parasols, de pommiers de Sodome traçant le chemin de la source qui lui avait donné son nom et sa végétation. Le ciel était même si pur que l'on pouvait croire distinguer l'embouchure du Jourdain dont les eaux sacrées venaient se perdre dans ce que les Anciens appelaient le lac Asphaltite...

La montée était rude et Adalbert s'arrêta un instant pour souffler.

— Pourquoi, demanda-t-il, n'empruntons-nous pas la rampe d'accès établie par Flavius Silva pour hisser ses machines de guerre ?

— Parce que avec le temps elle s'est écroulée en partie vers le sommet. Elle est de l'autre côté, à l'occident... répondit la guide qui avait poliment interrompu sa marche... De toute façon, vous êtes des hommes de paix. Ce qui a été bâti pour apporter la mort ne saurait vous convenir.

— Je ne connais pas beaucoup de chemins au monde qui n'aient pas, un jour ou l'autre, été utilisés par la mort, marmotta Adalbert qui transpirait comme une gargoulette. Je suis archéologue, moi, pas alpiniste.

— Et les Pyramides, ironisa Morosini, tu ne les as jamais escaladées ?

— Si, mais il y a longtemps... et pas toutes !

Enfin on franchit ce qui avait été l'une des deux portes de la forteresse et l'on déboucha sur une immense étendue de terre jaune et de pierraille d'où émergeaient des ruines encore imposantes mais qui eurent le don de plonger instantanément Aldo dans le découragement :

— Tu vas dire que je me repète mais c'est une entreprise insensée. Comment retrouver deux cailloux gros comme un doigt dans ce paysage de fin du monde ? ajouta-t-il entre ses dents. En admettant qu'ils y soient toujours.

— Un peu de confiance, que diable ! Grâce à sir Percy j'ai une idée de l'endroit où l'on peut chercher.

Il tira d'une poche de poitrine une sorte de plan qu'il étala sur une pierre :

— Voilà où nous sommes ! Comme tu peux le voir, c'est la pointe nord, à notre droite, qui présente le plus d'intérêt. Là s'élevait le palais d'Hérode le Grand, bâti sur trois terrasses successives posées sur des a-pics, reliées entre elles par des escaliers taillés dans le roc à flanc de montagne et des plus faciles à défendre. Les traditions rapportent qu'il était d'une grande magnificence et possédait de nombreuses annexes. Il y a un autre palais, celui d'occident, qui doit être là-bas, juste en face de nous...

— Non, corrigea Khaled. Ça église byzantine. Le palais plus à gauche...

— Quant à l'ancienne synagogue et le quartier des Esséniens...

— Là-bas... juste au bord du vide...

On remit au lendemain le tour complet de l'étrange cité-palais où, après le sac de Jérusalem par Titus, les quelque neuf cents Zélotes d'Eléazar ben Yaïr avaient vécu retranchés pendant trois ans et résisté pendant plusieurs mois à la Xe Légion romaine pour finir par un suicide général, décidé en toute liberté quand, la rampe achevée et l'hélépole portant un gigantesque bélier amenée à pied d'œuvre, il fut évident qu'il n'y avait plus d'espoir. La nuit qui précéda le dernier assaut, les Zélotes et ceux qui les avaient rejoints se partagèrent en groupes de dix comprenant femmes et enfants. Le chef de ce groupe devait les égorger. Ensuite de nouveaux groupes seraient formés jusqu'à ce qu'il ne reste plus qu'un seul homme, Eléazar, qui, alors, se donnerait la mort.

Ainsi fut fait et quand Flavius Silva enjamba les vantaux et les pierres de la ville éventrée, il ne trouva sur son chemin que des cadavres au-dessus desquels tournoyaient déjà les vautours du désert...

— On dit, acheva Adalbert qui venait de retracer à haute voix en anglais ce drame exemplaire de la fierté et du courage, que deux femmes et cinq enfants réussirent à s'échapper, sans doute grâce à des pères incapables de supporter l'idée de les voir morts. Je ne sais pas si c'était une bonne idée : ils devinrent esclaves du consul...

— On dit aussi, fit Khaled avec un petit rire, qu'une des femmes était très belle et que le consul l'aima... Maintenant, il est temps de choisir l'endroit où vous allez vous établir...

Le soleil, en effet, baissait en faisant flamboyer le désert et en glaçant la mer Morte d'une curieuse teinte de violet pourpre. Les deux hommes firent choix d'une ancienne casemate des murailles croulantes qui était encore couverte et leur offrait un abri assez bien protégé.

Khaled regarda ceux qui étaient pour lui des scientifiques venus repérer un futur chantier de fouilles déposer leurs sacs et commencer à s'installer. Maintenant qu'il les avait conduits à bon port, il avait l'air un peu encombré de son personnage :

— Vous ne voulez vraiment pas que je reste avec vous ? Je ne quittais jamais sir Percy...

— Parce que tu avais une équipe à diriger mais nous n'en sommes pas là, dit Vidal-Pellicorne. Nous avons des vivres, tu nous as montré un point d'eau et même une citerne encore en bon état. Tu reviendras dans deux jours voir où nous en sommes et nous rapporter de la nourriture. Nous allons pouvoir travailler tranquilles sans être gênés par qui que ce soit. Il n'y a pas foule sur ce plateau.

L'Arabe haussa les épaules avec un soupir :

— Personne depuis sir Percy... sauf les djinns qui habitent les mauvais vents...

— On dirait pourtant qu'il y a quelqu'un ? fit

Morosini qui regardait par l'ouverture. Je viens de voir quelque chose bouger entre les pierres...

Pour s'en assurer, il sortit suivi des deux autres en se dirigeant vers les ruines byzantines. Dans la lumière frisante du soleil en train de disparaître, les trois hommes aperçurent une silhouette qui, dans ses draperies bleu sombre, semblait issue du crépuscule mais qui n'avait rien d'un fantôme car on la vit soudain détaler à toutes jambes, des jambes dont l'œil aigu d'Aldo remarqua la finesse au-dessus des sandales poudreuses : une femme ! Khaled alors prévint sa question avec un soupir excédé :

— Allah ! Elle est revenue !

— Tu la connais ? dit Morosini. Qui est-elle ?

— Une folle ! De temps en temps elle apparaît ici comme un oiseau de malheur. Elle retourne les pierres, elle cherche on ne sait quoi. Un jour, un de mes fils a réussi à l'approcher mais elle parle une langue qu'il ne comprend pas. Tout ce qu'il a pu savoir c'est son nom. Elle s'appellerait Kypros... Drôle de nom !

— Kypros ! reprit Adalbert songeur. C'était le nom de la mère d'Hérode le Grand qui construisit ces palais... Elle appartenait à un peuple nomade de la région : les Nabatéens... Nomades parce que leurs caravanes sillonnaient le désert entre la mer Rouge et la Méditerranée. Avec leurs dromadaires qu'ils avaient été le premiers, je crois, à domestiquer, ils transportaient d'une mer à l'autre les épices venues des Indes, la myrrhe d'Arabie et même la soie que les marchands chinois des royaumes Han apportaient jusque chez les Parthes...

— Les Nabatéens n'existent plus depuis longtemps et Petra, leur capitale, est une ville morte habitée seulement par les bêtes sauvages, fit Khaled avec dédain...

— A moins d'avoir été exterminé jusqu'au dernier, un peuple ne disparaît jamais tout à fait, coupa Morosini. La nuit va tomber et Ein Guedi est là-bas... Tu devrais rentrer, Khaled ! Merci de ton aide.

La femme avait disparu maintenant derrière la pointe formée par l'étage supérieur du palais septentrional. L'Arabe salua sans insister et s'en alla rejoindre, par le sentier du Serpent, ses fils et ses dromadaires mais, avant d'avoir atteint la porte dans le rempart, Aldo le vit soudain ramasser une pierre et la jeter de toute sa force dans la direction des ruines en criant quelque chose qu'il ne comprit pas. Songeur, il revint vers Adalbert occupé à allumer un feu sur trois pierres qui avaient déjà servi à cet usage et lui apprit ce qu'il venait de voir :

— Je ne sais pas qui est cette femme mais ton Khaled la déteste...

— Ça, c'est évident. Mais ce n'est pas « mon » Khaled, c'est celui de sir Percy et je le lui laisse bien volontiers.

— Il ne te plaît pas ?

— Pas vraiment. Et nous ne lui plaisons pas davantage. Si nous n'étions en quelque sorte les invités de sir Percy, il n'aurait jamais accepté de nous guider et de nous aider...

— Tu vois à cela une raison ?

— Et une bonne : il fouille pour son propre compte ! Et je vais te dire mieux : je parie qu'il cherche la même chose que cette femme-fantôme.

— On dirait que tu as une idée de ce que ça peut être ?

— Bien sûr. Sir Percy m'en a parlé d'ailleurs, mais comme d'une légende amusante à l'usage du petit peuple : le trésor d'Hérode le Grand !

Morosini se mit à rire en se laissant tomber, assis en tailleur devant le feu qui flambait bien à présent alimenté par du bois mort qui ne manquait pas sur le site :

— J'aurais dû m'en douter. C'est toujours la même histoire : dès qu'un grand personnage a fait construire une quelconque forteresse et, de préférence dans un endroit inaccessible et sauvage, ça ne peut pas être pour autre chose que pour défendre un trésor...

— En l'occurrence, le trésor pour Hérode, c'était lui-même. Il faut comprendre : il était une pièce rapportée dans la dynastie asmonéenne dont il avait épousé une fille, Mariamne, en secondes noces — il a eu cinq femmes ! Alors il a fait le ménage parmi les descendants réels. C'était un homme cruel, d'une horrible méfiance et ce palais du désert en est la meilleure preuve.

— Le massacre des Innocents, c'était lui ?

— Non, son fils Hérode Agrippa Ier, l'homme qui a donné la tête de saint Jean-Baptiste à sa belle-fille Salomé. Pour en revenir à son papa, il est très possible que celui-ci ait enfoui une poire pour la soif dans ce dramatique décor...

— Mais cette femme que nous avons aperçue, cette Kypros qui porte le nom de sa mère, d'où peut-elle bien sortir ?

— Va savoir ! On verra bien si on arrive à mettre la main dessus. En attendant, dînons et couchons-nous ! Je meurs de fatigue !

— Ce que c'est que d'être devenu un archéologue de salon ! On rouille... En revanche, je suis confondu par ton savoir. Y a-t-il, autour de la Méditerranée, une seule peuplade dont tu ne connaisses pas l'histoire antique ?

Adalbert s'étira en émettant un son de satisfaction, puis se mit à fourrager dans son épaisse tignasse d'un blond tirant un peu sur le gris, repoussa la mèche qui lui tombait sur le nez et, finalement, darda sur son ami un regard bleu plein de malice :

— Pourquoi seulement la Méditerranée ? Il m'est arrivé de me pencher aussi sur l'énigme de l'Atlantide, tu sais ?... J'avoue cependant qu'en ce qui concerne la Palestine, j'ai un peu revu ma copie en compagnie de sir Percival Clark. Un puits de science que cet homme-là. Dommage que sa santé le tienne cloué dans son fauteuil, sinon il aurait sûrement tenu à nous accompagner !

— Si ce n'était pas le cas, il ne t'aurait rien dit du tout. Les archéologues sont les gens les plus cachotiers du monde et, en général, ils se détestent entre eux...

— Exactement comme les antiquaires ! Et tu

n'as pas tout à fait tort mais comme jusqu'à présent il n'existe pas d'École française de Palestine, que les Anglais tiennent tout le pays, je crois qu'il n'est pas fâché qu'une sorte de franc-tireur sans grands moyens s'intéresse à ses travaux et à la question de Massada qui le passionne. Je lui ai promis des photos pour qu'il voie dans quel état est le site... Et maintenant, plus de questions ! Je dors...

Aldo, lui, n'avait pas sommeil. Adalbert ronflait depuis longtemps qu'il contemplait encore le ciel, assis sur un fût de colonne en fumant cigarette sur cigarette pour tenter de calmer une nervosité qu'il avait du mal à maîtriser. Jamais il ne s'était senti à ce point misérable et fragile avec ce terrible sentiment d'impuissance accroché à lui depuis qu'on lui avait pris Lisa. La splendeur de la nuit étoilée qui l'enveloppait aussi complètement que s'il eut été seul sur le pont d'un navire en pleine mer ne l'apaisait pas, justement parce qu'elle l'obligeait à mesurer le peu d'importance de sa personne en face de l'immensité. Peut-être aussi était-il accablé par les dimensions des ruines et ne voyait-il pas quel fil conducteur menant à ces fichus « sorts sacrés » on pourrait bien y trouver... Le cri d'un chacal quelque part dans le désert ne contribua pas à lui remonter le moral : il y vit un mauvais présage et se signa précipitamment comme n'importe quel Italien superstitieux...

Ce fut ce geste qui le fit sortir enfin de ce marais d'angoisse où il marinait depuis qu'on lui avait enlevé Lisa. Non parce que l'ayant fait il se sentit soudain sous la protection divine, mais parce qu'il le rendit à lui-même : le dernier d'une longue lignée d'hommes — de femmes aussi ! — qui avaient su se battre, mais aussi un être qui avait toujours affronté l'adversité avec ce sourire nonchalant qui séduisait tant de gens. Et s'il ne pouvait être question de sourire cette fois, il restait que son accablement et ses pensées négatives étaient peut-être bien en train d'offenser Dieu parce qu'il était loin d'être engagé seul dans cette bataille : il y avait Adalbert dont les ronflements réguliers avaient quelque chose de serein, il y avait Marie-Angéline, cette drôle de vieille fille qui lui avait si soudain apporté le plus inattendu des coups de main ; il y avait Tante Amélie capable de remuer le monde pour le neveu qu'elle aimait ; il y avait cet Ecossais amoureux prêt à se dévouer sans compter pour une femme dont il savait très bien qu'il n'obtiendrait jamais rien d'autre qu'un sourire et peut-être un baiser fraternel sur la joue ; il y avait enfin Lisa elle-même : la fille du puissant banquier suisse Moritz Kledermann, la petite-fille de cette indomptable vieille dame autrichienne qu'était la comtesse von Adlerstein, la princesse Morosini enfin n'était pas de celles qui se laissent malmener, enfermer sans rien tenter pour s'en sortir. Elle l'aimait autant qu'il l'aimait et cet amour-là devrait être assez fort pour vaincre n'importe quel mauvais tour du Destin...

Aldo se leva, jeta sa dernière cigarette à demi fumée, alla prendre dans le campement de fortune un rouleau de couvertures et se coucha dans les ruines de l'église byzantine : tout sereins qu'ils soient et revélateurs d'une immense confiance dans l'avenir, les ronflements de Vidal-Pellicorne étaient tout de même trop bruyants...

En se levant derrière les monts de Moab que longeait la rive orientale de la mer Morte, le soleil trouva les deux amis au travail. Ou plutôt Adalbert entama ses recherches tandis qu'Aldo se contentait de regarder. L'archéologue commença par prendre un certain nombre de photographies des différentes ruines ainsi qu'il l'avait promis à sir Percy. Cela lui permit de constater certains changements dans le triple palais d'Hérode par rapport aux clichés des derniers travaux du vieil homme :

— Il doit y avoir de temps en temps des gens qui fouillent par ici et ce ne sont pas des professionnels. Regarde un peu ce désastre, ajouta-t-il en s'accroupissant près d'un fragment de délicate mosaïque dans les tons roses et bruns représentant une fleur dont on avait troué le cœur à coups de pioche. C'est l'œuvre de quelqu'un de pressé qui cherche au hasard. J'ajoute que c'est récent...

— La Nabatéenne ?

— Possible... encore que j'y voie plutôt la force d'un homme. Rien d'étonnant, s'il traîne dans le coin des rumeurs de trésor ! Il serait temps que les Anglais fassent protéger le site...

— Au fond, nous aussi nous cherchons un trésor et qui plus est un trésor minuscule. Les pillards, au moins, ont l'espoir de trouver un bon gros coffre...

— Nous aussi mais peut-être un peu moins gros. Tu peux être sûr que les Esséniens ont dû emballer soigneusement les émeraudes et les joindre peut-être à d'autres objets sacrés... ou à des écrits ! De toute façon ce ne peut pas être dans le palais d'un tyran. Allons nous occuper de la synagogue !...

— Tu crois que c'est une bonne idée ? Après leur victoire, les hommes de Flavius Silva ont dû la piller comme ceux de Titus avaient pillé le temple de Jérusalem... Où habitaient les Esséniens ?

— Là où nous logeons nous-mêmes : les casemates de la forteresse à côté du lieu saint. Les familles des Zélotes étaient plutôt installées en face, entre le palais et la porte du Serpent qui était l'endroit le mieux protégé.

— Bon. Quoi qu'il en soit, c'est toi le chef ! On fait ce que tu veux...

Pendant plusieurs jours, les deux hommes travaillant d'arrache-pied commencèrent à déblayer la terre qui encombrait l'ancien temple, s'attaquant surtout aux angles mais sans rien découvrir d'intéressant. Le soir, il leur restait tout juste assez de forces pour se préparer à dîner et se coucher. Khaled ou l'un de ses fils venait tous les deux jours pour les ravitailler. Mais ils ne posaient jamais de questions et ne s'attardaient pas. L'air vaguement dédaigneux, ils repartaient : de toute évidence, les étrangers se donnaient beaucoup de mal pour rien... De guerre lasse, Morosini laissa Adalbert continuer son travail de forçat et passa dans la salle voisine nettement plus petite où il commença à sonder les murs et à creuser les angles. Non qu'il crût obtenir ainsi plus de succès, mais l'entreprise lui paraissait moins pharaonique. Il en venait en effet à penser que, repris par la passion de son métier, Adalbert s'attachait davantage à exhumer ce que pouvait encore cacher la vieille synagogue qu'à retrouver les « sorts sacrés » qu'on n'avait certainement pas abandonnés au milieu de la salle.

La chance souriant toujours aux innocents et aux maladroits, l'espèce de piolet dont il se servait sans conviction passa, deux jours plus tard, à travers quelque chose qui ressemblait à de la terre cuite sous laquelle il y avait du vide. Surpris, il enfonça sa main dans le trou, rencontra un objet oblong couvert d'un tissu en mauvais état. C'était un rouleau de peau couvert d'écritures anciennes... Il se rua dehors et hurla :

— Adal !... Rapplique ! J'ai trouvé quelque chose...

L'interpellé arriva comme le vent et s'empara avec avidité du rouleau qu'il examina sur toutes les coutures :

— Grâce à Dieu tu ne l'as pas déroulé ! Étant donné l'ancienneté, cela demande quelques précautions...

— Toi qui es diplômé des langues orientales, tu connais cette écriture ?

— Mal. Je crois pouvoir dire tout de même que c'est de l'araméen... la langue que parlait le Christ. Sir Percy nous dira ce qu'il en est au juste. Où l'as-tu trouvé ?

— Viens voir !

L'archéologue examina le trou et les débris qu'Aldo en avait retirés :

— Ce rouleau était dans une jarre. Il faut dégager mais plus doucement. Il y en a peut-être d'autres...

— Tu penses que c'est important ?

— Du point de vue archéologique ? Certainement. Pour ce qui nous occupe, c'est une autre affaire. C'est, en tout cas, la preuve de la présence ici des Esséniens. Pour les sauver de la souillure des Romains, ils ont dû enterrer leurs livres les plus saints... Leur trésor, en quelque sorte. On va essayer de le tirer de là...

— Les émeraudes pourraient en faire partie ? demanda Morosini avec, dans la voix, quelque chose qui ressemblait à de l'espoir.

— S'il s'agissait de pierres quelconques, même les plus fabuleuses, je dirais non sans hésiter car ils étaient de mœurs austères et méprisaient les biens, mais il s'agissait pour eux d'objets divins ou tout au moins d'objets sacrés. Ce n'est pas impossible. Au travail...

Ils ne le poursuivirent pas longtemps : la nuit tombait et le poids de la journée se faisait sentir. Sagement, Adalbert décida de remettre la suite au lendemain. Ils soupèrent sobrement d'un reste de chevreau rôti, d'olives et de dattes, puis comme d'habitude, Adalbert se coucha et s'endormit aussitôt, tandis qu'Aldo s'accordait une dernière cigarette en regardant le ciel mais, la fatigue se faisant sentir, il tira son lit dehors comme il le faisait souvent et se coucha sous les étoiles...

Son subconscient — ou bien était-ce le sixième sens, celui du danger, qu'il possédait à un point extrême ? — le réveilla brusquement : une forme indistincte était agenouillée près de lui mais le poignard qu'elle brandissait dans la froide lumière de la pleine lune et qui allait le frapper était on ne peut plus net. Il se jeta hors du lit à l'instant où la forme s'abattait sur lui, se releva et tomba sur l'agresseur attrapant à pleins bras sous des tissus qui sentaient l'encens un corps et des membres extraordinairement souples mais fort peu masculins. Les forces n'étant pas égales, la lutte fut brève : la femme glissa de ses mains et allait s'enfuir quand il saisit une cheville. Déstabilisée, elle tomba lourdement sur le sol où il la cloua d'un genou posé sur une poitrine haletante puis, d'un geste vif, il écarta le voile dissimulant la figure Le visage qu'il découvrit, sculpté par la lumière argentée de la lune, était fin et beau mais il ne possédait plus la fraîcheur de la jeunesse : c'était celui d'une femme de quarante à quarante-cinq ans, pas d'une femme confite dans les douceurs sucrées d'un harem. Le corps qu'il maintenait était mince, nerveux et sec comme celui d'une chèvre de montagne. Les yeux lui parurent énormes : deux lacs obscurs traversés d'éclairs.

— Qui es-tu ? demanda-t-il dans son arabe un peu sommaire. Pourquoi voulais-tu me tuer ?

Pour toute réponse, elle lui cracha au visage. En retour il faillit la gifler mais quelque chose le retint au-delà du fait qu'elle était une femme vaincue. Peut-être la certitude de sa qualité ?...

— Ce n'est pas une réponse, ni une façon de se conduire, se contenta-t-il de remarquer en se tordant le cou pour essuyer sa joue à l'épaule de sa chemise. De toute façon, je sais qui tu es : tu t'appelles Kypros et l'on te dit Nabatéenne. C'est bien ça ?

— Tu ferais mieux de lui parler grec, fit derrière lui la voix tranquille d'Adalbert que le bruit de la lutte avait dû réveiller.

— Je ne parle pas grec, sinon un peu celui de Démosthène grâce à mon cher précepteur...

— Ça devrait faire l'affaire. Les Nabatéens parlaient jadis l'araméen mais ils se sont convertis à la langue d'Homère parce que c'était plus commode pour le commerce de ces grands caravaniers importateurs qui avaient su truffer leurs parcours à travers le désert de citernes astucieusement disposées. Puis-je te suggérer de la laisser se relever ? Un genou sur l'estomac est peu propice à la conversation...

— Si je la lâche elle va filer. Tu n'as pas idée : c'est une véritable anguille !

— Mais non...

Tandis que Morosini libérait lentement sa captive, Adalbert lui tendit la main et prononçant, en grec, une salutation qui eût satisfait sans doute Nausicaa car la femme ne put retenir un sourire et accepta la main tendue. Elle se releva d'un mouvement souple et se tint devant eux avec une aisance un peu hautaine qui confirma Morosini dans sa première impression : cette femme avec ses sandales usées, son voile et sa tunique grise plutôt misérable avait une allure d'altesse. Un instant encore, elle garda le silence, puis ramassant calmement le poignard qu'Aldo lui avait arraché, elle le glissa dans sa ceinture :

— On dirait que je vous dois des excuses, dit-elle dans un français qui leur arrondit les yeux.

— Vous parlez notre langue ? émit Adalbert abasourdi.

— Depuis l'enfance. Je l'ai apprise au Liban... Puis-je savoir qui vous êtes ?

Encore un peu sous le choc, Adalbert fit les présentations avec autant d'urbanité que si l'on eût été dans un salon et non sur un rocher désertique au bord de la mer Morte :

— Je suis désolée, dit la femme. Je vous prenais pour des pillards de la même espèce que ce Khaled et ses fils qui vous ont amenés jusqu'ici...

Morosini, lui, ne désarmait pas. Il trouvait un peu mince la contrition désinvolte d'une femme qui les aurait certainement tués tous les deux s'il ne s'était réveillé à temps :

— Cela vous plaît à dire. En ce qui nous concerne, nous n'avons pas eu à nous en plaindre. Je n'en dirais pas autant de vous...

Elle lui offrit un sourire insolent :

— Rancunier ?

— On le serait à moins mais puisque apparemment il s'agissait d'un simple « malentendu », nous direz-vous d'abord qui vous êtes vraiment et ensuite pourquoi vous vouliez nous tuer ?

— Qui je suis ? Vous l'avez dit vous-même. Je m'appelle Kypros...

— C'est tout à fait insuffisant... Cela ressemble assez à un nom de guerre.

— Pourtant, c'est le mien et il faudra qu'il vous suffise car il est assez connu...

— Celui de la mère d'Hérode le Grand, intervint Adalbert, mais depuis cette époque beaucoup de temps a coulé. Vous aurez peine à nous faire croire que vous êtes sa fille...

— Non... mais sa descendante. J'appartiens à sa lignée tout comme j'appartiens à celle de...

Elle parlait du haut de sa tête, avec un orgueil dont elle s'aperçut soudain qu'il l'emportait peut-être un peu trop loin.

— De qui ? demanda Morosini.

— Cela ne saurait vous intéresser. Vous n'avez pas besoin d'en connaître davantage...

— Soit, gardez vos secrets mais répondez à ma seconde question : pourquoi m'avoir attaqué ? Oui, je sais, vous nous preniez pour des pillards mais des pillards de quoi ? Les biens répandus sur cette vieille forteresse presque rasée sont plutôt rares.

— Et pourtant vous cherchez quelque chose ? Vous avez même trouvé quelque chose. Je vous ai entendu le crier vers la fin de la journée...

Vidal-Pellicorne ouvrit la bouche pour répondre mais Aldo l'arrêta du geste. Cette femme arrogante l'agaçait de plus en plus et il n'avait aucune envie de la voir fourrer son nez dans leurs affaires :

— Rien qui puisse être de quelque importance pour vous. Ce n'est pas le trésor d'Hérode que nous cherchons...

— Moi non plus. Je vous souhaite une bonne nuit, messieurs !

Ils n'eurent même pas le temps de répondre.

Virant sur ses talons elle était déjà partie, filant comme une flèche vers les éboulements du palais d'Hérode derrière lesquels elle disparut aussi prestement qu'une ombre.

— Eh bien ? fit Aldo en allumant une cigarette, qu'en penses-tu ?

Les yeux fixés sur l'endroit où la femme avait disparu, Vida-Pellicorne haussa les épaules :

— Je n'en sais trop rien... mais ce que je sais, c'est que nous ne pouvons plus dormir tous les deux en même temps...

— Saine décision. Ses vagues excuses ne m'ont pas convaincu le moins du monde. Elle a trop envie de savoir ce que nous avons trouvé et elle est tout à fait capable de renouveler sa brillante prestation de ce soir. Va dormir, moi je n'ai plus sommeil...

— Il n'est qu'une heure du matin, dit Adalbert en consultant sa montre à l'aide d'une lampe de poche. Réveille-moi dans deux heures : je finirai la nuit.

Trois minutes plus tard, exactement, l'air nocturne renvoyait les échos sereins de ses ronflements. L'archéologue possédait en effet le don précieux de s'endormir à volonté. Mais Kypros ne revint pas cette-nuit-là...

Elle reparut le surlendemain, à la manière d'un animal attiré par une odeur. Aldo était en train de faire du café avec le talent qu'y mettent en général les Italiens. Le sien lui venait de la défunte Cecina, sa chère nourrice et cuisinière, morte en lui donnant une dernière et sublime preuve de dévouement...

— Cela sent tellement bon, dit Kypros d'une voix timide, que je n'ai pas pu résister.

La tendre lumière du soleil à son lever lui ôtait beaucoup de son apparence spectrale et, en dépit de sa vêture archaïque et minable, Morosini la trouva bien réelle et même moderne. Il avait déjà vu des joueuses de tennis dont l'allure ressemblait à la sienne. Sa souplesse et son maintien étaient ceux d'une vraie sportive mais, pour le moment, elle avait une expression de petite fille gourmande qui la rajeunissait :

— En voulez-vous une tasse ? Il va être prêt, fit-il avec un sourire

— Merci... avec plaisir.

Elle s'assit sur une grosse pierre, croisant ses jambes nerveuses d'un mouvement naturel, jurant lui aussi avec le personnage qu'elle assumait au point qu'il faillit lui offrir une cigarette. Il essaya de l'imaginer sous des vêtements européens en train de boire un verre au bar du King David et n'y parvint pas : cela tenait peut-être à son type arabe. La tête altière de cette femme était faite pour porter couronne, diadème ou tiare... Une énigme, en vérité !

De son côté, elle l'observait avec attention sous l'abri de ses cils longs noirs avec quelque chose qui ressemblait à du soulagement : maintenant qu'elle le voyait en pleine lumière, elle eût regretté de l'avoir tué. Un bel animal, assurément, sous sa vêture civilisée ! Sa haute silhouette élégante et racée s'accommodait fort bien de la chemise et du short en toile fatiguée. Et que son visage étroit au profil arrogant était donc séduisant sous les cheveux bruns délicatement argentés aux tempes, avec son sourire nonchalant et ses yeux d'un bleu acier étincelant ! Elle relança la conversation :

— C'est étonnant que vous ayez les yeux bleus alors que vous êtes italien ?

— Je suis vénitien et ce n'est pas la même chose. En outre, je tiens leur couleur de ma mère qui était française...

Le café était prêt. Aldo lui en offrit une tasse qu'elle but avec recueillement :

— Il est bon ?

— Hmmm !... Divin ! Il y a bien longtemps que je n'ai rien bu de semblable. Dans nos pays on a le choix entre la bouillie à la turque et l'eau de vaisselle chère aux Anglais.

Aldo lui en servit une seconde tasse, appela Adalbert qui gratouillait quelque chose dans l'église byzantine et s'assit en face de son invitée pour déguster son œuvre :

— Khaled — pardonnez-moi, je sais que vous ne l'aimez pas ! — nous a dit que vous n'habitiez pas ici de façon régulière. Est-ce vrai ?

— C'est exact. Je ne viens que deux fois l'an selon certains mouvements du soleil et de la lune...

— Et le reste du temps ?

Elle esquissa un geste vague avec sa tasse vide et n'offrit plus à son hôte qu'un profil perdu :

— Oh, ici ou là... c'est selon !

— Toujours aussi méfiante ! N'avons-nous pas, en quelque sorte, partagé le pain et le sel avec ce café ?

— Peut-être. Cependant je vous prie de ne pas chercher à en savoir plus. Ma vie n'appartient qu'à moi...

— Je n'essaierai pas de vous l'arracher et me contenterai de l'instant présent. Admettez tout de même que l'on ait quelque peine à vous croire Nabatéenne ? Ce peuple des grandes caravanes n'existe plus...

— Son sang subsiste encore chez quelques rares exemplaires. Je suis l'un de ceux-là.

Adalbert revenait vers eux nettoyant tout en marchant quelque chose étalé sur la paume de sa main et qu'il tendit à son ami après avoir lancé à Kypros un « Comment ça va ce matin ? » aussi spontané que s'il était tout naturel qu'elle fût là.

— Tiens, j'ai trouvé ceci...

— Une bague ?

— Un sceau, plutôt. La gravure en est presque invisible. On dirait une feuille d'arbre...

— Montrez !

Kypros avait tendu la main d'un geste très naturel et Adalbert lui remit sa trouvaille en disant, mi-figue mi-raisin :

— Autant que vous le sachiez tout de suite, ce n'est pas de l'or.

— C'est du bronze, je sais. Elle date sûrement du siège : elle a dû appartenir à l'un des défenseurs. Peut-être même à Eléazar qui comptait s'en servir le jour où, Massada libérée, il signerait la paix...

— Bravo ! applaudit Adalbert. Vous semblez très calée.

— On le devient au fil des années. Qu'allez-vous faire de cet anneau ?

Visiblement, elle avait envie de le garder mais Adalbert le lui reprit sans brusquerie :

— Le porter à sir Percival Clark. Il pourra peut-être nous en dire plus...

— Vous le connaissez ? fit Kypros d'un ton surpris.

— Bien sûr. Comment croyez-vous que nous sommes entrés en relation avec Khaled qui était son homme de confiance ?

La femme haussa les épaules avec un mépris absolu :

— Confiance bien mal placée mais ces Anglais n'ont jamais eu le sens commun. Merci pour le café !

Elle se levait mais, avant qu'elle se fût enfuie à sa manière rapide et légère d'antilope, Morosini l'avait saisie par le bras pour la retenir.

— A votre service !... Êtes-vous si pressée ?

— Non... mais je n'aime pas rester longtemps en société... si agréable soit-elle, ajouta-t-elle pour corriger ce que la phrase pouvait avoir de trop abrupt sans pour autant l'accompagner d'un sourire : une nuance que son visage semblait ignorer.

— Permettez-moi au moins une question ! Où habitez-vous sur ce caillou ? Nous avons déjà parcouru à plusieurs reprises les ruines du grand palais sans jamais avoir trouvé âme qui vive.

— Vous avez cherché ?

— Pourquoi pas ? Vous représentiez un danger

et nous n'aimons ni l'un ni l'autre ignorer d'où il vient.

— Vous le pensez toujours ?

— Non, intervint Adalbert, et c'est pourquoi vous pourriez nous accorder quelque confiance.

— Je n'en accorde jamais. A personne !

Et une fois de plus elle s'enfuit, légère et rapide sans qu'aucun des deux hommes songe seulement à la suivre. Morosini haussa les épaules :

— Khaled m'a dit qu'il y avait des grottes sous certaines parties de l'enceinte. Elle doit habiter l'une d'elles et puis elle connaît Massada comme sa poche, elle a peut-être élu domicile à l'opposé du palais... Inutile de chercher. Elle ne reviendra peut-être plus.

Mais elle revint encore deux fois demander une tasse de café en évitant soigneusement les jours où les fils de Khaled ou Khaled lui-même apportaient le ravitaillement. Celui-ci d'ailleurs se montrait de plus en plus curieux. Il n'arrivait pas à comprendre ce que faisaient au juste ces gens venus, à l'origine, dans une simple intention de répérage :

— Si vous voulez fouiller, il vous faut du monde. Je vous en amènerai...

— Écoute, finit par lui dire Vidal-Pellicorne, qui détectait une vague menace sous l'obséquiosité du ton, si nous en avions besoin, nous ferions appel à toi, tu le penses bien, mais ce n'est pas le cas. En réalité, nous somme ici pour faire plaisir à sir Percival Clark qui écrit un livre sur Massada et qui, ne pouvant plus se déplacer, nous a chargés de faire certaines vérifications. Elles ont demandé plus de temps que nous le pensions, voilà tout !

— Et... le maître aura satisfaction ?

— Je l'espère... sans en être certain.

— Alors, il faut chercher encore. Est-ce que la Nabatéenne vous aide ?

— Pourquoi le ferait-elle ? coupa sèchement Morosini que ces questions commençaient à agacer.

Khaled s'inclina les mains sur la poitrine, s'efforçant de dissimuler un sourire énigmatique mais qui n'échappa pas aux deux autres.

— Il n'y a aucune raison, en effet. Je pensais seulement qu'elle avait peut-être fini par venir vous parler. Qu'Allah vous tienne en paix !

L'Arabe était reparti sur ce vœu pieux qui ne convainquit personne :

— Dix contre un qu'il nous fait espionner par l'un ou l'autre de ses nombreux enfants ! Il y a assez de ruines où l'on peut se cacher pour observer.

— Tu as sûrement raison et il doit bien aussi la faire espionner, elle...

L'impression de sécurité qui avait été celle des deux hommes durant tous ces jours et que l'attaque de Kypros avait entamée acheva de se dissoudre à la suite de cette visite. Ils reprirent leur travail mais avec d'autant moins d'enthousiasme qu'ils ne firent pas d'autre découverte. Même chez Adalbert qui pratiquait la foi du charbonnier le découragement pointait :

— Je ne sais pas où ton rabbin est aller pêcher que ce rocher arrosé de sang pourrait nous livrer

« sinon les émeraudes, du moins un indice important ». C'est très joli, les rêves, mais ce n'est pas souvent prémonitoire...

— A moins qu'il n'y ait une indication dans ce manuscrit que nous avons trouvé et que nous ne pouvons lire ?

— J'ai peine à le croire. J'ai plutôt l'impression qu'il s'agit d'un texte pieux, normal là où on l'a trouvé. De toute façon et si nous n'avons rien d'autre, il faudra bien s'en remettre à la traduction de sir Percy. Et là...

— Tu crains qu'il ne nous livre une traduction fantaisiste ? Tu n'as pas confiance ?

— On ne sait jamais jusqu'où on peut faire confiance à un archéologue. Surtout quand il s'agit de joyaux. En cas de découverte, la tentation de travailler pour soi-même doit être forte.

— Tu ferais ça, toi ?

Vidal-Pellicorne leva vers la mèche qui lui tombait sur le front un regard empreint d'innocence :

— Bah ! fit-il sobrement.

Morosini ne put s'empêcher de rire. Il savait très bien que lui-même était incapable de résister à la magie d'une pierre parfaite. Incontestablement il y avait là un risque mais il fallait le prendre.

— On pourra toujours photographier le manuscrit et demander une autre traduction. On verra bien si c'est la même... et, de toute façon, nous ne pouvons passer toute notre vie ici...

C'était l'évidence. On décida donc de fouiller encore deux ou trois jours puis de rentrer à Jérusalem. Mais les événements allaient se précipiter...

Dans la nuit du lendemain, alors qu'Adalbert était de garde et qu'Aldo ne dormait que d'un œil, un cri terrible déchira l'air et jeta celui-ci hors de son lit avant de les précipiter d'un commun accord vers le mur d'une des casemates dont l'ouverture dégradée donnait sur le vide.

— Ça vient de là-dessous, chuchota Vidal-Pellicorne. Et c'est un cri de femme.

— Kypros doit habiter sous nos pieds... mais par où la rejoindre ?

— La corde ! On va descendre directement.

Un nouveau cri, plus faible, les fit activer. Attacher la corde à un rocher et la jeter au-dehors ne leur demanda qu'un instant, après lequel Aldo plus sportif et plus léger que son compagnon se laissa glisser de quelques mètres avec quelques précautions. La nuit était suffisamment claire pour qu'il s'y retrouve facilement. Il découvrit alors, sur sa gauche, l'entrée d'une grotte et un étroit sentier taillé dans la roche qui desservait deux autres ouvertures avant de se perdre dans les ruines du palais. Il allait balancer la corde pour l'atteindre quand deux hommes sortirent de l'une de celles-ci, portant chacun un sac sur le dos, coururent en se courbant le long de l'étroit rebord et s'évanouirent au milieu des pierres. Ils étaient si pressés qu'ils n'avaient pas vu Aldo. En trois secondes celui-ci eut pris pied sur le chemin et tira la corde par trois fois pour indiquer à Adalbert qu'il était arrivé. Celui-ci le rejoignit puis tous deux s'engagèrent dans le trou d'où étaient sortis les hommes qui étaient sans doute des pillards. L'obscurité y était totale et

Morosini alluma la lampe accrochée à sa ceinture. En outre, un gémissement qui se prolongeait leur servit de guide. En effet, au fond d'une première grotte totalement vide s'ouvrait, derrière une sorte de pilier rocheux, un passage bas qu'ils franchirent en se baissant. Le spectacle qu'ils découvrirent leur arracha une exclamation horrifiée : Kypros gisait sur le sol dans sa tunique déchirée et trempée de sang. Couchée sur le côté, ses mains rougies crispées sur la blessure de son ventre, elle haletait avec de petites plaintes plus déchirantes que les cris. L'éclairage revélait autour d'elle une habitation primitive : une couche formée d'un matelas de paille et de couvertures, quelques objets de toilette, une jarre contenant de l'eau, une plus petite contenant de l'huile et quelques provisions : dattes, figues, olives, fromages secs.

Adalbert ôta de son cou la trousse de premiers secours et de pharmacie qu'il avait eue la présence d'esprit d'y accrocher avant de descendre et tenta de déplier doucement la malheureuse pour voir l'étendue des blessures mais Kypros ne le laissa pas faire.

— Non... j'ai trop mal ! Achevez-moi !

— Qui a fait ça ? demanda Aldo agenouillé de l'autre côté et qui, doucement, nettoyait avec un peu d'eau le visage souillé de sang et de terre.

— Deux... des fils de Khaled...

— Mais pourquoi ?

— Là... derrière.

La main sanglante essayait de montrer, près d'une paroi, un coffre de cèdre dont les ferrures n'avait pas empêché le pourrissement et qui, éventré lui aussi, avait été jeté dans un coin. Le faisceau d'une des lampes y fit briller quelque chose et Morosini en retira une pierre de lune dessertie qui avait échappé aux pillards...

— Vous auriez trouvé le trésor d'Hérode ?

— Une... partie. Il doit y en... avoir d'autres... Oh pitié ! Tuez-moi ! j'ai trop mal...

— Je vais vous soulager un peu, dit Adalbert qui était en train de préparer une seringue hypodermique. Cela permettra de vous soigner.

— Tu as de la morphine ? s'étonna Morosini.

— Toujours ! Dans une campagne de fouilles on ne sait jamais qui peut se casser quoi. C'est souvent utile pour opérer sans trop de douleur.

La terrible souffrance céda en effet suffisamment pour que l'on puisse étendre la blessée mais sans oser la déplacer. La mort d'ailleurs approchait. Elle s'annonçait dans la pâleur extrême, le pincement des narines, les yeux qui s'éteignaient. On ne pouvait rien souhaiter de mieux. La blessure était affreuse et une odeur pénible montait des entrailles tranchées. Le sang continuait de couler. Pourtant, Kypros parvint à esquisser un sourire.

— J'ai trouvé... par hasard... Je ne le cherchais pas...

— Que cherchiez-vous, alors ?

— Ceci... là.

Elle désignait la ceinture de cuir usé assez large qui avait fixé sa tunique à sa taille et qu'Adalbert avait débouclée pour examiner la blessure. Aldo la tira doucement de sous le corps et, guidé par

Kypros, trouva dans l'épaisseur du cuir une plaquette d'ivoire, très ancienne. Ciselée avec un art consommé, elle représentait une femme, une reine si l'on considérait son diadème, et cette reine portait de longues et curieuses boucles d'oreilles : c'étaient, sertis dans ce qui devait être de l'or, deux heptaèdres au milieu desquels le sculpteur avait placé un soleil et une lune minuscules...

— C'est romain, ça ! fit Adalbert qui avait arraché la plaquette des mains de son ami. Qui est la femme ?

— Bé... Bérénice... mais la suivante a dû... rapporter les bijoux... ici.

— De qui parlez-vous ?

— De... Oh !... Je... j'ai mal !

Le souffle se faisait court. Kypros était en train de mourir. Elle tourna, avec peine, sa tête vers Aldo et murmura :

— Sauvez-vous !... Ils vous tueront aussi... Et... et allez dire... à Percy... Clark... que sa fille est... morte.

Le dernier mot s'exhala avec le dernier soupir.

A genoux de chaque côté du corps, les deux hommes échangèrent un regard stupéfait après qu'Aldo eut, d'un geste plein de douceur, clos à jamais les yeux de Kypros :

— Sa fille ? fit-il enfin. Comment est-ce possible ?

— En Palestine, tout est possible ! Il y est depuis si longtemps qu'au fond ce n'est pas très étonnant... Que faisons-nous à présent ?

— Il faut lui donner une sépulture, répondit

Aldo en prenant les couvertures pour en envelopper le corps. On ne peut pas la laisser à la merci d'un charognard attiré par l'odeur du sang.

— Pas facile de creuser dans un rocher quand on n'a pas de dynamite ! Cette grotte est bien sèche et n'a d'autre ouverture que le passage donnant sur la première. Nous allons boucher ce passage et elle aura ainsi un tombeau convenable.

Deux heures plus tard, c'était fait. Dans la grisaille du petit jour, les deux hommes se retrouvèrent sur le sentier par lequel s'étaient enfuis les assassins. Repartir par celui qui les avait amenés représentait un exercice trop risqué et n'offrait plus aucun intérêt. Le sentier semblait s'arrêter dans les éboulis mais en réalité quand on était au bout, on découvrait un petit tunnel coudé débouchant derrière des broussailles sur l'un des escaliers étroits reliant les trois étages du palais d'Hérode. De là à leur campement, la distance était courte. Ils se hâtèrent de ramener la corde et se livrèrent à leurs occupations habituelles au début d'une journée : toilette et petit déjeuner. Quand s'éleva l'odeur du café, ils eurent tous deux un petit pincement au cœur en pensant à celle qui ne viendrait plus leur en demander une tasse.

Tout en buvant le sien, Adalbert déclara :

— Il faut prendre au sérieux l'avertissement qu'elle nous a donné. Khaled et ses fils sont dangereux. Ils ont attendu qu'elle trouve une partie du trésor pour l'attaquer et, très certainement, ils attendent nos résultats à nous...

— Que proposes-tu ?

— De faire tout le jour comme si de rien n'était et, cette nuit, de décamper sans tambours ni trompettes...

— C'est commode ! La voiture est à Ein Guedi, sous leur garde... S'ils ont de mauvaises intentions, ils ne nous la rendront jamais...

Adalbert tira sa pipe, la bourra, l'alluma soigneusement et tira deux ou trois bouffées méditatives.

— Te souviens-tu de notre petit exploit sportif quand nous avons quitté Halstatt pour rentrer à Bad Ischl en vaillants routiers ?

— Tu veux nous faire rentrer à Jérusalem à pied ?

— Si c'était la seule chance de sauver notre peau je n'y verrais aucun inconvénient... et toi non plus. Il sera suffisant de gagner Hébron... une trentaine de kilomètres à travers les montagnes de Judée. On laisse tout le saint-frusquin ici, la voiture chez Khaled et on fera récupérer le tout par les autorités anglaises.

— Autrement dit, nous allons fuir, laisser impuni l'assassinat de cette pauvre femme ? Nous avons des armes, que diable !

— Ça ne me séduit pas plus que toi mais nous ne sommes que deux... contre tout un village sans doute. Il leur serait si facile de nous abattre puis de crier très fort ensuite que nous avons eu... un accident. Dans une voiture qui flambe on ne retrouve pas grand-chose. Rien ne nous empêchera, ensuite, de participer à l'expédition punitive... si sir Percy juge que la mort horrible de sa fille en mérite une... Tu me suis ?

— Pas à pas ! Le vieil archéologue nous en dira peut-être d'avantage sur cette plaquette d'ivoire.

Quand la nuit fut complète, vers onze heures du soir, les deux hommes quittaient leur campement en emportant seulement leurs trouvailles, leurs armes, l'appareil photo et ce qu'ils avaient sur le dos. Sans faire le moindre bruit, ils tournèrent le dos à la porte du Serpent et se dirigèrent vers celle qu'avait abattue le bélier de Flavius Silva.

Le soleil levant les trouva loin de Massada cheminant bravement à travers les rochers rouges des montagnes de Juda heureusement peu élevées mais ils n'en étaient pas moins exténués quand ils gravirent enfin la dernière pente grimpant jusqu'à Hébron, petite ville blanche perchée sur quatre collines dont le nom arabe, Al Khalil, signifie Ami de Dieu. Presque entièrement musulmane — les Juifs n'y étaient pas tout à fait cinq cents ! — Hébron, dont cependant la principale mosquée s'élevait sur le tombeau d'Abraham considéré comme l'un des prophètes de l'Islam, n'aimait pas les étrangers. Les deux voyageurs, qui évidemment ne payaient pas de mine, le comprirent devant l'air rogue des aubergistes et se résignèrent à demander l'asile du poste anglais établi là depuis que, en 1917, le général Allenby s'en était emparé à la suite d'une rébellion. Le nom de sir Percival Clark leur ouvrit les bras de l'hospitalité britannique et leur donna même, le lendemain, des chevaux pour regagner Jérusalem distante d'un peu plus de quarante kilomètres. Il y firent, à l'hôtel, une entrée remarquée...

CHAPITRE III

UNE LETTRE VENUE DE NULLE PART

— C'est un chapitre du Deutéronome et je puis vous assurer qu'il est contemporain du siège, dit sir Percy en passant une main caressante sur la double plaque de verre enfermant un large fragment du parchemin déroulé. C'est une découverte importante mais il doit y en avoir d'autres ?... Vous auriez dû persévérer, chercher encore...

En dépit du « self control » qui, s'il n'est pas inné, fait partie de l'éducation de tout sujet britannique digne de ce nom, la voix de l'archéologue tremblait d'une excitation infiniment émouvante chez cet homme dont les jambes mortes le condamnaient à la chaise roulante. Avec son goût de l'œuvre parfaite, Morosini pensait que c'était dommage car, à plus de soixante-dix ans et en dépit de l'infirmité, son hôte demeurait un magnifique spécimen humain. Le masque érigé sur des épaules et un cou encore puissants aurait pu être celui de César ou de Tibère. Rasés et casqués de courts cheveux presque blancs, les traits volontaires encadraient à merveille les yeux d'un gris de nuage dont aucune paire de lunettes ne déformaient le regard passionné...

Il recevait ses visiteurs dans un vaste cabinet de travail ouvrant par de larges baies sur une terrasse ombragée par un vieil olivier tordu d'où l'on découvrait toute la cité sainte par-dessus la vallée du Cédron. Sa maison était un ancien couvent byzantin transformé. Autour de la dalle de marbre blanc portée par des lions de pierre qui servait de bureau, on voyait beaucoup de livres de toutes tailles, de toutes couleurs dans leurs reliures, souvent fatiguées comme il arrive lorsqu'on les a beaucoup lus et peu d'objets mais très beaux : une admirable lampe de mosquée en verre bleuté gravée d'or, un chandelier à sept branches en bronze verdi datant sans doute de l'époque du Christ et, dans une niche, derrière une vitrine, une étonnante statue d'Astarté phénicienne devant laquelle Adalbert était tombé en extase.

Ce fut celui-ci qui releva la protestation de sir Percy :

— Pour continuer à chercher, il nous aurait fallu une protection armée.

— Contre qui, mon Dieu ?

— Une tribu d'assassins. Votre précieux Khaled et ses fils. Ils attendaient que nous ayons découvert de l'or ou des bijoux ou n'importe quoi d'intéressant pour eux et nous aurions été exterminés sans pitié comme...

— Khaled ? Vous êtes fou ! Cet homme m'a toujours témoigné un dévouement total et c'est la raison pour laquelle je vous ai envoyé à lui. Vous avez dû l'offenser...

— Vous ne m'avez pas laissé finir ma phrase, fit

Adalbert avec une douceur factice. J'allais dire comme ils ont assassiné une femme que vous devez connaître, dès l'instant où elle venait de découvrir une partie du trésor d'Hérode le Grand.

De pâle, le visage de l'archéologue devint gris :

— Kypros ?... Vous avez vu Kypros ?... Elle était donc là-bas ?

— Elle y était. Khaled, qui la détestait, nous avait dit qu'elle venait parfois à Massada. Environ deux fois l'an...

— Au moment des solstices sans doute, murmura sir Percy comme pour lui-même...

— Cette fois, dit Aldo, elle ne repartira plus jamais. Nous avons enfermé son corps mutilé dans la seconde partie de la grotte qu'elle habitait mais, avant de mourir, elle a eu le temps de nommer ses assassins.

— Comment est-elle morte ?

— Eventrée. Afin d'adoucir ses derniers instants, mon ami Vidal-Pellicorne lui a injecté de la morphine...

— Racontez-moi cela en détail !

La voix de sir Percy était aussi décolorée que sa figure et il ne souffla plus mot tandis qu'Adalbert lui faisait le récit de leur séjour, de leurs rencontres avec cette femme qu'ils croyaient presque sauvage et de ce qui s'était passé la nuit précédant leur départ clandestin.

— Nous aurions voulu la venger en abattant ces immondes meurtriers, reprit Aldo sèchement. Mais nous avons pensé que le châtiment vous appartenait à vous. Ne nous a-t-elle pas dit qu'elle était votre fille ?

Le mot résonna dans la vaste pièce avant de s'envoler par la fenêtre comme sur l'aile d'un oiseau mais au passage il avait atteint le vieil homme dont la tête se courba. Le silence qui suivit laissa la parole aux bruits du jardin cependant que les deux visiteurs respectaient ce qui avait bien l'air d'être une douleur. Enfin, il releva la tête laissant apercevoir la trace d'une larme. Cependant, les yeux gris reprenaient leur dureté et c'était comme si un marbre s'était mis à pleurer.

— Elle vous a dit la vérité. Kypros à qui j'avais réussi à faire accepter, pour un temps, le nom d'Alexandra était bien ma fille. Le seul enfant que j'aie jamais eu... Ce qui n'empêche que, depuis plus de dix ans, je n'en avais aucune nouvelle.

— Malheureusement nous ne pouvons guère vous en apprendre au-delà de ce que nous avons déjà dit. Nous savons seulement qu'elle avait appris le français au Liban.

— Elle était très douée pour les langues. Comme pour bien d'autres choses encore mais je crois que je vous dois notre histoire à tous les deux ? A moins que je n'abuse de votre temps.

— Il est tout à vous, dit Morosini, et nous sommes honorés que vous nous jugiez dignes de l'entendre.

— C'est la moindre des choses. N'avez-vous pas été ses derniers amis, à elle qui en eut si peu ? Mais le soir tombe et je n'aurai pas le mauvais goût de vous offrir du thé. Du whisky peut-être... ou du brandy ?

— L'un comme l'autre sera parfait.

Sur l'ordre de son maître, le serviteur tout de blanc vêtu poussa la chaise roulante sur la terrasse avant d'apporter un plateau chargé. Le paysage avait quelque chose de magique. Le soleil couchant rougissait le dôme doré de la mosquée d'Omar et parait de couleurs allant du vert pâle à l'orangé les vieilles murailles, les blanches maisons cubiques, les clochers des églises, les tours, les minarets et les jardins enveloppés de cette atmosphère vaporeuse qui n'appartient qu'à Jérusalem et qui donnait, aux pèlerins de jadis, l'impression d'arriver en vue de la cité céleste. Et ce fut là qu'un vieil Anglais évoqua pour un Vénitien et un Français l'histoire de celle qu'ils appelaient la Nabatéenne...

— J'avais un peu plus de vingt ans, commença sir Percy, lorsque je suis parti pour la Palestine emmené par mon oncle sir Percival Moore qui montait une expédition archéologique destinée à explorer, à la suite de la découverte de la cité morte de Petra, les anciennes étapes caravanières des Nabatéens qui étaient de véritables citadelles. Singulièrement celle d'Oboda, le plus puissant relais entre Petra et Gaza. J'étais frais émoulu de Cambrigde mais il y avait déjà deux ou trois ans que j'avais découvert que l'archéologie serait la passion de ma vie. Un énorme appétit de savoir m'habitait et je ne m'intéressais guère à quoi que ce soit d'autre... même aux femmes, à moins qu'elles ne fussent âgées de trois ou quatre mille ans mais, dès que j'eus posé le pied sur ces terres d'antiques et fascinantes civilisations, je sus que ma vie entière s'y déroulerait et qu'elles renfermaient mon unique chance de bonheur. Fils de la pluie et des gazons anglais, le désert sec, brûlant, sauvage me fascina et me fascine encore. Je peux dire que, durant les premiers mois, j'ai travaillé plus dur qu'un esclave pour essayer d'arracher aux sables leurs secrets, les yeux et les oreilles fermés à toute autre considération. Jusqu'à certain jour où dans un endroit magique, je rencontrai une jeune fille...

« A trois ou quatre kilomètres au nord de la cité du roi de Nabatène Obodas Ier, une source est nichée au fond d'une gorge qui oppose son eau transparente, couleur de turquoise, à l'aridité des rochers ocre et génère sur ses bords une végétation inattendue où, sous les jujubiers, viennent boire les bouquetins que l'on appelle ibex. C'est là que j'ai vu pour la première fois Areta venue chercher de l'eau dans la vieille tradition des rencontres bibliques. Elle avait seize ans, elle était belle comme devaient l'être ces reines qui charmaient les conquérants : Cléopâtre, Bérénice ou Balkis, la reine de Saba. Elle aussi portait en elle le sang des rois de Nabatène et moi je n'étais qu'un jeune Anglais ébloui par le merveilleux présent que m'accordait le destin. Car nous nous sommes aimés tout de suite, avec une intensité qui, dans une vie, demeure unique. Chaque nuit, je m'échappais du camp pour la rejoindre sous le plus beau ciel du monde. Environ huit kilomètres aller et retour ! ajouta le conteur avec un sourire. Je ne dormais presque plus et mon travail s'en ressentait au point que mon oncle m'a fait surveiller. On a vite découvert mes amours clandestines avec ce que chez nous on appelle une « native »...

Le vieil homme avait craché le mot comme s'il lui empoisonnait la bouche avec une colère mêlée de tristesse qui serra le cœur de ses auditeurs.

— C'était un homme dur, aux principes inflexibles et nous étions au siècle de Victoria. Il exigea mon retour en Angleterre. Je n'étais pas majeur : je dus obéir mais lorsque j'atteignis notre domaine familial, j'arrivai juste à temps pour voir mourir mon père. J'étais l'héritier du nom, des biens et libre, de surcroît, d'agir selon mon bon plaisir mais, naturellement, je n'eus pas le cœur de quitter si vite ma mère et mes sœurs bien qu'en moi l'idée fixe de retourner à la source bleue du désert s'implantât avec plus de force à mesure que le temps passait. Et puis il y avait ce métier que j'aimais passionnément lui aussi et que me rendait plus cher encore l'atmosphère des salons de Londres en hiver. Désormais capable de mener mes propres campagnes de fouilles, je repartis dix-huit mois après la disparition de mon père et retournai vers Oboda. J'avais appris, au British Museum, que mon oncle avait déplacé son chantier de fouilles à cause d'un problème avec les tribus voisines et qu'il s'était rapproché de Petra. J'ai donc revu l'éperon rocheux du roi Obodas dominant le vaste plateau entaillé par les gorges du Nahal Zin et j'ai revu la source mais, en dépit de mes recherches, je n'ai pu retrouver Areta. Elle était la fille d'un chef nomade et nul n'a pu me dire où ils avaient porté leurs pas. Le silence du désert se refermait sur eux...

« Huit ans plus tard, je travaillais au bord de la mer Rouge près de ce qui avait été le port d'Ezion-Gueber où les navires de Salomon rapportaient de l'or, du bois de santal, des pierres précieuses ou de l'ivoire. C'est là que j'ai revu Areta. Elle y vivait pauvrement en pêchant le corail dans le golfe, élevant avec peine une petite fille qui approchait de ses dix ans. J'avais eu tort de chercher sa tribu : après mon départ, les siens l'avaient chassée avec l'enfant qu'elle attendait et elle avait subsisté comme elle avait pu. Mais la petite était belle.

« Le cours d'une vie semble curieusement établi par le Destin avec ses étapes et aussi ses rencontres : au moment où je revoyais Areta son existence atteignait son terme : au cours d'une de ses plongées un incident la retint un peu trop longtemps sous l'eau et elle se noya. L'enfant restait seule. Je la pris avec moi et voulus la faire élever convenablement avant d'assurer son existence. Pour cela, je la conduisis au Liban chez une cousine fraternelle, Irlandaise comme ma mère et qui était aussi la meilleure des femmes. Alexandra que j'avais présentée comme ma fille adoptive apprit à vivre selon les normes du monde occidental, fit de bonnes études et montra vite un goût prononcé pour l'histoire en général, la géographie et surtout pour l'archéologie et mes travaux en particulier. En dehors de cela, c'était une fille assez secrète. Courtoise sans doute et bien élevée, douée pour les langues au point que je pris plaisir à lui enseigner l'araméen, le grec antique et l'initiai aux écritures. Je découvris bientôt que sa mère, durant les années vécues ensemble, lui avait fait connaître les traditions de cette famille qui l'avait rejetée, son histoire et même ses légendes. Dès qu'elle fut en âge de comprendre, elle connut cette Kypros qui avait épousé Hérode Agrippa et cette autre du même nom, nabatéenne elle aussi, qui s'était laissé enfermer dans Massada avec l'homme qu'elle aimait, un Zélote du nom de Simon. Elle était si belle qu'au moment du suicide général, il n'avait pas eu le courage de la tuer et elle avait été l'une des deux femmes dont Flavius Silva avait fait ses esclaves. Mais sa beauté l'avait conquis lui aussi et, rentrant à Rome, il l'emmena avec lui comme Titus avait emmené la reine Bérénice dont elle obtint de devenir la suivante.

« Les événements dramatiques pourraient s'arrêter là mais Kypros, en sortant de Massada, emportait avec elle deux pierres sacrées qui ne l'étaient pas pour elle : deux émeraudes extraordinaires, jumelles, et dans les transparences desquelles se voyaient un petit soleil et un croissant de lune. Elle les offrit à la reine juive qui la traitait en amie et Bérénice savait ce qu'étaient ces pierres : les « sorts sacrés » du Temple de Jérusalem, l'Ourim et le Toummim. Pour les préserver des curieux, elle les fit monter en pendants d'oreilles et les porta mais, quand Titus devenu empereur dut renoncer à son amour et la renvoya à sa demande, Bérénice toujours accompagnée de Kypros rentra en Judée. Elle y fut assassinée et Kypros, épouvantée, craignant cette fois la malédiction attachée aux émeraudes, jura à Berénice expirante de les rapporter là où elle les avait prises. Ce qu'elle fit. Par la suite elle se maria et, au jour de sa mort, légua à sa fille aînée le souvenir des « sorts sacrés » mais sans en révéler l'emplacement afin que ses descendants n'eussent pas l'idée d'aller les chercher s'attirant ainsi leur malédiction.

— Vous pensez donc qu'ils y sont toujours ?

— Certainement pas ! Mais laissez-moi finir mon histoire... La confiance entre Alexandra et moi — l'affection aussi ! — semblait s'affirmer à mesure que passait le temps. Un jour, je lui montrai un objet que j'avais trouvé chez un antiquaire de Damas : c'était une plaquette d'ivoire représentant Bérénice coiffée d'une tiare et portant aux oreilles ce qui ne pouvait être que les émeraudes jumelles. La vue de cet objet fit, sur Alexandra, une impression profonde. Elle me supplia durant des jours et des jours de le lui donner mais je ne pouvais m'y résoudre parce que j'étais attaché à ce petit portrait. Je finis par lui dire qu'elle l'aurait à ma mort puisque j'avais l'intention de lui léguer tout ce que je possédais en Palestine. Elle refusa de me croire, m'accusa de chercher une diversion : « Vous ne m'avez même pas adoptée comme vous le disiez. Je ne suis rien pour vous, au fond, qu'une fille recueillie par charité. » C'est alors que je commis la faute gravissime : je lui racontai l'histoire de la source bleue et des deux jeunes gens qui s'y aimèrent. Je croyais qu'elle serait heureuse de savoir la vérité sur sès origines et aussi qu'elle était bien ma fille.

Par malheur il n'en fut rien. Elle entra dans une colère furieuse, me reprochant — entre autres crimes communs selon elle à tous les Anglais — d'avoir abusé de la confiance de sa mère, de l'avoir subornée puis abandonnée à la honte et à la misère. Elle me dit aussi qu'elle ne m'avait jamais aimé... et même qu'elle me haïssait et courut s'enfermer dans sa chambre dont rien ni personne ne put la faire sortir. Jusqu'à ce qu'un matin je la trouve vide : Alexandra s'était enfuie. Tout ce que je pus savoir est qu'on avait vu sortir une femme dans le costume de ce pays. Elle laissait un mot d'adieu cruel où elle disait que je ne la reverrais jamais et que si je la cherchais, elle se tuerait. Le billet était signé Kypros et je sus qu'Alexandra avait disparu pour toujours pour retourner à la vie sauvage. Elle avait ouvert mon coffre dont elle connaissait le chiffre pour y prendre de l'argent et la plaquette d'ivoire que je lui refusais... Et vous venez m'apprendre sa mort. Quelle tristesse !

Clark détourna la tête, et les deux autres gardèrent le silence. Puis, après un toussotement destiné à rétablir le contact, Morosini dit avec beaucoup de douceur :

— Ceci est sans commune mesure avec un chagrin véritable mais vous serez peut-être heureux de le retrouver ?

Il venait de tirer de sa poche et de déballer des papiers qui enveloppaient la plaquette d'ivoire qu'il offrit à plat sur sa main.

— Elle l'avait donc encore ?

— C'est elle qui nous l'a remise... pour vous !

Ce n'était même pas un mensonge. L'intention de Kypros mourante était sans doute de restituer la plaquette à son père dont elle venait de reconnaître l'existence... Sir Percy la caressa du bout des doigts avec une sorte de tendresse :

— C'est étrange, murmura-t-il. Vous me dites qu'elle venait de découvrir le trésor d'Hérode ou tout au moins une partie alors qu'elle ne le cherchait pas. Or ce qu'elle voulait, c'étaient les fabuleuses émeraudes. Pauvre folle ! Elle croyait de toutes ses forces aux légendes contées par sa mère et ne m'aurait pas écouté si je lui avais dit qu'il n'y avait aucune chance de retrouver les « sorts sacrés » à Massada. Elle m'aurait répondu que je voulais seulement l'empêcher de s'en occuper...

Tandis qu'il portait à ses lèvres le verre posé près de lui, Aldo et Adalbert échangèrent un bref regard. Ce fut le second qui parla de cette voix paisible, au ton d'innocence, qui en avait attrapé plus d'un :

— Une terrible aventure ! Avez-vous une idée de l'endroit où votre fille pouvait vivre entre ses séjours à Massada puisque, selon Khaled, elle n'y venait guère que deux fois l'an ?

Le vieillard haussa les épaules avec colère :

— Comment pouvez-vous imaginer que, l'apprenant, je ne serais pas allé vers elle pour tenter de la ramener ? Quant à ses visites à la vieille forteresse, je suppose qu'elles devaient obéir à je ne sais quelle position du soleil, les solstices peut-être... et aussi de la lune. Les anciens Nabatéens nomades suivaient les astres. De leurs connaissances réelles il a subsisté des extraits plus ou moins transformés par les siècles. A travers ce que racontait sa mère, elle a dû faire une sorte d'amalgame appliqué à ces deux pierres dont la légende dit qu'elles venaient de Dieu lui-même... Vous pensez bien, ajouta-t-il avec un petit rire, que si j'avais pu croire à la moindre chance de les trouver à Massada, je ne m'en serais pas privé... D'autant que j'ai travaillé sur le site pendant longtemps.

La voix et le visage d'Adalbert devinrent un poème de candeur naïve pour poser la question qui lui brûlait les lèvres :

— Mais... d'où vous vient la certitude que ces... enfin ces objets n'y sont pas ? La suivante de Bérénice n'avait-elle pas juré de les rapporter ?

Cette fois, sir Percy se mit à rire :

— Allons, mon cher, ne me dites pas qu'un archéologue de votre valeur gobe toutes les légendes qui traînent ?

— Toutes non, mais celle-là pourquoi pas, étant donné que je n'ai jamais entendu parler de ces pierres ni de leur histoire ?

— C'est vrai, vous êtes surtout égyptologue. Néanmoins vous vous êtes pris d'intérêt pour les Esséniens puisque vous m'avez demandé des conseils ?

— Parce que j'ai eu l'occasion de les rencontrer sur mon chemin avant que le baron de Rothschild ne nous invite, mes amis Morosini et moi, à une croisière en Orient et que, du coup j'ai voulu en apprendre un peu plus. Je suis comme ça, ajouta-t-il avec un bon sourire. J'attrape tout ce qui passe à portée de ma curiosité. Et votre histoire est belle...

— Et comme je le connais bien, relaya Morosini qui commençait à trouver le temps long, je devine qu'il est en train de tomber amoureux de ces émeraudes magiques. Moi aussi d'ailleurs, puisque les joyaux sont ma spécialité et j'avoue ne pas comprendre comment vous pouvez être sûr que la légende nabatéenne se trompait ? Comment pouvez-vous être certain qu'il n'y a plus rien à Massada puisque la femme avait juré de les rapporter ?

— Oh, j'ai pour cela la meilleure des raisons... Vous qui êtes Français, monsieur Vidal-Pellicorne, connaissez-vous les écrits d'un voyageur bourguignon du xve siècle qui se nommait Bertrandon de La Broquière ?

— L'envoyé du duc de Bourgogne, Philippe le Bon ? Celui qu'il avait chargé de reconnaître une route terrestre entre la Terre sainte et la Bourgogne ? Philippe, en effet, avait fait vœu solennel au cours du fameux banquet du Faisan de partir en croisade et, en bon prince terrien, se méfiait des voies maritimes. Il n'a d'ailleurs emprunté ni l'une ni les autres...

— Inutile de nous régaler d'une conférence, coupa Morosini amusé. Je connais La Broquière encore mieux que toi. Guy Buteau, quand il était mon précepteur, m'en a parlé à mainte et mainte fois en bon Bourguignon qu'il est. Il m'a raconté ses voyages mais j'avoue n'avoir jamais rien lu...

— C'est un livre plutôt rare, dit sir Percy, mais il se trouve que je le possède. Voulez-vous me ramener à l'intérieur ? La nuit tombe et il nous faut de la lumière...

On le ramena près de sa bibliothèque où il prit un livre dont la reliure basanée, usée au point de montrer ses nerfs dorsaux disait assez le grand âge. Il s'ouvrit de lui-même à une page souvent lue. Son propriétaire le tendit à Adalbert.

— Lisez, s'il vous plaît ?... Ceci relate les événements de l'an 1432.... à Damas.

— « ... plusieurs marchands français, vénitiens, gênois, florentins et catalans entre lesquels il y avait un Français nommé Jacques Cœur qui, depuis, a eu grande autorité en France et a été argentier du Roi... »

— La page de droite, grogna l'Anglais.

— « ... Damas, navrée et brûlée il y a trente ans par un fils de Satan nommé Timour le boiteux*, nous est apparue pourtant belle et prospère. Nous avons vu le naïb ou gouverneur marcher fièrement par rues et places sur un destrier blanc avec grande magnificence et suite nombreuse. Fils du calife d'Égypte on le dit grand prince mais peu avenant. Il nous est apparu tout vêtu d'or avec de belles armes et de riches parures. La plus admirable est deux grands smaragdins semblables en tous points et dedans sont la lune et le soleil qu'il porte au cou attachés à une chaîne d'or. On dit que ce prince les garde toujours avec lui en talisman parce que venant du grand Saladin... »

— Saladin ? s'exclama Morosini. Comment,

* Tamerlan.

diable, ces maudites pierres sont-elles arrivées chez lui ?

— Peu importe, dit son hôte en recupérant le livre d'un geste rapide. L'important est qu'elles se trouvaient à Damas au cou d'un prince mamelouk en 1432. Les chercher à Massada était donc de la pure folie...

— Kypros avait-elle lu ce livre ?

— Non, je n'en ai fait l'achat qu'après sa fuite...

— En ce cas pourquoi l'avoir laissée chercher en vain ? Je suis certain que vous auriez pu savoir où elle était et la prévenir.

Le ton d'Aldo était franchement accusateur mais sir Percy ne s'en émut pas.

— Mon cher prince, si vous viviez depuis longtemps comme moi dans ce pays, vous auriez appris à vivre selon un certain fatalisme. Dans la vie qu'elle s'était choisie, Alexandra était aussi insaisissable que le sable dans les doigts et le vent du désert. Son destin l'attendait à Massada : elle y aurait succombé un jour ou l'autre...

— Pouvons-nous espérer au moins que vous vous chargerez de la punition des bouchers qui l'ont mise à mort ? Je ne vous cache pas que nous aimerions être là....

— Je l'imagine sans peine mais il vaut mieux ne pas transformer cela en expédition internationale. C'est moi le père, c'est à moi de punir. Contentez-vous de faire recupérer la voiture que l'état-major vous a prêtée.

— Oh, c'est déjà fait ! assura Adalbert qui avait encore sur le cœur une explication orageuse avec le jeune Mac Intyre affolé à l'idée de ce fleuron de la couronne britannique aux mains des infidèles et de ce qu'en diraient ses chefs. Il ne s'était calmé qu'en apprenant la remise à sir Percy de vestiges archéologiques importants.

La douceur du soir tombant sur la ville dans une belle lumière verte adoucie de mauve était telle qu'en sortant de la maison du mont des Oliviers, les deux hommes déclinèrent la proposition de voiture de leur hôte pour rentrer à pied. Pendant un long moment ils cheminèrent en silence jusqu'à ce qu'Adalbert se mette à penser tout haut :

— Par curiosité pure, j'aimerais bien savoir comment Saladin s'était procuré les émeraudes....

— C'est à cela que je songe depuis que nous sommes partis mais j'ai peut-être une idée. Elle suppose que la suivante de Bérénice n'ait pas tenu son serment et qu'elle soit tout simplement retournée chez les siens en leur rapportant, pour rentrer en grâce, ce butin assez exceptionnel...

— Mmmm... moui ! Pourquoi pas ? Mais après ?

— Les Nabatéens, pour ce que j'en ai appris depuis peu, ont dû se plier à la loi de Rome et renoncer à leurs caravanes et, sous Trajan, à leur indépendance pour devenir pasteurs et agriculteurs dans leur pays entre mer Morte et mer Rouge. Après Rome, ils ont subi Byzance et, après Byzance les Croisades. Or je connais bien ces grandes expéditions chrétiennes qui drainaient vers la Terre sainte la chevalerie d'Occident. Mes ancêtres maternels en ont pris leur part — mes ancêtres paternels aussi mais pas au même moment. Or parmi les forteresses construites par les Croisés à travers le pays, la plus puissante était peut-être le Krak de Moab érigé non loin du sud de la mer Morte pour contrôler l'ancienne route des caravanes nabatéennes reliant Petra à Damas. Le maître du Krak, appelé aussi Kerak, était Renaud de Châtillon, figure achevée du seigneur forban n'obéissant à personne sinon à sa propre volonté...

— Oh, je connais ! Moi aussi, j'ai appris l'histoire et pas seulement celle de l'Antiquité. Et tu crois quoi ?

— Je ne crois pas, je rêve, j'imagine... J'imagine que les « sorts sacrés » se cachaient encore chez les Nabatéens devenus taillables, corvéables et pillables à merci. De même qu'il dépouillait à fond tous les voyageurs, toutes les caravanes passant sur « son » chemin, Renaud a dû les écorcher jusqu'à l'os surtout si le moindre bruit de légende lui était venu aux oreilles qu'il avait fort grandes.

— Tu penses qu'il a pu les offrir à l'une de ses femmes ou concubines qu'il gardait dans son nid d'aigle !

— Sûrement pas ! Ne craignant ni Dieu ni diable mais superstitieux comme bien des gens de son temps, il a dû vouloir garder pour lui-même ce qu'il considérait peut-être comme un talisman alors que sa vraie protection, c'était le jeune homme exceptionnel qui régnait alors à Jérusalem : Baudoin IV, le roi lépreux devant qui reculait Saladin, pas à cause de la maladie mais de son génie et de sa vaillance. Par deux fois, Baudoin délivra le Krak de Moab des assauts de l'émir kurde.... et puis le terrible mal qui l'avait réduit à l'état de mort-vivant a achevé son œuvre et plus personne n'est venu au secours du vieux bandit. Saladin a fini par le capturer après la désastreuse bataille de Tibériade où est mort l'un de mes aieux. Exaspéré par son insolence, il voulut lui trancher la tête, ne trancha que l'épaule et l'abandonna ensuite au cimeterre d'un exécuteur plus expérimenté. Il se peut que ce jour-là, Saladin soit entré en possession des « sorts sacrés d'Israël »...

— Bravo ! applaudit Adalbert. Tu racontes comme un ange et on t'écouterait jusqu'au bout de la nuit mais c'est du roman...

— Peut-être vérifiable. Il doit y avoir, au château de Roquelaure, en France, une relation de cette bataille par Gérard, le blessé, qui a pu revenir ensuite au pays...

— Ce sera amusant à vérifier mais cela ne nous apprend rien sur la suite des événements. Nous sommes arrivés à Damas, en 1432, on sait que le fils du calife portait les pierres au cou, un point c'est tout. *Quid* de la suite ?

— Il faut y réfléchir, aller peut-être à Damas, fouiller des archives, chercher...

— ... avaler des tonnes de poussière après les tonnes de sable du désert ! L'atmosphère rêvée, quoi !... Ça me donne soif ! Allons boire un vieux wisky au bar, ajouta-t-il comme ils franchissaient le seuil brillamment éclairé du King David.

Et, soudain, il s'arrêta :

— C'est bizarre, fit-il, mais depuis que nous sommes sortis de chez sir Percy, je traîne l'impression d'y avoir aperçu quelque chose de déjà vu sans pouvoir dire ce que c'est...

— Rien de bien étonnant ! Tu as dû lire plusieurs de ses communications scientifiques avec des dessins ou des photographies de ses trouvailles...

— Je n'ai pas lu grand-chose de lui.

— Viens déjà boire un verre, s'impatienta Morosini en le prenant par le bras. Rien de tel qu'un bar agréable pour vous remettre les idées en place !

A leur surprise ils y trouvèrent Mme de Sommières dont ce n'était pas l'endroit de prédilection. Assise sous les pieds du Goliath peint à fresque sur le mur et déjà en robe de dîner — chantilly mauve et sautoirs de perles ! — elle était en tête à tête avec une bouteille de champagne dont elle buvait une coupe d'un air fort mélancolique.

— Que faites-vous là, Tante Amélie ? s'inquiéta Morosini.

— Je tue le temps... et je m'énerve. Heureuse que vous soyez rentrés ! Je croyais que vous dîniez chez ce vieux fouilleur à qui vous avez rendu visite ?

— Nous n'étions pas invités. Où est Marie-Angéline ?

— C'est là toute la question, émit la marquise en empoignant elle-même la bouteille pour se resservir, ce qu'Adalbert lui évita galamment. Je l'attends depuis près de trois heures. D'ordinaire elle est toujours rentrée de ses expéditions picturales pour m'aider à m'habiller. Ce soir, personne ! Je me suis débrouillée moi-même et puis, lasse de faire l'ourse en cage dans ma chambre, je suis descendue ici...

— Il est près de neuf heures, dit Aldo en consultant son poignet. Savez-vous de quel côté elle comptait aller dessiner ?

La vieille dame haussa furieusement les épaules faisant cliqueter ses perles :

— Vous en savez autant que moi là-dessus ! Plan-Crépin s'est incarnée dans le mystère et promène partout une mine de conspirateur qui m'amuserait si elle ne commençait à m'agacer. Elle m'a seulement dit, en partant tout à l'heure, qu'elle était sur une piste...

— Bizarre ! remarqua Vidal-Pellicorne. Elle ne nous en a rien dit hier soir au dîner. Le rapport qu'elle nous a fait à notre retour de Massada était plutôt négatif : elle n'a rien vu d'intéressant et surtout pas le jeune Ezéchiel qui semble avoir disparu de la surface de la terre. Même chose pour les dessins qu'elle nous a montrés. Il y a du talent là-dedans mais pas le moindre indice, même autour de la maison de Goldberg qu'elle a reproduite sous tous les angles possibles....

L'entrée en scène du lieutenant Mac Intyre qui venait comme chaque soir, seul ou avec des camarades, boire quelques verres au King David vint faire diversion. Paré d'un nouveau coup de soleil qui lui pelait le nez, l'officier avait l'air tellement content qu'il aborda Morosini en français :

— Splendide ! déclara-t-il. Je suis venant de Ein Guedi où j'ai recouvrir le car de....

— Parlez anglais, mon vieux, conseilla Aldo. Vous y gagnerez en précision. Vous êtes allé récupérer la voiture de l'armée ? Sans difficultés ?

— Pas de difficultés du tout ! La pauvre vieille

chose qui veillait dessus — Khaled, je crois ? — n'a pas encore compris pourquoi vous avez préféré partir à pied sans même lui dire au revoir alors qu'il était.... comment a-t-il dit ? Ah oui : plongé dans l'affliction.

— L'affliction ? Et de quoi, grands dieux ?

— Du départ de ses trois fils... la prune de ses yeux qui l'ont abandonné la nuit où vous êtes partis vous-même, emportant avec eux leurs dromadaires et le peu d'argent qu'il avait ! Si vous le voyiez, c'est une pitié !

Pauvre vieille chose ? Une pitié ? Ni Aldo ni Adalbert ne voyaient Khaled dans ce rôle-là. Il fallait posséder une solide dose de naïveté pour y croire. Ou alors c'était un grand artiste...

Penchant plutôt vers cette hypothèse, Morosini renonça à poursuivre un débat voué d'avance à la stérilité : pour Mac Intyre la cause était entendue.

— Je suis désolé pour lui et ravi que tout se termine bien pour vous.

— Ravi ? Vous n'avez pas l'air, fit le lieutenant qui n'était pas tout à fait aveugle. Vous avez un souci ?

— Nous ne savons pas encore : il est neuf heures passées et Mlle du Plan-Crépin n'est pas encore rentrée...

— Ce n'est pas si tard ? Elle est peut-être chez des amis...

— Elle n'en a pas ici, coupa la marquise. C'est une solitaire qui passe son temps à chercher les coins pittoresques. Dieu sait où elle a pu aller dessiner aujourd'hui ! En tout cas, elle devrait être là...

De rouge Mac Intyre devint vert.

— Vous pensez que peut-être... comme la chère princesse ? Dans ce cas il faut la chercher tout de suite ! Je propose que l'on aille chacun dans une direction et je vais demander l'aide de mes camarades, décréta le lieutenant mué comme par enchantement en général d'armée. Il faut fouiller la vieille ville... et Mea Shearim bien entendu.

— Insuffisant ! dit Adalbert. Il faut fouiller tout Jérusalem... Dieu sait où elle peut être passée ?

On la chercha toute la nuit avec l'aide de deux camarades de Douglas Mac Intyre sans trouver le moindre indice ni la moindre trace. Pourtant quand, dans une aube parée d'écharpes de brume nacrées, Aldo recru de fatigue regagna l'hôtel en compagnie d'Adalbert qui venait de le rejoindre, ils se figèrent devant le tableau qui s'offrait à eux : Marie-Angéline était couchée en chien de fusil sur la première marche d'accès, son matériel de peintre coiffé de son casque colonial posé soigneusement à côté d'elle.

— Ça, par exemple ! fit Adalbert. Mais qu'est-ce qu'elle fait là ?

— Tu le vois bien, elle dort !

Aldo voulut la réveiller, l'appela doucement puis la secoua sans obtenir d'autre résultat que de voir « Plan-Crépin » se tourner de l'autre côté aussi aisément que dans son lit en émettant un grognement... C'est à ce moment que l'odeur frappa les narines des deux hommes...

— Mais... elle est ivre ?

— Parfait diagnostic ! Noyée dans le whisky et

saoule comme une grive ! Reste à savoir où elle a pu attraper ça ?

— On posera la question plus tard. Pour l'instant, il faut la remonter dans sa chambre avant que tout l'hôtel soit au courant. Charge-toi du matériel, moi je l'emporte.

Dans le meilleur style des pompiers opérant un sauvetage, Morosini hissa la dormeuse sur son dos, s'introduisit avec elle dans l'ascenseur, gagna le deuxième étage et atterrit finalement dans la chambre dont la porte n'était pas fermée pour l'excellente raison de Mme de Sommières s'y était installée pour attendre...

— Ne criez pas, Tante Amélie, prévint Aldo, elle est seulement ivre morte...

— Je n'ai pas l'habitude de crier pour un oui ou pour un non. Ce que j'aimerais savoir, c'est dans quel bistrot elle a pu se mettre dans cet état...

— Pas beaucoup de bistrots ici, fit Adalbert qui arrivait. Ça a dû se passer chez un particulier... Et, en plus, elle n'aime pas le scotch !

— Ça m'étonnerait qu'elle l'aime davantage après cette nuit, dit Aldo qui examinait le visage et reniflait les vêtements. On l'a forcée à boire : elle a une meurtrissure au coin des lèvres et il en est tombé sur ses habits. Descends aux cuisines où les feux doivent être déjà allumés pour avoir un pot de café très fort ! Pendant ce temps on va la déshabiller et la coucher, Tante Amélie et moi...

— Tante Amélie toute seule ! protesta la vieille dame. Je veux bien ton aide pour les vêtements du dessus mais le linge, c'est mon affaire. Cette pauvre fille mourrait de honte si elle apprenait que tu l'as vue dans le plus simple appareil ! Elle serait capable de faire le tour des églises pieds nus, vêtue d'un sac et avec des cendres sur la tête...

— Vous connaissez bien mal les femmes ! Tout dépend de ce qui se cache sous leurs vêtements ! Non, ne criez pas, je tourne le dos !

Un moment plus tard, vêtue d'une attendrissante robe de chambre en pilou rose serrée au cou et aux poignets par de petits rubans assortis, Marie-Angéline alternait les rasades de café qu'elle vomissait d'ailleurs presque aussitôt et les séances de marche forcée à travers la chambre étayée de chaque côté par Aldo et Adalbert. Non sans protester avec un degré ascendant dans l'énergie à mesure que le traitement opérait.

Quand, enfin, elle repoussa ses soutiens pour aller atterrir dans un fauteuil, on jugea que le plus dur était fait. Adalbert descendit rejoindre leurs compagnons de recherches pour leur annoncer la bonne nouvelle — sans donner de détails ! — les inviter à dîner pour le soir même et commander pour les habitants du second étage un solide breakfast...

En remontant il trouva Marie-Angéline toujours assise sur son fauteuil, raide comme un piquet, les yeux fermés et pleurant toutes les larmes de son corps en un désespoir bruyant qui, visiblement, agaçait la marquise et que Morosini s'efforçait d'apaiser dans le style énergique :

— Rien ne sert de vous désespérer, Angelina ! Il

vous est arrivé une aventure pénible mais vous n'êtes pas déshonorée pour autant !

— Oh si, je le suis !... Oh si, je le suis !... Moi... une Plan-Crépin dont... les ancêtres étaient... aux Croisades...

— Ah bon ? Eux aussi ? fit Mme de Sommières. Décidément il y avait un monde fou à l'époque ! Je croyais que vous descendiez, comme Colbert, d'un marchand de drap de Reims ?

— Et lui, il descendait de qui ? D'un... écuyer du... comte de Champagne dont les... enfants ont... dérogé ! Ils ont travaillé !

Le tout ponctué de reniflements qui eussent amusé Morosini si la pauvre fille ne lui avait fait pitié...

— Il n'y a aucune raison d'en douter, dit-il doucement. Allons, Angelina, calmez-vous ! Vous allez manger quelque chose et ensuite vous nous raconterez ce qui vous est arrivé. Et d'abord, où étiez-vous ? On vous a cherchée toute la nuit !

Elle prit son mouchoir, se moucha vigoureusement et essuya ses yeux :

— Au... au Sanhédrin !

Mme de Sommières se mit à rire :

— On aura tout vu dans cette ville si les Juif en ont fait un cabaret ?

— Je sais bien que vous êtes une mécréante mais respectez au moins les religions ! grogna Aldo. Allez-y, Angelina !

— Laisse-la d'abord manger, conseilla Adalbert, voilà le petit déjeuner !

En effet, deux Soudanais en gants blancs véhiculaient une table à roulettes toute servie sur laquelle la rescapée se jeta avec un cri sauvage.

— Dieu, que j'ai faim !

Elle avala coup sur coup des œufs au bacon, du jambon et trois toasts à la marmelade d'orange, le tout arrosé de thé brûlant.

— Vous avez un estomac en fer, Plan-Crépin, remarqua la marquise qui achevait tout juste de grignoter une tartine...

— Si elle n'a avalé depuis hier à midi que de l'alcool et le café de ce matin, elle doit mourir d'inanition... dit Adalbert, qui lui-même faisait honneur au breakfast.

Enfin rassasiée et apaisée, Marie-Angéline — chose inouïe ! — accepta même la cigarette que lui offrait Aldo et raconta son aventure. En fait, ce qu'elle appelait le Sanhédrin, l'antique conseil des juges devant lesquels avait comparu Jésus, n'était que les catacombes creusées dans le roc où étaient leurs tombeaux. Attirée par la beauté de l'endroit et surtout la magnifique façade d'inspiration hellenistique ornée de feuilles d'acanthes, de fruits et de grenades sculptés à même le roc, elle avait fait plusieurs aquarelles et allait se décider, non sans regrets, à chercher un autre sujet quand, de son abri de buissons et d'acacias, elle vit soudain apparaître cet Ezéchiel qu'elle cherchait depuis tant de jours sans l'avoir jamais rencontré. Son cœur en avait manqué un battement tandis que son sang ne faisait qu'un tour. Le voyant penétrer dans les catacombes après un coup d'œil circonspect sur ses arrières, elle s'était lancée sur ses pas sans plus réfléchir.

— N'ayant pas de lampe électrique, je me suis trouvée bientôt tâtonnant dans l'obscurité. Je n'entendais aucun bruit et j'allais renoncer quand j'ai aperçu, dans les profondeurs des galeries, une lumière qui pouvait être la flamme d'une bougie. J'ai marché vers elle en prenant mille précautions pour ne pas tomber sur le sol inégal et c'est quand j'ai pu distinguer les contours d'une salle où, en effet, une bougie était posée sur une sorte de sarcophage que j'ai été assommée... Après je n'ai que des souvenirs vagues. Lorsque j'ai repris conscience, j'étais toujours à la même place et un homme masqué me faisait boire quelque chose de fort, sans doute pour me ranimer, et j'ai reconnu le goût du whisky...

— Parce que vous en aviez déjà bu ? ironisa Mme de Sommières. Ce jus de punaises ! Et dire que je croyais avoir formé votre goût !

— Pour savoir choisir, il faut essayer de tout !... Du whisky donc et sur l'instant cela m'a fait du bien mais les hommes en noir — ils étaient deux — ont insisté pour que j'en boive encore. La tête commençait à me tourner et j'ai voulu refuser. Alors on m'a fait boire de force jusqu'à ce que je reperde conscience. Et je ne sais rien de ce qui s'est passé ensuite...

— Ces gens vout ont rapportée ici avec tout votre matériel, dit Aldo. Ils vous ont déposée sur les marches de l'hôtel...

— Mon Dieu ! Des tas de gens ont pu me voir dans cet état !

— Sûrement pas. Le jour naissait à peine et même dans le hall il n'y avait personne...

— Ah ! Tant mieux ! Mais quelle honte, mon Dieu, quelle honte ! Je suis déshonorée...

— Ne faites donc pas tant d'histoires pour une malheureuse cuite ! bougonna la marquise. Quant au déshonneur... ça m'étonnerait beaucoup ! Il n'y avait pas la moindre trace de désordre dans vos vêtements !

— Il n'aurait plus manqué que cela !... Mais il se peut que l'on m'ait volée. Voulez-vous me passer mon sac, s'il vous plaît ? demanda-t-elle à Vidal-Pellicorne qui était le plus proche de l'objet.

Elle ne procéda pas à l'inventaire : en ouvrant la grande poche de cuir, la première chose qui lui sauta aux yeux fut une enveloppe blanche qu'elle n'y avait jamais vue. C'était une lettre adressée au prince Morosini, dont la suscription fit bondir le cœur de celui-ci.

— C'est l'écriture de Lisa !... Mon Dieu !

D'un doigt nerveux il décachetait l'épaisse enveloppe, en tirait une feuille pliée en quatre ne contenant que quelques mots :

« Si tu m'aimes, écrivait la jeune femme, ne me cherche pas, ne me fais rechercher par personne. Trouve ce que l'on t'a demandé, je suis sûre que tu en es capable. De toute façon je ne suis plus à Jérusalem et je suis bien traitée. Pour toi, pour nous, il faut que je prenne soin de moi. Je t'aime. Lisa... »

— Voilà la réponse à la question que nous nous posions tous, dit Aldo en tendant la lettre à Mme de Sommières — Adalbert, lui, avait lu par-dessus son épaule — Marie-Angéline a été enlevée pour servir de facteur, un point c'est tout !

— Comme c'est flatteur ! fit l'intéressée visiblement vexée.

— Ces Orientaux sont toujours excessifs ! commenta Mme de Sommières. Dans nos châteaux, il est d'usage d'offrir un verre de vin au facteur. Pas de l'imbiber au point qu'il ne tienne plus debout. Que faisons-nous à présent ? On reste ici ?

— Pour quoi faire ? soupira Vidal-Pellicorne. Nous avons la certitude que ce que nous cherchons n'est plus dans le pays depuis longtemps et, si Angelina le permet, j'emploierai le langage des truands pour dire qu'elle est « grillée ». Le mieux serait, je crois, que vous alliez rejoindre, mesdames, le yacht du baron Louis et que vous rentriez en France...

— Il a raison, dit Aldo. Ce qui vient d'arriver à notre amie donne à réfléchir. Pour rien au monde je ne veux que vous courriez quelque danger que ce soit !

— Vous voulez vous séparer de nous ? gémit Plan-Crépin au bord des larmes. Où allez-vous ?

— Je l'ignore, dit Aldo, mais nous ne restons pas...

— Alors, pourquoi ne partirions-nous pas ensemble ?

Avec une soudaine gentillesse, la marquise couvrit de sa main celle de sa fidèle suivante :

— Il faut vous faire une raison, ma chère ! Nous serions plus encombrantes qu'autre chose. Aldo se tourmente déjà suffisamment pour sa femme. Il n'a nul besoin d'en faire autant pour nous. Envoie un télégramme au capitaine du yacht, mon garçon : nous rallierons Jaffa demain matin...

En regagnant leurs chambres respectives pour y prendre un peu de repos et une bonne douche, Adalbert gardait un silence inhabituel tandis qu'Aldo qui tenait toujours à la main la lettre de Lisa la caressait doucement du bout des doigts. Finalement, il demanda :

— As-tu une idée de ce qu'on va faire maintenant ? Tu penses à Damas ?

De sous les mèches rebelles où il fourrageait tout en marchant, Adalbert lui offrit un sourire moqueur :

— Je pencherais plutôt pour... Dijon !

— Dijon ? En France ?

— Tu en connais une autre ? La ville de la moutarde !

— Ce n'est vraiment pas le moment de plaisanter.

— Mais je ne plaisante pas. C'est Dijon... ou bien nous allons, la nuit prochaine, cambrioler la bibliothèque de sir Percy.

— Tu sais que tu deviens obscur ?

— Je vais éclairer ta lanterne. As-tu remarqué avec quelle rapidité, quelle virtuosité aussi, il a récupéré le bouquin de La Broquière dès que tu as fini de lire la page qu'il t'indiquait ?

— Oui, je l'ai trouvé un peu vif mais enfin. .

— Il ne t'est pas venu à l'idée qu'il n'avait pas envie que tu lises plus avant ?

— Pourquoi l'aurait-il fait ?

— Peut-être parce qu'il ne souhaite pas nous en apprendre davantage au sujet des fameuses pierres ? Après tout, ton ami le rabbin n'est peut-être pas le seul à vouloir se les approprier ?

— Sauf ton respect, tu dérailles, mon bon ! Tu as vu dans quel état il est ? Paralysé jusqu'à la taille, comment veux-tu qu'il entreprenne la moindre recherche ? D'ailleurs nous sommes payés pour le savoir puisque nous l'avons suppléé à Massada...

— Mon cher prince, quand on est riche et que l'on est bien servi, on peut encore faire pas mal de choses : prendre un bateau, un train, une voiture, pourquoi pas un avion...

— Mais pas, par exemple, faire de la reptation dans un boyau souterrain ou descendre avec une corde comme nous l'autre soir. En outre...

— On peut toujours le faire faire par quelqu'un d'autre...

— ... en outre, s'il reste quelque chose d'intéressant dans ce sacré livre, il n'avait pas besoin de nous attendre.

— J'en conviens. Reste à savoir depuis quand il le possède ? Il nous a dit qu'il l'avait acheté depuis la fuite de Kypros mais ça peut très bien être il y a quinze jours.

— Possible, pourtant je te rappelle qu'il n'a aucune raison de se méfier de nous puisqu'il ignore ce que nous cherchons au juste. Il a même mis... je ne dirais pas une certaine condescendance à nous raconter l'affaire Bérénice.

— Tu ne crois pas que tu exagères ? On dirait que tu l'as soudain pris en grippe ?

— Pas du tout. Je le trouve même plutôt sympathique mais... mais c'est un archéologue et Anglais de surcroît ! Avec ces gens-là on en est toujours plus ou moins à Fontenoy ! Cela dit, je persiste et signe : quelque chose me dit qu'on aurait tout intérêt à lire jusqu'au bout ce passage des aventures de Bertrandon. C'est pourquoi je songe à Dijon : il y a là-bas les archives du duché de Bourgogne, plus la bibliothèque avec au moins un exemplaire...

— Je te crois sans peine, cependant il serait plus simple de retourner chez sir Percy et de lui demander tout simplement de revoir son livre.

— Dix contre un qu'on n'y arrivera pas !

— Pari tenu ! On y va cet après-midi une fois le plus gros de la chaleur passé... Inutile de l'indisposer en tombant au milieu de sa sieste !

— Avec le plus vif plaisir... à condition que tu nous trouves une voiture ! Après les galopades de cette nuit, je ne sens plus mes pieds !

— Ça te fera au moins un sujet de conversation avec ce pauvre Clark, fit Morosini féroce.

— Oh bravo ! C'est d'un goût !

Aldo l'admettait volontiers mais la notion des plus élémentaires convenances lui échappait à ce moment où il souhaitait surtout rester seul pour lire et relire encore la lettre, si courte, de Lisa. Uniquement parce qu'elle s'achevait sur un « je t'aime »... De quoi rêver pendant des semaines !

Longuement, il examina le papier, l'enveloppe : tous deux d'un très beau vélin à la forme dont il n'aurait pas désavoué l'usage. L'écriture aussi : ferme, nette ne montrant aucun signe révélant une nervosité quelconque. Lisa, très certainement, était en pleine possession d'elle-même. Elle semblait accepter la captivité qu'on lui imposait mais tous deux avaient connu ensemble trop d'aventures pour qu'elle se laisse aller à la panique ou même à la simple inquiétude. En digne continuatrice des princesses Morosini du temps passé, elle faisait face, tout simplement...

La journée parut longue à Aldo, soudain saisi d'un grand besoin d'activité plus fort que sa fatigue, mais il n'y avait rien d'autre à faire que prendre un bon bain, dormir, déjeuner avec « la famille » et errer dans les jardins de l'hôtel en attendant l'heure convenable pour se rendre chez un vieil homme infirme. Enfin, elle vint et à cinq heures pile la voiture fournie par l'hôtel s'arrêtait devant l'entrée de l'ancien couvent byzantin au flanc du mont des Oliviers... mais l'appel de la cloche fit taire en vain le chant des oiseaux dans les arbres : personne ne se montra.

Pendu à l'antique chaîne, Adalbert réitéra son appel encore et encore sans plus de résultat :

— C'est impossible, s'énerva-t-il. Même si le domestique est allé chercher le pain, le lait ou Dieu sait quoi, même si sir Percy est seul, il peut parfaitement venir ouvrir puisque tout est de plain-pied dans sa maison.

— Il est peut-être parti ? N'est-ce pas toi qui, ce

matin, me faisait observer qu'un infirme riche garde bien des moyens de se déplacer ?

— Un peu précipité, ce départ ! Et pour aller où ?

— Comment veux-tu que je le sache ? Il n'a parlé de rien hier mais rien ne l'y obligeait : nous ne sommes pas intimes. Maintenant, je peux te proposer une autre hypothèse : il sait que c'est nous, et il n'a aucune envie de nous voir !

— Je pencherais volontiers vers ton idée. Parce qu'elle est tout à fait conforme à ce que je pensais. Souviens-toi que nous avons parié !

— Circonstance fortuite ! grogna Morosini. Alors ? On prend le train pour Dijon ?

— Pas avant d'avoir effectué une dernière tentative. Si sir Percy est vraiment parti, il n'a tout de même pas déménagé sa bibliothèque... et j'ai bien l'intention de m'en assurer. Pas plus tard que cette nuit !

Morosini sursauta :

— Tu n'es pas en train de me dire que tu vas...

L'innocent sourire de Vidal-Pellicorne frisa l'angélisme :

— Visiter ce vieux couvent aux alentours d'une heure du matin ? Mais si, mon bon !

— Tu es fou ?... Comment feras-tu ? Ce vieux couvent est solide et il faut un minimum d'outils pour pratiquer ce genre d'activité...

— Bof ! Un archéologue digne de ce nom emporte toujours avec lui quelques menus objets... une sorte de trousse bien utile... en cas !

— En cas ?... Et si sir Percy est retranché dans

son logis, tu vas nous faire pincer et expédier en prison ! Sans compter le ridicule...

— Qui ne risque rien n'a rien ! fit Adalbert sentencieusement. Et puis tu sais très bien que je ne suis pas si maladroit !

C'était le moins qu'on puisse dire ! Aldo n'ignorait rien des talents de cambrioleur de son ami, complétant de si heureuse façon une activité occulte d'agent secret occasionnel. Comment oublier que leur première rencontre avait eu lieu dans le jardin d'un hôtel du parc Monceau à Paris quand Adalbert, qui venait de visiter le bureau d'un célèbre marchand de canons, lui était pratiquement tombé dessus depuis le premier étage ? Et dans la suite de leur quête des quatre pierres précieuses manquant au Pectoral du Grand Prêtre, les doigts si agiles d'Adalbert s'étaient souvent révélés fort utiles, voire déterminants.

— C'est ça ou Dijon ! conclut l'archéologue. On essaie ?

Morosini haussa des épaules désabusées :

— Au point où l'on en est !... Ça a, au moins, l'avantage d'être moins loin !

On resta encore un moment comme si l'on hésitait à repartir dans l'espoir qu'une présence quelconque se manifesterait mais, en réalité, Adalbert observait attentivement la maison et ses alentours :

— Je passerai par le jardin et la terrasse, murmura-t-il. Pas question de s'attaquer au porche !

— Tu crois que la grande baie sera plus facile à ouvrir ? Il y a peut-être des volets ? Surtout si le maître est parti !

— Il n'y en a pas. Vois-tu, quand je visite la maison d'un confrère, j'ai la manie d'observer toujours un tas de détails : la fermeture des portes, les protections, les accès au toit... Ça peut toujours servir, ajouta-t-il suave...

— Heureusement qu'ils ne sont pas tous comme toi, observa Morosini.

Le soir venu on dîna comme convenu avec les compagnons d'aventures de la nuit précédente. Un dîner agréable, sans plus. Aldo et Douglas Mac Intyre pensaient à Lisa, quant à Marie-Angéline, si elle montra une vive reconnaissance des peines que l'on avait prise pour elle... il lui était impossible d'oublier qu'il allait lui falloir quitter un pays aussi passionnant pour retrouver le train-train de la rue Alfred-de-Vigny en hiver avec les potins du quartier et la messe de six heures à Saint-Augustin.

— On se retrouvera peut-être tous à Venise pour Noël ? lui dit Aldo pour la consoler et, de toute façon, je vous promets de vous appeler ou d'aller vous voir si nous avons besoin de vous !

Elle lui offrit un regard désolé :

— J'espérais tant pouvoir vous suivre jusqu'au bout !

— Nous ne savons pas où il est, le bout, mais soyez sûre que nous allons tout faire pour que Lisa me soit rendue le plus vite possible...

Il était environ une heure du matin quand Aldo arrêta le moteur de la voiture à l'abri d'un vieil olivier d'où il pourrait surveiller les abords de la maison et éteignit les phares. Il avait été convenu qu'il ferait la guet tandis qu'Adalbert s'introduirait dans la place. Silencieusement, celui-ci ôta sa veste de smoking pour la remplacer par un chandail noir à col roulé, échangea ses souliers vernis contre une paire de chaussures à semelles de caoutchouc, enfila des gants noirs et cacha sa toison couleur paille sous une casquette enfoncée jusqu'aux sourcils. Muni d'un petit sac en peau contenant ses outils, il fit à son ami un signe d'adieu et courut vers l'ancien couvent sans faire plus de bruit qu'un chat. Aldo le vit escalader le mur du jardin et disparaître enfin de l'autre côté. L'attente commençait qui lui parut interminable. Tapi dans l'ombre de la voiture dont la capote était relevée, il fumait cigarette sur cigarette, détestant ce rôle de guetteur et l'idée qu'Adalbert affrontait seul l'inconnu de cette maison qui, à présent, lui semblait hostile. La cinquième cigarette éteinte, il n'y put tenir, sortit de la voiture et refermant la portière sans la faire claquer, s'avança de quelques pas. Rien ne bougeait, tout était tranquille. Le silence était si complet qu'on pouvait se croire sur une planète éteinte. C'était au point que Morosini accueillit avec un vague soulagement la cloche d'un couvent sonnant matines sur la route de Béthanie et de Jéricho.

Assis sous un olivier en face du mur du jardin, Aldo chercha une nouvelle cigarette mais ses doigts ne rencontrèrent que le vide. Il en fut si contrarié que, dans sa nervosité, il faillit jeter avec colère le précieux étui d'or gravé à ses armes, se retint à temps en jurant à voix basse...

Enfin la noire silhouette qu'il espérait se laissa

tomber du mur d'en face et un énorme poids s'envola. Aldo courut vers son ami.

— Tu en as mis du temps !

— Si tu veux que je te donne des leçons sur l'art d'entrer chez les gens sans y être invité, tu verras que, si l'on veut faire les choses proprement, ça demande du soin, donc du temps !

— D'accord, mais selon moi tu as pris celui de lire le livre en entier.

— Il aurait fallu que je le trouve.

— Il n'y est plus ?

— Non. J'avais pourtant bien repéré l'endroit de la bibliothèque où il a sa place mais impossible de mettre la main dessus. J'ai cherché un peu partout, tu penses bien !... même dans la chambre de sir Percy en pensant que peut-être il l'avait à son chevet...

— Tu as osé ?

— Pourquoi pas ? La maison est vide comme ma main. Allez ! On rentre !

Sans plus parler, les deux hommes rejoignirent leur voiture. Aldo se réinstalla au volant, effectua une rapide marche arrière et reprit le chemin de l'hôtel.

Le lendemain matin, Mme de Sommières, Marie-Angéline, Morisini et Vidal-Pellicorne quittaient Jérusalem en voiture pour rejoindre Jaffa et le bateau de Louis de Rothschild qui allait remonter sur Tripoli afin de laisser les deux hommes à la gare du Taurus-Express avant de ramener les deux dames à Nice où la marquise venait de décider de faire une halte :

— Ce sera moins triste ! dit-elle. Après tout ce soleil, je n'ai aucune envie de regarder pleurer les arbres du parc Monceau...

Le soleil en question brillait joyeusement sur l'indigo scintillant de la Méditerranée, pourtant en regardant s'éloigner le vieux minaret de Jaffa, Aldo ressentit une sorte de déchirure parfaitement désagréable. La lettre de Lisa disait qu'elle n'était plus dans la Ville Sainte et il voulait bien la croire mais il n'en était pas moins persuadé qu'elle était quelque part dans cette terre de Palestine qui s'étirait jusqu'aux déserts derrière les sables et les rochers de cette côte séduisante. Un jour — le plus tôt possible ! — il faudrait bien qu'elle la lui rende... En attendant, c'était bigrement dur de s'éloigner !...

Deuxième partie

LA VOYANTE

CHAPITRE IV

LA MAISON VIDE

La bibliothèque municipale de Dijon se partageait avec l'école de droit, dans la rue du même nom, les bâtiments de l'ancien collège des Godrans où les Jésuites dispensaient jadis la culture solide dont bénéficièrent Bossuet, Buffon, Crébillon, La Monnoye, Piron et quelques autres grands esprits des XVIIe et XVIIIe siècles. Les maîtres avaient disparu, chassés par une République sourcilleuse mais le savoir restait dans les multiples armoires et rayonnages dont étaient garnis les murs de l'ancienne chapelle aux belles voûtes arrondies. C'est là qu'au terme d'un voyage ferroviaire épuisant en dépit du confort raffiné de l'Orient-Express, atterrirent Morosini et Vidal-Pellicorne.

Le maître des lieux était alors un charmant vieux monsieur à barbiche poivre et sel, tiré à quatre épingles dans un veston noir de bon faiseur et qui, avec ses guêtres grises et ses mains soignées, s'accordait au noble décor. Il reçut ses visiteurs avec cette courtoisie, ce grand ton de politesse dont la province semblait avoir gardé le secret après une guerre dévastatrice sur tous les plans et dans ces années folles où il paraissait urgent d'oublier le passé, tous les passés. M. Gerland, lui, savait encore accueillir, avec un solide accent bourguignon, un archéologue connu et une altesse vénitienne experte en joyaux célèbres qui ne l'était pas moins.

Naturellement, l'ouvrage du voyageur bourguignon du XVe siècle faisait partie de ses trésors et, après une courte attente, il vint déposer sur son bureau un superbe in-quarto portant sur sa couverture de velours rouge orné de plaques d'argent les grandes armes du duc de Bourgogne, Philippe le Bon. Morosini leva un sourcil surpris :

— Oh, le manuscrit original ?

— En effet. C'est celui que La Broquière offrit à son maître au retour de son voyage. J'ai pensé que vous seriez heureux de le voir !

— Une pensée bien délicate, monsieur, dit Aldo en posant ses longues mains à la fois fortes et fines sur le précieux volume pour le caresser...

— ... mais, enchaîna Adalbert, le vieux français est d'une lecture malaisée pour qui ne sort pas de l'école des Chartes. Vous n'auriez pas un exemplaire plus récent, plus lisible... et moins précieux ?

Un nuage passa sur l'aimable visage si doucement fleuri du conservateur :

— C'est que, justement, nous n'en avons plus. Celui de la bibliothèque nous a été volé il y a six mois environ...

— Par qui ? firent les deux amis d'une même voix.

M. Gerland eut un geste traduisant l'impuissance :

— En réalité, nous l'ignorons. Nous avions recruté à ce moment un jeune bibliothécaire bardé de diplômes et très recommandé par le ministre de l'Instruction publique mais il était de santé fragile et le climat bourguignon est continental, donc un peu plus dur que celui de la région parisienne. Il nous a quittés assez vite...

— Et il est parti avec votre livre ? fit Morosini avec un sourire.

— Nous n'en sommes pas sûrs, cependant il y a de fortes chances. En fait, nous ne nous sommes pas aperçus tout de suite de cette disparition. Au moment où ce jeune homme est parti, il a été porté sur nos livres prêté exceptionnellement à une personnalité de Dijon qui ne peut se déplacer et que nous connaissons bien... et qui ne l'a jamais reçu. Son secrétaire était même fort mécontent de se trouver mêlé sans en avoir la moindre idée à ce que l'on ne peut appeler qu'un vol. D'ailleurs, le ministre de l'Instruction publique ne connaissait même pas ce jeune Armand Duval...

— Et il avait une maîtresse nommée Marguerite Gautier ? s'écria Vidal-Pellicorne en riant franchement. Il ne nous manquait plus que la Dame aux Camélias !

M. Gerland, lui, ne riait pas. Le coup d'œil qu'il lança à cet archéologue hilare était même plutôt sévère.

— J'avais remarqué, moi aussi, mais il disait appartenir à la famille des « bouillons » bien connus et sa mère, qui admirait beaucoup Dumas Fils, avait tenu à lui donner ce prénom romantique. Seulement, ajouta-t-il d'un ton penaud, je crois qu'il s'agissait encore d'un conte et qu'il ne s'appelait pas du tout Armand Duval... En fait, j'ignore son identité réelle.

— Ne vous faites surtout aucun reproche, dit Morosini gentiment, il existe de par le monde nombre de gens fort habiles à changer de personnalité. Cependant... Pourriez-vous nous le décrire... au cas où il nous arriverait de le rencontrer...

Avec beaucoup de bonne volonté, le conservateur brossa un portrait qui, malheureusement, pouvait convenir à pas mal de monde : environ vingt-cinq ou vingt-six ans, blond, les yeux gris, mais il finit par entrer tout de même dans des détails prouvant un honnête sens de l'observation. Ainsi de la taille sur laquelle M. Gerland était formel : un mètre quatre-vingt-trois. En outre le menton volontaire se partageait sur une profonde fossette et les mains aux doigts longs et déliés eussent été belles si, justement vers le bout, ces doigts ne se spatulaient légèrement...

Comme le fit remarquer Adalbert, on n'était pas là pour courir sus à un émule d'Arsène Lupin mais bien pour connaître la suite de certain passage du livre de La Broquière. Il allait falloir interroger le manuscrit :

— Nous recherchons, avoua honnêtement Morosini, deux pierres précieuses dont il est fait mention dans ce livre. J'ai eu en main un exemplaire mais on me l'a enlevé avant que j'aie pu lire la page suivante.

— Sauriez-vous me dire à quelle époque du récit cela se situait ?

— Oui. En 1432, à Damas, La Broquière venait de rencontrer Jacques Cœur...

— Ce sera facile à trouver. Veuillez patienter un instant !

Il quitta son cabinet de travail avec toute la dignité convenant à son personnage et revint quelques minutes plus tard accompagné d'un vieillard ressemblant comme un frère au Moïse de Claus Sluter dont le puits formait l'un des principaux ornements de l'ancienne sépulture des ducs de Bourgogne, la Chartreuse de Champmol sise aux portes de Dijon : l'immense barbe à deux pointes enveloppait tout le terrible faciès au regard impérieux ouvert sur un avenir dont il rendait la profondeur. Les deux visiteurs eurent beaucoup de mal à garder leur sérieux quand on leur présenta M. Lafleur, un nom allant aussi mal que possible à l'impressionnant personnage auquel d'ailleurs M. Gerland parlait avec un respect qui n'eut pas l'air d'améliorer son humeur. Le « grand archiviste paléographe » venait d'être dérangé d'une importante occupation et le faisait sentir. Il attrapa le vénérable manuscrit, chercha la page demandée d'un doigt aussi désinvolte que s'il avait consulté l'annuaire des chemins de fer, relut en traduisant simultanément les phrases déjà connues et continua :

— « Nous eûmes forte impression de ce prince dont nous sûmes le trépas au jour suivant. Il fut vilainement meurtri et navré dans les étuves de son palais après quoi beaucoup de gens furent mis à mort mais sans que l'on eût la certitude que le meurtrier soit parmi eux. Plus tard, une chose merveilleuse est advenue alors que, dans la ville d'Andrinople, nous fut donné l'honneur d'être présenté au sultan Murad, deuxième du nom, à qui venait de naître un troisième fils du nom de Mehmed. Et c'est alors que nous pûmes voir briller sur sa poitrine de part et d'autre d'une grosse perle les smaragdins que portait naguère encore le prince de Damas mais, craignant quelque sombre secret, nous ne cherchâmes pas à en apprendre plus avant. »

La suite ne présentait plus d'intérêt pour les visiteurs. Ils remercièrent le savant traducteur qui ne leur accorda, en échange, qu'un grognement dont on ne savait trop s'il était de satisfaction ou d'indifférence avant de se ruer vers la porte en faisant voltiger les basques de sa redingote, puissant et redoutable comme Léviathan en personne. La séparation d'avec l'aimable M. Gerland fut infiniment plus courtoise, après quoi l'on regagna l'hôtel de la Cloche qui était alors l'un des meilleurs de France... Là, tout en dégustant un plat d'escargots fleurant bon l'ail, arrosés d'un joli Chablis, et un somptueux coq au Chambertin accompagné du même, on fit le point de la situation :

— Cela fait peut-être beaucoup de kilomètres pour une mince information, constata Adalbert, mais je ne les regrette pas, car ce que nous venons d'apprendre nous donne une bonne chance de remonter l'Histoire assez rapidement.

— Ce qui veut dire ?

— Que si les émeraudes sont entrées, avec Murad II, dans le trésor des sultans ottomans, il y a une grande chance pour qu'elles y soient encore. Ces gens-là n'ont jamais lâché facilement ce sur quoi ils mettaient la main. Tu connais un peu leur histoire ?

— Pas trop mal à partir de Mohammed II mais guère avant.

— Eh bien, il ne t'en manque pas beaucoup parce que ton Mohammed n'est autre que le gamin Mehmed qui vient de naître à Andrinople au moment où La Broquière s'y trouvait. Il n'était alors que le troisième fils de Murad mais, par la mort de ses deux frères, il est devenu le premier. C'est l'homme qui, à vingt et un ans, conquit Byzance au moyen d'un fantastique coup d'audace : en faisant passer ses galères du Bosphore dans le port de la Corne d'Or en franchissant, de nuit, la colline sur des rondins huilés et enduits de savon. Un tel homme n'a jamais lâché ses proies et nous avons peut-être une chance de retrouver nos pierres dans le trésor du sérail à Istanbul...

— Ce serait trop beau ! soupira Morosini en promenant une narine frémissante au-dessus de la large bulle de cristal dans laquelle il faisait tourner doucement son Chambertin. Et je te rappelle qu'il n'y a plus, là-bas, de sultans ! Alors le trésor...

— Je peux t'assurer qu'il est toujours là. D'abord il n'y a pas si longtemps que le dernier des sultans est parti pour l'exil et si vite qu'il n'a rien pu emporter. En outre, le nouveau maître du pays, Mustafa Kemal dit Atatürk, n'est pas homme à dilapider ce fabuleux amoncellement d'or, de diamants et de pierres de toutes sortes qui selon lui appartient au peuple dont il se veut le guide incorruptible donc le simple dépositaire de la fortune.

— Il se peut que tu aies raison. Autrement dit : on reprend le cher vieil Orient-Express ?

— D'abord on rentre à Paris. Pour changer au

moins le contenu de nos valises. En outre il faut que je voie l'ambassadeur de Turquie afin d'obtenir sa recommandation auprès de son gouvernement et du gardien du Trésor, à Topkapi Saraï. J'ai assez de titres et de relations pour que cela ne pose pas de problème, ajouta-t-il avec un air qui fit sourire son ami.

— Et modeste, avec ça ! En même temps tu pourras penser à la manière de faire sortir les pierres sans y laisser nos têtes au cas où elles y seraient encore. D'accord ! On va à Istanbul mais d'abord...

— Tu veux faire un tour chez toi, à Venise ?

— Non. A aucun prix ! Rentrer à la maison sans Lisa, c'est impossible. Guy Buteau en serait malade et j'ai besoin qu'il soit en possession d'un esprit parfaitement libre pour faire marcher la baraque en mon absence. Il faut qu'il ignore l'enlèvement de Lisa qu'il aime comme si elle était sa fille. Non, pas Venise !... mais Prague.

Adalbert qui sirotait voluptueusement son bourgogne leva un œil surpris :

— Tu veux aller voir...

— Jehuda Liwa ? Oui. J'aurais dû y penser plus tôt. Si quelqu'un peut nous aider dans notre recherche, c'est bien le Grand Rabbin de Prague. L'œil de cet homme perce le passé comme l'avenir. De toute façon, j'obtiendrai de lui au moins un bon conseil...

Sa voix mourut et le décor luxueux s'effaça : une longue silhouette noire, imposante et noble avec ses longs cheveux blancs coulant d'une calotte noire, venait à lui du fond des âges. Avec un frisson il revécut un instant la nuit d'orage où le spectre d'un empereur avait répondu à l'appel de cet homme :

— Dès l'instant où il s'agissait d'objets de culte juif, j'aurais dû me précipiter chez lui, murmura-t-il comme dans un rêve.

— Pourquoi serait-il trop tard ? Tu as raison : c'est une excellente idée. Finissons de déjeuner et rentrons à Paris ! Je m'y livrerai aux démarches nécessaires pendant que tu te rendras en Bohême. De là, tu n'auras qu'à gagner directement Istanbul où l'on se retrouvera au Pera Palace dans huit ou dix jours...

Le surlendemain, Morosini retrouvait Prague où l'année précédente il avait vécu une aventure extraordinaire dans la salle du trône du Hradschin et vu la mort de près. L'hôtel Europa le reçut avec cette affabilité discrète que les palaces réservent à leurs habitués. On lui donna, au second étage, la même chambre avec ses balcons au-dessus des tilleuls de la place Venceslas et, dans la vaste salle à manger ornée de palmiers en pots et de vitraux signés Mucha, la table qu'il avait déjà occupée. Pour un peu, on lui aurait servi le même menu...

Pourquoi pas, puisqu'il avait un peu le même état d'esprit ? Il cherchait alors le rubis de Jeanne la Folle et espérait beaucoup de sa prochaine rencontre avec Jehuda Liwa, l'homme exceptionnel auquel le recommandait une lettre du baron de Rothschild. Ce soir, il attendait plus encore de l'entretien qu'il aurait avec lui le matin suivant parce que, s'il s'agissait encore de pierres précieuses, le fil conducteur escompté était beaucoup plus ténu et qu'en outre, les émeraudes du prophète Élie n'étaient jamais venues dans la ville aux toits d'or. Mais la grande différence, elle était en lui-même : il était alors marié, par force, à une femme ravissante mais qu'il avait appris à détester. Cette fois, il était uni à une femme tout aussi charmante et qu'il aimait passionnément mais sa belle épouse lui avait été enlevée et la joie des jours à venir dépendait à nouveau de joyaux quasi maléfiques parce que sacrés et qu'il n'était pas certain de retrouver un jour... Il s'avoua alors que la présence roborative d'Adalbert lui manquait et qu'il ne s'était jamais senti aussi seul...

En d'autres temps, il eût sans doute passé sa soirée au bar à boire des fines à l'eau, à fumer et à observer ceux qui s'y trouvaient mais cette fois, son dîner achevé, il choisit de sortir, laissa ses pas le porter jusqu'à la Moldau pour en regarder couler l'eau noire givrée des reflets lumineux des réverbères. C'est ce qu'il aurait fait si Lisa eût été avec lui : une lente promenade jusqu'au magnifique pont Charles, appuyés l'un sur l'autre pour y rêver à l'ombre des grandes statues qui s'y échelonnaient, puis l'on serait revenus, tout aussi lentement, pour laisser le désir s'exacerber vers le grand lit de l'hôtel où l'on se serait aimés une partie de la nuit sinon la nuit entière...

Le corps de Lisa, fin, nerveux et cependant d'une infinie douceur exhalait un mélange de fraîcheur et de volupté plus capiteux que les savantes caresses d'autres femmes dont il gardait le souvenir mais dont il s'était lassé. De Lisa jamais il ne se lasserait. Il le sentait bien aux poussées de jalousie primitive qui torturaient ses nuits à la savoir si loin de lui, si proche d'inconnus dont il ignorait s'ils la respecteraient. Pour se calmer il évoquait alors les deux années vécues auprès de ce corps adorable sans en soupçonner la grâce, empaqueté qu'il était dans les vêtements à peu près informes de « Mina Van Zelten » dont même Plan-Crépin ne se fût pas accommodée. Alors il oubliait sa souffrance et il souriait... C'était, à tout prendre, un bon remède pour éviter de devenir fou...

Ce soir-là, l'évocation lui fit si mal qu'il prit la direction de la place de la Vieille-Ville, le cœur battant de Prague près de laquelle s'ouvrait, par une porte médiévale flanquée d'échauguettes, le quartier de Josefov, l'ancien ghetto, pour s'en aller frapper tout de suite à la porte du vieux rabbin, en finir avec cette cité trop romantique et reprendre un train pour Vienne puis pour Istanbul, mais il s'arrêta, revint sur ses pas pour rejoindre l'Europa : il ne voulait pas risquer d'indisposer Jehuda Liwa en lui tombant dessus nuitamment alors qu'il savait bien que les nuits de cet homme étrange ne ressemblaient pas à celles des autres. Et puis les lits de tous les hôtels du monde n'étaient jamais que ce qu'ils sont : des meubles commodes pour dormir. Décidé à en chasser le rêve, Aldo regagna le sien après une douche rapide et l'absorption exceptionnelle d'un comprimé de somnifère. Moyennant quoi, il dormit comme une souche...

Le lendemain, il faisait froid, il faisait gris et il pleuvait. Ce qui convenait tout à fait à l'humeur de Morosini. Sanglé dans son inusable burberry's dont il releva le col, une casquette enfoncée jusqu'aux sourcils et ses mains gantées de pécari au fond de ses poches, il se dirigea à travers l'activité matinale de la capitale tchèque et le tintement des tramways vers l'antique synagogue Vieille-Nouvelle, si vénérable que l'on en disait les pierres venues des ruines du temple de Jérusalem et apportées là par les émigrants juifs. Chargée d'histoire, de légende aussi, elle était à l'image de son desservant d'une austère et énigmatique beauté.

Jehuda Liwa habitait la maison qui en était la plus proche. Le visiteur reconnut sans peine la vieille demeure grise aux étroites fenêtres ogivales et l'étoile à cinq branches marquant au front, comme un sceau, la porte basse dont il souleva par trois fois le heurtoir de bronze comme on le lui avait enseigné jadis. Mais personne ne vint à son appel et le son, renouvelé, parut se perdre dans les profondeurs d'une maison vide.

Pensant que, peut-être, le rabbin et son serviteur se trouvaient à la synagogue, Morosini reculait pour en prendre le chemin quand un homme sortit d'une maison contiguë qu'il connaissait encore mieux puisqu'on l'y avait rapporté après le drame dont Vieille-Nouvelle avait été le théâtre. C'était d'ailleurs le propriétaire, le docteur Meisel, qui l'avait soigné et Aldo alla vers lui, heureux de retrouver un ami :

— Quelle joie de vous rencontrer, docteur ! J'avais l'intention de passer chez vous après avoir vu le rabbin mais puisque vous sortiez, je vous aurais manqué...

Derrière leurs verres épais les yeux du chirurgien brillèrent de plaisir :

— Monsieur Morosini ! Mais quel plaisir inattendu !... et d'abord comment allez-vous ?

— Aussi bien que possible ! Vous m'avez magnifiquement réparé et je ne suis pas près d'oublier votre hospitalité.

— Laissez ! Laissez ! J'étais heureux de vous l'offrir. Voulez-vous entrer un moment ?...

— Mais vous sortiez ?

— Rien d'urgent ! J'allais chez mon libraire... Cela peut attendre. D'autant que je crains bien de devoir vous annoncer quelque chose qui vous fera de la peine.

— Quoi donc ?

— Vous veniez voir Jehuda Liwa, n'est-ce pas ?

— Bien entendu ! Je lui suis, croyez-moi, très attaché...

Ebenezer Meisel hocha la tête avec tristesse et prit le bras d'Aldo pour le faire entrer dans sa demeure :

— Il vous faudra désormais vous contenter du souvenir, mon ami. Le Grand Rabbin de Bohême n'est plus. Mais venez vous asseoir : nous causerons mieux dans mon cabinet.

Aldo se laissa emmener. Une cruelle déception amplifiait la peine inattendue que lui causait la nouvelle. Depuis trois jours, il avait placé tant de confiance dans les pouvoirs surnaturels d'un homme à l'appel duquel obéissait l'ombre de l'empereur Rodolphe II, ami des magiciens et des alchimistes ! Il était certain de sortir de chez lui avec au moins un fil conducteur, une indication... si même Jehuda Liwa n'était pas capable de lui livrer toute l'histoire de l'Ourim et du Toummim ! Cette mort le laissait désarmé, hésitant à nouveau sur le chemin à suivre, parce qu'il n'arrivait pas à croire que les « sorts sacrés » pussent reposer au milieu des richesses d'un des plus importants trésors qui soient au monde. Mais il ne voulait pas offenser celui que le recevait en ami et, s'il ne songea pas un instant à cacher ses regrets, il n'en écouta pas moins attentivement le récit de la disparition de l'homme en qui s'incarnaient tout le savoir et toute la puissance spirituelle du peuple d'Israël...

L'événement en lui-même était simple quoique étrange : une nuit de shabbat un incendie s'était déclaré dans le laboratoire d'alchimie du rabbin, situé au rez-de-chaussée et sur l'arrière de la maison. Tout y avait brûlé mais l'épaisseur des murs, la voûte de pierre et la porte en fer avaient protégé le reste du logis tout en empêchant les secours d'aborder. Quand, au petit matin, on avait pu enfin pénétrer dans l'espèce de caveau, il ne restait que des carcasses de fer, des cendres, des enduits vitrifiés et quelques fragments d'os que l'on avait rassemblés pieusement pour les enterrer.

— Pensez-vous à un accident ou à un acte criminel ? demanda Morosini qui avait suivi le docteur dans sa cuisine où il était en train de faire du café, sa gouvernante étant déjà partie pour le marché.

— Personne n'en sait rien mais... Meisel lança, par-dessus ses lunettes un regard appuyé à son invité... mais moi je pense que Jehuda Liwa a allumé ce feu lui-même...

— Un suicide ? De cette manière atroce ?...

— Ce n'était pas un homme comme les autres. S'il

y avait eu accident, on l'aurait entendu crier, appeler au secours. Mais on n'a rien entendu du tout. En outre, son serviteur que vous connaissiez, Abraham Holtz, n'a retrouvé aucun des grimoires de son maître et encore moins l'Indraraba, le grand Livre des Secrets dont il n'y avait que deux exemplaires au monde...

— Voilà le mobile du crime : on a tué le rabbin pour le lui voler...

— Non. Lui aussi a brûlé : Abraham a retrouvé une des ferrures de la reliure. Pour une raison connue de lui seul — peut-être parce qu'il estimait son temps venu ! — Jehuda Liwa a voulu mourir en emportant avec lui les clefs de son pouvoir...

Morosini resta songeur en pesant chacune des paroles qu'il venait d'entendre :

— C'est possible, après tout ! Pourtant quelque chose me choque : lui, le gardien des traditions, se suicider la nuit du shabbat ?

— L'incendie a dû éclater vers deux heures du matin le dimanche. Le shabbat s'achevait à minuit... On a enterré dans le cimetière le peu qu'on a retrouvé...

— Pourrez-vous m'y conduire ?

— Tout de suite, si vous le voulez...

Un moment plus tard, tous deux pénétraient dans le vieux cimetière juif si étrange et si pittoresque avec ses vagues de pierres qui se chevauchaient en un désordre qui n'était pas sans beauté. Le vent d'automne qui soufflait ce matin-là faisait voltiger les feuilles mortes comme des papillons et l'odeur de la terre humide remplaçait la divine senteur de sureau et de jasmin des beaux jours. A la surprise d'Aldo qui se demandait où l'on avait bien pu trouver, dans ce chaos, une place digne de cet homme hors du commun, Meisel le conduisit devant la haute stèle ornée de volutes, d'inscriptions hébraïques et surmontée d'une forme de pomme de pin, où reposait depuis le XVIIe siècle le fameux rabbin Löw, le maître du Golem, cette créature d'argile qu'il avait suscitée pour en faire son serviteur...

— C'est là ! fit Meisel sobrement.

— Comment, là ? Vous l'avez mis dans cette tombe ?

Ebenezer Meisel ramassa un caillou, le posa pieusement sur l'entablement de la stèle, s'inclina par trois fois :

— Il nous est apparu que c'était sa place normale, dit-il. A présent, je vous laisse méditer mais j'espère que nous nous reverrons et que vous n'oublierez pas le chemin de ma maison. Même s'il n'est plus là, ajouta-t-il avec un mouvement de tête en direction du tombeau...

— Soyez-en certain, mais je vous dis adieu pour l'instant : je repars tout à l'heure...

Un long moment, Morosini resta debout devant la stèle, méditant les paroles du médecin : « Il nous est apparu que c'était sa place normale... » Sans surprise. Il se souvenait de ce qu'avait dit le baron Louis de Rothschild lorsqu'il lui avait donné l'adresse de Liwa : « C'est un homme étrange... Il posséderait le secret de l'immortalité... » Ce secret-là, toute âme humaine le possédait mais le fait que l'on eût enseveli les cendres du rabbin à cet endroit accréditait une autre légende, celle qui prétendait que Liwa était la réincarnation de Löw, le maître du Golem, dont il possédait les pouvoirs. Une légende sur laquelle Aldo avait longuement réfléchi durant les jours où il guérissait de sa blessure dans la demeure d'Ebenezer Meisel. Il y avait surtout ce dernier instant de conscience au moment où la balle l'avait atteint : Butterfield, l'assassin qui venait de l'abattre et avait tiré sur Liwa sans l'atteindre, avait poussé un cri terrifiant avant de s'écrouler sous quelque chose d'indéfinissable qui avait fait à Morosini l'impression d'un mur en marche. Quand on avait retrouvé son corps, on aurait dit qu'il était passé sous un rouleau compresseur. Ne chuchotait-on pas aussi qu'il y avait, dans le grenier de la synagogue Vieille-Nouvelle, un tas d'argile capable de reprendre forme à l'appel d'une formule secrète ?... Somme toute, c'était, en effet, chose normale que les deux rabbins fussent réunis dans cette sépulture puisque, peut-être, ils ne faisaient qu'un...

Morosini choisit, dans les environs, une pierre blanche, ronde et polie comme un galet et la posa sur la stèle, se recueillit, salua de la tête et du buste puis quitta le cimetière sans se retourner. Il n'avait plus rien à faire à Prague d'où il emportait une déception sévère : il avait tant compté sur les étonnants pouvoirs du vieux rabbin ! Sans cette aide puissante, la quête des « sorts sacrés » devenait beaucoup plus aléatoire. Deux heures plus tard, il prenait le train pour Vienne où passerait le lendemain l'Orient-Express qui le conduirait à Istanbul.

Il avait toujours aimé Vienne et singulièrement

l'hôtel Sacher dont la patronne, la vieille Mme Sacher, lui réservait toujours un accueil presque affectueux. En outre, la grand-mère de Lisa, la comtesse von Adlerstein, y possédait un palais dans la Himmelpfortgasse et il savait qu'elle l'aimait bien. Un sentiment qu'il rendait de tout son cœur à cette fière vieille dame dont la conquête n'avait pas été des plus faciles. Aussi en débarquant à la gare sa première pensée fut-elle d'aller l'embrasser, pourtant il y renonça. Non sans regrets mais il connaissait trop sa clairvoyance : se présenter à elle comme en voyage d'affaires en lui portant les tendresses de Lisa restée à Venise était proprement impensable : la grand-mère le percerait à jour au premier regard. Il savait qu'il n'avait pas la mine d'un jeune marié heureux. Valérie von Adlerstein aurait tôt fait de le passer à la question jusqu'à ce qu'il lâche son paquet de souffrance et, à aucun prix, il ne voulait troubler sa sérénité. Il se fit donc conduire à l'hôtel sachant bien que Mme Sacher, la discrétion même, se ferait découper les doigts en rondelles plutôt que d'avouer sa présence chez elle, s'il lui disait que personne ne devait le savoir à Vienne. Il en serait quitte pour ne pas bouger de sa chambre avant l'heure du train...

Grâce à sa vieille amie, ce fut moins pénible qu'il ne le craignait. Les repas qu'elle lui fit monter avec des journaux et des revues étaient autant de petits chefs-d'œuvre ; elle vint en personne lui tenir compagnie et il eut, par elle, un aperçu complet des faits et gestes de la bonne société viennoise. Il sut ainsi que Mme von Adlerstein était toujours à Rudolfskrone, sa propriété de Bad Ischl et que le baron de Rothschild était en Angleterre. Elle marqua aussi son étonnement de la disparition totale du « baron Palmer » mais Morosini se garda bien de lui faire connaître la fin dramatique du Boiteux que lui connaissait sous le nom de Simon Aronov sans savoir au juste d'ailleurs si c'était son véritable nom. Une seule alerte mais de taille : au moment où Aldo se disposait à quitter l'hôtel pour rejoindre la Kaiserin Elizabeth Bahnhof, Fritz von Apfelgrüne, le cousin et ancien soupirant de Lisa, fit son apparition et Morosini eut juste le temps de se jeter derrière un grand palmier en pot pour éviter de se trouver nez à nez avec ce redoutable bavard. Mme Sacher qui était en train de lui dire au revoir se précipita sur Fritz et l'entraîna dans les profondeurs de l'hôtel tout éberlué d'un honneur auquel la maîtresse des lieux ne l'avait pas habitué. Aldo put partir tranquille.

Enfin réfugié entre les élégantes marqueteries et les cuivres étincelants de son sleeping, il décida de continuer sa politique viennoise et d'en bouger le moins possible, choisissant de prendre ses repas au second service pour rencontrer aussi peu de monde que possible. Sa bonne étoile protégea sa crise de sauvagerie en faisant qu'il n'y eût personne de connaissance dans les luxueux wagons bleu nuit à bandes jaunes mais ce fut tout de même avec un vif soulagement qu'il débarqua à la gare d'Haydarpaça sur la rive même de la Corne d'Or.

Il faisait froid ce matin. Un vent vif, le « meltem », soufflait du Caucase crêtant d'écume l'eau du Bosphore mais le soleil brillait sur les dômes aux dorures verdies, les toits roses et les jardins ponctués de cyprès noirs. Dans le fiacre qui l'emmenait à travers l'énorme grouillement du pont de Galata vers les anciens quartiers étrangers et les hauteurs de Beyoglu, Aldo se laissa enfin aller au plaisir du voyage. Il ne connaissait pas Constantinople et se promit de l'explorer en attendant l'arrivée d'Adalbert. Cette porte de l'Orient à la fois misérable et somptueuse lui faisait sentir la séduction que pouvait exercer sur un Vénitien la splendeur de l'ennemi héréditaire. C'était toute l'histoire guerrière de la Sérénissime qui envahissait Morosini parce qu'à l'exception de l'électricité et de quelques bateaux à vapeur, rien n'avait vraiment changé à Istanbul.

Hélas, l'enchantement vola en éclats dès que le voyageur eut mis le pied dans le hall du Pera Palace, en dépit des marbres blancs, rouges et noirs, des immenses tapis pourpres, des grappes de tulipes blanches fleurissant les bronzes dorés des grands lustres, des serviteurs en costume local et d'un décor que les bâtisseurs de ce superbe hôtel — la Compagnie internationale des wagons-lits — avaient voulu aussi ottoman que possible afin de garder sous le charme les passagers de leur Orient-Express. Il suffit pour cela de l'exclamation ravie d'une longue femme enroulée de velours et de renards noirs qui ressemblaient à un énorme boa poilu qui surgit de l'ascenseur et se précipita vers lui alors qu'il venait d'arriver à la réception :

— Aldo !... Aldo Morosini ici ? Mais quelle merveille ! Et par quel miracle ?

« Seigneur ! pensa le malheureux. Que vous ai-je fait pour trouver la Casati ici ? »

Accablé par cette criante injustice du Ciel, il baisa d'un geste machinal la main prestement dégantée que l'on offrait à ses lèvres d'un geste royal. Encore heureux de s'en tirer à si bon compte ! Il avait cru un instant qu'elle allait lui sauter au cou :

— Il n'y a pas de miracle, ma chère Luisa ! Je suis ici pour affaire. Mais... vous-même ? Je sais bien que vous voyagez beaucoup mais de là à vous rencontrer au bout de l'Europe et aux approches de l'hiver ? Vous êtes attirée par l'Islam ?...

La belle voix grave de la marquise Casati qui aurait pu, si elle l'avait voulu, tenter une carrière dans l'opéra baissa de quelques tons pour atteindre un chuchotement caverneux :

— Rien de tout cela, mon cher. Si je vous dis la vérité, vous me jurez le secret ?

— Même si vous mentez, marquise ! Je garde ce que l'on me confie.

— Je viens consulter une voyante... une femme extraordinaire, à ce que l'on m'a dit. Une Juive étonnante...

— Il faut qu'elle le soit ! Tant de pays parcourus !...

— Peu de chose en vérité, et puis, j'adore l'Orient-Express...

— Vous n'êtes tout de même pas venue seule ?

— Avec ma femme de chambre... Je ne tenais pas à donner trop d'éclat à ce petit déplacement. Je ne suis pas ici incognito mais presque. D'où cette tenue un peu simple...

S'il n'avait si bien connu cette étonnante créature, l'une des plus extraordinaires de l'époque, Morosini eût éclaté de rire mais il est vrai que, sur son enroulement de renards, Luisa ne portait qu'un modeste tricorne de velours noir enveloppé d'une voilette et totalement dépourvu des panaches et des aigrettes de toutes couleurs qui agrémentaient habituellement les débauches de brocarts, de lamés, de mousselines, pailletées ou non, dont elle faisait sa vêture ordinaire. Et deux rangs de perles seulement alors qu'elle était le plus souvent parée comme une châsse. Il lui sourit, alors, de ce curieux sourire en coin, à la fois moqueur et nonchalant qui lui donnait tant de charme :

— J'avais remarqué, fit-il en baissant la voix lui aussi, et je n'osais pas vous demander si vous étiez en deuil... Comment va le cher maître ?

Les grands yeux noirs, encore agrandis par un généreux « charbonnage », lui lancèrent un regard horrifié et elle se signa précipitamment :

— Bien voyons !... Quelle idée affreuse !... Et c'est un peu à cause de lui que je suis ici...

Depuis des années, Luisa Casati était la maîtresse du peintre Van Dongen dont elle était aussi la muse. La seule dans les débuts, mais avec le temps il s'en était trouvé d'autres et la vie, dans le palais de marbre rose du Vésinet appartenant à la marquise, n'était pas toujours sereine. D'abord parce que la sérénité relevait de l'impossible avec elle, qui faisait de sa vie un théâtre permanent ou un conte oriental, donnant des fêtes inouïes, vivant parmi les objets précieux, les fourrures rares, la vaisselle d'or, les étoffes chatoyantes, les plumes d'autruche, les serviteurs noirs, les léopards et les serpents qu'elle élevait et à qui elle portait une sorte de culte...

— Vous donnerait-il du souci ?

Son œil noir lança un éclair :

— Oui, fit-elle sobrement. Il y a des moments où Kies m'échappe et je veux savoir pourquoi. Cette Juive est capable, dit-on, de me l'apprendre. Dînons ensemble, cher Aldo et je vous dirai tout !...

Morosini n'était pas certain d'avoir envie d'en savoir plus mais, puisqu'il était reconnu, dîner avec Luisa serait autant de pris sur une solitude qui commençait à lui peser. Elle était quelquefois crispante mais on n'avait jamais le temps de s'ennuyer avec elle. On convint de se retrouver à huit heures au salon de conversation.

En gagnant derrière elle la salle à manger qui ressemblait à une serre tant il y avait de plantes vertes et de fleurs, Aldo craignait un peu de voir leur dîner envahi par toutes sortes de relations de sa compagne en dépit de la peine qu'elle se donnait pour se fondre dans l'anonymat — dentelles noires et une seule rivière de diamants ! — mais il n'y avait, en cette arrière-saison, que peu de voyageurs et les quelques personnes présentes étaient visiblement des habituées et trop jeunes pour avoir déjà rencontré la marquise Casati sur le théâtre habituel de ses opérations. On dégusta donc tranquillement un énorme et divin « imam bayildi * » précédé d'excellentes huîtres accompagnées de « pastirma ** », le tout

* Plat d'aubergines aux oignons et à la tomate.

** Viande de bœuf finement tranchée saupoudrée de piment et séchée.

arrosé de champagne pour ne pas perdre complètement contact avec l'Occident. Luisa Casati semblait ravie de leur rencontre et finit par en donner la raison profonde à son compagnon : Salomé, la voyante, habitait le vieux quartier juif d'Haskeuï sur la rive septentrionale de la Corne d'or, autrement dit du port. En outre, elle n'acceptait de recevoir cette cliente étrangère qu'à la nuit close. Ce qui ne rassurait guère la marquise :

— Si j'avais su, confia-t-elle, je serais venue avec mon secrétaire et un valet...

— Vous pouviez demander une escorte à l'hôtel. Au moins un drogman qui pourrait être utile...

— Non. Je parle de nombreuses langues, vous le savez, et je n'ai pas besoin d'interprète. D'ailleurs, elle m'a fait comprendre qu'elle ne souhaitait pas voir venir chez elle des gens des hôtels. Évidemment, je pourrais m'adresser à l'ambassade de France ou à celle d'Angleterre mais je n'ai aucune envie que l'on me sache ici... et dans un tel but. Alors voilà quatre jours que je tourne en rond à la recherche d'une solution. Et puis vous êtes arrivé...

Morosini se mit à rire et prit sur la table la longue main ornée d'une beau diamant jonquille et occupée à rouler nerveusement des boulettes de pain. Après tout Luisa était une vieille amie...

— Vous souhaitez que je vous accompagne chez cette femme ? Je ne vois pas pourquoi je vous refuserais une sécurité qui sera pour moi un plaisir. Voulez-vous que nous y allions ce soir ?

— Oh ! Vous êtes un amour ! Salomé a répondu à ma lettre — on ne prend jamais rendez-vous autrement chez elle ! — qu'elle m'attendrait à minuit pendant sept jours. En même temps, elle me faisait connaître ses conditions...

— Eh bien, dites-moi, si toutes les voyantes qui officient à Paris, Rome, Londres, Venise ou n'importe où dans le monde avaient de telles exigences, elles ne feraient pas fortune.

— Croyez-vous ? Je pense au contraire qu'en se rendant si difficilement accessibles, elles se feraient une excellente publicité... J'ajoute que celle-ci reçoit peu et se fait payer cher mais cela, c'est sans importance.

— Vous avez peut-être raison. Il se peut que cette femme soit surtout une habile commerçante.

— Elle n'est pas que cela, dit la Casati d'un ton grave où perçait une vague angoisse. Il lui arrive de dire des choses terribles, paraît-il. Elle aurait prédit à... mais non, je ne souhaite pas en parler !

Aldo fronça le sourcil, offrit une cigarette à sa compagne, la lui alluma et en prit une pour lui :

— Vous avez aussi peur d'y aller que vous en avez envie, Luisa. Croyez-vous que vos... problèmes en vaillent la peine ?

Elle détourna ses yeux si outrageusement agrandis par le maquillage qu'elle semblait porter un masque tragique et rejeta nerveusement la fumée.

— Oui. J'ai besoin de savoir... même si je dois en souffrir. Rien n'est pire que le doute, mon ami...

Elle se leva de table sur ces paroles. Il ne restait à Aldo qu'à la suivre jusqu'à l'un des salons où ils prirent le café en regardant, étendue à l'infini, l'image séduisante d'une ville magique dont le seul nom parlait à l'imagination. Du haut de leur colline, ils découvraient, au-delà de la Corne d'or où s'entassaient les navires, Stamboul, la ville turque, le quartier royal coulant des vieilles murailles de Constantin jusqu'au foisonnement d'arbres de la pointe du Sérail, étonnant éboulis de toits, de dômes, de jardins et de vestiges antiques d'où surgissaient, éclairés par la lune comme une image de conte persan, les six minarets du Sultan Ahmed, la Mosquée Bleue, et les puissants contreforts de Sainte-Sophie. Des lumières tremblantes piquetaient le fabuleux tableau que Luisa et Aldo contemplèrent en silence chacun d'eux enfermé dans des pensées qu'il ne jugeait pas utiles de partager. Le café était admirablement préparé par le valet enturbanné préposé à ce rôle important et ils en prirent plusieurs tasses avant de remonter prendre des vêtements de sortie et, pour la marquise, remettre ses diamants à sa femme de chambre. Un moment plus tard, tous deux dévalaient la rue de Pera au trot rapide d'un cheval vigoureux en direction du port que l'on remonta en direction des Eaux Douces d'Europe, des « échelles » de Kassim Paça, où se trouvait le vieil arsenal, et d'Haskeuï qui le jouxtait. En dépit de la nuit il était facile de se rendre compte que ces quartiers étaient plutôt misérables. Des maisons de bois aux murs rongés par le vent et le sel s'agglutinaient autour de vieilles synagogues, boursoufflées d'encorbellements sous des toits aplatis. Des échoppes aux volets clos occupaient souvent les rez-de-chaussée et, de loin en loin, s'ouvrait la porte d'un entrepôt ou les fenêtres lourdement grillées d'une banque au linteau de laquelle s'imprimait l'étoile de David mais, chose étrange, si les maisons étaient vétustes, leurs ouvertures semblaient neuves et leurs ferrures solides. Les rues étaient désertes.

— Nous arrivons, souffla Mme Casati dont ce n'était pas le premier voyage à Constantinople et qui était venue, de jour, repérer l'endroit. La maison de Salomé n'est plus éloignée.

Le fiacre, en effet, s'arrêtait peu après devant une porte de cèdre ouvragé trouant le mur d'un jardin. Un petit heurtoir de bronze y était fixé sous un étroit guichet grillagé. Aldo l'actionna. Le guichet s'ouvrit et la marquise donna son nom. Une brève attente et une servante en robe safran s'inclinait devant les visiteurs avant de les guider à travers un jardin d'où les odeurs de cèdre et de bois brûlé avaient chassé les senteurs multiples de l'été. On franchit un petit vestibule étincelant de propreté et l'on se trouva au seuil d'une grande pièce éclairée par une lampe de bronze pendue au plafond bas par une chaîne. Une femme se tenait debout sous cette lampe dont les courtes flammes dansaient au bout de leurs becs. Elle s'inclina en silence à l'entrée de ses visiteurs mais sans donner à ce geste la moindre nuance d'obséquiosité. Morosini la regarda avec curiosité, persuadé d'avoir remonté les siècles et de tomber en plein Moyen Age. Salomé, en effet, portait le hennin, orfévré des femmes de Jérusalem sous lequel son visage, couleur d'ivoire, fendu de grands yeux sombres au regard pénétrant, trouvait le moyen d'être plus impressionnant que celui de la Casati. Il était difficile de lui donner un âge car elle paraissait à peine trente ans, alors que sa réputation, d'après Luisa, était déjà ancienne mais surtout elle était d'une surprenante beauté avec son nez droit, presque grec, et ses lèvres ourlées. Son regard n'avait fait qu'effleurer sa cliente et se posait à présent sur Aldo avec une insistance qui le troubla un peu... Il s'inclina légèrement :

— Voici celle qui a besoin de vous, madame, dit-il. Je vais attendre dans le jardin...

Elle alla vers le fond de la pièce, souleva une tenture de velours :

— Il fait froid. Passez ici où il y a du feu...

Sa voix basse était chaude, un peu voilée et ajoutait encore à son charme. Ainsi posée, un bras couvert de bracelets étendu, elle évoquait ces femmes de la Bible pour qui des hommes perdaient la tête. Bethsabée, la Sulamite ou celle dont elle portait le nom, cette Salomé qui affolait Hérode et qui, par sa danse voluptueuse, obtint la tête de Jean le Baptiste devaient lui ressembler. Sous la longue tunique de soie jaune brodée et ornée de longs colliers d'ambre, de turquoises, de perles et de corail, la ligne du corps était admirable, émouvante même, et Aldo pensa qu'il valait mieux en effet que Luisa n'eût pas emmené avec elle le peintre qui lui donnait tant de soucis...

Le décor de la pièce où il pénétra était assez semblable à celui d'à côté : confortable, douillet avec ses tapis, ses coussins, ses tentures de soie épaisse obturant les fenêtres et le brasero de bronze qui dispensait une agréable température jointe à un parfum de santal. La servante de tout à l'heure reparut avec un plateau de cuivre et du café pour l'aider à attendre...

Morosini s'installa sur un divan de velours corail — c'était, avec un jaune lumineux, les couleurs dominantes de cette maison et, sans le café dont il but deux tasses, il se fût sans doute endormi. Il se sentait curieusement bien, détendu comme il ne l'était plus depuis des semaines. Le temps s'abolit et il ne vit pas passer l'heure que dura la consultation. Lorsque Salomé vint soulever à nouveau le rideau il lui sourit en disant :

— Déjà ?

L'arc fier que formaient les lèvres de la femme s'adoucit d'un sourire plein de douceur :

— Si le temps ne vous a pas duré, c'est que vous étiez bien chez moi.

— Peut-être...

En rejoignant Luisa Casati il vit qu'elle semblait très émue. Elle avait pleuré sans doute car elle s'appliquait à colmater les brèches créées par les larmes dans son maquillage de pierrot lunaire. Pourtant Aldo la devina satisfaite. Salomé avait-elle réussi à chasser le doute qu'elle portait en elle ? Les deux femmes se saluèrent avec cérémonie et la Casati se dirigea vers la porte de ce pas royal évoquant toujours une prima donna sortant de scène mais, au moment où il s'inclinait devant elle, la voyante saisit Aldo par le bras.

— Tu vas courir bientôt un grand danger. Viens me revoir une nuit prochaine à la même heure. Seul !...

Il ouvrit la bouche pour une question mais elle lui

fit signe de se taire en lui désignant la longue forme noire qui se glissait dans le vestibule. Morosini hocha la tête, sourit et ne dit rien. Un moment plus tard, il roulait à nouveau aux côtés de sa compagne à travers la nuit qui s'était faite plus sombre à mesure qu'elle avançait vers le matin.

On n'échangea pas trois paroles durant le trajet... Repliée dans son coin, Luisa semblait rêver et Aldo se garda bien de la rappeler à la réalité. Ce fut seulement quand le portier du Pera Palace ouvrit la portière du véhicule et lui offrit la main pour l'aider à descendre qu'elle déclara :

— Cette femme est étonnante et je ne regrette pas mon voyage mais jamais je ne reviendrai...

— Pourquoi ?

— Elle dit des choses trop vraies !

Puis tendant une main sur laquelle Aldo s'inclina :

— Merci, ami, de m'avoir accompagnée mais je ne crois pas que nous nous reverrons demain : je vais dormir jusqu'à l'heure du train. Dormir et réfléchir...

— Alors je vous souhaite un bon retour, Luisa. Heureux d'avoir passé cette soirée auprès de vous.

— Vous restez encore quelque temps ?

— Plusieurs jours, je pense. J'ai, comme je vous l'ai dit, une affaire à régler.

— Quelque merveille à dénicher sans doute ? J'aimerais rester pour en savoir plus mais il faut que je rentre à présent. Bonne chance !

— Bon voyage !

CHAPITRE V

TOPKAPI SARAÏ

Le train suivant amena Vidal-Pellicorne mais pas seul. Le grand express trans-européen n'officiant que trois fois la semaine et les dates concordant assez, Morosini s'était rendu à l'arrivée. Dans le moutonnement des chapeaux occidentaux et des turbans de portefaix, il repéra la haute silhouette et la casquette londonienne de son ami et agita un bras mais, quand il s'approcha, il vit qu'Adalbert était en compagnie d'une ravissante jeune personne : cheveux blonds bouclés sous une petite cloche de feutre beige, jolis yeux d'un bleu candide, visage rond marqué de fossettes et, sous le tailleur beige parfaitement coupé, un corps fin et nerveux terminé par de fort jolies jambes et des pieds, un peu grands peut-être, mais élégamment chaussés de lézard caramel assorti au sac et aux gants. Négligemment porté sur les épaules, un grand manteau de voyage en vigogne. L'œil expert d'Aldo la jaugea sans hésiter : une Anglaise, à coup sûr — ce teint de porcelaine fleurissait surtout aux alentours de Hyde Park — mais habillée à Paris et ne manquant pas de moyens. La suite confirma son analyse :

— Ah, le voilà ! s'écria l'archéologue rayonnant. Permettez, chère amie, que je vous présente le prince Morosini, mon ami dont je vous ai parlé. Aldo voici miss... ou plutôt l'Honorable Hilary Dawson, une collègue. Nous nous sommes rencontrés au wagon-restaurant le soir du départ.

— Une collègue, vraiment ? fit Aldo en s'inclinant sur la petite main gantée. C'est difficile à croire...

— Et pourquoi donc ? fit la nouvelle venue.

— Parce que je n'ai encore jamais vu d'archéologue qui vous ressemble. Dans la corporation on est plutôt barbu, moustachu, atrabilaire, au moins quadragénaire, avec la poussière des siècles sous les ongles...

— Eh bien, quel portrait ! fit-elle avec bonne humeur. Je suis ravie de ne pas m'y conformer et pourtant j'appartiens bien au British Museum, je vous assure.

— Il faut me rendre à l'évidence.

Sous la courtoisie légère des paroles, Morosini cachait une vague inquiétude. Il n'aimait pas du tout la mine rayonnante arborée par son ami ni les regards un rien trop tendres dont il couvrait sa nouvelle connaissance. Tomber amoureux d'une échappée du British Museum était, selon lui, la dernière chose à faire dans les circonstances présentes. Une seule espérance : que cette mignonne créature aille prendre logis chez une amie ou chez un parent quelconque. Mais non : elle descendait comme tout le monde au Pera Palace et il fallut attendre qu'elle eût rejoint sa chambre avec ses bagages pour attaquer un Adalbert soudain rêveur qui regardait, avec la mine inspirée de Lamartine contemplant son lac, la fine silhouette s'élever au plafond dans la cage de l'ascenseur.

— N'est-elle pas adorable ? soupira-t-il d'un ton qui acheva d'exaspérer Morosini.

Saisissant son ami par le bras, il le remorqua jusqu'au bar, à peu près désert à cette heure.

— Je n'adorerai jamais une personne fraîche émoulue du Bristish Museum et je te défends bien de t'y laisser aller ! Tu n'es pas un peu fou de nous avoir ramené cette fille qui est bien capable de fourrer son joli nez dans nos affaires ?

— Qu'est-ce qui te prend ? Tu vois du mal partout à présent ? fit Adalbert atteint dans sa dignité et ses sentiments.

— Non, mais une archéologue anglaise est la dernière personne dont nous ayons besoin. Que vient-elle faire ici ? Elle te l'a dit ?

— Bien sûr ! Nous avons parlé boutique depuis le premier dîner à bord du train. Hilary prépare un ouvrage sur les porcelaines chinoises et a obtenu du gouvernement turc l'autorisation de visiter l'énorme collection rassemblée au Vieux Sérail provenant des services de table des sultans et de cadeaux reçus.

— Et en échange, noyé dans ses yeux bleus, tu lui as confié que nous y allions, nous, pour deux émeraudes...

— Arrête, tu veux ! Un : je ne suis pas noyé dans ses yeux bleus, je les trouve ravissants, un point c'est tout. Deux : je lui ai dit que nous nous intéressions, nous, au Trésor desdits sultans, ce qui est normal pour un expert tel que toi et que nous allions le visiter...

— Au fait, tu l'as obtenue, l'autorisation ?

— Bien entendu. Je ne serais pas venu sans elle... Et trois : j'aimerais bien que tu ne te mêles pas de ma vie privée. Je ne t'ai jamais fait de reproches, moi, quand tu délirais à propos de certaine Polonaise captivante...

— Laisse-la dormir en paix ! coupa sèchement Morosini.

— Je n'ai pas l'intention de troubler son repos mais je veux seulement te faire comprendre que je ne suis pas en bois et que j'ai droit, moi aussi, à quelques battements de cœur ?

— J'admets tout ce que tu veux, soupira Moro radouci, et même je te demande pardon... mais avoue que cette jolie fille tombe mal... ou trop bien, ajouta-t-il mentalement.

Il ne pouvait s'empêcher de rapprocher l'arrivée de cette miss Dawson, de la mise en garde de la voyante à laquelle, cependant, il avait refusé de s'arrêter : « Tu vas être en danger... » C'était peut-être idiot, mais il se promit tout de même d'accepter une invitation qu'il avait mise de côté depuis quatre jours que Luisa Casati était partie.

— Oh, ce n'est pas grave, reprit Adalbert avec son bon sourire habituel, et moi je ne pensais pas que sa présence pourrait te contrarier. C'est ta visite à Prague qui t'a rendu nerveux ? Tu as eu de mauvaises nouvelles ?

— Les pires. Jehuda Liwa est mort et nous ne pouvons plus compter sur cette piste-là !

— Ce ne sera peut-être pas si dramatique. Je suis persuadé que les pierres dorment tranquillement depuis des siècles dans le trésor ottoman...

— A moins que l'un des sultans, et pourquoi pas Murad II, ait jugé bon de se faire enterrer avec. Souviens-toi de notre aventure en Bohême ! Cette fois, il ne s'agirait plus d'une tombe abandonnée dans une forêt mais d'une mosquée à Brousse.

— Oh, pourquoi imaginer le pire ?

— Je ne sais pas. Peut-être parce que l'on m'a dit récemment que j'allais être en danger. Et toi avec moi sans doute.

— Qui a pu te dire ça ?... Une voyante ?

— Banco ! Tu as gagné.

Les yeux bleus d'Adalbert qui avait cru lancer une bonne plaisanterie s'arrondirent de stupeur :

— Tu fréquentes les tireuses de cartes, toi ?

— Bien sûr que non. Simplement, j'ai été amené à en rencontrer une... Prenons un autre verre, je vais te raconter ça !

Tout en dégustant un second Martini dry, Aldo relata sa rencontre avec la marquise Casati et comment il avait été amené à l'accompagner chez Salomé, ce qui s'y était passé et, pour finir, la phrase l'invitant à revenir quand il le voudrait...

— Et tu n'y es pas allé ? A ta place j'aurais couru le soir suivant. C'est diablement excitant, ton histoire !

— Trop !... Ne me prends pas pour un fat mais je lis assez bien dans les yeux des femmes et dans les yeux de celle-là, j'ai lu une sorte... d'invite. Et j'ai pensé que si elle parlait de danger, c'était pour piquer ma curiosité...

— C'est possible et, dans ces conditions, je te vois mal te rendant aux désirs d'une belle Juive alors que tu vis une angoisse perpétuelle pour Lisa. Cependant n'oublie pas ce que t'a dit la Casati : « Elle dit des choses trop vraies ! » Ça vaudrait peut-être la peine d'y aller voir. J'irai avec toi si tu veux...

— Merci mon vieux mais je peux sortir sans ma nounou ! Et je saurai mieux résister à cette Salomé-là que le vieil Hérode, même si elle me fait le coup de la danse des sept voiles !... Bon, oublions ça pour le moment et revenons à Topkapi. As-tu l'autorisation que nous souhaitions ?

— L'ambassade n'a fait aucune difficulté. Nous irons demain au palais pour prendre langue. Rassure-toi, Hilary ne viendra pas avec nous : elle a rendez-vous après-demain...

C'était toujours autant de gagné !

Le lendemain, l'Ortakapi, la lourde porte ogivale flanquée de deux tours octogones à poivrières donnant accès à Topkapi Saraï — le palais de la Porte du Canon — s'entrouvrait pour Aldo Morosini et Adalbert Vidal-Pellicorne, vêtus comme il convient à des hommes d'affaires importants et élégants. Autrefois, seuls les sultans pouvaient franchir à cheval cette Porte du Milieu et sur ce point rien n'avait changé car la voiture qui les avait amenés resta dehors.

Tous deux retenaient leur souffle tant était grande l'impression de pénétrer dans le palais de la Belle au Bois Dormant. Depuis le dernier quart du siècle précédent, le Vieux Sérail, peut-être hanté par trop de fantômes douloureux, s'était vu abandonné par les sultans au profit de Dolmabahce, la nouvelle résidence construite au bord du Bosphore où d'ailleurs Mustafa Kemal Atatürk, le nouveau maître de la Turquie, travaillait lorsqu'il se trouvait à Constantinople*. Dès qu'il eut pénétré dans la cour du Divan faisant suite à la farouche porte où l'on enfermait jadis les condamnés à mort, Morosini en éprouva une réelle satisfaction. Ce palais endormi était celui des ombres et il eût détesté d'y croiser le va-et-vient affairé des fonctionnaires la plume à l'oreille et des dossiers sous le bras. Là, dans cette cour planté de cyprès et de platanes centenaires d'où l'on découvrait les élégantes dépendances du Sérail et une belle échappée sur la mer de Marmara, le rêve pouvait ouvrir ses ailes d'autant plus aisément que le gouvernement semblait tenir à l'entretien des jardins. Plus peut-être qu'à celui des salles d'audience ou d'habitation des sultans et de leur entourage masculin — il ne pouvait être question d'aborder seulement les bâtiments de l'ancien harem ! — où la poussière voilait les marbres blancs ou noirs, les bois dorés et même les revêtements muraux en exquises faïences anciennes.

L'homme qui les reçut à l'entrée de l'ancienne salle d'audience — un pavillon à péristyle supportant une toiture à large auvent — portait une « stambouline » noire, un col à coins cassés et un tarbouch qui ressemblait à un pâté de sable rouge placé sur sa tête par un gamin encore inexpérimenté. Une long gland de soie voltigeait autour à chacun des mouvements

* Il résidait généralement au Pera Palace où il avait son appartement.

de tête du personnage. Une énorme moustache en croc et une paire de lorgnons scintillants ne laissaient voir du visage qu'un nez proéminant et, sous la moustache, deux dents de lapin au-dessus d'un menton inexistant. Tel qu'il était, Osman agha veillait sur les richesses intactes de ses anciens maîtres, avec l'aide, toutefois, de gardes armés jusqu'aux dents que l'on découvrit à mesure que l'on approcha de l'endroit où elles étaient entreposées. Ce qui ôta beaucoup au charme des bâtiments, à la grâce des jardins et aux admirables découvertes sur les lointains bleus de la mer.

— C'est dommage ! fit Morosini en désignant l'un de ces hommes à son ami. Ils gâtent un peu le paysage...

— Bah ! Autrefois il y avait les janissaires, guère plus affriolants mais évidemment plus pittoresques...

A la suite d'Osman agha, on pénétra dans une petite salle dont les principaux meubles étaient une table servant de bureau, une chaise, une collection de gros registres reliés en rouge éteint et une lourde et magnifique porte en bronze devant laquelle deux soldats vinrent prendre place, le fusil prêt à tirer...

— Vous avez l'autorisation de visiter le Trésor, dit le conservateur. Souffrez, cependant, que l'on vous soumette à une petite formalité.

Deux autres soldats entrés sur leurs talons se mirent en devoir de fouiller les étrangers sous l'œil bénin d'Osman agha.

— La diplomatie est une chose, expliqua-t-il avec onction. Les précautions n'en font pas partie.

J'ajoute que vous serez à nouveau fouillés à la sortie... Avec toutes nos excuses, bien entendu !

— La confiance ne règne guère, grogna Morosini qui détestait être tripoté, surtout par des mains sales. J'aurais cru pourtant que la gracieuse permission de votre gouvernement...

— Certes, certes ! Mais les gens les plus éminents ont quelquefois du mal à résister à la tentation... Vous comprendrez mieux dans un instant.

Poussée par les gardes, la porte de bronze s'ouvrit lentement avec un grondement d'apocalypse et les visiteurs se trouvèrent au seuil de deux grandes salles qui ne recevaient la lumière que par les petites fenêtres ceinturant les coupoles formant le plafond, aussi hautes que celles d'une mosquée. L'éclairage nocturne était assuré par les lampes pendant des chaînes tombant du centre des coupoles mais ni Aldo ni Adalbert ne s'y intéressèrent tant ils étaient médusés par ce qu'ils découvraient.

— C'est la caverne d'Ali Baba, souffla l'un.

— On est en pleines Mille et Une Nuits, fit l'autre... Je commence à comprendre leur méfiance : il n'y a qu'à se servir !

Cela semblait incroyablement facile. Il n'y avait qu'à se baisser, plonger la main dans de grandes bassines à confiture en cuivre ou en bronze, remplies presque à ras bord, les unes d'améthystes, les autres de turquoises, de béryls roses, d'Alexandrites, de topazes et autres pierres de moindre importance alors que diamants, rubis, émeraudes, perles et saphirs s'incrustaient dans une foule d'objets usuels tels que vaisselle, services à café ou à thé, vases, aiguières le tout dominé par quatre trônes d'époques différentes, plus somptueux l'un que l'autre. Des armes aussi, splendides, damasquinées et ornées de magnifiques pierreries. L'une, entre autres, un superbe poignard accroché sur un caftan de drap d'or — il y avait aussi des vêtements d'apparat — portant trois cabochons d'émeraudes si belles qu'elles firent battre le cœur d'Aldo mais il n'était pas là pour elles. Des joyaux aussi, mal rangés dans des vitrines, dont un fabuleux diamant rose taillé en cœur. Il y en avait trop et devant ce fantastique étalage de richesses, les deux hommes se sentaient un peu accablés. Comment s'y retrouver alors que les plus beaux bijoux étaient presque en vrac ?...

— C'est beau, n'est-ce pas, fit Osman agha visiblement très fier de l'effet produit sur ces « giaours » toujours tellement contents d'eux.

— Magnifique, dit Aldo sincère, mais j'espère que vous avez un relevé de tout ceci. Bien que cela paraisse impossible !

— Rien n'est impossible pour la jeune Turquie ! Tout est relevé jusqu'à la plus petite pierre et se trouve dans les registres qui sont à côté.

— Et vous savez où chaque pièce est... rangée ?

— Ça, c'est une autre histoire. On sait... en gros. Par exemple il y a là mille deux cent vingt-trois améthystes, fit-il en désignant la première bassine venue...

— Sauriez-vous nous dire, coupa Adalbert, où sont les bijoux ayant appartenu au sultan Murad II, père du Conquérant. Nous lui destinons un ouvrage et nous cherchons tous les détails possibles...

Le gardien écarta les bras dans un geste d'ignorance :

— Ils sont ici, avec les autres, et c'est normal puisque, après Murad, son fils très glorieux les a portés et ses successeurs après lui. Les plus anciens sont dans cette vitrine.

— Pourriez-vous l'ouvrir ? C'est difficile d'examiner en détail ce qu'il y a là. C'est... un peu en désordre.

— Mais l'impression de richesse n'en est que plus grande !

— Pourtant ces vitrines me choquent : les Anciens se contentaient de mettre leurs bijoux dans des coffres. Ceci ressemble trop à un étalage de marchand. Ce n'est pas digne !

Tirant une petite clef de sa poche, l'homme ouvrit la longue boîte de verre indiquée et Morosini, de ses doigts habiles et précis, prit les joyaux l'un après l'autre pour les étaler sur une autre mais il ne trouva rien qui ressemblât aux « sorts sacrés ». Rien, sinon une chaîne d'or supportant une énorme perle en poire, d'un orient admirable mais qui avait dû être accompagnée de deux autres gemmes car il y avait, de chaque côté, un anneau vide...

— Admirable ! fit-il sincère, mais ce collier est incomplet. Il est, je crois bien, celui-là même qu'un voyageur bourguignon vit au XVe siècle, et à Andrinople, sur la poitrine du sultan. La description qu'il en donna correspond tout à fait à cette perle mais il parle aussi de deux émeraudes...

Brusquement, Osman agha devint nerveux. Enlevant prestement la chaîne des mains de Morosini, il la rejeta comme une chose sans valeur sur le drap poussiéreux de la vitrine, y entassa les joyaux que le Vénitien avait soigneusement étalés et referma le couvercle.

— Qu'est-ce qui vous prend ? fit Adalbert qui le regardait faire avec la curiosité d'un entomologiste considérant un insecte rare. Vous n'aimez pas cette perle ? Elle est pourtant bien belle...

— Elle est belle, certes, mais je commence à croire qu'il s'agit d'une conspiration, s'écria-t-il soudain furieux. Qu'est-ce que tous ces gens qui en ont aux pierres maudites ? Sous un prétexte ou sous un autre d'ailleurs, mais je vais prévenir le ministre : plus personne pour visiter le Trésor !

— Nous sommes si nombreux que ça ? émit Morosini un rien surpris.

— Vous êtes beaucoup trop pour mon gré. Alors, messieurs, si vous voulez bien, nous allons nous quitter maintenant !

— Un instant ! Vous avez reçu beaucoup de visites à ce sujet ?

— Trop ! Vous êtes les troisième et quatrième !...

— Qui est venu ?

— Je n'en sais rien. Un homme, une femme... et puis ça ne vous regarde pas !

— Encore ! fit Adalbert. Pourquoi appelez-vous ces émeraudes les pierres maudites ?

— Ça non plus ne vous regarde pas. De toute façon, elles ne sont plus dans le Trésor depuis belle lurette ! Serviteur, messieurs, serviteur !

Et, sur ce, il se pinça l'oreille droite en émettant un petit sifflement puis tapa trois fois sur une table.

Les gardes se mettant en mouvement dans l'intention évidente de les reconduire à la porte sans trop de douceur, les deux hommes s'esquivèrent avec le maximum de célérité et le minimum de politesse.

— Qu'est-ce que tu penses de ça ? fit Adalbert tandis que tous deux arpentaient un jardin. On dirait que nous ne sommes pas seuls à nous soucier des « sorts sacrés » rebaptisés pierres maudites. Ce type avait même l'air effrayé ?

— Oh, il l'était ! Tu as vu la pantomime à laquelle il s'est livré avant de nous mettre à la porte ?

— Quand il s'est tiré l'oreille en sifflant puis en tapant sur la table ? J'ai failli éclater de rire : il était irrésistible.

— Tu as aussi bien fait de te retenir : c'est censé conjurer le mauvais sort mais il faut toujours taper sur une surface en bois ! J'aimerais bien savoir ce que tout ça cache ?

Aldo haussa des épaules découragées.

— Je ne suis pas certain que cela m'intéresse. Je ne vois qu'une chose : le fil est encore cassé ! Où chercher maintenant ?

— On peut toujours se dire, pour se consoler, que s'il est cassé pour nous, il l'est aussi pour nos concurrents puisqu'il paraît que nous en avons ? J'admets que le coup est rude : j'étais persuadé que nous allions pouvoir contempler les « sorts sacrés » dès aujourd'hui...

— Moyennant quoi, il aurait fallu ensuite trouver comment les sortir d'ici sans se faire tirer dessus ou arrêter pour vol et fusiller. Les Turcs n'ont pas vraiment le sens de l'humour... Pourtant, à y réfléchir, je me demande...

Il s'était arrêté à l'ombre d'un cyprès et, pour se donner le temps de penser, allumait une cigarette, l'œil sur un gracieux kiosque coiffé d'une sorte de bulbe aplati.

— A quoi penses-tu ? demanda Adalbert avec impatience.

— Si nous pouvions apprendre pour quelle raison on appelle ici « pierres maudites » les sorts sacrés des Juifs, cela nous conduirait peut-être quelque part. Tu ne connaîtrais pas un historien ou un quelconque archéologue qui...

— Un archéologue n'est jamais quelconque !

— Si tu veux ! Qui, donc, connaîtrait à fond l'histoire des sultans ottomans ?

— Eh non !... toi en revanche, tu connais quelqu'un qui pourrait peut-être nous être utile.

— A qui penses-tu ?

— Ta voyante !

— Elle regarde vers l'avenir. Pas vers le passé !

— Le passé compte toujours pour ces femmes et la tienne est juive. Les Juifs cultivent la mémoire des siècles passés. En outre celle-ci t'a prévenu : tu vas être en danger...

— Je t'ai déjà dit ce que j'en pensais.

— Peut-être, Casanova ! Mais oublie un peu ton auguste personne. Le danger doit exister puisque d'autres que nous cherchent les émeraudes. Si elle a vraiment vu quelque chose, cela peut être intéressant...

— Et si elle n'a rien vu ? Si j'ai raison ?

— Eh bien, tu prendras ton air vertueux, tu lui diras que tu es un mari fidèle, tu lui tapotera la joue et tu repartiras. C'est aussi simple que ça, mais je crois que ça vaut la peine d'être tenté...

— Tu as raison. Nous n'avons plus le choix. J'irai cette nuit...

— ... et je t'attendrai dans la voiture pour observer les alentours.

— Auparavant on va d'abord essayer autre chose.

En quittant Topkapi Saraï, ils se rendirent au Grand Bazar où se retrouvaient toutes les corporations, singulièrement les orfèvres, les bijoutiers et les antiquaires. Morosini savait d'expérience qu'il est parfois possible — à condition de s'y connaître ! — de dénicher d'extraordinaires trouvailles et parfois de précieux renseignements. Au milieu de l'énorme marché couvert, si pittoresque avec ses voûtes ogivales Morosini, qui avait retrouvé dans son carnet d'adresses celle d'un joailler versé principalement dans les bijoux anciens, n'eut aucune peine à le situer : c'était sans doute la plus belle des boutiques mais la plus discrète et la moins fréquentée. La porte n'en restait pas ouverte en permanence, la vitrine fermée d'un rideau de velours noir n'exposait qu'une seule pièce : en l'occurrence une ceinture de femme ancienne dont les larges anneaux ciselés se bosselaient de turquoises, de perles et de péridots d'un ravissant vert clair. Un employé répondit au coup de sonnette puis, Morosini s'étant nommé, introduisit les nouveaux venus dans un cabinet de travail voûté où les accueillit un homme d'une cinquantaine d'années, replet et vêtu à peu près comme

Osman agha à cette différence que sa stambouline noire était de beau drap et avait été taillée par un maître tailleur. Moustachu, bien entendu mais dans le style mongol, il répondait au nom d'Ibrahim Fahzi. Il reçut son confrère vénitien et son double avec cette exquise politesse des Orientaux lorsqu'ils savent éviter les excès poétiques. Sans perdre pour autant le sens des affaires :

— Je ne vous savais pas dans notre ville et c'est, je crois, la première fois que vous venez. Je n'ai pourtant connaissance d'aucune vente capable d'attirer nos amis d'Occident ?

— Pour l'excellente raison qu'il n'y en a pas. Le voyage que nous avons entrepris, mon ami Vidal-Pellicorne et moi, a pour double but l'étude mais aussi le plaisir de découvrir une cité chargée d'histoire et fascinante entre toutes...

En frappant dans ses mains, Fahzi fit apparaître le rituel plateau de café porté par un serviteur qui le déposa sur une table basse avant de s'éclipser.

— Ce n'est pas moi qui contesterai la beauté de notre vieille cité impériale et j'aime à l'entendre vanter, mais est-il indiscret de vous demander à quel sujet vous vous êtes attaché ?

— Les bijoux, bien entendu. On ne se refait pas quand une passion vous tient. En fait, nous écrivons un livre à quatre mains, mon ami et moi. Le thème en est : les joyaux disparus, ceux qui ont joué un rôle important dans l'histoire des peuples. Exemple : le fameux collier de la reine de France, Marie-Antoinette... Il a été dépecé par les voleurs mais nous en avons relevé des traces, l'émeraude que Ptolémée offrit au romain Lucullus sur laquelle était gravé son portrait, les « Trois Frères » les fameux rubis que le duc de Bourgogne, Charles le Téméraire, arborait à son chapeau...

— Intéressant ! Et vous pensez arriver à retrouver tout cela ? Il est vrai que, selon un bruit qui court sous le manteau, vous auriez pu mettre la main sur le fameux Pectoral du Grand Prêtre de Jérusalem...

— On dit beaucoup de choses, fit Morosini assez désagréablement surpris que le secret eût transpiré et qui ne tenait pas à s'étendre sur la question. Et vous n'ignorez pas que chez tous ceux de notre profession sommeille un collectionneur doublé d'un détective. Rien de plus amusant que de suivre une piste, ajouta-t-il d'un ton léger destiné à abuser le Turc sur le sérieux de ses recherches...

— Jusqu'ici ? Notre histoire ne comporte aucun de ces bijoux... je dirai : à grands fracas, dont les aventures ont fait le tour du monde et auxquels s'attache souvent la superstition...

Morosini haussa les épaules.

— Les fameux maléfices ? Vous n'y croyez pas et vous avez raison car c'est uniquement la cupidité des hommes qui les ont créés. Pourtant nous avons eu vent de pierres antiques, disparues du trésor des Sultans et que l'on appellerait ici : « les pierres maudites »...

Le visage plein du joallier se figea comme un bloc de saindoux.

— D'où tenez-vous cela ?

— Oh, c'est sans importance ! fit Aldo avec un geste insouciant. Un ami turc rencontré à Paris.

— Et... cet ami ne vous en a pas dit plus ?

— Ma foi non... si ce n'est qu'on ne les aurait pas vues depuis le XVe siècle. Un voyageur français les aurait admirées sur le sultan...

Ibrahim Fahzi éclata d'un rire qu'Adalbert, observateur silencieux, jugea un peu forcé :

— Ah, la vieille légende de la mort du père de Mehmed II empoisonné à cause de deux émeraudes ? Un conte pour les enfants ! Ridicule. Ne vous y attachez surtout pas ! Cela n'apporterait rien à votre ouvrage sinon une nuance d'incrédibilité...

— Une légende ? fit Morosini doucement. J'ai toujours pensé qu'à la source d'une légende gisait souvent une vérité ?...

— Pas cette fois ! Et je ne serais même pas capable de vous la raconter convenablement... Que pensez-vous de la ceinture que j'ai exposée en vitrine ?

Aldo comprit que le sujet était clos et dit tout le bien qu'il pensait de la parure en question. On finit par se séparer bons amis, du moins en apparence...

— C'est bizarre tout de même, cette conspiration du silence ! Osman agha entre en transes quand on lui parle des émeraudes et Ibrahim Fahzi rit jaune en parlant d'une légende sans importance. Ça veut dire quoi, à ton avis ?

— Qu'on toucherait peut-être à un secret d'Etat ?

— Vieux de combien de siècles ? Et alors que l'empire ottoman n'est plus qu'un souvenir ?

— Mustafa Kemal Atatürk, le maître du nouveau régime, tient à ces souvenirs. Il s'en est pris à une monarchie tyrannique, pas à l'Histoire d'un pays dont il est fier. Tout ce qui appartient à un passé glorieux lui appartient. D'autant que son pouvoir, bâti sur sa personnalité exceptionnelle, est peut-être plus grand encore.

En rentrant à l'hôtel, ils trouvèrent l'Honorable Hilary Dawson en proie à un vif mécontentement né d'une sévère déception : l'autorisation qui lui avait été accordée de visiter les porcelaines du Vieux Sérail lui était retirée.

— Et sans la moindre explication ! s'écria-t-elle en brandissant la lettre officielle qu'elle venait de recevoir. On me dit seulement que dans l'état actuel des choses à Topkapi Saraï il n'est plus possible de m'y recevoir. Vous y êtes allés, vous ? Avez-vous remarqué quelque chose justifiant ceci ? Des travaux peut-être ?

— Le palais en aurait grand besoin, fit Aldo, mais nous n'avons rien remarqué de tel.

— Alors qu'est-ce que cela veut dire ? Que leur ai-je fait à ces gens-là ?

Des larmes brillaient dans ses jolis yeux bleus et elle était si touchante qu'Aldo sentit ses préventions fléchir.

— Les ambassades ne sont plus ici, hélas, mais à Ankara où Atatürk a transporté tout le gouvernement en 23. A vous de voir si votre ouvrage vaut le voyage ? Mais peut-être le consul anglais pourrait vous aider. Vous êtes la fille d'un lord et toutes les portes anglaises devraient s'ouvrir devant vous ?

— Ce sont les portes turques qui m'intéressent et, en l'occurrence, mieux vaudrait pour moi être allemande qu'anglaise. J'avais déjà eu beaucoup de mal à obtenir cette autorisation...

— Oh, il doit s'agir d'un malentendu, émit Adalbert avec un sourire tellement ennamouré qu'il donna à Molrosini l'envie immédiate de lui flanquer des claques. Je vais vous emmener voir votre consul et aussi le consul de France si vous voulez ?...

Elle le regarda avec une moue dubitative :

— Au fait, vous avez été reçus, vous, ce matin ? Tout s'est bien passé ?

— Oui et non, fit Adalbert. Disons que tout a débuté assez bien mais nous avons vite compris que nous étions indésirables. Allons, ne vous désolez pas ! Rien n'est perdu et vous êtes trop charmante pour que l'on vous résiste longtemps. Nous allons bien finir par vous la faire rendre, votre autorisation...

— Vous êtes si gentil ! C'est une chance pour moi de vous avoir rencontré, soupira-t-elle avec un si beau sourire qu'Aldo se sentit de trop.

— Eh bien, fit-il désinvolte, je vais vous laisser vaquer à vos consulats. Moi, je vais appeler Venise pour savoir un peu ce qui se passe chez moi...

— Fais-le donc ! fit Adalbert distraitement. Je m'occupe de miss Hilary... On se retrouve pour dîner !

Les bonnes surprises pouvant parfois se produire même quand les choses ne vont pas bien, Aldo n'attendit qu'une heure sa communication. Ce fut Angelo Pisani qui lui répondit avec, dans la voix, un vrai soulagement...

— Enfin ! s'écria le jeune secrétaire. Vous n'imaginez pas, don Aldo, à quel point je suis heureux de vous entendre...

— Vous étiez si inquiet que ça ?

— Et M. Buteau plus encore que moi. En réponse à notre télégramme, le King David nous a prévenus que vous aviez quitté Jérusalem et nous n'avons pas réussi à atteindre le baron de Rothschild...

— ... qui doit être quelque part en Bohême. Il nous a quittés il y a plus d'un mois, rappelé d'urgence...

— Sans doute mais ne deviez-vous pas rentrer depuis un moment ?

— J'ai écrit à M. Buteau. N'a-t-il pas eu ma lettre ?

— Aucune. Il se tourmente beaucoup.

Morosini faillit lui dire qu'il se tourmentait lui-même plus encore mais choisit d'en rester là.

— Bon, enfin, je suis là. Que se passe-t-il ?

— Heu... J'aimerais mieux que ce soit M. Buteau qui vous le dise.

— Alors passez-le-moi ! Et vite ! La communication peut être coupée d'un instant à l'autre...

— Mais c'est qu'il n'est pas là ! gémit Angelo au bord des larmes.

Cependant sa voix s'éclaircit d'un seul coup « Ah si, le voilà ! »

Un instant plus tard, la voix douce et bien timbrée de l'ancien précepteur devenu fondé de pouvoir se faisait entendre avec une nuance de nervosité inhabituelle chez cet homme toujours si calme :

— Où diable êtes-vous, Aldo ? On vous cherche partout !

— A Constantinople... Apparemment vous n'avez pas reçu ma lettre ?

— Non je n'ai rien reçu mais les postes orientales ne sont pas vraiment un exemple. L'important est que vous alliez bien. Donna Lisa aussi, j'espère ?

— Pas... pas vraiment mais je vous en parlerai tout à l'heure si on nous en laisse le temps. Que se passe-t-il à la maison ? Angelo a l'air affolé...

— Il n'y a pas de quoi mais en fait un problème inattendu se présente. Vous vous souvenez de Spiridion Mélas, l'ancien valet de votre cousine, la comtesse Orseolo ?

— Celui dont elle voulait faire le nouveau Caruso ? Très bien. Qu'est-ce qu'il a encore fait celui-là ?

— Oh, pas grand-chose, il réclame la succession. Il prétend posséder un testament.

— Il a vraiment tous les culots ! Après l'avoir plus qu'à moitié ruinée et couverte de ridicule en devenant son amant, il veut ce qu'il n'a pas encore réussi à lui arracher : le palais et ce qui reste ?

— Exactement. Que devons-nous faire ? J'ai vu maître Massaria bien entendu mais il dit que vous seul pouvez attaquer le testament...

— Je n'en ai guère envie, mon cher Guy. Vous savez ce qu'il en était de ma cousine Adriana et ce que j'avais à lui reprocher. Que ses dépouilles tombent dans les mains d'un aigrefin me paraît au fond assez normal...

— Sans doute et je m'attendais un peu à cette réaction mais, pour une fois, songez au qu'en-dira-t-on. Venise ne comprendrait pas que vous laissiez à ce moins-que-rien un palais historique et l'héritage, même réduit, d'une noble et grande famille. D'autant que pour tout le monde, la comtesse

Adriana, comme Anielka et Cecina, est morte d'avoir ingéré des champignons vénéneux. Si vous laissez s'afficher pareil scandale vous y perdrez beaucoup parce que l'on ne comprendra pas !

Aldo ne réfléchit qu'un court moment. Certain grésillement dans la ligne laissait prévoir une prochaine coupure :

— Je vais écrire à Massaria sur-le-champ, lui dire de faire opposition et d'engager toute procédure qu'il jugera utile. Vous avez raison ! Libre à moi, si nous gagnons, de faire don de l'héritage à la ville de Venise ou à une institution charitable...

— Vous me faites plaisir... A présent, vite, donnez-moi des nouvelles de Lisa. Elle est malade ?

— Non mais nous avons un problème dont je ne peux pas vous parler au téléphone. Je vais vous écrire. D'ici, la poste doit mieux fonctionner que de Jérusalem...

Le téléphone devait penser la même chose car Guy Buteau n'eut même pas le temps de répondre : la ligne était coupée... Aldo ne jugea pas utile de rappeler : il se mit au petit bureau que comportait sa chambre et sur du papier à en-tête du Pera Palace écrivit à son notaire puis, après un moment de réflexion, composa une lettre pour Guy dans laquelle il se contentait de dire que l'affaire du Pectoral avait eu un prolongement inattendu et que, de ce fait, on avait jugé bon de prendre, contre lui, certaines garanties, mais le nom de Lisa ne figura nulle part. Il savait son vieil ami assez fin pour lire entre les lignes. Cela fait, il prit une douche, enfila un smoking pour le dîner et, glissant dans sa poche les missives qu'il venait d'écrire, descendit à la réception pour qu'on les lui poste. Il avait un peu de temps devant lui et pensait qu'un verre au bar ne serait pas désagréable en attendant les tourtereaux de l'archéologie.

En échange de son courrier, l'homme aux clefs d'or lui remit une lettre sans timbre ni aucune indication postale : seulement son nom.

— Qui a porté ceci ?

— Un commissionnaire, Excellence ! Il n'y a pas de réponse.

— C'est bien, je vous remercie.

Tout en se dirigeant vers le bar, Morosini décacheta la lettre et leva un sourcil surpris. Il n'en avait jamais reçue d'aussi brèves : elle ne contenait que trois mots et un point d'exclamation mais combien explicites : « Allez-vous-en ! »

Songeur, il glissa le billet dans sa poche, se choisit un coin tranquille dans le somptueux café maure qui tenait lieu de bar, commanda une fine à l'eau, et prenant une cigarette dans son étui d'or il l'alluma d'une main machinale comme les premières bouffées qu'il en exhala. Chez lui la meilleure façon de réfléchir — le verre et la cigarette ! — toutefois avec le bain et quand il pouvait conjuguer les trois, c'était un moment de pur bonheur mais il n'était pas question de remonter pour retrouver ces agréables conditions. Pourtant, ce qu'il relisait en essayant de trouver, sur le papier ou l'enveloppe, le moindre indice de provenance méritait qu'on s'y arrête longuement. Encore qu'il n'arrive pas à comprendre d'où elle pouvait venir, la menace était claire même si elle n'était pas formulée : ou il partait, ou il lui arriverait quelque chose de désagréable. Et cela ne regardait que lui, la suscription de l'enveloppe portant son seul nom.

Naturellement, il n'envisagea pas une seconde d'obéir à l'étrange injonction. D'abord il avait horreur de recevoir des ordres et, en outre, il suffisait qu'il se sente gênant ou indésirable auprès de gens malintentionnés pour lui donner envie d'en savoir davantage.

Adalbert et Hilary faisant leur apparition à cet instant, il fourra précipitamment le message dans sa poche et les accueillit de son habituel sourire nonchalant :

— Alors ? Quelles nouvelles ?

Il n'était pas difficile de deviner, à leur mine, qu'elles n'étaient pas brillantes. Vidal-Pellicorne, d'ailleurs, haussa les épaules et soupira, en présentant l'un des fauteuils à sa compagne :

— C'est un peu ce que je pensais : les consuls n'ont aucune influence sur les décisions des ministères. Ils sont surtout là pour la paperasserie. L'Anglais n'a pas caché à notre amie que sa seule chance était à Ankara et avec son ambassadeur...

— Eh bien, ce n'est pas si grave ? La capitale administrative est à quatre cent cinquante kilomètres, à peine, et elle est reliée par le chemin de fer. Évidemment ce n'est pas l'Orient-Express mais c'est supportable...

Hilary leva sur Morosini un regard effrayé :

— Je sais cela mais Ankara n'est pas encore une vraie ville. Ce n'est paraît-il qu'une grosse bourgade où la police n'est pas parfaite. Si... si vous vouliez bien m'accompagner, je me sentirais plus tranquille.

Elle portait, ce soir-là, une robe en crêpe Georgette blanc pailletée de minuscules perles de verre du même bleu que ses yeux, ce qui la rendait particulièrement séduisante, mais Aldo était blindé contre ce genre de sortilège. Il y répondit par un sourire bon enfant :

— Vous avez peur d'un voyage de quelques heures, alors que vous venez de traverser l'Europe, et de quelques bureaucrates, vous qui avez fait choix d'une profession où il faut savoir affronter les hommes tout autant que les éléments ?... Vous n'êtes pas vraiment la réincarnation de lady Stanhope !

— Je l'avoue bien volontiers. D'ailleurs je ne suis pas archéologue au même sens que M. Vidal-Pellicorne. Ainsi je ne dirigerai jamais un chantier de fouilles : je suis seulement spécialiste des faïences et porcelaines.

— Évidemment, ça casse mais ça ne salit pas ! fit Morosini sarcastique...

— Ne soyez pas cruel ! Ce que je vous demande est peu de chose. Nous pourrions prendre le train de nuit — je me suis renseignée ! Demain matin, nous serions à pied d'œuvre et demain soir nous rentrons ? Est-ce trop demander ?

— A moi, oui. J'ai, ce soir, une visite importante à faire. Je devrais dire : nous avons, ajouta-t-il avec un coup d'œil à Adalbert dont la mine à cet instant précis était celle d'un épagneul malheureux, et qui se hâta d'ailleurs de prendre part au débat :

— Cette visite n'est pas si urgente ! Elle peut être

remise d'un jour ou deux et j'avoue qu'avec les troubles sporadiques toujours susceptibles d'éclater en Anatolie, je serais plus tranquille si nous accompagnions Hilary !

Morosini releva un sourcil ironique :

— Pourquoi nous ? Tu devrais suffire à la tâche ? Vas-y si cela te chante !...

— Mais nous étions convenus...

— Disons que nous avions suggéré une idée, fit plus doucement Aldo qui n'aimait pas du tout qu'un obstacle se dresse entre eux et ne pouvait s'empêcher de déplorer que son meilleur ami ait choisi justement ce moment pour tomber amoureux. D'autre part s'il arrivait quelque chose à miss Dawson, tu serais très malheureux et moi j'aurais des remords. Partez tous les deux et oubliez-moi.

— Alors promets-moi d'attendre que je revienne pour aller là-bas !

Cette fois Aldo se mit à rire en constatant qu'Adal n'insistait pas pour qu'il les accompagne : ce voyage en tête à tête avec la dame de ses pensées devait le ravir...

— J'essaierai, bien que je sois assez grand pour me débrouiller tout seul !

— Je ne sais pas comment vous remercier, dit la jeune fille dont le regard inquiet s'était soudain éclairé.

— N'essayez pas ! Cela n'en vaut pas la peine. Va donc jusqu'à la réception retenir vos places pour cette nuit et ensuite nous dînerons...

Le repas fut rapide. Le train était à onze heures du soir et les deux voyageurs devraient se changer et préparer le léger bagage nécessaire à un court séjour encore que chez une jolie femme un « léger bagage » ne puisse se concevoir sans deux valises bien remplies. Le repas terminé, Morosini choisit de les laisser à leurs préparatifs et se retira chez lui après leur avoir souhaité d'obtenir ce qu'ils allaient chercher : la physionomie radieuse d'Adalbert, heureux comme s'il partait en voyage de noces, l'exaspérait et il ne voulait pas se laisser aller à de nouvelles incartades verbales. Quant à la lettre menaçante qu'il avait toujours sur lui, il décida de ne la lui montrer qu'à son retour. Il l'enferma dans la mallette en peau de porc qui contenait sa trousse de toilette.

Du haut de son balcon dominant l'entrée du palace il vit le couple s'embarquer dans la voiture de l'hôtel qui allait les descendre au bac traversant le Bosphore pour les mener à la gare de Scutari sur le continent asiatique.

Quand il l'eut vue disparaître, il resta là un long moment à contempler l'image magique de Stamboul et de la Corne d'Or scintillant, comme la robe d'Hilary, de milliers de petites lumières posées sur le bleu de la nuit. Puis vers onze heures et demi, jetant un manteau sur son smoking, se donnant l'allure d'un homme qui a l'intention d'aller passer un moment agréable dans une boîte de nuit, il descendit, demanda quelques adresses au portier mais en refusant qu'on lui retienne une table, prit une voiture et, à son tour, quitta le Pera Palace. La mise en demeure reçue tout à l'heure ne lui laissait pas beaucoup de temps : il fallait qu'il voie Salomé cette nuit même...

CHAPITRE VI

LA NUIT ENSORCELÉE

— Entre, je t'attendais...

— Je n'ai pas annoncé ma visite cependant ?

— Non, mais je savais que tu viendrais un soir ou l'autre. Et depuis ce matin quelque chose me disait que ce serait celui-ci... Viens t'asseoir près de moi !

Elle tendait vers lui un bras mince et rond, chargé de bracelets, une main fine, bosselée d'or et de rubis. Salomé, ce soir, était vêtue comme pour une fête, de longs voiles de mousseline jaunes et blancs brodés d'or entre les épaisseurs desquels brillaient des colliers et des agrafes précieux. Elle était à demi étendue au milieu des coussins, la tiare d'orfèvrerie qui la coiffait était plus somptueuse encore que la dernière fois et une longue natte tressée de perles d'or glissant sur une épaule semblait la continuer. Avec ses longs yeux noirs et ses lèvres rouges que faisait briller la flamme des lampes de bronzes posées à différents niveaux, la femme était d'une beauté saisissante et en prenant place près d'elle comme son geste l'y invitait, Aldo se sentit enveloppé d'un parfum complexe et capiteux comme il n'en avait jamais respiré. Le trouble qu'elle lui avait déjà inspiré le saisit de nouveau. Il voulut le dissiper en posant tout de suite des questions précises :

— L'autre nuit, tu m'as appris que j'allais être en danger. Peux-tu m'en dire davantage ?

— Peut-être, fit-elle en tapant dans ses mains pour faire apparaître le café rituel. Mais tu n'es pas venu que pour cela...

— Et pourquoi d'autre ? Je sais que les brumes de l'avenir se déchirent devant toi... et que tu dis des choses trop vraies.

— C'est ton amie de l'autre soir qui t'a dit cela ? Qu'est-elle au juste pour toi ?

— Rien qu'une amie mais tu devrais le savoir, toi qui vois tout. C'est elle, en effet qui m'a dit cela. Elle était, je crois, aussi satisfaite qu'effrayée...

— C'est une femme étrange qui s'est trompée de siècle. Elle vient de loin, comme moi... mais elle t'a conduit ici et, pour cela, je la bénis...

Morosini fronça le sourcil, repris par son ancienne méfiance :

— Je ne vois pas pourquoi, dit-il sèchement.

— Tu es celui que j'attendais... depuis longtemps.

Il eut un mouvement d'impatience : celle-là aussi, on la lui avait déjà servie. Pour refréner un début d'irritation, il but une tasse d'un café qui lui parut plus parfumé que jamais :

— Écoute, soupira-t-il, j'ai besoin de ton savoir. Tu m'as dit que j'allais être en danger et je crois que je le suis parce que, ce soir, j'ai reçu ça ! Comme tu peux le voir, c'est court mais très explicite...

Elle ne jeta au papier qu'un coup d'œil dédaigneux :

— Et tu as peur ?

— Non mais je pense que ceci doit être pris au sérieux.

— Sans doute mais, de toute façon, tu dois repartir, alors je te conseille d'obéir...

Déçu et furieux, il se leva si brusquement qu'il manqua renverser la fragile table basse supportant le plateau :

— Si c'est tout ce que tu as à m'apprendre, je te laisse. Je perds mon temps ici...

— Crois-tu ?... Allons, calme-toi et ne déforme pas le sens de mes paroles. Tu partiras parce que ta vie n'est pas ici et ce que tu cherches non plus !

— Que sais-tu de ce que je cherche ?

— Tu cherches les pierres sacrées, celles qui donnent le pouvoir de pénétrer l'avenir et c'est pour ça que tu es en danger...

Cette fois Morosini n'avait plus envie de partir. Il sentait qu'il avait frappé à la bonne porte.

— Mais puisque tu dis qu'elles ne sont plus ici, je ne vois pas pourquoi l'on s'en prendrait à moi ?

— Tes ennemis sont de deux sortes : ceux qui ne veulent à aucun prix que les émeraudes qui ont joué un rôle tragique dans la dynastie la plus respectée reparaissent avec leur histoire et ceux qui veulent que tu les retrouves pour en tirer une fortune.

— Et toi, tu sais où elles se cachent ?

— Je sais où elles sont allées... il y a longtemps...

— Alors dis-moi au moins leur histoire !

— Pas maintenant.

— Quand, alors ? s'écria Morosini qui commençait à s'énerver. Tu sais que je dois partir et même tu me le conseilles, et tu me dis « pas maintenant » ? Alors je répète : quand ?

— Quand nous aurons fait l'amour... Alors, je te dirai tout.

Il la regarda avec une sorte d'horreur incrédule :

— L'amour ? Toi et moi ?

— Et qui d'autre vois-tu ici ? Je veux t'appartenir, ne fût-ce qu'une heure...

— C'est impossible !

— A mon tour de demander pourquoi. Ne suis-je pas assez belle ? fit-elle en étirant parmi les coussins un corps dont les formes se dessinaient sous les voiles.

— Tu es très belle mais puisque apparemment tu sais tout de moi, tu ne dois pas ignorer que, marié depuis peu, j'aime profondément ma femme et qu'on me l'a enlevée. Cela ne dispose guère à batifoler avec une autre...

Le mot, prononcé volontairement, dut la blesser car elle se rembrunit. Ses longs yeux noirs lancèrent un éclair :

— Un prince n'a pas le droit d'être vulgaire. Ce que je veux de toi c'est un accomplissement, celui qui a été écrit pour moi il y a bien longtemps et que toi seul peux me donner. Je ne te demande pas d'oublier ton épouse. Simplement de t'oublier toi-même pendant un moment, d'oublier ta volonté et de laisser parler ton instinct...

— N'y vois pas une offense à ta beauté mais je ne pourrai jamais !

— Je crois que si. Je vais t'aider... Bois encore un peu de café !

Il obéit machinalement tandis que, par trois fois, elle frappait dans ses mains. Une musique douce commença dans la pièce voisine et la servante reparut. Sans qu'un mot soit prononcé, elle vint ôter la tiare d'or ciselé qui coiffait sa maîtresse et qu'elle emporta. Salomé alors se dressa sur ses pieds nus où tintaient des anneaux et se mit à danser. Une danse lente, quasi hiératique, celle d'une prêtresse faisant offrande à son dieu. Par trois fois, elle s'agenouilla devant Aldo sans perdre le fil de la musique, se relevant chaque fois d'une souple torsion des reins, puis elle s'écarta en abandonnant un premier voile aux pieds de l'homme qui le ramassa, gagné par une étrange fascination et pour qui, soudain, le temps s'arrêta, emportant la réalité, à mesure que la danse déroulait ses figures voluptueuses dont le rythme s'accélérait peu à peu. Il n'était plus un Européen perdu aux confins de deux mondes mais un roi des temps anciens regardant s'animer et se dévoiler pour lui une admirable statue. L'une après l'autre s'envolaient les mousselines brodées révélant toujours plus nettement un corps dissimulé encore par une large ceinture orfévrée incrustée de perles, de corail et de pierres fines comme le large pectoral ciselé que les seins orgueilleux supportaient sans faiblir, les pendants d'oreilles et les nombreux bracelets habillant les bras minces et les chevilles. Aldo sentait la sueur couler le long de son dos cependant que son esprit s'embrumait curieusement et que son désir s'éveillait. Surpris il pensa un instant au goût particulier du café mais le spectacle était trop fascinant pour qu'il trouvât encore le courage de le faire cesser.

Enfin le dernier voile tomba tandis que la danse atteignait un paroxysme. Le pectoral glissa à terre et aussi la ceinture avant que Salomé vînt s'abattre nue et haletante aux pieds de Morosini dont elle enlaça les chevilles. Dans un dernier sursaut, il se leva pour fuir l'enchantement mais elle était à genoux à présent et, tout en l'enveloppant de caresses, elle remonta le long de son corps comme une branche de lierre et commença à le dévêtir. D'un geste instinctif il voulut la repousser et, pour ce faire, posa les mains sur elle. Et cessa de résister... Sa peau était douce et le parfum qu'elle exhalait agissait lui aussi comme un philtre. Un instant plus tard ils s'abattaient ensemble au milieu des coussins. Aldo oublia tout. Mais lorsqu'il la prit, il eut la plus forte des surprises : Salomé était vierge...

Elle sentit son sursaut et l'enlaça plus étroitement encore :

— Chut ! souffla-t-elle. Il fallait qu'il en soit ainsi...

Plus tard, il demanda :

— Pourquoi fallait-il qu'il en soit ainsi...

— Parce qu'il y a très longtemps, un homme est mort d'avoir refusé le don que je t'ai fait aujourd'hui...

— Mais c'est stupide ! Je ne suis pas le Baptiste et tu n'es pas fille d'Hérodiade...

— Peut-être l'avons-nous été ? Qui peut savoir ?... En tout cas, lorsque je t'ai vu, l'autre soir, j'ai su aussitôt que tu étais celui qui devait venir, celui pour qui je me gardais...

Il s'écarta d'elle aussitôt.

— Quelle folie ! Entendons-nous bien, Salomé ! Je t'ai aimée parce que tu l'as voulu, parce que tu as mis ce prix à ce que j'ai désespérément besoin d'apprendre... et aussi parce que tu es très belle et que je ne suis qu'un homme.

— Tu regrettes ?

Il haussa les épaules, se releva, drapant ses reins d'un des voiles abandonnés pour chercher une cigarette qu'il alluma.

— Je mentirais si je niais que tu m'as fait vivre un moment... inoubliable, mais sache-le bien, nous ne le renouvellerons jamais...

— Tu as peur que je m'accroche ? Non, sois sans crainte ! Tu partiras libre et je ne te demanderai plus rien. Au contraire, c'est à moi de remplir ma part... du marché !

Le mot était venu avec tant de tristesse qu'Aldo revint s'asseoir au bord du divan et prit l'une des mains de la jeune femme sur laquelle il posa un baiser rapide.

— Le mot est trop laid pour ce que tu m'as fait vivre. Accord lui conviendrait mieux, quand deux êtres composent ensemble une telle symphonie.

Elle le regarda au fond des yeux et sourit avec une sorte de tendresse :

— Merci.

Elle se levait à son tour pour étirer lentement son corps magnifique dans la chaleur du brasero offrant un si voluptueux spectacle que Morosini jugea plus prudent de fermer les yeux. Il ne voulait pas céder une nouvelle fois à la tentation... Quand il les rouvrit, elle avait revêtu une dalmatique de brocart jaune et allumé, elle aussi, une cigarette. L'odeur du « lattaquié » se mêlait à celle du tabac anglais.

— Veux-tu encore un peu de café ?

Il fit signe que non. Alors, au lieu de revenir près de lui, elle tira un pouf de cuir bleu brodé d'argent et s'assit en face de l'autre côté de la table à café.

— Je ne sais rien de ceux qui veulent que tu retrouves les pierres mais je vais te dire pourquoi, dans ce pays, on les considère comme la pire malédiction et pourquoi il est dangereux d'y faire seulement allusion : parce que ce sont des pierres juives...

— On m'a dit que Jéhovah lui-même les a données jadis au prophète Élie. Dieu n'a jamais été juif que je sache...

— ... Mais son fils l'était et si tu commences à m'interrompre nous n'en finirons jamais...

— Pardon.

— ... Parce qu'elles ont causé la mort du sultan Murad et qu'en reparaissant elles feraient peut-être surgir une vérité cachée depuis des siècles, une vérité qui touche à l'origine de celui qu'ils considèrent comme leur plus grand prince avec Soliman le Magnifique : Mehmed II le Conquérant, celui qui a asservi Byzance, la capitale chrétienne pour la donner à jamais à l'Islam.

— Et cette origine était ?

— Juive.

Les yeux de Morosini s'arrondirent :

— Comment est-ce possible ?

— Par la mère, bien sûr. Celle que l'on appelait Huma khatoun, que son fils honora toujours et à qui il dédia même une mosquée, venait du ghetto de Rome. Elle s'appelait Stella, un nom qui reproduit le persan Esther, veut dire étoile et était usité uniquement dans les familles juives. Au cours d'un voyage vers Alexandrie avec sa mère et son frère, elle fut prise par l'un de nos reis et ramenée à Andrinople pour y être vendue comme esclave mais sa beauté la fit entrer au harem du Grand Seigneur. Murad s'éprit d'elle et en fit sa seconde épouse, la première étant une princesse serbe nommée Mara Brancovitch, fille de leur grand prince George... Un jour, Huma khatoun, pour lui donner le nom et le titre qu'elle portait, vit son époux se parer d'un collier fait d'une grosse perle et de deux émeraudes qu'elle reconnut avec horreur parce que, dans toutes les cités de la Diaspora, on déplorait la perte du Pectoral du Grand Prêtre et de ses compléments l'Ourim et le Toummim. Les voir au cou de son époux — un époux qu'elle n'aimait pas — lui apparut comme le pire sacrilège et elle osa lui demander, comme un caprice de coquetterie, de les lui offrir, mais il refusa en disant qu'elles venaient du grand Saladin et que, très certainement, elles portaient ses vertus guerrières dont une femme n'avait que faire. Elle insista en lui révélant ce que ces joyaux représentaient pour son peuple mais, alors, elle suscita sa colère : quand donc comprendrait-elle que le rang où il l'avait mise effaçait tout passé et que l'on devrait toujours ignorer, pour le bien et la grandeur de son fils, qu'il était aussi celui d'une esclave juive ? Quant aux émeraudes, elles avaient été des prises de guerre il y a bien longtemps et il fallait que l'on se souvienne seulement de Saladin dans leur histoire. Mehmed les porterait plus tard...

« Pour celle qui avait été Stella et qui s'efforçait encore de pratiquer secrètement sa religion, ces paroles étaient un blasphème. Elle décida donc de s'emparer des « sorts sacrés ». Ce ne serait pas facile et elle y risquerait sa vie mais il y avait peut-être un moyen : Murad était un bon souverain soucieux du sang de ses soldats, du bien-être de ses peuples et de ses devoirs religieux mais il aimait le vin et les plaisirs de la table. Stella réfléchissait donc quand, un soir, le Sultan rentra au palais dans une grande agitation : alors qu'il traversait le pont sur la Toundja, un derviche de l'ordre des Mevlevis (tourneurs) auquel il portait un grand respect lui prédit qu'il mourrait bientôt. La femme vit là un signe du destin et décida d'attendre. Quelques jours plus tard, à la suite d'un banquet copieux, Murad fit appeler son épouse favorite qu'il désirait honorer mais, au cours de la nuit, celle-ci cria au secours : Murad étouffait. Il mourut dans l'heure suivante et, en regagnant ses appartements, Huma khatoun, « l'oiseau du paradis », emportait les deux émeraudes qu'elle avait détachées de leur chaîne.

« Elle n'avait pas encore gagné : il lui était impossible de les garder près d'elle au harem, plus impossible encore de sortir du palais pour rejoindre la petite communauté juive d'Andrinople. Elle joua, alors, un coup risqué en allant raconter son histoire à la première épouse : elle ignorait quels sentiments une authentique princesse pouvait lui porter.

« Or, elle trouva une compréhension...

« Mara, la princesse serbe, était chrétienne et supportait mal d'avoir été livrée à l'Infidèle même avec le titre de sultane. Certes, elle n'avait pas connu l'humiliation de l'esclavage et son mariage était le résultat d'une combinaison politique. On ne sait rien de ses sentiments envers Murad mais, après la mort du fils qu'elle lui avait donné et qui aurait dû régner, elle s'était désintéressée de la vie de cour sauf en ce qui concernait la seconde épouse, cette femme qu'elle savait malheureuse, déchirée qu'elle était entre les racines qu'on étouffait en elle — Mehmed II fera courir plus tard le bruit que sa mère était une princesse française ! — et l'amour qu'elle portait à un fils élevé dans les strictes lois d'une religion qu'elle haïssait.

« Murad mort, Mara obtint du nouveau souverain, qui savait ce que sa mère lui devait, la permission de revoir son pays natal, son père et ses frères. Elle partit donc pour Semendria, la capitale de George Brancovitch, et ce fut elle qui emporta les émeraudes dans l'intention de les remettre à la communauté juive de son pays. L'idée de les conserver ne l'effleurait même pas : elle savait la charge de malédiction attachée à ces bijoux. En outre, elle savait que l'amitié laissée derrière elle était des plus précieuses étant donné l'amour que le nouveau maître portait à sa mère. Une alliance sans prix. Et elle était bien décidée à accomplir scrupuleusement ce qu'elle avait promis. Malheureusement...

— Allons bon ! Il y a un malheureusement ?

— Il y en a toujours quand il s'agit d'objets sacrés souillés de sang. L'escorte qui ramenait la princesse au foyer paternel fut attaquée par le pire des seigneurs pillards de ce pays et aussi de l'époque : le voïvode de Valachie, Vlad Drakul, un homme dont la réputation de cruauté faisait trembler les Turcs eux-mêmes. On l'avait surnommé Tepech — l'empaleur ! — parce qu'il prenait un vif plaisir à ce genre de supplice au point, dit-on, d'aimer à prendre ses repas au milieu d'un buisson fait de pauvres gens agonisant sur ses pieux effilés...

— Charmant personnage ! soupira Morosini avec une grimace de dégoût. Fit-il subit ce sort à la princesse ?

— Tout de même pas. C'eût été trop grave. Brancovitch était un grand prince et un homme puissant. Il se contenta de la faire dépouiller par des gens à lui qu'il fit semblant de faire rechercher et quand Mara atteignit Semendria, les émeraudes n'étaient plus dans ses coffres...

Morosini fit la grimace. S'il fallait à présent chercher ces sacrées pierres dans le dédale des pays balkaniques, les choses allaient encore se compliquer. Pourtant une autre question lui venait à l'esprit :

— Mais comment as-tu pu savoir tout cela ?

— Je descends de la suivante favorite d'Huma khatoun, qui lui servait de liaison avec la princesse Mara. Celle-ci, d'ailleurs, est venue finir ses jours à Constantinople, une fois la ville conquise par Mehmed qui lui vouait une réelle amitié. Une affaire d'amour ancien l'y aurait ramenée. Mon aïeule possédait elle aussi le don de voyance et les trois femmes se virent beaucoup. Huma se tourmentait pour les pierres sacrées tombées en de si mauvaises mains, pires encore que celles des Turcs. Elle n'eut de cesse de pousser son fils contre Vlad qui était son vassal depuis que Murad avait conquis la Valachie. Elle et Mara savaient que le démon — Dracul veut dire diable ! — avait fait monter les émeraudes en agrafes qu'il portait à son chapeau.

— Elle avait tort de se tourmenter à ce point : les pierres maudites ne causaient-elles pas la perte de celui qui les possédait et les portait ?

— Eh bien, pas cette fois. L'homme, je te l'ai dit, était le Diable incarné : la chance semblait s'attacher à lui. Jamais ses rapines n'avaient été si fructueuses, jamais ses appétits de pouvoir et de richesses si violents. Au point qu'il décida un beau jour de cesser de payer le tribut annuel de deux mille ducats qu'il devait au Sultan en tant que son vassal. Mehmed patienta cinq ans. Ensuite il rassembla une armée pour aller attaquer l'impudent personnage mais, en fait, le tribut impayé n'était qu'un prétexte. Deux raisons secrètes motivaient Mehmed : d'abord il voulait retrouver Radu, le jeune frère de Vlad, aussi beau que celui-ci était laid. Remis comme otage à la Sublime Porte au moment de la conquête de la Valachie par Murad II, le jeune garçon avait été élevé à Andrinople et Mehmed, depuis toujours, en était amoureux. Amour non payé de retour : Radu avait peur de Mehmed et, à la première occasion, il réussit à prendre la fuite, ce dont le nouveau sultan ne se consolait pas. En outre, il avait appris que l'Empaleur possédait un bijou volé à son père au moment de sa mort — il ignorait et ignora toujours par qui ! — et décida qu'il était temps, pour les émeraudes comme pour Radu, de réintégrer le Sérail. Tu devines avec quel effroi Huma khatoun considéra les préparatifs de son fils. Certes, elle déplorait que les pierres fussent perdues pour sa communauté mais elle éprouvait une véritable épouvante à l'idée de les voir reparaître sur la poitrine ou au turban de Mehmed.

« Pendant ce temps Vlad, s'attendant à être attaqué, avait demandé l'aide de son suzerain naturel le roi de Hongrie Mathias Corvin : quand arriverait le Sultan, il trouverait à qui parler...

« Or Mehmed n'était pas fou et, comme son père, il ménageait le sang de ses hommes. Sur le conseil de son grand vizir, Mahmoud pacha, il envoya une ambassade à Vlad, l'invitant à venir — avec son jeune frère ! — discuter de la situation. Pour toute réponse, Drakul, après avoir fait clouer le turban de cérémonie sur la tête du chef de la délégation, fit empaler tout le reste. Après quoi il lança son armée sur les positions turques de Valachie, pillant, incendiant, étripant tout ce qui bougeait. Rien ne pouvait plus retenir Mehmed qui s'avança en personne contre cet ennemi diabolique. Après plusieurs combats Vlad dut fuir en Hongrie où il fut emprisonné pour lui apprendre à faire la différence entre ses alliés et ses ennemis lorsqu'il s'agissait de sa distraction favorite : Vlad s'était oublié jusqu'à faire tâter du pal à quelques Hongrois. Pendant ce temps Mehmed, en pleine lune de miel avec Radu, intronisait le jeune homme en tant que voïvode de Valachie aux lieu et place de son frère sous la protection des troupes turques...

« Mais tenir sous clef un homme aussi attaché à sa liberté que l'était Vlad relevait du rêve. Après plusieurs années, le diable réussit à se sauver, rentra en Valachie où il n'eut guère de peine à retrouver des partisans tant le joug turc appliqué cette fois avec la dernière rigueur soulevait de colère. Radu, lui, passait plus de temps à la cour que sur ses terres, où d'ailleurs il avait peine à se maintenir ayant été dans l'impossibilité de mettre la main sur le trésor de son aîné. C'est dire que, retrouvant sa fortune intacte, Vlad put faire quelques promesses, payer des troupes et se lancer à l'assaut de ses anciens domaines qu'il réussit à reconquérir. Sans convaincre cependant sa femme — une Hongroise parente du roi Mathias — et son fils de le rejoindre. Les tueries recommencèrent mais limitées aux seuls captifs : Vlad avait trop besoin de ses troupes pour s'amuser avec. D'ailleurs, mû par une naturelle vaillance, il n'écouta plus que son besoin de chasser à jamais le Turc d'un pays pour lequel il se découvrait une sorte d'amour. Ce furent deux ans de combats acharnés à la fin desquels l'Empaleur trouva enfin la mort. On dit que son corps repose sous un tumulus élevé au milieu d'une petite île dans le lac de Snagov, non loin de Bucarest, où il avait établi son refuge et celui de son trésor, mais on dit aussi que le tumulus n'abrite aucun corps, que le cercueil est vide et vide aussi le coffre placé à ses pieds...

— Autrement dit, soupira Morosini quand Salomé cessa de parler, nul ne sait maintenant où sont les « sorts sacrés ». Ils ont définitivement disparu, je pense. Et toi tu m'as menti en me laissant croire que tu savais où ils étaient.

— Je ne t'ai pas menti. En Roumanie, ou plutôt en Transylvanie, il y a une ville nommée Sighishoara. Là est né Vlad Drakul, là est née aussi la seule femme qu'il ait jamais aimée : une tzigane nommée Ilona. Sighishoara est une ville sainte pour les tziganes : c'est là que chaque année ils élisent leur roi et cela depuis la nuit des temps. C'est là que chaque année aussi Vlad retrouvait Ilona. Pour lui, elle a fini par quitter sa tribu et devenir sédentaire. Peut-être aussi pour éviter à ses frères les horribles vengeances de son amant. Elle a donc vécu là et elle lui a donné une fille qu'il aimait tendrement. C'est à elle enfin qu'au moment du plus grand péril il a confié les pièces les plus précieuses de son trésor... dont les deux émeraudes. Elles sont toujours chez elles.

Morosini sursauta :

— Tu plaisantes, je suppose ? Tu me parles de femmes qui vivaient il y a quatre siècles comme si elles étaient encore de ce monde.

— Elles y sont toujours en quelque sorte : la fille d'Ilona ne s'est jamais mariée mais chaque année, quand revenaient les tziganes, elle retrouvait son amant dont elle a eu une fille pour qui les choses se sont passées toujours de la même façon. De fille en fille, la descendance a atteint notre temps...

— Et elles ont été assassinées les unes après les autres ?

— Pas du tout. La malédiction a fait trêve pour ces femmes qui vénéraient ces pierres dans lesquelles sont inscrits le soleil et la lune, ces protecteurs naturels du peuple du vent et des longues routes. Elles s'en sont faites les... vestales en quelque sorte. S'y ajoutait la légende, horrible et glorieuse, de l'homme qui avait voulu libérer la Valachie du joug des Turcs. Il n'y a aucune raison pour que l'Ourim et le Toummim aient quitté la Roumanie...

— Comment le sais-tu ?

— Cela, c'est mon secret. Tu dois t'en contenter...

Aldo n'insista pas. Il se leva, chercha ses vêtements et s'habilla, pris d'une sorte de hâte de s'éloigner de ce lieu, de ce divan où il avait violé le serment du mariage. Pour sauver Lisa sans doute, mais il était trop honnête avec lui-même pour ne pas se reprocher le plaisir qu'il y avait pris. Se fût-il laissé convaincre si facilement si la femme n'avait été aussi belle ?

— Il y a pourtant une question à laquelle je voudrais que tu répondes...

— Demande toujours...

— Oh, c'est simple : les pierres sont juives, comme toi-même. Pourquoi donc, sachant où elles se trouvent, n'as-tu rien dit à ceux de ta religion ?

— Parce que je n'avais pas confiance. Les

hommes ont changé, et je craindrais trop que la valeur marchande des émeraudes ne l'emporte sur leur valeur morale. Et puis je t'attendais. Je ne pouvais le dire qu'à toi... Va là-bas ! Cherche la demeure de celle qui porte en elle le sang de l'Empaleur. Tu trouveras les « sorts sacrés » et ils reverront Jérusalem. Là, au moins, ils seront enfin à leur place et dans les mains qui leur conviennent...

Pensant soudain à Goldberg et aux moyens qu'il employait pour entrer en possession des émeraudes, Morosini se demanda si de telles mains pouvaient être prédestinées. Il en doutait fort mais se garda bien de l'exprimer.

Il était à présent prêt à partir mais jugea prudent de prendre son calepin dans sa poche et d'écrire le nom — difficile — de la ville indiquée. Salomé le lui épela : « Sighishoara »... Enfin, il voulut se pencher sur elle pour un dernier baiser mais elle se leva, l'enlaça étroitement :

— Dois-tu vraiment partir si vite ?

A ce contact il se sentit frémir mais cette fois il avait toutes les raisons de rester maître de lui-même. Il posa un baiser, léger, sur les lèvres offertes puis repoussa doucement la jeune femme :

— Pour tout ce que tu m'as donné, merci ! Je ne l'oublierai jamais...

— ... mais tu ne reviendras pas ?

— Qui peut savoir ? Pas dans l'immédiat, bien sûr, mais... si je parviens à rendre les « sorts sacrés » à ton peuple, je reviendrai te le dire.

Il n'ajouta pas « mais en tout bien tout honneur »

pour ne pas gâcher la joie qui venait d'illuminer le beau regard sombre.

— C'est une promesse ?

— C'est une promesse...

En retrouvant l'air libre et froid de la nuit il sentit la fatigue peser sur ses épaules et se réjouit d'avoir gardé la voiture. Jamais il n'aurait été capable de rentrer au Pera à pied : « Tu devrais te souvenir que tu n'as plus vingt ans, ni même trente ! se dit-il. Quelques heures de sommeil te feront le plus grand bien... »

Il s'endormit dans la voiture et, réveillé par le conducteur, se précipita dans l'escalier par crainte de replonger dans l'ascenseur, se jeta tout habillé sur son lit et y reprit avec béatitude son somme interrompu.

Il dormait encore à poings fermés quand on vint l'arrêter pour avoir assassiné dans la nuit la voyante d'Haskeuï.

C'était comme un cauchemar. Au point que Morosini se demanda s'il était bien éveillé ou si sa nuit ensorcelée continuait. Il y eut sa chambre envahie de soldats aux moustaches féroces, la traversée de l'hôtel sous l'œil effaré des autres clients, le voyage dans une voiture cellulaire en compagnie de gardes armés jusqu'aux dents, la traversée du pont de Galata pour abandonner les quartiers « européens » et s'enfoncer dans Istanbul, la herse de fer d'une prison aux murs gris près des minarets blancs de Sainte-Sophie pour aboutir à une cellule froide et malodorante dans laquelle on le jeta sans ménagements dans l'attente des premiers interrogatoires. Il avait eu le temps de prendre son grand manteau de vigogne dont la chaleur lui serait précieuse dans les jours à venir. Et puis il y avait surtout cette invisible prison : la barrière d'une langue qu'il ignorait, alors que ses ravisseurs semblaient n'en connaître aucune autre... C'était le directeur terrifié du Pera Palace qui avait traduit pour lui l'ordre d'arrestation et le crime dont on l'accusait mais évidemment sans autre précision, l'officier qui commandait le détachement n'en ayant donné aucune...

Assis sur la planche nue munie d'une mauvaise couverture qui allait lui servir de lit, Aldo considéra avec incrédulité son nouveau logis : un cube de pierre dont les murs avaient été, un jour, blanchis à la chaux mais n'en gardaient que de vagues traces à côté de taches suspectes et de graffitis incompréhensibles ; un escabeau, un seau hygiénique, une lourde porte peinte en vert munie d'un judas grillé et rien d'autre. L'inventaire fait, il essaya de comprendre ce qui lui arrivait. Salomé assassinée ! Mais par qui, mon Dieu ? Et quand ? Lui-même était parti à trois heures. Le meurtrier était peut-être déjà là, guettant sa sortie. Il était même sûrement là puisque la malheureuse avait été tuée « dans la nuit » mais, au-delà de cette certitude, Morosini voyait se dresser devant lui une infranchissable barrière de questions sans réponses. Et c'était d'autant plus inquiétant que la jeune Turquie du Ghazi n'avait pas la réputation de pratiquer la simple douceur. Un homme suspect puis condamné peut-être sans beaucoup de formalité était pendu ou fusillé selon qu'il était civil ou militaire et les étrangers ne faisaient guère exception.

A la stupeur suivie d'une espèce d'abattement succéda la colère. Allait-il, lui, prince Morosini, se laisser accrocher à une potence, quitter une vie qu'il aimait pour un crime qu'il n'avait pas commis et cela sans combattre ? Certes pas ! D'ailleurs Adalbert allait rentrer. Adalbert qui apprendrait son aventure et ferait l'impossible pour le tirer d'affaire. On pouvait lui faire confiance pour aller jusqu'à Atatürk en personne pour le sauver...

Il puisa un peu de réconfort dans cette assurance, pourtant la journée et la nuit qu'il passa furent abominables. En dépit de son manteau il avait froid : l'unique fenêtre armée de barreaux haut perchée dans le mur laissait souffler à son gré le meltem, ce vent froid venu de la mer Noire. Il avait faim : on lui avait jeté un morceau de pain dur et à moitié moisi avec une cruche d'eau. Il avait surtout l'impression d'être seul au milieu d'un monde devenu brusquement hostile, abandonné jusqu'à la fin des temps au fond d'une oubliette médiévale... Il réussit un peu à dormir vers la fin de la nuit, s'éveilla moulu et la bouche amère. Il but un grand coup d'eau, ce qui ne le réchauffa pas mais lui procura la vague impression d'être moins sale. Il aurait donné n'importe quoi pour une douche, un rasoir et un café même mauvais mais chaud. Et aussi une cigarette mais on lui avait enlevé son étui d'or, son briquet et tout ce qu'il avait sur lui, y compris sa montre-bracelet. De ce fait il ignorait quelle heure il pouvait être. Quand le geôlier entra avec un autre morceau de pain, il désigna son poignet dans l'espoir que l'autre comprendrait mais l'homme le regarda d'un œil bovin, haussa les épaules et ressortit. Et le silence retomba. Les murs étaient si épais dans cette prison que l'on n'entendait rien de ce qui s'y passait...

Aussi Aldo eût-il volontiers crié de joie quand, vers le milieu de la matinée, deux gardes vinrent l'extraire de son cachot, lui remirent les menottes et l'entraînèrent à travers un dédale de couloirs crasseux et de grilles si nombreuses qu'elles devaient décourager toute tentative d'évasion. On monta aussi deux escaliers et, finalement, le prisonnier se retrouva dans un bureau occupé par un homme qui, avec sa longue moustache à la mongole et les muscles impressionnants qui gonflaient son costume, bien coupé d'ailleurs, ressemblait plus à un janissaire de l'ancien temps qu'à un fonctionnaire de la nouvelle république. Assis un peu à l'écart, un homme plus très jeune, à la figure lasse et aux yeux globuleux, attendait mais se présenta aussitôt dans un italien hésitant : il était l'interprète. En même temps il lui annonça qu'il comparaissait devant Selim bey chargé de l'instruction de son affaire.

— Je vous remercie, dit Aldo, mais sans mettre en doute vos capacités, je préférerais me passer de truchement. Ayez la bonté de demander à ce monsieur s'il ne parle que le turc ? Français, anglais ou allemand feraient aussi mon affaire.

Selim bey parlait allemand et l'interrogatoire se

déroula dans la langue de Goethe qu'il maniait d'ailleurs avec une certaine aisance. Après avoir décliné sur un ton qui interdisait la contradiction les noms et qualités du prévenu, ce que l'on pourrait appeler le juge d'instruction entra dans le vif du sujet :

— Vous êtes convaincu d'avoir assassiné dans la nuit du 5 au 6 de ce mois et dans un accès de jalousie la femme connue sous le nom de Salomé Ha Levi qui était votre maîtresse...

Sous l'effet de la surprise, les sourcils de Morosini remontèrent de deux bons centimètres :

— Ma maîtresse ?... Par jalousie ? Mais où allez-vous chercher tout ça ?

— Contentez-vous de répondre à mes questions. Oui ou non ?

— Non. Cent fois non ! Pourquoi aurais-je assassiné... au fait comment l'ai-je tuée ?

— En l'égorgeant avec un couteau.

— Quelle horreur !... Mais je continue : pourquoi, donc aurais-je tué une femme que je voyais pour la seconde fois ? Salomé était une voyante de grande réputation et il y a quelques jours j'avais escorté chez elle une amie, la marquise Casati, venue de Paris pour la consulter. Ce qu'elle m'en a dit était si impressionnant que l'idée m'est venue de faire appel à son talent pour moi-même.

— Seulement, au lieu de vous faire tirer l'horoscope, vous avez couché avec elle. Cela vous paraît normal pour un client inconnu ?

Devinant que ce Turc devait avoir un témoin

— sans doute la servante ! — Aldo jugea inutile et même imprudent de nier :

— J'admets que ce soit peu courant, pourtant cela est. Je le répète, je voyais Salomé pour la seconde fois mais... vous êtes un homme et vous devriez comprendre certaines... impulsions fortuites. Salomé était d'une grande beauté. J'avoue n'y avoir pas résisté...

— Autrement dit, vous l'avez violée ?

Le mot fit bondir Aldo :

— Certainement pas ! J'aime et je respecte trop les femmes pour m'abaisser à ça...

Le mince et dédaigneux sourire du magistrat suivit la courbe exacte de sa moustache :

— Vos ancêtres ne s'en privèrent pas autrefois, lorsque les soldats du doge Enrico Dandolo ont pris Byzance ?

— Il y a six cents ans, monsieur, et, si j'admire votre culture historique, je m'étonne qu'un Ottoman puisse faire référence à cette période. En 1453, les hommes du sultan Mehmeh II ne se sont pas privés non plus que je sache ? En outre, j'espère que vous ne comptez pas vous armer du contentieux qui depuis tant de siècles a séparé Constantinople de Venise ? Je suis un simple marchand, monsieur. Pas un reître ni un envahisseur ! Quant à l'instant que j'ai passé avec Salomé, ceux qui vous l'ont rapporté ont dû, s'ils sont honnêtes, vous apprendre comment cela s'est passé.

— A qui faites-vous allusion ?

— Aux témoins que vous avez dû interroger : la servante qui m'a ouvert la porte et nous a servi le café, le musicien qui jouait pour nous... que sais-je encore !

— Eh bien, justement, vous saurez peut-être me dire où sont les bijoux de cette femme ?

— Ses bijoux ?

— Oui, ses bijoux ! Elle en avait de très beaux... qu'elle portait lorsque vous êtes arrivé et qu'elle n'avait plus lorsque vous l'avez laissée baignant dans son sang.

Une poussée de colère mit Aldo debout.

— Et ces fidèles serviteurs m'ont laissé violer leur maîtresse, l'égorger et partir tranquillement avec plusieurs kilos d'or... car rien que sa tiare devait être lourde ?

— Vous les avez terrorisés.

— Un homme seul, sans armes, affaibli par l'acte d'amour et encombré de toute une quincaillerie ? C'est vraisemblable !

— Cette quincaillerie était de valeur et elle a disparu.

— Et vous l'avez retrouvée dans mes bagages avec, par-dessus le marché, le couteau utilisé par le meurtrier ?

— Non, mais cela ne saurait tarder.

— Je n'en doute pas. Sachez ceci, cependant : j'ai dit que j'étais un marchand c'est vrai mais ce marchand est connu pour ne s'intéresser qu'aux joyaux historiques. Ceux de Salomé, même si elle était une femme extraordinaire, sont sans intérêt pour moi. En outre, si elle gisait dans une mare de sang, j'aurais dû en porter les traces. Or, le cocher qui m'a attendu trois heures devant chez elle a dû vous dire que je n'en dégoulinais pas ?

— On n'a pas encore retrouvé le cocher.

— Encore faudrait-il le chercher, mais je peux vous offrir mieux. En rentrant à l'hôtel je me suis étendu sur mon lit tout habillé. C'est là que vos hommes sont venus m'appréhender : je porte donc toujours les mêmes vêtements. Je veux bien admettre qu'ils soient sales et froissés à présent, mais vous y chercheriez en vain une trace de sang.

— On ne fait pas l'amour tout habillé. Vous vous êtes lavé, voilà tout ! Quoi qu'il en soit, les charges qui pèsent contre vous sont trop lourdes pour que je me laisse convaincre par vos... explications. Vous serez jugé, monsieur le prince...

— Pour quoi faire ? Pourquoi ne pas me pendre tout de suite ? Vous gagneriez du temps. Mais, en attendant, je désire que l'ambassadeur d'Italie à Ankara ait connaissance de cette affaire. Il n'a pas été prévenu je suppose ?

Selim bey haussa des épaules dégoûtées :

— On ne dérange pas un personnage de cette importance pour un crime de droit commun...

— Ah, vraiment ? Mais sachez-le, je suis moi aussi un personnage important, un expert en joyaux de réputation internationale, un collectionneur réputé. J'exige que le consul, au moins, soit informé. Lui fera le nécessaire...

Selim bey se leva :

— Mais il a été averti et je ne crois pas qu'il souhaite s'en mêler. Laissez de côté vos grands airs, monsieur ! Vous n'êtes ici qu'un assassin accusé d'un crime sordide. Vous serez jugé comme tel...

Il fallut beaucoup de force d'âme à Aldo pour, revenu dans son cube de pierre, ne pas se laisser aller au désespoir. Il se sentait au cœur d'une toile d'araignée dont il ne comprenait pas d'où partaient les fils invisibles et dont il ne voyait pas comment il pourrait sortir. Ce Selim bey ne prenait de ses réponses que ce qui pouvait apporter de l'eau à un moulin qu'il était bien décidé à faire tourner selon ses directives ou les ordres qu'il avait reçus. Se joignait à cette angoisse l'image qu'on avait évoquée pour lui tout à l'heure : Salomé, cette belle œuvre de la nature, gisant dans son sang, la gorge ouverte ? L'idée qu'elle avait été tuée à cause de lui, peut-être uniquement pour l'amener là où il en était, devenait insupportable mais moins peut-être que la pensée de Lisa. Lisa qu'il venait de tromper, alors qu'il l'aimait plus que tout au monde ! Lisa, sa précieuse et adorable Lisa, qu'il ne reverrait jamais ! Demain, dans trois jours, dans huit jours, un matin ou au cœur de la nuit, il mourrait là, dans ce trou à rats, ou dans la cour de la prison, sans que quiconque sût ce qu'il était devenu. Les régimes totalitaires s'entendent si bien à faire disparaître ceux qui les gênent ! Et, à ce propos, il en vint à se demander si l'appel à l'ambassadeur italien serait une bonne chose : Aldo savait depuis longtemps qu'il était mal vu à Rome, même si la reine avait été l'amie de sa mère, parce que le véritable maître ce n'était plus Victor-Emmanuel III mais Benito Mussolini et qu'un diplomate établi par lui n'avait rien à faire du prince Morosini. En fait, le prisonnier pensait qu'il ne lui restait à accomplir qu'un seul geste digne de lui et de sa maison : mourir la tête haute, avec sa fierté et son élégance habituelles, et même si personne n'en savait jamais rien.

Et le temps continua de couler : la fin de la journée, la nuit, un nouveau jour, une nouvelle nuit... Rien ne bougeait. Le silence à nouveau, étouffant, angoissant...

Pourtant, alors que tout semblait dormir, la porte de la cellule s'ouvrit, laissant fuser la lumière d'une lampe électrique. Deux hommes entrèrent et le cœur d'Aldo manqua un battement : venait-on le chercher pour un jugement nocturne suivi d'une discrète exécution ? Alors, en dépit du froid qui le faisait trembler et de son aspect minable, le moment était venu de montrer quel homme il était et entendait être jusqu'au bout, il se leva, froid, calme, très droit, hautain même tel qu'il voulait être en face de la mort qu'on lui réservait.

— Vous venez me chercher, messieurs ?

— Nullement, fit une voix qu'il avait déjà entendue. Je viens seulement parler un peu avec vous...

Dans le faisceau de lumière il reconnut alors la figure madrée d'Ibrahim Fahzi, son confrère du Grand Bazar. Ce qui ne laissa pas de le surprendre mais il se garda bien de le montrer :

— J'ignorais, se contenta-t-il de laisser tomber du bout des lèvres, que vous aviez accès si facilement aux prisons de votre ville.

— Facilement non, mais avec de l'argent on obtient sans trop de peine ce que l'on désire...

— Je croyais cependant votre gouvernement sévère ?

— Il l'est, certes, mais à cinq cents kilomètres. Et moi, il fallait que je vous parle.

D'un geste de la main Ibrahim Fahzi fit signe au geôlier de s'éloigner. Ce que celui-ci fit en lâchant quelques mots qui devaient indiquer la limite de l'entretien et que le visiteur approuva de la tête.

— Eh bien, je vous écoute, soupira Morosini. Cela me fera toujours passer un moment...

— Ceci aussi, peut-être ? dit Fahzi en sortant d'une de ses poches une flasque de voyage. Il y a là un excellent cognac qui devrait vous réchauffer. On gèle ici...

— J'aurais préféré un sandwich ou un café chaud. L'alcool ne vaut rien sur un estomac vide...

— On ne vous nourrit pas ?

— Voyez vous-même ! fit Aldo en désignant le quignon de pain dont il n'avait mangé que la partie encore indemne de moisissure. Je suppose que chez vous l'on espère amener les prévenus aux aveux en les affamant ?...

— Je suis désolé et croyez que je vais faire le nécessaire pour que vous soyez mieux traité. Si... toutefois vous décidez de rester ici ?

— Parce que cet agréable séjour dépendrait de ma volonté ?

— Peut-être...

— En ce cas, partons ! Je me suis suffisamment amusé...

— N'exagérons rien ! Mais vous pourriez recouvrer la liberté assez rapidement si vous montrez quelque sagesse.

Morosini n'avait jamais aimé, en affaires comme dans la vie courante, que l'on tourne autour du pot :

— Si vous éclairiez ma lanterne ? Cela veut dire quoi ?

— Que je possède assez d'influence pour que votre cas soit examiné avec plus de sérieux et que la police consente à chercher le vrai coupable du meurtre. Ce qu'elle ne fera pas puisqu'elle en tient un des plus convenables...

— Convenables ? Et la Justice dans tout cela ?

— Oh !...

Le geste qui accompagnait l'exclamation en disait beaucoup plus long.

— Je vois ! En ce cas, dites-moi en quoi consisterait pour moi la sagesse ?

— A me confier ce que la voyante vous a révélé.

Le sourire à la fois ironique et nonchalant de Morosini reparut pour la première fois depuis longtemps :

— Vous voulez connaître mon avenir ? C'est affectueux !

— Le moment est mal choisi pour plaisanter. Je veux savoir ce qu'elle vous a révélé au sujet des émeraudes...

— Quelle émeraudes ?

— Ne jouez pas les imbéciles : celles que l'on appelle les pierres maudites...

— ... et que votre gouvernement ne veut pas voir reparaître mais sur lesquelles vous aimeriez bien mettre la main ?

— Pour les détruire à jamais, oui ! Et je suis certain que Salomé Ha Levi savait quelque chose à ce propos.

— Pourquoi ? Parce qu'elle était juive ? Que ne le lui avez-vous demandé si vous le croyez ?

— Je ne le crois pas : j'en suis sûr. Elle a fait, un jour, une... demi-confidence à quelqu'un qui me l'a rapportée. Une femme qu'elle aimait beaucoup...

— Confiance mal placée, on dirait. Et ensuite ?

— Elle ne voulait révéler le secret qu'à l'homme dont elle savait qu'il viendrait un jour et à qui elle se donnerait. Elle s'est donnée à vous : donc elle a parlé...

— Vous en connaissez, des choses ! Ce qui m'étonne, en ce cas, c'est que persuadé de tout cela vous n'ayez pas tenté de la faire parler ? Ce pays a toujours eu la réputation d'être assez bien outillé pour obtenir des confidences involontaires.

Ibrahim Fahzi détourna son large visage pour considérer la porte close : il semblait gêné tout à coup.

— Ces moyens auraient été inopérants avec elle... et puis quiconque les aurait employés aurait eu des comptes à régler avec le Ghazi.

— Atatürk ? Il... s'intéressait à elle ?

— La réputation de Salomé était grande. Mustafa Kemal l'avait consultée jadis avant de prendre le pouvoir. Depuis, on savait qu'il la protégeait afin de pouvoir, éventuellement, recourir à sa clairvoyance...

— Bien mal puisqu'on l'a tuée.

— Puisque « vous » l'avez tuée, fit doucement le

joaillier. C'est pourquoi vous n'avez à attendre aucune pitié. Vous serez pendu, mon cher prince, si je ne m'en mêle pas.

— Et comment, dans ces conditions, pourriez-vous vous en mêler ?

— Je connais peut-être le meurtrier : un pauvre diable éperdument amoureux d'elle qui vivait dans son ombre et n'a pu supporter qu'elle se donne à vous.

— Il devait y avoir un monde fou, cette nuit-là, dans la maison. Mais c'est moi qu'il aurait dû tuer : pas elle !

— Soyez sûr qu'il y songe... sinon il ne vous aurait pas dénoncé, mais elle était l'objet primordial de sa souffrance. Il fallait qu'elle disparaisse.

— Eh bien, à merveille ! Allez dire tout ça aux autorités de justice et qu'on me rende ma liberté !

Ibrahim Fahzi leva, sur le prisonnier, le regard finaud des gens qui espèrent conclure un bon marché sans le payer trop cher. Un regard que Morosini avait déjà rencontré dans maints endroits sur la planète et qu'il connaissait bien :

— Vous pouvez être sûr que je le ferai... dès que vous m'aurez confié ce que Salomé vous a révélé.

— Vous êtes inouï ! Pourquoi voulez-vous qu'elle m'ait révélé quelque chose ?

— Ne finassez pas, j'en suis sûr et nous perdons du temps. Dites-moi ce que c'est et dans deux heures vous êtes libre !

— Ou exécuté !

Puis éclatant brusquement d'un rire qui abasourdit son visiteur :

— Vous me prenez pour un imbécile, mon cher monsieur. Je parle — en admettant que je sache quelque chose ! — et vous m'oubliez tout tranquillement faisant ainsi d'une pierre deux coups : vous avez ce que vous vouliez et je n'ai plus aucune chance de me retrouver dans vos pattes pour la récupération des objets. Ce n'est pas si mal imaginé !

L'autre devint très rouge :

— Vous m'insultez ! Je suis un homme d'honneur...

— Vraiment ? Si vous l'étiez, vous auriez déjà révélé à la justice de ce pays ce que vous savez et vous m'auriez fait libérer. Je ne marche pas.

— Vous êtes fou ! Est-ce que vous ne savez pas que vous risquez la corde !

— Je la risque tout autant en parlant... si j'avais quelque chose à dire. Ce qui n'est pas le cas. Aussi vais-je avoir l'honneur de vous donner le bonsoir, cher confrère. J'aimerais reprendre mon sommeil !

Le joaillier s'était levé et considérait avec une rage qu'il ne songeait même pas à dissimuler le prisonnier en train de se rouler en boule sur sa planche.

— Assez de forfanterie ! Je suis votre seule chance. Oh, je sais ce que vous pensez : vous espérez que votre ami l'archéologue va remuer ciel et terre pour vous sortir de là mais je ne crois pas qu'il en aura le temps. Pour vous aider il faudrait qu'il sache ce qui vous est arrivé. Or il l'ignore...

— Pas bavards, au Pera Palace !

— Il l'ignore pour l'excellente raison qu'il n'est pas encore revenu d'Ankara et, quand il reviendra, il sera trop tard ! Songez-y bien !

Aldo se sentit frémir mais réussit à bander ses muscles suffisamment pour que l'autre n'en vit rien... Sa voix même demeura égale quand il répondit :

— Lorsque je serai mort il sera trop tard pour vous aussi. Surtout si je fais part au juge de votre visite et vous pouvez être certain que je n'y manquerai pas.

— Je l'ai faite avec son accord. Alors pas de fol espoir ! C'est moi, au contraire, qui vais le mettre au courant. Il saura ce qu'il a à faire...

Par-dessus son épaule, Morosini lança à Fahzi un regard moqueur :

— La torture ? On peut dire que vous avez des idées brillantes ! Seulement quelque chose me dit que votre ami le juge n'est pas au courant pour l'affaire des émeraudes. Je peux me tromper mais je le crois honnête. Ce que vous n'êtes pas. Et ne me racontez pas que vous les cherchez pour les détruire ! Pas vous ! maintenant laissez-moi tranquille ! ajouta-t-il si rudement que l'autre n'insista pas.

Reprenant son flacon auquel Aldo n'avait pas touché, il alla donner des coups dans la porte pour appeler le geôlier mais, avant de sortir, il lança :

— Nous nous reverrons !

Aldo ne répondit pas. Il ruminait avec un début de colère ce qu'il venait d'apprendre : Adalbert et sa bien-aimée étaient toujours à Ankara.

Mais que pouvaient-ils bien y faire ?

La rage s'emparait d'Aldo. Il n'aurait jamais imaginé que son cher compagnon d'aventures le laisserait tomber pour un jupon. Pas Adal ! C'était, sous des dehors farfelus, un homme sage, un puits de science, un regard ironique posé sur son temps et ceux qui l'animaient, un parfait bon vivant, aussi peu fait pour les trémolos et les tortures de la passion qu'un phoque pour habiter le Sahara. A la connaissance d'Aldo une seule femme avait fait battre son cœur sur un rythme inhabituel et c'était Lisa mais, sachant ce qui l'attachait à Morosini, il ne s'était jamais autorisé le moindre mot, le moindre geste et se contentait de vouer à la jeune femme une tendre admiration et en entier dévouement. Or, sachant à quel point le sort de Lisa était engagé dans cette malheureuse affaire, il plaquait tout pour suivre la trace d'une fille rencontrée dans un train et se mettre à son service ?... Inimaginable !

Aussi vite qu'elle était montée, la colère d'Aldo retomba. De quel droit se mêlait-il de censurer son ami ? Adalbert avait supporté d'un front serein toutes les tempêtes de sa dramatique aventure avec Anielka. L'amour entêté qu'il lui portait avait mené sa maison au bord du gouffre et conduit Cecina au double meurtre qu'en femme honnête elle avait aussitôt payé de sa vie. En vérité il était mal placé pour donner des leçons ! Hilary était belle, intelligente sûrement, archéologue en plus. Elle avait tout ce qu'il fallait pour séduire Vidal-Pellicorne et celui-ci, après tout, avait bien droit au bonheur. Tout ce qu'Aldo pouvait dire — pour en finir avec les regrets — c'est qu'il avait mal choisi son moment !...

Deux jours passèrent encore au pain de misère et à l'eau glacée. C'était ça le pire, car, se sentant faiblir,

Morosini craignait par-dessus tout, si ce régime continuait, d'être trop affaibli pour affronter la mort non seulement avec dignité mais avec élégance. C'était sur cet amoindrissement de sa résistance que comptait Ibrahim Fahzi pour obtenir de lui ce qu'il voulait. Alors Aldo se forçait à dévorer l'horrible pain qu'on lui donnait...

Au soir de ce deuxième jour, la porte du cachot s'ouvrit et le geôlier parut mais il ne portait ni cruche ni nourriture. Il fit seulement signe au prisonnier de le suivre et Morosini retrouva les couloirs qu'il avait déjà empruntés pour se rendre chez le juge. Certes il n'y avait pas de gardes mais on devait penser en haut lieu que le prétendu meurtrier était devenu inoffensif. Comme l'autre fois on le fit entrer dans un bureau, celui du directeur de la prison. Une exclamation horrifiée l'y accueillit en bon français :

— Mon Dieu ! Mais dans quel état !... Est-ce ainsi que l'on traite ici un homme simplement soupçonné ?

La voix, la colère, la langue, tout appartenait à Vidal-Pellicorne et Aldo, envahi d'une joie qu'il n'espérait plus ressentir, faillit s'évanouir pour la première fois de sa vie. Adalbert s'était précipité vers lui pour le faire asseoir dans le fauteuil de cuir fatigué du petit homme qui regardait la scène d'un air gêné. Cependant Adalbert continuait :

— Faites apporter du café, bon sang ! Avec un ou deux de vos sacrés gâteaux sucrés ! Il tient à peine debout !... Rassure-toi, je viens te chercher, ajouta-t-il pour Aldo qui aussitôt voulut se relever :

— Alors, allons-nous-en ! Allons-nous-en tout de suite ! Je ne veux rien de ces gens-là !

— Sois raisonnable ! Un café chaud te fera du bien. Ensuite je te ramène à l'hôtel !

— Mais comment as-tu fait ? Est-ce qu'on a trouvé le vrai meurtrier ?

— Oui... non..., je m'en fous !...

— Alors comment ?...

— Je te raconterai...

Le café arrivait au galop. Sans même lui laisser le temps de reposer son marc, Aldo qui aurait mangé des pierres en avala trois minuscules tasses et se sentit un peu mieux. Pendant ce temps, un officier était entré et avait parlé à voix basse au directeur. Après quoi il s'approcha de Morosini :

— J'ai à vous offrir, monsieur, les excuses de mon gouvernement. Le Ghazi refuse que se poursuivent, même loin d'Ankara, les méthodes arbitraires de l'ancien régime. Il a lui-même fait diligenter une enquête au sujet de la mort de cette femme. Enquête dont il est ressorti que vous êtes innocent. Vous êtes donc libre et une voiture vous attend dans la cour pour vous ramener à votre hôtel.

— Ma gratitude est acquise à Son Excellence le Ghazi, répondit Aldo en se levant. Puis-je espérer avoir le privilège de lui en offrir moi-même l'expression s'il veut bien m'accorder audience ?

— Il est déjà reparti pour Ankara et vous n'en aurez pas le temps. En effet, s'il a voulu intervenir dans ce qui était un abus de pouvoir, il ne souhaite pas que vous séjourniez plus longtemps dans notre pays. Dès que vous serez un peu remis, vous pourrez repartir. L'Orient-Express part demain.

On ne pouvait être plus clair. Morosini, sauvé, n'en était pas moins indésirable et le délai imparti était même clairement indiqué. Trop heureux de s'en tirer à si bon compte, il se garda bien de discuter. Au surplus, il n'avait plus aucune raison de s'attarder.

Une heure plus tard, ayant regagné le Pera Palace par la porte de service, il trempait dans cette baignoire d'eau chaude qui hantait ses rêves de prisonnier en fumant voluptueusement une cigarette tandis qu'Adalbert, assis sur un tabouret, fumait un cigare en lui racontant ce qui s'était passé :

— Contrairement à ce que nous espérions, miss Dawson n'a pas obtenu ce qu'elle désirait. Son ambassadeur, après l'avoir fait lanterner quarante-huit heures — c'est ce qui nous a retardés —, lui a signifié qu'il ne désirait pas se mêler de son affaire de poterie. Il lui a conseillé de rentrer à Londres et d'y attendre des circonstances plus favorables qui ne manqueraient pas de se produire dans quelque temps. Il lui a même promis d'y veiller en personne. Nous sommes donc rentrés, déçus comme tu penses, et c'est le directeur de l'hôtel qui nous a appris ton arrestation. Je n'ai pas eu de peine à comprendre de quoi l'on t'accusait et j'ai remué ciel et terre mais je me suis heurté partout à une incroyable mauvaise volonté. Personne, consuls y compris, ne voulait se mêler de cette histoire et je venais de décider de repartir pour Ankara, en vertu de la vieille maxime qui dit que mieux vaut s'adresser au Bon Dieu qu'à ses saints, d'y obtenir par tous les moyens une audience d'Atatürk lorsque ce brave homme d'Abeddine, notre directeur, est venu me voir dans ma chambre. Il était, avec Hilary, le seul ami qui me restât et il venait me donner un précieux tuyau : si je voulais voir le Ghazi en personne, je n'avais qu'à essayer de me faire introduire dans l'appartement 101...

— Ici ? A l'hôtel ?

— Oui. Il y a ses habitudes depuis longtemps quand il vient à Istanbul...

— Je croyais qu'il logeait au palais de Dolmabahce, sur le Bosphore ?

— Officiellement, oui, et il lui arrive d'y résider mais quand il vient seulement prendre la température d'une ville qu'il aime, il a ici cet appartement qu'on lui réserve et où il se sent bien. Il y a même ses pendules préférées. Naturellement, il est toujours sévèrement gardé mais j'ai réussi, tout de même, à être reçu par lui en faisant semblant de me tromper de chambre. Je ne te cache pas qu'il s'en est fallu de peu que je devienne ton voisin de cellule à la prison mais enfin je me suis fait entendre... et tu connais la suite. Maintenant sors de là, viens manger ce que j'ai fait monter et raconte-moi ton aventure !...

— Encore un mot ! Tu lui as dit ce que nous cherchions au juste, ici ?

— Oui. Ce n'est pas un personnage à qui il faut risquer de mentir et je crois n'avoir jamais rencontré quelqu'un d'aussi froid et d'aussi distant : le pôle Nord en personne, mais il sait écouter et trier le vrai du faux. Et la seule condition qu'il a mise à son intervention était que jamais les émeraudes ne devaient reparaître ici.

— Il sait aussi pourquoi nous les cherchons ?

— Oui et il souhaite que nous réussissions. Retournées en Palestine, elles ne seront plus dangereuses car le rabbin les cachera et plus personne, en remontant leur histoire, ne risquera d'apprendre que Mehmed le Conquérant était juif puisque né de mère juive. Naturellement, ledit rabbin ne devra rien savoir de leur parcours et j'ai engagé notre parole d'en garder le secret.

— Tu as bien fait de tout lui dire. Ta franchise est la meilleure garantie de notre parole...

A son tour et tout en dégustant avec un plaisir infini une nourriture décente, Morosini retraça pour son ami, sans en rien omettre, sa nuit dans la maison de Salomé. A sa surprise, Adalbert ne réagit pas lorsqu'il en vint au moment crucial. Pas aussi énergiquement qu'il aurait pu le craindre même en picorant un loukhoum à la rose :

— Tu y as pris plaisir ?

— Oui. Même si cela doit te faire horreur, j'avoue l'avoir désirée violemment et avoir connu une intense jouissance...

— Si elle vivait encore, tu retournerais vers elle ?

— Jamais. Je lui avais dit adieu et rien au monde ne m'aurait ramené...

— Coucher avec une femme pour sauver celle que l'on aime, c'est une situation peu banale. Pour un homme, tout au moins. Pas mal de femmes l'on connue dans l'Histoire. Pourquoi me ferais-tu horreur ? A cause de Lisa ?

— Bien entendu. Je l'aime tant que je n'aurais jamais cru possible de désirer une autre femme et plus encore de la posséder... J'en éprouve une honte infinie...

— Eh bien, essaie de l'oublier et ne va surtout pas, quand tu reverras ta femme, te livrer aux joies dostoïevskiennes de la confession avec battements de coulpe et cendres sur la tête. Salomé est morte et nous sommes seuls à connaître le prix que tu as payé un renseignement. Tu m'as bien compris ?

— Je t'ai compris. Sois tranquille, je n'ai pas d'ancêtres russes !

— Parfait. Alors, ce renseignement ?

En quelques phrases Aldo fit un récit concis de ce que lui avait appris la voyante :

— Il n'y a aucune raison qu'elle se trompe. Les émeraudes doivent être chez la descendante de Vlad Drakul...

Les sourcils d'Adalbert remontèrent jusque sous la mèche folle qui lui tombait toujours sur le front :

— Vlad Drakul ? Ne me dis pas que tu vas me traîner chez la fille de Dracula ?

— Pas du tout ! Vlad l'Empaleur était un seigneur...

— Je sais de qui il s'agit mais je sais aussi qu'il a servi de modèle à l'Américain Bram Stoker pour créer son personnage. Ne me dis pas que tu n'as jamais lu le bouquin ?

— Ma foi, non. Pour moi, Dracula c'est un personnage fabriqué par le cinéma...

— Grosse erreur ! Il a été fabriqué par un écrivain à partir d'une espèce de croquemitaine de Transylvanie. Elle habite où ta descendante ?

— En... Transylvanie. Attends, je l'ai noté parce que ce n'est pas un nom facile...

Aldo alla prendre sur la table le calepin qu'on lui avait rendu avec ses autres possessions et le feuilleta. Mais il eut beau chercher et reprendre le petit livret page par page, il ne retrouva pas celle où il avait écrit sous la dictée de Salomé. Il releva sur son ami un regard soucieux :

— Il n'y est plus. La page a été arrachée...

— Ah !... Et toi, l'homme à la fabuleuse mémoire, tu ne t'en souviens pas ?

— J'ai un trou. Ça peut arriver à tout le monde... Tout ce dont je me souviens c'est que ça commençait par si et finissait en ra...

— On devrait trouver ça en consultant une carte de Roumanie. Je vais chez le portier voir si par hasard il en aurait une et en même temps je retiens nos places pour ce soir sur l'Orient-Express...

— C'est idiot ! On ne va qu'à Bucarest pour commencer...

— On nous a dit de partir par l'Orient-Express, on part par l'Orient-Express... quitte à descendre en route. Je retiens aussi pour Hilary.

— Elle repart déjà ?

— Ben... oui. Elle aussi est plus ou moins éjectée puisqu'on lui a conseillé de revenir « plus tard » ! Et puis, je ne sais pas trop pourquoi, mais elle a peur et aimerait autant rester sous ma protection, fit Adalbert la mine un peu gênée.

La nouvelle ne causait aucun plaisir à Aldo mais il devait trop à son ami pour discuter. Il se contenta de remarquer :

— Peur ? Dis-moi, elle n'aurait pas, elle aussi, quelque chose à cacher sous ses porcelaines ? Elle est assez jolie pour faire une bonne espionne et le British Museum est une couverture idéale.

— Pas tant que ça, tu le vois bien ! D'ailleurs ce genre de femme ne connaît pas la peur, en principe. Et elle est vraiment effrayée... La pauvre petite a besoin d'aide, conclut Adalbert en bombant le torse.

Le côté terre-neuve de l'archéologue amusait toujours Morossini qui le trouvait attendrissant. Cette fois pourtant, il l'inquiétait un peu : emmener Hilary était une chose, mais réussirait-on à la convaincre de rester dans le train jusqu'à son terminus lorsqu'on le quitterait ? La page de carnet déchirée laissait deviner qu'on allait se trouver en terrain miné puisque quelqu'un devait savoir à cette heure où l'on se rendrait en quittant Istanbul. Une petite fille arrogante accrochée fermement à son gros Nounours pouvait s'y révéler singulièrement encombrante...

Remettant la question à plus tard, Aldo opta pour quelques heures de sommeil dans un bon lit. Il avait tout le temps de refaire ses valises...

CHAPITRE VII

UNE FILLE DE DRACULA

Morosini comprit que Vidal-Pellicorne avait eu raison de s'obstiner à prendre le transeuropéen quand il vit que leur départ était observé, suivi et qu'en gare d'Haydarpaça d'autres gens de police les escortaient à distance jusqu'à ce qu'ils eussent embarqué et attendirent même le départ. Il eût été, en effet, plus simple et plus court de prendre le bateau jusqu'à Varna et, de là, un nouveau train jusqu'à Bucarest mais le Ghazi avait ordonné, il fallait lui obéir et Aldo lui devait trop pour contester. On avait donc décidé d'aller jusqu'à Belgrade et d'y prendre l'autre tronçon de la ligne qui reliait la Suisse à l'Autriche, la Hongrie et la Yougoslavie pour aboutir dans la capitale roumaine. Une fois hors de la juridiction turque, on avait les mains libres, mais, bien entendu, Hilary Dawson n'était pas au courant de cet incident de parcours : pour elle on allait tous à Paris.

Cependant, à voir la manière frileuse dont elle traversa la gare d'Istanbul pendue au bras d'Adalbert en jetant autour d'elle des regards effrayés, Morosini éprouvait des doutes sur ce qui se passerait quand on quitterait le train sans elle à Belgrade. Tandis qu'elle s'installait dans son « single » alors que lui-même et Adalbert avaient opté pour une cabine double, il s'en ouvrit à son ami :

— Cette fille est morte de peur. Tu crois qu'elle acceptera de nous lâcher ?

— Il n'y a aucune raison que non. J'admets qu'elle est assez secouée en ce moment, pauvre chatte, mais cela tient uniquement au pays. Ce train est un prolongement de l'Occident : elle va s'y sentir déjà chez elle surtout quand la nuit sera passée. Nous serons à Belgrade demain vers 7 heures du soir et il est à peine 4 heures : cela lui donne vingt-sept heures pour reprendre son équilibre. Surtout qu'il serait bien étonnant qu'il n'y ait pas à bord un Anglais ou deux. Il y en a toujours sur cette ligne...

— Arrête ! Ton discours donne l'impression que tu cherches à te convaincre toi-même ! Je ne sais pas où vous en êtes de votre romance mais je regrette beaucoup que nous n'arrivions pas à Belgrade en pleine nuit : on descendrait pendant qu'elle dort et le tour serait joué. On y sera tout juste après le thé demain. Impossible de filer à l'anglaise...

Adalbert haussa des épaules outrées :

— C'est d'un goût ! Je te dis, moi, que tout se passera très bien. On se donnera rendez-vous à Paris ou à Londres et voilà tout. Hilary comprendra certainement. C'est la fille la plus discrète que je connaisse...

C'était peut-être la plus discrète — et encore ! —

mais c'était sûrement la plus peureuse. Quand, au wagon-restaurant, Adalbert aborda le sujet, elle se figea, une huître à la main, tandis que ses grands yeux bleus s'emplissaient à la fois de crainte et de larmes. Morosini, qui s'y attendait un peu, se demanda en quoi pouvait bien consister le fameux flegme britannique. Chez elle, en tout cas, c'était une vertu inconnue :

— Vous voulez m'abandonner ? émit-elle d'une petite voix étranglée.

— Il n'est pas question de vous abandonner, Hilary. Simplement nous nous quitterons à Belgrade pour régler une affaire importante tandis que vous continuerez jusqu'à Paris où vous n'aurez qu'à nous attendre, à moins que vous ne préfériez rentrer à Londres où j'irai vous rejoindre ?

— Vous voulez que je reste seule dans ce train ?... Oh, Adalbert je ne pourrai jamais...

— Vous y étiez pourtant bien seule quand vous êtes partie pour Istanbul ? Personne ne vous avait dit que vous rencontreriez Adalbert, explosa Morosini.

Elle tourna vers Aldo la batterie indignée de son regard :

— Ce n'est pas pareil ! J'étais alors une voyageuse comme les autres, perdue dans la masse. Personne ne me connaissait... A présent c'est tellement différent !

— Je ne vois pas en quoi ?

— Oubliez-vous déjà comment nous venons de quitter Istanbul ? Chassés pour ainsi dire et surveillés par la police. Qui vous dit que quelque chose ne se trame pas contre nous dans ce train même ?

— Il n'y a aucune raison. Les autorités se sont assurées que nous partions comme elles le souhaitaient. Tout s'arrête là !

— J'ai peur que vous ne soyez un incurable optimiste, mon ami. Et, d'abord, pourquoi voulez-vous descendre à Belgrade ?

— On vous l'a dit, grogna Morosini. Une affaire à régler.

— Eh bien, c'est tout simple : nous descendons tous les trois, vous réglez votre affaire et nous reprenons le train suivant...

— Non, ce n'est pas si simple : nous ne resterons pas à Belgrade.

— Voilà qui m'est égal du moment que je reste avec vous. Où que vous alliez, j'irai...

— Mais ça peut être dangereux, émit Morosini qui pensait à sa page de carnet arrachée.

— Aucune importance ! Affronté à trois, le plus grand danger est très vivable ! Oh, Adalbert, vous n'allez pas me laisser toute seule après m'avoir promis de ne jamais m'abandonner quand je serais en difficultés !

Tout en faisant disparaître son châteaubriant sauce béarnaise, Morosini maudit le côté Don Quichotte de son ami. La cause d'Hilary était gagnée d'avance : il suffisait de voir l'air penché d'Adalbert et sa mine attendrie. Encore une minute de « lamento » et il pleurait avec elle...

— Il y a un moyen simple de trancher la question, fit-il. Je descends seul à Belgrade et vous continuez tous les deux...

La réaction d'Adalbert fut immédiate et presque violente :

— Pas question ! Dès que je te laisse seul, il t'arrive les pires catastrophes. Hilary, je vous en prie, soyez raisonnable !

— Je n'ai jamais été raisonnable ! fit-elle butée. Et je ne veux pas vous perdre !

C'était presque une déclaration d'amour. Morosini eut beau susurrer que la meilleure manière de perdre un homme était sans doute de s'accrocher à ses basques, l'Honorable Hilary Dawson le foudroya d'un regard tellement olympien qu'il abandonna la partie en pensant que, peut-être, plus elle serait collante et plus vite Adalbert en aurait assez :

— Emmenons-la ! soupira-t-il. Si nous rencontrons un vampire il s'intéressera peut-être en premier à son jeune sang plutôt qu'aux nôtres qui ont nettement plus de bouteille !

Et là-dessus, il classa le sujet, alluma une cigarette et prit un plaisir pervers à écouter Adalbert fabriquer une histoire « à ne pas raconter la nuit », tirant davantage sa substance du livre de Bram Stoker que de la vérité historique. Pas question de parler des émeraudes à cette touche-à-tout ! Il eut tout de même la satisfaction de voir son ennemie pâlir un brin sous le léger maquillage, ce qui la rendait encore plus ravissante.

Quand le train se fut arrêté en gare de Belgrade, le lendemain vers six heures et demie du soir, les trois voyageurs descendirent ensemble et Morosini se mit en quête du Vienne-Budapest-Bucarest qui allait presque les ramener sur leurs pas. Par chance il passait trois heures plus tard et, par une autre chance, la lecture de l'indicateur des chemins de fer apprit à Morosini qu'il était inutile de prendre des billets jusqu'à Bucarest pour l'excellente raison que le train s'arrêtait à Sighishoara : une économie d'une centaine de kilomètres et même du double s'ils avaient dû revenir encore sur leurs pas. L'attente dans le buffet de la gare ne fut pas agréable : une vague de froid venue de Russie passait sur l'Europe Centrale et la grande salle était à peine chauffée par de maigres braseros. En outre, la nourriture qu'on leur servit était à peu près immangeable. Ce fut pour Aldo l'occasion de rendre justice aux qualités voyageuses d'une fille d'Albion : le mauvais temps, elle connaissait, et elle réussit à trouver « delicious » les sarmas, feuilles de choux aigres — mais vraiment aigres ! — garnies d'une farce qui l'était tout autant, alors que ses deux compagnons faisaient la grimace.

— Si tu tiens à garder ton Théobald qui te fait la vie si douillette, n'épouse jamais cette fille ! Tu verrais disparaître ton fidèle valet-cuisinier dans un nuage de poussière... chuchota Morosini tandis qu'Hilary était partie « se repoudrer » dans un infâme cabinet « à la turque » dont les murs présentaient plus de taches suspectes et de graffitis que de miroirs...

— Je n'ai jamais eu envie de me marier !

— Ça pourrait venir ! Elle est très convaincante !

Quand on atteignit Sighishoara, la neige recouvrait le pays qui, avec ses forêts de sapins, ses vieux châteaux assoupis sur les contreforts des Karpates et ses petites fermes en bois isolées au bout de chemins aux profondes ornières ressemblait tellement à une carte postale de Noël qu'Hilary, enchantée, battit des mains comme une petite fille :

— On se croirait chez nous au temps jadis ! soupira-t-elle presque émue.

— J'espère, fit Aldo d'une voix caverneuse, que vous continuerez à vous y croire mais j'en doute !

Pourtant elle n'avait pas tout à fait tort. Si le côté anglais n'était pas évident, l'impression de remonter le temps était frappante dès que l'on eut tourné le dos à la ligne du chemin de fer. Perchée sur un éperon dominant la Tirnava Mare, Sighishoara et ses neuf tours de défense restituaient avec une étonnante exactitude une hautaine cité médiévale enfermée dans ses murailles et dédaignant les constructions sans âge de la ville basse agenouillée à ses pieds. Le charme fut plus puissant encore lorsque l'on eut franchi la porte fortifiée débouchant sur une placette abritée d'un grand arbre défeuillé : rues tortueuses, pentues, tapissées de gros pavés inégaux, bordées de maisons vénérables dont les grands toits montraient leurs tuiles brunes autour des cheminées, là où la neige ne s'accrochait pas encore, passages sombres qui, la nuit, devaient être inquiétants, portes basses et profondes, escaliers couverts en bois noirci par le temps menant au point culminant de la cité : une église gothique au clocher à bulbe discret étendant sa protection sur un cimetière où les tombes se cachaient sous un fouillis de végétation noircie...

— Ça a l'air assez grand, marmotta Vidal-Pellicorne, et on n'a pas beaucoup de renseignements. Tu crois qu'on va trouver la personne avec qui nous devrions traiter ?

— D'abord, se loger ! Un hôtel a toujours été le meilleur centre de renseignements...

Celui qu'on leur avait indiqué à la gare portait le nom allemand de « Zum Goldene Krone » qui les soulagea grandement en leur faisant découvrir que, dans cette partie du pays, on parlait cette langue au moins autant que le roumain que ni l'un ni l'autre ne connaissait. En effet au cours des siècles, les Saxons s'étaient fortement implantés en Transylvanie qu'ils partageaient avec les Valaques et les Hongrois. Circonstance qui allait aplanir pour les deux amis les plus grosses difficultés de communications.

L'hôtel se situait dans la partie haute de la ville et offrait un certain confort en ce sens qu'il possédait nombre de poêles en faïence et des doubles fenêtres. C'était une belle maison ancienne, datant du XVIe siècle environ, mais qui aurait eu besoin de quelques travaux. Otto Schaffner, le patron, y régnait sur une dizaine de chambres et une grande salle prolongeant la cuisine, lourdement voûtée, où l'odeur de bière se mêlait à celle du tabac refroidi. Massif, rougeaud, bâti comme un ours, il commandait à deux garçons qui lui ressemblaient en plus petit, à une vieille cuisinière qui, elle, ressemblait à n'importe quelle sorcière de conte fantastique et à un quarteron de filles qu'à leurs jupons bariolés, leur teint bistré et leurs yeux de feu on devinait appartenir à l'une ou l'autre de ces tribus tziganes dont, en arrivant, on avait remarqué les campements et les feux de cuisine aux abords de la ville. Elles étaient belles, ces filles, fières et arrogantes même. Pas du tout le style servantes d'auberge et Morosini, ayant croisé au passage une œillade invitеuse, se demanda un moment si cette maison était seulement un hôtel ou un lieu fort peu convenable pour une jeune lady fraîchement émoulue du British Museum. Ayant remarqué son froncement de sourcil, Otto Schaffner, impressionné au demeurant par son titre princier, alla au-devant de ses questions :

— Ne craignez rien, Altesse, mon auberge est une maison sérieuse. Ces filles sont des tziganes mais elles ne s'occupent pas des chambres et sont là uniquement pour servir. J'en emploie tous les hivers quand les tribus se réfugient près de la ville pour attendre le printemps. Elles attirent la clientèle parce qu'elles sont belles à regarder et savent chanter et danser.

— Qui s'occupe des chambres ?

— Mes deux garçons ! Avec eux vous n'avez pas à craindre les vols. J'espère que vous vous plairez chez nous...

C'est une question qu'il aurait fallu poser à Hilary. Lorsque l'on descendit pour le dîner et que son regard bleu se posa sur la salle où moutonnaient des dos d'hommes, vêtus de cuir brodé de couleurs vives ou de peau laineuse retournée entre lesquels voltigeaient des filles en oripeaux bariolés portant des chopes ou des pots au milieu d'un vacarme de voix et de rires soutenus par deux violons frénétiques, elle eut un mouvement de recul qu'Adalbert retint gentiment :

— Eh non, ce n'est pas l'enfer. C'est simplement un endroit où les hommes viennent, après le travail, se détendre et s'amuser. Et il paraît qu'on y mange bien...

C'était vrai. La cuisinière d'Otto qui était valaque ne s'obnubilait pas sur la choucroute saxonne et savait préparer d'excellents plats roumains. On dégusta une roborative soupe aux abattis de dinde, suivie d'un poulet à la broche avec des « mititei », petites saucisses de bœuf tendre assaisonnées d'ail et d'herbes aromatiques, le tout accompagné de l'inévitable « mamaliga », plat de semoule cuite à l'eau jusqu'au durcissement avec du beurre et du fromage. On termina par un millefeuilles à la purée de pommes, arrosé d'un bon vin rouge de Cotnari, après quoi le patron tint à leur offrir la « tsuica », une eau-de-vie de prune que l'on boit dans des carafes miniatures à longs cols dont on met l'extrémité dans la bouche. A la suite de tout cela, le regard bleu d'Hilary avait perdu beaucoup de sa sévérité et gagné une expression vague mais débonnaire. Elle applaudit même les musiciens qui vinrent exécuter près d'elle une « doïna », l'une de ces obsédantes cantilènes roumaines qu'on ne retrouve dans aucun autre folklore... Après quoi elle consentit à ce qu'on la raccompagne jusqu'à sa chambre où le poêle entretenait une douce chaleur mais, une fois la jeune fille rentrée chez elle, Aldo et Adalbert redescendirent. Le moment leur paraissait venu de poser quelques questions à Schaffner. Une fois de plus, le vieux truc du livre en préparation allait servir. Ce fut Adalbert qui attaqua :

— Je suis historien, dit-il, et nous préparons, le prince et moi, un ouvrage sur les grandes figures de l'histoire roumaine...

— Vous allez parler de notre roi Ferdinand que Dieu nous garde ?

— Dans un autre livre peut-être, fit Adalbert pour ne pas décevoir le bonhomme, et nous comptons lui dédier celui-là...

— Auquel il s'intéresse d'ailleurs ! affirma Morosini avec aplomb, certain que personne ne viendrait le démentir.

— Pour l'instant nous n'en sommes qu'au XVe siècle et nous recherchons un grand personnage qui est, je crois, né ici : le voïvode Vlad Drakul...

— Bien sûr qu'il est né ici ! s'exclama Otto dont la figure prit une expression béate. Je vous montrerai demain sa maison natale qui n'est pas loin. Un sacré bonhomme, le Tepech ! Faisait pas bon être de ses ennemis et même quelquefois de ses amis mais il était brave comme un lion et il a chassé les Turcs. Chez les tziganes, ajouta-t-il avec un coup d'œil à Miarka, l'une des filles qui entendant le nom s'était arrêtée près d'eux, on a pour lui une sorte de vénération...

— Même les femmes ? Dieu sait pourtant qu'elles ont eu à souffrir de lui ! On évoque des femmes enceintes éventrées pour leur arracher l'enfant ou d'autres qui se disaient enceintes dans l'espoir de l'attendrir et qu'il éventrait également pour leur prouver qu'elles avaient tort...

— Les nôtres n'ont jamais eu à s'en plaindre, coupa la tzigane parce que la seule femme qu'il ait jamais aimée était l'une d'entre nous...

L'œil noir de Miarka flambait. Morosini lui offrit en retour un sourire plein de nonchalante ironie :

— Personne ne dit le contraire. La légende veut qu'il ait eu de cette tzigane une fille qui n'a jamais quitté ce pays et qui, à son tour, aurait donné le jour à une autre fille avec la collaboration d'un des tiens et ainsi de suite... Comme si c'était vraisemblable ? ajouta-t-il avec un haussement d'épaules.

Le poing de la jeune femme s'abattit sur la table si violemment que la vaisselle sauta :

— Ce n'est pas une légende mais la seule vérité. Les filles de Vlad et des hommes du vent se sont succédé dans ce pays. Jamais d'autres enfants ! Toujours une fille, une seule, qui le temps venu s'offrait au tzigane de son choix... Leurs noces avaient lieu sous les étoiles dans la nuit indiquée par les devineresses et la femme expulsait son fruit devant les tribus assemblées...

— ... Comme une reine du temps jadis ! Si l'on en croit ton histoire, il devrait y en avoir encore une de nos jours ?

— Mais il y en a une ! Seulement...

Brusquement, la fille se tut, cracha par terre et alla reprendre le plateau qu'elle avait posé sur une table libre avant de s'éloigner vers la cuisine.

— Que veut-elle dire ? fit Aldo qui la suivait des yeux.

— Oh !... que les temps changent, exhala Otto. La dernière n'a pas suivi la tradition. Elle n'est plus toute jeune à cette heure et elle n'a jamais eu d'enfant. Avec elle, la chaîne est cassée. D'ailleurs, elle n'habite plus ici...

Les deux amis échangèrent un coup d'œil mais ce fut Adalbert qui demanda d'une voix neutre :

— Où donc alors ?

— Pas très loin. Elle s'est trouvé un vieux château dans les premiers contreforts de la montagne. Elle y vit avec deux valets hongrois, forts comme des Turcs, et des chiens féroces qui tiennent les curieux à l'écart. Même les tziganes qui n'ont peur de rien n'osent pas approcher. Ils se sont contentés de la maudire et d'attendre qu'elle meure.

— Pourquoi donc ?

— Pour s'emparer du cadavre et lui planter un pieu dans la poitrine. Ils disent qu'elle s'est détournée d'eux parce qu'elle a commercé avec le Diable et qu'elle est devenue un vampire. Des voyageurs qui seraient allés là-bas n'en seraient jamais revenus...

— Vous y croyez, vous ?

— A quoi ? Aux vampires ? Tout le monde y croit plus ou moins en Transylvanie. Pour Ilona — c'est comme ça qu'elle s'appelle comme ses mères et grand-mères — j'ignore ce qu'il y a de vrai. Les tziganes ont beaucoup d'imagination, vous savez, mais là, je me demande parfois s'ils n'ont pas un peu raison. On dit, chez nous, qu'il n'y a pas de fumée sans feu...

— On le dit chez nous aussi. Et... c'est loin, cette charmante demeure ?

— Environ vingt kilomètres en remontant le cours de la Tirnava Mare... mais ne me dites pas que vous avez l'intention d'y aller voir ?

— Il faudrait bien pourtant, fit Aldo. Je vous rappelle que nous écrivons un livre et cette histoire serait passionnante pour les lecteurs. Quelle conclusion pour celle de Vlad l'Empaleur !

Schaffner alla chercher la bouteille de tsuica et remplit généreusement les « toiu », les minuscules carafes que les trois autres s'empressèrent de vider.

— Je vous en donnerai un flacon si vous allez là-bas parce que vous en aurez besoin. Mais vous feriez mieux de laisser la dame ici. Ilona a toujours détesté les femmes... même sa mère, je crois bien !

— C'est bien notre intention.

— Il faudra aussi... Otto hésita, toussota, la mine un peu gênée, puis se décida à achever : me régler votre dépense jusqu'ici. Quand vous reviendrez nous repartirons sur de nouveaux frais...

— Il a eu le bon goût de ne pas ajouter « si vous revenez », commenta Adalbert un peu plus tard tandis que tous deux remontaient dans leurs chambres, mais il n'a pas l'air d'y croire beaucoup, à notre retour. Tu crois qu'on devrait prendre sa mise en garde au sérieux ?

— Il faut toujours prendre une mise en garde au sérieux, quelle qu'elle soit. Ce que je me demande, moi, c'est si cette Ilona a lu ton fameux bouquin ou vu un film de vampires au cinéma ? Tout y est : les chiens féroces qui remplacent les loups, les valets à tout faire, le vieux château. Tout ça me paraît surtout destiné à écarter les âmes simples mais curieuses.

— Autrement dit, elle doit avoir toujours les émeraudes et elle les fait garder en conséquence ?...

— C'est ce que pensait Salomé et je crois Salomé. Notre hôte, lui, n'a pas l'air au courant...

— Parce qu'il n'en a pas parlé ? Ce ne sont pas des choses que l'on confie à des étrangers. La convoitise fait assez facilement oublier la peur. Alors que faisons-nous ?

— On y va, bien sûr, et dès demain ! Mais cette fois, il faut convaincre Hilary de rester ici.

C'était plus facile à dire qu'à faire. Quand on descendit le lendemain matin pour le petit déjeuner, miss Dawson, l'esprit et l'œil clairs, refusa une fois de plus de rester en arrière avec l'obstination d'une petite fille à qui l'on veut arracher son Nounours préféré :

— Je ne quitterai pas Adalbert et Adalbert ne me quittera pas, affirma-t-elle. Où il ira, j'irai !

Aldo sentit la moutarde lui monter au nez :

— Quel âge avez-vous ? demanda-t-il brutalement. Trois ans ? Quatre ans ?

— Vingt-trois ! fit-elle en rougissant mais si vous étiez un gentleman, monsieur le prince, vous devriez apprendre que ce n'est pas une question que l'on pose à une dame.

— Je voulais seulement préciser un point : si

vous avez vingt-trois ans, comment avez-vous fait pour les vivre sans Adalbert ?

— Je n'affrontais pas les mêmes problèmes.

— Écoutez : nous devons rendre visite à une châtelaine des environs qui déteste les femmes et qui, en outre, est peut-être une folle dangereuse. Vous allez nous compliquer l'existence.

— Mais je ne vous empêche pas d'y aller tout seul ! fit-elle avec aigreur. Après tout, vous aussi vous pouvez sortir sans lui...

— Hilary, protesta Adalbert, je dois y aller aussi : cela fait partie de mon travail. Soyez un peu raisonnable !

— Non. Pas en ce qui vous concerne. Vous m'êtes... très cher, ajouta-t-elle en rougissant de plus belle.

A cet instant, la porte de la salle s'ouvrit pour livrer passage à un curieux cortège : un pope vêtu d'une robe noire et d'une étole dorée, armé d'un encensoir, entra, suivi de trois petits garçons qui semblaient jouer les enfants de chœur. Sans regarder personne, il fit le tour de la pièce en balançant son encensoir et en psalmodiant quelque chose d'inaudible, passa dans la cuisine où la vieille femme s'agenouilla pour lui baiser la main, de là gagna une autre salle qui devait se trouver sur l'arrière, revint sur ses pas, adressa un bon sourire et quelques coups d'encensoir aux trois personnages qui s'étaient levés instinctivement, rejoignit la porte où Otto à son tour lui baisa la main et sortit suivi de l'aubergiste. On entendit l'escalier craquer sous ses souliers et ceux de son escorte... Une forte odeur d'encens emplissait à présent la vaste pièce et fit éternuer Hilary qui prit la chose fort mal.

— Qu'est-ce que cette comédie ridicule ? s'écria-t-elle mais ce fut Schaffner qui lui apporta la réponse un peu plus tard sur un ton rogue démontrant clairement qu'il n'appréciait pas la protestation :

— Il faut bien, de temps en temps, faire bénir les maisons... que diable ! C'est une coutume à laquelle nous tenons ici !

Mais Aldo et Adalbert échangèrent un coup d'œil : ils devinaient que leur hôte avait dû juger bon de convoquer le pope avant de voir ses clients partir pour une expédition aussi risquée... Et lorsqu'ils partirent, une heure plus tard, dans la solide charrette attelée de deux gros chevaux qu'il avait réussi à leur trouver, il resta sur le seuil de son auberge à les regarder s'éloigner. En se retournant, Aldo vit qu'il traçait dans l'air et à leur intention un grand signe de croix avant de se signer lui-même :

— En voilà un qui ne s'attend pas à nous revoir vivants ! marmotta-t-il à l'usage d'Adalbert assis auprès de lui.

Hilary, enveloppée de fourrures et de deux couvertures, s'était installée à côté du cocher sous une espèce d'auvent censé les protéger des précipitations célestes. Le temps, cependant, était moins froid. La neige qui était la première de l'année commençait à fondre sous le pâle petit soleil qui clignait de l'œil au-dessus des sapins noirs... On remontait la rivière et le paysage était magnifique avec, en toile de fond, les Karpates et leur sauvage grandeur vers lesquelles on se dirigeait en sachant fort bien que l'on devrait faire à pied la dernière partie du chemin. Le voiturier les avait prévenus.

— Je vous attendrai à l'auberge d'un petit village qui est à deux petits kilomètres du château...

— Vous ne nous emmenez pas jusqu'au bout ? protesta Adalbert en se promettant bien de dire, au retour, quelques mots bien sentis à Schaffner. Mais il y a une dame avec nous ?

— Elle peut rester avec moi si elle veut. D'ailleurs ça s'rait bien mieux pour elle...

— Mais enfin, pourquoi ?

Au même moment, un hurlement éloigné mais, très reconnaissable, arriva du fond de la forêt :

— Vous entendez ? dit le cocher. Les loups ! Je ne veux risquer ni mes chevaux ni ma peau...

Rien ne put l'en faire démordre et il fallut bien se résigner à exposer la situation à Hilary : la peur de l'homme était réelle. Elle laissait supposer qu'il y avait peut-être, au bout de la route, un danger plus réel que ne le laissaient supposer les superstitions locales. Miss Dawson posa quelques questions touchant cette femme mystérieuse vers laquelle on se dirigeait. Adalbert lui en dit ce qu'il savait, c'est à dire pas grand-chose, et termina son discours en précisant :

— Une chose est certaine : elle déteste les autres femmes et la conclusion logique de ceci est que vous allez nous attendre tranquillement à l'auberge...

Il avait fait preuve de toute la fermeté dont il disposait mais la jeune fille lui rit au nez avant de lancer d'un ton offensé :

— Quand donc allez-vous perdre cette manie de vouloir toujours me laisser derrière vous ? Que voulez-vous que je fasse avec ce rustre et les quelques paysans crasseux que je vois ici ? Une partie de dés peut-être, en ingurgitant des pintes de cet alcool dont ne voudrait pas un docker de Wapping ?

Aldo pensa qu'hier elle n'avait pas l'air de trouver cela si mauvais mais se garda bien d'intervenir dans ce qui ressemblait de plus en plus à une scène de ménage. Hilary d'ailleurs poursuivait sa philippique.

— Sachez qu'une Anglaise bien née ne craint aucun ennemi, réel ou imaginaire !...

— Alors restez ici ! lâcha Aldo, logique.

Elle tourna vers lui le double feu de son regard indigné :

— Justement non ! La seule chose que... qui me déplairait serait d'être abandonnée dans ce pays perdu au milieu d'indigènes dont j'ignore la langue et qui ressemblent davantage à des ours qu'à des êtres humains pendant que vous irez vous faire tuer tout à votre aise ! Et maintenant assez perdu de temps ! Allons-y ! Vous venez ?

Et, sautant à bas de la voiture dans une flaque de boue qui ne parut pas l'incommoder, elle s'engagea résolument dans le chemin encore vierge de tout passage où la neige ouatait pudiquement les ornières. Il ne restait plus qu'à la suivre.

— Je vous attendrai jusqu'à demain soir mais

pas plus tard ! cria le charretier. J'ai du travail qui m'attend !

Et il rentra dans l'auberge.

— C'est maigre comme oraison funèbre ! remarqua Morosini en haussant les épaules et en enfonçant sa casquette sur sa tête.

Le mauvais état du chemin rendait l'avance pénible mais la forêt de sapins était magnifique avec ses profondeurs bleues que la neige éclairait et qu'animait parfois la course rapide d'un chevreuil. Hilary se comportait dignement et marchait du même pas que les hommes. En bonne Anglaise organisée et habituée aux voyages, ses valises renfermaient toujours la tenue exactement adaptée à la situation ou au climat. Ainsi ses hautes bottes lacées protégeaient-elles ses jambes comme sa jupe de tweed, son chandail chiné et sa pelisse à capuchon d'épais drap brun doublé de castor défendaient le reste de sa personne du froid et des intempéries.

A mesure que l'on avançait, le terrain s'élevait et, soudain, la barrière des arbres s'écarta, remplacée par les hauts murs de pierre d'une antique enceinte médiévale trouée de rares meurtrières et d'un portail ogival aux sculptures rongées par le temps encastrant une porte aux énormes ferrures rouillées percée d'un judas. Le silence hivernal était encore plus épais ici que partout ailleurs.

— Qu'est-ce qu'on fait pour se faire ouvrir ? grogna Adalbert qui n'avait pas l'air d'aimer beaucoup l'endroit. On sonne de l'olifant ?

— Si tu as ça sur toi on peut toujours essayer

mais il y a là une chaîne qui doit correspondre à une cloche...

— C'est tellement rouillé que cela risque de s'écrouler si on tire dessus...

Coupant court au dialogue, Hilary prit en main la chaîne et tira vigoureusement. Le son grave d'une cloche qui devait être de belle taille résonna de l'autre côté des murs déchaînant les aboiements furieux de plusieurs chiens. Hilary sonna une seconde fois avec impatience et l'on vit apparaître sur le haut du mur un personnage aussi rébarbatif que possible, un colosse vêtu de cuir, coiffé d'un bonnet en peau de loup dont les poils rejoignaient ceux de sa barbe et de sa moustache. A sa ceinture étaient accrochés une hachette et un couteau à large lame cependant qu'un fusil de chasse pendait à son épaule. D'une voix rude, il aboya quelque chose qui devait se traduire par « que voulez-vous ? ». Aldo répondit en allemand :

— Nous désirons parler à la comtesse Ilona...

— Où as-tu pris qu'elle était comtesse ? chuchota Vidal-Pellicorne.

— Dans ces pays un titre va presque toujours avec un château et cela ne peut que la flatter. Et puis comme nous ne savons pas son nom, cela fait mieux que Mme Ilona, non ?

— Si, convint Adalbert avec un petit rire.

Là-haut cependant l'homme demandait, en allemand cette fois :

— Que lui voulez-vous ?

— Lui proposer une affaire et nous venons de

loin : je suis le prince Morosini, antiquaire de Venise...

— Et les autres ?

— Voici... lady Dawson, du British Museum, raccourcit Aldo qui préférait ne pas s'embarquer dans les méandres de la noblesse britannique, et monsieur Vidal-Pellicorne... du... du Collège de France !

Pour la première fois, Hilary se dérida :

— On dirait que nous venons de recevoir chacun une promotion, souffla-t-elle à Adalbert.

— Vous êtes mieux servie que moi. Je me serais bien vu baron... ou marquis ? J'ai toujours aimé ce titre-là. Il sent la guerre en dentelles et la poudre à la Maréchale...

L'homme cependant avait disparu sans autres commentaires et dix bonnes minutes s'écoulèrent avant qu'on ne le revît après un tintamarre apocalyptique de verrous tirés, de clefs tournées et de grincements de gonds assoiffés d'huile, érigé au seuil du portail où il occupait une belle part de l'espace. Derrière lui la semi-obscurité d'une longue voûte :

— Les hommes seulement, lâcha-t-il. La femme reste dehors !

— Là, que vous avais-je dit ? chuchota Morosini tandis qu'éclataient les protestations de la jeune fille affreusement vexée. Puis, plus haut et à l'intention du gardien : C'est impossible voyons ! Nous n'allons pas laisser une dame de qualité se morfondre devant votre porte ?

— C'est ça ou rien ! Personne ne vous empêche

de rester avec elle et même de repartir tout de suite... On ne vous a pas invités !

Il reculait déjà pour refermer quand Adalbert s'interposa :

— Ça ne sert à rien d'insister. Le mieux est que tu y ailles seul. Je vais tenir compagnie à Hilary.

— Oh, je peux très bien rester seule, protesta celle-ci. Je... je suis désolée, Adalbert, ajouta-t-elle plus doucement.

— Il est bien temps ! marmotta Morosini qui s'avança vers le gardien : je vous suis !

L'homme eut un sourire féroce qui fit briller de longues canines sous sa moustache hirsute :

— Dites à vos amis qu'ils feraient aussi bien de rentrer au village. L'attente pourrait leur paraître longue... très longue même. Et la nuit, en hiver, les loups viennent jusqu'ici.

— C'est gentil ne nous prévenir, fit Adalbert tout de même un peu inquiet, mais nous sommes assez grands pour savoir ce que nous avons à faire... Nous resterons !

— C'est à vous de voir !

Un instant plus tard, le vantail de chêne et de fer retombait derrière Morosini avec un bruit aussi implacable qu'une dalle de pierre sur un tombeau. Désagréablement impressionné, il fut tenté de se retourner pour voir si l'injonction que Dante vit s'inscrire en lettres de feu sur la porte de l'Enfer : « Vous qui entrez, laissez toute espérance » n'y était pas tracée, mais il repoussa l'idée avec un haussement d'épaules. Pour Lisa il se sentait prêt à affronter tous les démons de la terre.

Ce qu'il découvrit au bout de la voûte basse qu'un cavalier n'aurait pu franchir sans se courber n'était guère plus réjouissant. Le château proprement dit se dressait devant lui, érigé à même le rocher qu'il semblait continuer. Il était le centre d'une cour circulaire délimitée par la chemise de muraille dans laquelle s'inscrivaient des bâtiments et il n'avait rien d'une demeure de plaisance : c'était une sorte de donjon large et trapu percé de rares et étroites fenêtres trilobées mais, seule grâce chez ce monstre, une galerie à fines arcades ornait ce qui devait être le dernier étage. Ainsi, dressé contre le ciel gris dont le vent effilochait les nuages, il était sinistre à souhait. A peine moins que l'étrange ornement planté dans la cour : un gibet où se balançait un squelette pendu par la cage thoracique à un énorme croc de boucher... Aldo se sentit pâlir en imaginant ce qu'avait pu être la fin de cet homme... Son arrivée à lui fut saluée par les grondements furieux de quatre molosses noirs qu'une copie conforme du gardien maintenait d'une poigne de fer : n'importe lequel d'entre eux était capable de le réduire à l'état du supplicié... Il fallait cependant faire bonne figure et ce fut avec un haussement d'épaules dédaigneux qu'il considéra l'homme aux chiens et suivit son guide jusqu'aux marches de pierre accédant à l'entrée du château...

Lorsqu'il l'eut franchie, il considéra avec stupeur le décor intérieur, se demandant s'il n'avait pas changé de siècles en pénétrant dans cet univers démentiel ou peut-être gagné une autre planète. Ce qu'il voyait aurait pu servir de modèle à Piranèse pour ses « Prisons » : un assemblage délirant d'escaliers à claire-voie, de poutres armées de chaînes, de voûtes obscures, de profondeurs ténébreuses qui étaient peut-être des oubliettes. Quelques chauves-souris ajoutaient au charme de l'endroit. L'idée qu'une femme pût habiter là-dedans ne serait venue à personne. Ce fut pourtant dans ce dédale de pierre et de bois qu'on le guida jusqu'à une porte peinte en rouge donnant sur une pièce qui ressemblait beaucoup plus à une prison qu'à une antichambre. Il y avait là un lit bas avec une paillasse et une couverture, une chaise, une table supportant une lanterne éteinte et quelques commodités. L'homme alluma la lanterne, posa sur la table quelques feuilles de papier et un stylo qui faisait un peu anachronique et désigna le tout au nouveau venu :

— Écrivez ! ordonna-t-il.

— Et que voulez-vous que j'écrive ?

— Tout ce qui vous concerne : noms, profession, âge, etc. Et vous ajouterez la raison qui vous a conduit jusqu'ici...

— Vous ne pensez pas que c'est du temps perdu ? Quelques minutes d'entretien avec votre maîtresse suffiront à mon bonheur...

— Pas au sien ! Écrivez ce que je vous ai dit. Ensuite, elle verra si elle vous reçoit, si elle vous jette dehors ou si...

— Ou si quoi ? insista Morosini dont la patience s'usait à grande allure.

— Vous le verrez bien ! Maintenant, si vous ne

voulez pas écrire, je vous ramène dehors et je dis à Tiarko de lâcher les chiens...

Allez donc discuter avec des gens de cette sorte ! Luttant vigoureusement contre la moutarde qui lui montait au nez, Morosini rédigea un texte court mais complet qu'il terminait en indiquant souhaiter acheter des pierres dont il avait la certitude qu'elles étaient toujours la propriété de la châtelaine. L'homme ramassa les feuillets, les mit dans sa poche et se dirigea vers la porte mais retint Aldo qui lui emboîtait le pas :

— Vous attendez ici !

Il fallut bien s'y résoudre et Aldo retourna s'asseoir sur sa chaise tandis qu'une fois de plus, des verrous se refermaient sur lui et qu'il se demandait dans quel piège il s'était encore fourré. Il se le demanda longtemps. Les heures passèrent sans rien amener d'autre que la nuit et son interlocuteur de tout à l'heure qui lui apporta un panier contenant un flacon de vin et une sorte de pot-au-feu froid accompagné de « mamaliga » bourrative. Cette fois il se fâcha :

— Je ne suis pas venu dîner, fit-il en repoussant le panier. Je suis venu discuter une affaire avec votre maîtresse. Va-t-elle me recevoir, oui ou non ?

— Elle réfléchit.

— Et ça va durer encore longtemps ?

L'homme haussa les épaules :

— C'est une dame très sage. Elle sait qu'il ne faut jamais se hâter quand on a une décision à prendre. Vous feriez aussi bien de manger et de dormir un peu en attendant qu'elle ait fini.

— Dormir ici ? Mais il fait un froid de loup !

— C'est pourquoi je vous conseille de manger. Ça vous réchauffera. Et puis vous êtes bien couvert ! ajouta-t-il en tâtant l'épais manteau à col de fourrure. C'est joli, ce tissu !

On nageait en plein surréalisme. Causer « chiffons » avec cette espèce d'homme des bois était la dernière chose à quoi Morosini s'attendait. Il le repoussa d'une bourrade :

— Vous voulez l'adresse de mon tailleur ?... En voilà assez ! Allez dire à votre patronne que la plaisanterie a assez duré. Je veux la voir et aller ensuite rejoindre mes compagnons.

— Sont plus là !

— Vous les avez chassés ?

— Pas besoin. Ils ont dû en avoir assez d'attendre. Surtout que la neige s'est remise à tomber. C'est mieux comme ça... Ils finiront par oublier... acheva-t-il en ricanant.

Morosini sentit un désagréable frisson courir le long de son dos mais n'en réagit que plus sèchement :

— Oublier ? Cela veut dire quoi ?

— Exactement ce que ça dit : qu'ils ont bien fait de s'en aller. Autant que vous le sachiez, les gens qu'on laisse entrer ne ressortent pas souvent. Ça se sait dans le pays... Bon appétit !

Et il ressortit sur ces paroles encourageantes laissant Aldo à des méditations sans grande gaieté. C'était le bout du monde ici, un monde quasi sauvage où l'on ne se souciait guère de ce qui pouvait arriver au voisin. Adalbert, bien sûr, ne se laisserait pas aller à « oublier », comme disait cette brute, mais que pourrait-il bien faire pour le secourir ? La seule idée d'approcher ce maudit château terrifiait les paysans et il était difficile de leur donner tort quand on avait vu le gibet de la cour. Ilona avait l'air de tenir à ses traditions familiales...

Le froid augmentait. Après avoir arpenté sa prison dans les deux sens tapant des pieds et se battant les flancs pour se réchauffer, il pensa qu'un peu de nourriture lui ferait du bien, mangea une bonne part de la mamaliga qui lui semblait moins vénéneuse que le ragoût, but le flacon de vin... et s'endormit profondément.

Le retour à la conscience fut des plus surprenants. Le décor carcéral avait disparu. Ce que Morosini voyait au-dessus de lui c'était un plafond en cintres allongés peint en crème et rechampi d'or. En tournant les yeux autour de lui, il pouvait voir un vaste salon dans le style ottoman au sol couvert de tapis chatoyants, meublé de divans bas, semblables à celui qu'il occupait lui-même, couverts de velours jaune ou de satin bleu pâle brodé de fleurs d'or, des tables basses en ébène ou en marqueterie, un superbe narguilé d'ambre et de bronze. Aux murs, tendus de soie bleue, de petits tableaux persans et, surtout, le portrait d'un homme portant un casque qui ressemblait à la pointe d'un obus. Dessous, séparés par le nasal de fer, des yeux sombres, perçants, cruels, des lèvres minces, trop rouges, une moustache hirsute et une maigre barbe faite de longs poils durs et espacés. Près d'une des fenêtres un grand piano à queue, laqué de noir, érigeait une aile qui occultait la plus grande partie de l'ouverture. Sur tout cela flottait un parfum que son nez sensible identifia, tandis que son esprit refusait d'admettre sa présence dans ce château de cauchemar : c'était l'Heure Bleue de Guerlain. Mais le plus surprenant était encore la femme qui apparut soudain dans son champ de vision. Grande, blonde, épanouie, encore éclatante en dépit des mèches blanches striant son épaisse chevelure massée en chignon bas sur la nuque, elle était vêtue d'une longue tunique noire parfilée d'argent dont les larges manches et le profond décolleté s'ourlaient de chinchilla.

— Eh bien, mon cher prince, comment vous sentez-vous ? demanda-t-elle tandis que le réflexe de l'éducation remettait Morosini debout sans même qu'il s'en rendît compte :

— Bien mais...

— Surtout ne commettez pas la faute d'émettre le « Où suis-je ? » traditionnel. Vous gâcheriez tout.

— Je n'en ai pas la moindre intention. Vous êtes, je pense, la comtesse Ilona...

— Vous pouvez m'appeler ainsi...

Se détournant de lui, elle alla s'asseoir sur le tabouret du piano et laissa ses mains courir, presque négligemment, sur les touches d'ivoire. Aldo suivit machinalement et vint s'appuyer contre l'instrument pour mieux observer son hôtesse. La musique le renseigna un peu sur ce qu'elle pouvait être : elle jouait les « Liebestraüme » de Liszt et son jeu était brillant mais froid, trop mécanique. Cette sirène manquait d'âme et sans lui laisser le temps d'achever, il posa une première question :

— Voudriez-vous m'expliquer ?

— Quoi ?

— La façon dont j'ai été traité alors que l'on abandonnait mes amis au froid, au danger des loups...

— Vous devriez vous estimer heureux. Personne, jamais, n'a le droit de franchir le seuil de ce château. Je hais les curieux plus encore que les femmes... Ceux qui pénètrent ici n'en sortent pas vivants. Il faut cela pour préserver ma tranquillité...

— Alors pourquoi m'avez-vous laissé entrer ?

— Parce que vous vous appelez Morosini.

— Et ce nom vous dit quelque chose ?

— Mais oui...

Quittant son piano, elle alla se placer devant le portrait du guerrier dont Aldo aurait juré qu'il s'agissait de l'Empaleur sans avoir jamais vu de lui la moindre effigie. De ses longs doigts, elle caressa l'image de bois peint avec une sorte de sensualité :

— Un certain Paolo Morosini protégeait les comptoirs vénitiens de Dalmatie et cherchait à tisser un réseau d'alliances contre les Turcs. Pour rencontrer Vlad il est venu jusqu'ici et ils sont devenus amis...

— Et Vlad ne lui a pas offert de s'asseoir sur l'un de ses pieux les mieux aiguisés ? ironisa Morosini. C'est pourtant ainsi qu'il traitait les ambassadeurs...

— Du Sultan, oui. Pas celui d'une ville qui le fascinait. Ton ancêtre était venu en secret mais il portait des présents, il savait parler, charmer. Il était en outre vaillant et d'une grande beauté. Ils ont partagé... bien des heures privilégiées. Vlad aimait beaucoup Paolo et il n'a jamais changé de sentiments envers lui. Le temps et l'éloignement n'y ont rien fait. Voilà pourquoi moi, sa fille, je te reçois au lieu de lâcher mes chiens sur toi...

— Mal ! précisa Aldo en notant au passage qu'on lui faisait l'honneur de le tutoyer. Jeter un visiteur dans une geôle glaciale n'est guère courtois...

— Mais ton ancêtre n'a pas été traité autrement. Vlad a commencé par l'enfermer avec ses gens. Puis il a éprouvé son courage en le faisant amener au lieu où il prenait son repas...

— ... dans son décor préféré : quelques malheureux agonisants sur des pals ?

Ilona caressa la joue du portrait et sourit :

— Chacun au monde a ses petits travers !... Il y avait un pieu encore vide. On a déshabillé ton ancêtre et on lui a proposé de se restaurer avant le supplice. Il a accepté, pris place, nu comme Adam, auprès de Vlad et déjeuné comme si de rien n'était en tenant des propos si brillants que celui-ci en a été définitivement charmé. C'est là qu'est née leur amitié...

Aldo se garda bien de demander jusqu'où elle était allée, cette amitié. Dans la famille on savait bien des choses sur Paolo et ses aventures mais sur celle-ci on était resté discret. Seul le Conseil des Dix* avait su peut-être à quoi s'en tenir et encore !...

* Conseil secret composé de dix membres, qui régissait Venise, le Grand Conseil et même le Doge.

Beau comme un dieu grec, le capitaine de Venise possédait l'intelligence la plus froide et la plus calculatrice qui soit... et des goûts amoureux fort éclectiques. Surtout lorsque son intérêt ou celui de Venise se trouvaient en cause... Mais l'heure n'était pas aux réminiscences historiques, Ilona revenait vers lui après avoir allumé le tabac d'un long fume-cigarettes d'ambre... Dans la robe noire et brillante dont le décolleté, en glissant, révélait une épaule ronde, ses hanches ondulaient de façon suggestive mais il lui offrit son sourire le plus narquois :

— Curieuse rencontre en effet ! Dois-je en conclure qu'il me faut me déshabiller pour aller souper avec vous dans la cour auprès du malencontreux ornement que vous lui avez donné ?

— Le feriez-vous si je l'exigeais ?

— Ma foi, non. Il fait trop froid...

Elle vint presque contre lui, l'enveloppant à la fois de son parfum et de l'odeur sucrée du tabac d'Orient, planta ses noires prunelles dans les yeux de Morosini qui en soutint le regard sans cesser de sourire. Et, brusquement, elle éclata de rire mais un rire frais, joyeux, incroyablement jeune : celui d'une petite fille qui a fait une bonne farce :

— Dieu que c'est drôle ! s'écria-t-elle en s'écartant pour se laisser tomber sur l'un des divans. Il y a longtemps que je ne m'étais autant amusée !

— Allons, tant mieux ! Pouvons-nous rire ensemble ?

— Pourquoi pas ? Mais d'abord quittez votre air empaillé et venez vous asseoir là. Nous allons boire ensemble le verre de l'amitié, ajouta-t-elle en tendant un bras pour ouvrir un petit cabaret en marqueterie où elle prit deux verres et une prosaïque bouteille de fine Napoléon.

— L'amitié ? fit Aldo. Sur quelle base pensez-vous l'établir ?

— Pas sur celle de nos ancêtres, rassurez-vous. J'ai un amant et il me suffit !... Trinquons d'abord et dites-moi ensuite la raison qui vous a conduit jusqu'ici ? Êtes-vous aussi un ambassadeur occulte ?

Tout allait si vite avec cette fille étrange que Morosini se donna le temps de goûter l'alcool ambré qui était admirable avant de répondre :

— Oui et non. Si je suis ambassadeur, c'est d'une cause à laquelle vous ne comprendriez rien mais qui me tient à cœur parce que la vie de ma femme en dépend.

— Vous êtes marié ?... Dommage ! fit-elle avec une petite grimace...

— Pourquoi ? Il n'y a là rien qui puisse empêcher l'amitié si c'est ce que vous m'offrez ?

— Je ne m'en dédis pas. Voyons votre requête !

Ce fut au tour d'Aldo de s'approcher du portrait :

— Vlad a aimé la première Ilona au point de lui léguer un trésor qu'il avait peut-être obtenu de façon contestable mais auquel il tenait parce qu'il y voyait la matérialisation de sa chance et, pour ce que j'en sais, vos mères, grand-mères, aïeules l'ont toujours conservé comme leur bien le plus précieux...

— C'étaient surtout les tziganes qui avaient décidé d'en faire une sorte de symbole de leur errance parce qu'on y voyait la lune et le soleil et mes mères, comme vous dites, se sont laissé prendre à cette fable ! Sans jamais pouvoir s'en délivrer. Les tziganes étaient trop nombreux, trop puissants en dépit du mépris dont ils ont été et sont toujours l'objet. Elles étaient leurs prisonnières et, parvenues à l'âge de porter un enfant, elles étaient livrées au roi. C'est de cela que je me suis sauvée parce que je ne veux connaître en moi que le sang de Vlad. Le premier homme auquel je me suis donnée n'était pas un roi loqueteux mais un vrai prince...

— Cependant vous avez conservé les pierres qui portaient la lune et le soleil, fit doucement Morosini. Ce sont ces pierres que je suis venu vous supplier de me vendre. A quelque prix que ce soit. J'en ai besoin...

— Vraiment ?

— Vraiment !

Et, à cette femme inconnue qui était sans doute une criminelle, il conta brièvement l'histoire des pierres vertes et le chantage dont il était l'objet. Sans entrer bien sûr dans les détails. Elle l'écouta avec une sorte de ravissement comme en éprouve un enfant lorsqu'on lui raconte une belle histoire et, quand ce fut fini, elle exhala un long soupir.

— Comme c'est passionnant ! Je regrette d'autant plus de ne plus posséder ces pierres...

Arrêté dans son élan lyrique, Aldo la considéra bouche bée :

— Que dites-vous ? Vous ne les avez plus ?

— Eh non !

— Mais qu'en avez-vous fait ? Vous les avez perdues ? On vous les a volées ?

— Ce serait sans doute beaucoup plus romantique mais ce n'est rien de tout cela : je les ai vendues, tout simplement !

— Vendues ? s'écria Morosini qui n'en croyait pas ses oreilles. Le Pape lui aurait dit qu'il venait de vendre l'Anneau du Pêcheur qu'il n'eût pas été plus surpris. Il compléta d'ailleurs sa pensée : Mais n'était-ce pas le précieux trésor de Vlad, l'emblème secret mais révéré du peuple tzigane ?

— Je vous rappelle que j'ai rejeté ce peuple qui prétendait m'imposer sa loi comme il l'a imposée à toutes les femmes de ma lignée... la lignée de Vlad et c'était cela le plus important. Avec quoi croyez-vous que j'ai pu racheter ce château qui était la demeure préférée de celui en qui je vois mon seul père ? Mes aïeules ont vécu chichement, presque dans la misère, à côté de cette fortune que les tziganes ont souvent cherché à se faire confier. Mais tant qu'on acceptait d'être livrée à leur roi, ils se tenaient tranquilles. Quand, moi, je me suis refusée, ils sont devenus menaçants. J'ai compris que je devais me protéger. J'aurais pu fuir très loin. L'homme que j'aimais voulait m'emmener mais un mariage avec lui était impossible et je ne voulais pas quitter la terre de Vlad. J'ai décidé alors de la faire revivre mais pour cela il fallait de l'argent. Mon cher Reiner n'en avait pas mais il m'a aidée tout de même en faisant venir une de ses cousines, une femme extrêmement riche et qui était habitée par la passion des joyaux...

— Vous l'avez fait venir ici ?

— Je me tue à vous dire que je n'avais pas encore ce château, fit-elle avec impatience... J'ai connu Reiner quand, avec la suite du roi Ferdinand, il est venu à Sighishoara en visite officielle. Ensuite il m'a autant dire enlevée et conduite dans une maison proche de Sinaïa, le palais d'été, qui n'est pas très éloigné d'ici. C'est là que nous nous sommes aimés, c'est là qu'est venue aussi la princesse de X... Elle a payé royalement. Riche désormais, j'ai organisé ma vie. Une vie qu'il s'agissait de protéger. J'ai compris que la peur serait ma meilleure arme et j'ai agi en conséquence avec l'aide des deux molosses à qui Reiner m'a confiée. On dit même que je bois le sang de mes victimes, que je suis un vampire...

— Et vous avez... tué beaucoup de monde ?

Brusquement, le visage qui s'était animé pendant le récit se ferma tandis qu'un sourire cruel étirait l'arc parfait de la bouche :

— La tranquillité n'a pas de prix... et puis cela ne vous regarde pas. Encore quelque chose à me demander ?

— Oui. Le nom de cette grande dame si généreuse.

— N'y comptez pas, car elle pourrait me faire des reproches ! Cette dame possède, pour ce que j'en sais, une collection de joyaux anciens et ces gens-là n'aiment guère être connus...

Sur ce chapitre, Aldo en connaissait plus qu'elle mais ce nouvel obstacle l'irrita.

— Un nom ne tire pas à conséquences et je ferai

en sorte qu'elle ne sache jamais comment j'ai pu apprendre...

— Non, coupa Ilona. Si je donne le nom, vous demanderez aussi l'adresse.

— Je n'en ai pas besoin. Je connais parfaitement le Gotha européen et je sais où habite qui. Donnez-moi le nom, je vous en supplie ! Vous savez qu'il me faut retrouver ces pierres à n'importe quel prix...

— Elle ne vous les vendra jamais... et elle est sûrement plus riche que vous !

— Que puis-je dire pour vous convaincre ?... Ou alors, dites-moi celui de ce Reiner que vous aimez tant.

— Vous voulez rire ? Si je n'ai pu l'épouser c'est parce qu'il est marié et parent du roi Ferdinand. Parfois... il vient me rejoindre ici, en grand secret, et nous nous aimons. Si je vous envoyais à lui, vous gâcheriez tout et cela je ne le permettrai pas.

— Vous me désespérez, madame !

— Voilà qui m'est indifférent ! (Puis changeant brusquement de ton.) Mais puisque vous souhaitiez vous engager, vous allez me jurer de ne jamais révéler à personne ce qui me concerne et que j'ai eu la faiblesse de vous raconter en mémoire de Paolo Morosini.

— Et si je refuse ?

— Alors je n'aurai plus le choix. Croyez-moi, contentez-vous de ce que je vous ai dit... et estimez-vous heureux de sortir indemne des griffes de la fille de Dracula !

Le nom le fit tressaillir :

— Dracula ? Mais...

Alors comme tout à l'heure elle se mit à rire :

— Eh oui, mon cher ami, j'ai pu lire, grâce à Reiner, certain livre qui prolonge d'étrange façon la vie de mon ancêtre vénéré. Cela m'a été fort utile pour créer ma propre légende. Les exploits de mon cher Vlad avaient tendance à s'effacer un peu dans les brumes du temps. Ce bouquin ridicule est arrivé à point nommé pour leur ajouter un nouvel élément de terreur...

Elle partit soudain d'un grand éclat de rire qui, dans la lumière des chandelles, fit briller ses dents blanches... et curieusement pointues :

— Cela m'a permis de mieux comprendre le plaisir que pouvait éprouver Vlad à voir trembler devant lui tant de gens cependant courageux. La peur donne à celui qui la génère la puissance... et un merveilleux sentiment de tranquillité ! Mais à présent, je crois que l'heure est venue de nous séparer. En bons amis, j'espère ?

La nuance de menace qui sonna dans les dernières paroles n'échappa pas à Morosini qui s'inclina légèrement :

— N'en doutez pas ! Votre hospitalité est inoubliable, madame...

— Et vous me garderez le secret ? Même si vous devez repartir sans savoir le nom de la princesse ?

— Même ! fit-il avec un sourire qu'il n'eut aucune peine à offrir. (Tandis que se poursuivait la conversation entre lui et l'étrange femme, son cerveau travaillait. Après tout, il en savait assez sur la noblesse européenne et sur le monde réduit des collectionneurs de joyaux pour découvrir sans trop de peine le nom qu'on lui cachait.) Vous avez ma parole.

— Merci ! En ce cas, je vais vous faire raccompagner aux abords du village mais, auparavant, partageons ensemble un peu de ce tokay, le vin des rois !

— Volontiers...

Elle alla prendre d'autres verres et, dans une armoire, une bouteille poussiéreuse, versa le liquide ambré et l'offrit porté à deux mains, comme un calice, avant de se servir elle-même. En un toast muet, ils élevèrent leurs verres avant d'y tremper les lèvres. Avec un vif plaisir pour Aldo : le tokay était de grande classe. Mais ce plaisir fut bref : à peine eut-il bu, qu'il s'écroulait sur le tapis...

Quand il s'éveilla, une aurore glaciale rosissait l'épaisse couche de neige sur laquelle on l'avait déposé au pied d'un sapin si lourdement chargé que seules ses jambes dépassaient. La tête lourde et la bouche pâteuse — ce tokay était beaucoup plus diabolique que royal ! — il mit quelque temps à rassembler ses idées. Enfin, en se traînant hors de son sapin, il vit qu'on avait eu la bonté de le déposer au bord du chemin et que les toits du village étaient en vue. Réconforté par cette vue et par la sensation d'être toujours vivant, il se mit en route d'un pas encore un peu flageolant. Là-bas, d'ailleurs, au bout du chemin une silhouette venait d'apparaître marchant aussi vite que le permettaient la neige et les ornières. C'était Adalbert et il essaya de se précipiter vers lui en criant :

— Adal !... Me voilà !

Les deux hommes tombèrent dans les bras l'un

de l'autre avec une joie qui faisait monter les larmes à leurs yeux :

— Tu es vivant ? Tu es entier ? fit Adalbert en tâtant Aldo sur les bras et le dos. Seigneur, ce que j'ai eu peur !

— Tu retournais là-bas ?

— Bien sûr. A la nuit close j'ai été obligé de ramener Hilary qui mourait de peur et risquait de mourir de froid et cette fois il a bien fallu qu'elle accepte de rester à l'auberge. Je dois dire, à sa décharge, que l'atmosphère n'y est guère réjouissante. Les indigènes sont persuadés que tu es mort et que, moi, j'allais à un trépas certain. On m'a même arrosé d'eau bénite et c'est tout juste s'ils n'ont pas dit les prières des agonisants. Mais toi, tu as vu la fameuse Ilona ?

— Oui et je n'ai pas encore décidé si c'est une folle ou une femme trop bien organisée. Une criminelle, à coup sûr !... Elle a même lu le fameux bouquin de Stoker et elle s'en inspire...

— Et les pierres ? Tu as pu en parler ?

— Elle les a vendues pour acheter le château. Je te raconterai mais loin des oreilles d'Hilary car j'ai dû engager ma parole.

— Et tu sais où elles sont ?

— Elle n'a pas voulu me donner de nom mais je pense qu'on devrait arriver à trouver. Rentrons vite, s'il te plaît ! J'ai une envie folle d'une tasse de café !

— Pas de fol espoir ! Attends d'avoir goûté ce qu'ils appellent café dans ce fichu pays !

L'entrée de Morosini à l'auberge fit événement.

Lazare sortant du tombeau n'aurait pas surpris davantage. On voulut bien admettre qu'il n'était pas un revenant que lorsqu'il eut réclamé avec énergie un repas solide, après quoi il fut entouré, félicité avec cette espèce de révérence que l'on réserve aux héros. Le cocher qui les avait amenés ne fut pas le dernier et fit montre d'une joie exubérante en recevant l'ordre de se tenir prêt à repartir pour Sighishoara. Quant à miss Dawson, elle se déclara « heureuse » de le revoir avec autant de chaleur que s'il revenait d'une partie de chasse et non d'une porte de l'enfer mais Aldo ne se faisait guère d'illusions sur les sentiments qu'elle lui portait.

— Elle a dû rêver toute la nuit qu'elle était à jamais débarrassée de moi, confia-t-il à Adalbert tandis que celui-ci le conduisait à la soupente qu'on lui avait attribuée en guise de chambre afin qu'il pût y faire un semblant de toilette...

— Elle n'a pas rêvé du tout parce qu'elle n'a pas dormi. Elle avait tellement peur que je ne profite de son sommeil pour retourner à ce damné château qu'elle m'a obligé à rester toute la nuit auprès de la cheminée de la salle. Jamais nuit n'a été aussi longue !

— Tu dormiras dans la charrette et mieux encore dans le train. J'espère qu'on en aura un ce soir pour rejoindre Budapest. J'en ai plus qu'assez de ce pays...

Tout en parlant, il ôtait son épais manteau fourré et l'écharpe de soie qui lui entourait le cou...

— Tiens ! dit soudain Adalbert. Qu'est-ce que tu as là ? Tu t'es écorché ?

Aldo s'approcha du morceau de miroir censé permettre de se raser au voyageur assez imprudent pour s'arrêter dans cette auberge et considéra avec stupeur la petite blessure, rouge et boursouflée, qui marquait son cou. Le visage d'Adalbert, soudain pâli, s'inscrivit à côté avec le doigt qu'il avançait pour toucher. Un doigt qui tremblait.

— Juste au niveau de la veine jugulaire !... murmura-t-il d'une voix curieusement détimbrée.

Dans le morceau de glace leurs regards se rencontrèrent.

— Je crois qu'il est grand temps de partir, dit Aldo. Le plus tôt et le plus loin possible ! Ici on doit pouvoir devenir fou avec une grande facilité...

Et d'un geste vif, il enroula étroitement l'écharpe autour de son cou blessé. Une chance encore qu'aucun des naturels du pays n'ait vu cela !...

Troisième partie

LA GRANDE-DUCHESSE

CHAPITRE VIII

LE BAL DE LA SAINT-SYLVESTRE

Avec un vif soulagement et par l'Arlberg-Orient-Express, on rentra directement à Paris. Aldo ne voulait pas retourner à Venise sans Lisa et, en outre, il souhaitait consulter Mme de Sommières qui, en matière de Roumanie, était une autorité grâce aux relations épistolaires qu'elle entretenait toujours avec la reine Marie qu'elle avait connue en Angleterre à peu près au moment où cette petite fille de la reine Victoria* épousait le roi Ferdinand. Grande voyageuse au demeurant, la marquise s'était rendue plusieurs fois, à l'invitation de la souveraine, à Bucarest ou à Sinaïa... Elle était donc toute indiquée pour aider son neveu à résoudre l'énigme posée par la « bienfaitrice » d'Ilona.

Tandis que le train roulait vers la capitale de sa seconde patrie, Morosini faisait des paris avec lui-même : l'Honorable Hilary Dawson allait-elle enfin consentir à lâcher les basques d'Adalbert aux-

* Elle était fille d'Albert, duc d'Edimbourg, quatrième enfant de la reine Victoria, et de la grande-duchesse Marie de Russie.

quelles elle semblait se cramponner plus fermement que jamais ? Ce qui l'agaçait de prodigieuse façon, surtout quand l'Anglaise entraînait son ami dans le couloir des sleepings pour des apartés qui n'en finissaient plus, alors qu'elle s'ingéniait à se trouver toujours en tiers quand Aldo tentait d'obtenir un instant de solitude à deux.

Le dernier soir, au wagon-restaurant, entre la sole Colbert et le filet de chevreuil Grand-Veneur, il mit autant dire les pieds dans le plat :

— Je suppose que tu ne feras que toucher terre à Paris ? fit-il en reposant le verre de chablis qu'il venait de vider.

Les sourcils d'Adalbert remontèrent jusqu'à sa mèche folle.

— Tu trouves que je n'ai pas été absent assez longtemps ? L'oiseau migrateur a grande envie de retrouver son nid douillet, ajouta-t-il avec un sourire à l'adresse d'Hilary qui lui faisait face.

— Tu sais bien que miss Dawson déteste voyager seule. Tu n'auras pas le cœur de la laisser franchir sans ton appui les flots hargneux de la Manche en hiver...

Hilary releva son joli nez, ce qui annonçait chez elle une poussée d'humeur combative :

— Qui vous a dit que j'étais désireuse de rentrer à Londres ?

— Ne l'êtes-vous pas ? Je pensais que vous souhaitiez reprendre contact au plus vite avec le British Museum ?

— Rien ne presse. J'ai très envie de séjourner quelque temps à Paris, de visiter quelques musées, les boutiques de la rue de la Paix... et toutes ces choses !... Adalbert me guidera.

— Il ne vous viendrait pas à l'idée qu'Adalbert puisse avoir autre chose à faire ?

— Et vous-même ? N'ai-je pas entendu dire que vous avez d'importantes affaires... à Venise ? Pourtant on ne vous y voit pas souvent ?

— Vous devrais-je, par hasard, des comptes ?

Voyant s'allumer, dans les yeux d'Aldo, une inquiétante lueur verte, Adalbert jugea bon de prendre sa part d'un dialogue qui tournait au vinaigre :

— Calmez-vous, tous les deux ! Chère Hilary, vous ne doutez pas, j'espère, du plaisir que j'éprouve en votre compagnie...

— Du plaisir ? J'espérais mieux...

— Il y a des mots qu'il ne faut pas prononcer trop tôt. Cela dit, je serai très heureux de vous consacrer tout le temps que vous voudrez... mais un peu plus tard. Je vous ai confié que nous avions, Morosini et moi, une mission à accomplir, ajouta-t-il sans paraître s'apercevoir du regard furibond que lui lançait Aldo, et nos dernières aventures ont dû vous en convaincre...

— Vous savez très bien que je suis prête à tout partager avec vous... lança-t-elle avec un feu qu'elle parut regretter aussitôt car elle rougit jusqu'à la racine de ses blonds cheveux.

Attendri, Adalbert prit sa main sur la nappe et y posa un baiser léger :

— Vous me rendez infiniment heureux, murmura-t-il, mais vous avez suffisamment pris de risques jusqu'à présent et c'est à moi de veiller à ce que vous ne couriez pas d'autres dangers. Peut-être serons-nous obligés de repartir un jour prochain et je ne vous cache pas que je serais plus tranquille de vous savoir à Londres...

Elle se leva comme si un ressort venait de se détendre sur son siège :

— Vous feriez mieux d'être plus franc et de dire, une bonne fois, que vous voulez vous débarrasser de moi...

Et, sans attendre la réponse, elle fila comme une flèche à travers la voiture-restaurant. Adalbert se leva aussitôt pour la suivre mais Morosini le retint :

— Un instant ! Que lui as-tu dit au juste de ce que nous recherchons ?

— Rien d'autre que ce qu'elle vient de te dire... sur l'honneur ! Elle nous prend, je crois, pour une paire d'agents secrets et elle trouve ça passionnant...

— Et... pardonne cette question indiscrète, mais qu'y a-t-il au juste entre vous ?

— Pas ce que tu imagines, en tout cas ! C'est une... vraie jeune fille. Elle songerait plutôt au mariage.

— Et toi ?

Vidal-Pellicorne eut un geste des épaules assez intraduisible qui pouvait signifier aussi bien ignorance que fatalisme, poussa un soupir et finalement déclara :

— Je n'ai jamais eu envie de me marier. J'aime trop ma vie de célibataire mais il est certain que, lorsque je la regarde, je me sens un peu moins sûr de moi.

— Alors va la rejoindre et faites la paix. C'est ta vie, pas la mienne et je n'ai pas le droit de m'en mêler. Au besoin, offre-lui mes excuses !...

L'incident était clos mais Morosini demeurait dans l'incertitude. Arrivés à Paris, Hilary pria Adalbert de lui trouver un taxi qui la conduirait au Ritz et, après un froid salut, Aldo eut la satisfaction de voir enfin l'Anglaise s'éloigner de lui. Escortée tout de même par Adalbert.

— Ensuite je passe chez moi, dit celui-ci, et je te rejoins rue Alfred-de-Vigny...

— Et si Tante Amélie n'y est pas ? Tu sais qu'elle a volontiers la bougeotte...

— Alors tu viens à la maison... en attendant qu'on la rejoigne. J'espère seulement qu'elle ne sera pas partie pour les États-Unis ou l'Afrique du Sud !

Mais la marquise était chez elle. Aldo, accueilli avec un large sourire par Cyprien, le vieux maître d'hôtel, tomba au milieu de son petit déjeuner qu'elle prenait au lit, tandis que Marie-Angéline lui lisait *Le Figaro*. En particulier le carnet mondain à la rubrique « décès ».

— A mon âge, disait-elle, il est bon de savoir qui l'on doit rayer de son carnet d'adresses...

L'arrivée d'Aldo éclaira d'un seul coup une humeur plutôt sombre que le temps gris et pluvieux n'arrangeait pas :

— Tu es juste ce dont j'avais besoin ! s'écria-t-elle en lui tendant des bras vêtus de batiste mauve à entre-deux de dentelle. Ne sachant plus ce que tu devenais, Plan-Crépin et moi étions en train de nous engluer dans un affreux cafard...

— ... doublé d'hypocondrie ! flûta la lectrice. Notre humeur noire nous rendait volontiers agressive !

— Et vous revenez de la messe à Saint-Augustin où vous avez dû communier ? aboya la vieille dame indignée. Eh bien, ma fille, vous pouvez retourner à confesse ! Vous mériteriez que je vous envoie faire des courses.

— Vous ne ferez pas cela, soupira Aldo en se laissant tomber dans un petit fauteuil. J'ai beaucoup de choses à vous dire. A toutes les deux !

— Eh bien, ça attendra... jusqu'à ce qu'on t'ait servi un copieux petit déjeuner. Tu as une mine à faire peur. Toujours pas de nouvelles de Lisa, bien sûr ?

— Aucune.

— Et... les pierres ?

— Nous avons pu retracer leur parcours jusqu'à ces derniers temps.

— Alors tu sais où elles sont ?

— Pas encore... mais je compte sur vous pour me le dire...

— Moi ?

— Oui. Mais il faut d'abord que je vous raconte notre aventure.

Tout en absorbant quantité de croissants, de tartines de beurre, de confitures, de pain d'épices et de café, Aldo fit un récit aussi précis que possible en gommant toutefois les réalités de sa nuit avec Salomé et le souvenir désagréable qu'avait laissé sur son cou celle avec Ilona. Un morceau de taffetas gommé en cachait pudiquement la trace. En réalité, Mme de Sommières ne prêta pas grande attention à ses dernières paroles. Depuis qu'il avait prononcé le nom du prince Reiner, elle était devenue songeuse. Elle garda même le silence pendant un instant quand il eut fini de parler. Finalement, elle hocha la tête d'un air dubitatif mais son œil brillait d'une petite flamme amusée quand elle le reposa sur son neveu :

— Il n'y a jamais eu de prince Reiner à la cour de Ferdinand. Cette fille t'a raconté des histoires... ou plutôt elle a mis un masque à son personnage. Il doit s'agir en réalité de Manfred-Auguste, un cousin Hohenzollern, et la reine Marie, en effet, m'a parlé de son aventure « choquante » avec une tzigane, une fille qu'il avait installée dans un ancien pavillon de chasse pas bien loin de Sinaïa...

— C'est peut-être ça en effet mais si nous en arrivons aux suppositions, les choses ne vont pas s'éclaircir facilement. Partant de ce prince, verriez-vous, dans ses cousines, une princesse allemande ayant la passion des émeraudes... en supposant qu'il y en ait encore d'assez riches après une guerre qui en a ruiné les trois quarts pour s'offrir des joyaux de cette importance...

Mme de Sommières ne répondit pas : elle venait de retomber dans ses réflexions mais, cette fois, elle pensait tout haut :

— Des cousins et cousines, la double maison de Hohenzollern et Hohenzollern-Sigmaringen d'où sortent les rois de Roumanie en déborde mais si, comme tu dis, nous partons du principe qu'il s'agit de Manfred-Auguste, je ne vois dans sa parentèle aucune princesse qui corresponde à ce qu'on cherche...

— Oh non !... gémit Aldo qui croyait bien voir un nouveau mur se dresser devant lui.

— ... mais... mais il y a une grande-duchesse. Ta comtesse-tzigane n'a pas dû faire la différence et d'ailleurs l'acheteuse a dû se garder de donner son nom véritable. Oui, tout ce que j'ai à t'offrir, c'est une grande-duchesse !

— Une Russe ? Et après la révolution d'Octobre ?...

— Certains, rares je veux bien l'admettre, ont réussi à conserver une fortune mais, en l'occurrence, cette grande-duchesse-là ne doit pas son titre à la famille impériale même si elle presque russe. Je dis presque parce qu'elle est géorgienne. Fedora Dadiani, qui descend des princes de Mingrélie, a épousé le grand-duc Karl-Albrecht de Hohenburg-Langenfels qui était beaucoup plus âgé qu'elle et qui l'a laissée veuve avec une fortune, des terres et quelques châteaux dont l'un particulièrement imposant...

Ressuscité, Aldo se frappa le front du plat de la main :

— Un de ces princes médiatisés dont Allemagne possédait une si belle collection ! Comment n'y ai-je pas songé plus tôt ? J'ai entendu parler de la grande-duchesse Fedora mais je ne l'ai jamais rencontrée et j'ignorais qu'elle fût collectionneuse de bijoux...

— Elle ne l'est pas vraiment : elle a seulement une passion pour les émeraudes...

— ... et elle n'a pas pu résister à celles que je cherche. Eh bien, Tante Amilie, je crois qu'en quelques minutes vous avez fait le tour de la question. Les « sorts sacrés » sont chez cette femme et il faut que je la trouve !

— C'est plus facile à dire qu'à faire : c'est une très jolie femme qui voyage beaucoup et qui collectionne les amants. A ce que l'on m'a dit, précisa la marquise. Plan-Crépin, je prendrais bien une tasse de café : ce garçon a tout bu !

— Connaissez-vous quelqu'un qui puisse m'introduire auprès d'elle ?

— Mon Dieu, non. En dehors de Marie de Roumanie qui ne l'aime guère et de Manfred-Auguste qui a été son amant et que j'ai seulement rencontré une fois, à Bucarest, je ne vois personne...

S'éleva alors la voix tranquille mais triomphante de Marie-Angéline qui était allée jusqu'à la porte transmettre l'ordre de la marquise :

— Après-demain, la princesse Murat donne, dans son hôtel de la rue de Monceau, une soirée au bénéfice du Comité de secours aux réfugiés russes... Elle y sera !

— Comment, diable, savez-vous ça ? exhala Aldo mais Mme de Sommières avait déjà la réponse :

— La messe de six heures à Saint-Augustin, bien entendu ! As-tu déjà oublié que Plan-Crépin y puise le plus clair de ses informations ? Mais, ajouta-t-elle en se tournant vers sa lectrice, comment pouvez-vous savoir qu'elle y sera, comme vous dites ?

— Oh, c'est un peu la vedette de la soirée. Surtout auprès des serviteurs : elle est tellement généreuse que c'est tout juste si la domesticité de la princesse Murat ne brûle pas de cierges quand elle arrive. Et puis outre le fait qu'elle est extrêmement décorative, sa présence rappelle le souvenir de feu la princesse Achille Murat qui était née Salomé Dadiani et reine de Mingrélie* dont elle était cousine. On aime assez à entretenir le souvenir des couronnes royales chez les Murat.

— Merci infiniment, Angelina ! s'écria Morosini qui se sentait revivre. Vous êtes vraiment la meilleure source d'informations que j'aie jamais rencontrée. Et... sauriez-vous, par hasard, comment je pourrais réussir, en quarante-huit heures, à me faire inviter dans une maison où je ne connais personne et surtout pas les maîtres de maison ? fit-il avec une pointe de taquinerie.

S'il pensait la prendre de court il se trompait. Marie-Angéline lui jeta un coup d'œil plein de défi :

— Non, fit-elle, mais je vais me renseigner !

Et elle se précipita hors de la chambre. Une heure plus tard elle était de retour porteuse d'une information que Morosini jugea intéressante : il y avait vente à l'hôtel Drouot cet après-midi-là. On y disperserait la bibliothèque d'un vieux général descendant d'un officier de la Grande Armée comportant des ouvrages ayant appartenu à Napoléon Ier et une collection de lettres de l'Empereur et de ses maréchaux patiemment réunie au long d'une vie.

* La Mingrélie était la partie occidentale de la Géorgie.

Le prince Murat étant couché avec la grippe, sa femme se rendrait à la vente avec sa secrétaire et sa sœur, la duchesse de Camastra.

Aldo était bien conscient qu'il y avait une marge sévère entre assister à une vente où il y aurait foule à quelques pas d'une dame et amener ladite dame à une invitation et il ne savait pas trop comment il allait s'y prendre mais pour atteindre la femme qui détenait les « sorts sacrés », et donc la vie de Lisa, il était prêt à n'importe quelle folie. Et puis il comptait un peu sur sa bonne étoile.

Elle était au rendez-vous car la première personne qu'il rencontra dans le vestibule du célèbre hôtel des ventes parisien fut son ami Gilles Vauxbrun, l'antiquaire de la place Vendôme, qui faillit lui rentrer dedans tant il était occupé à compulser un catalogue. Ce qui l'obligea à soulever les lourdes paupières lui conférant souvent un air endormi dont il jouait avec maestria :

— Comment ? C'est toi ? s'écria celui-ci en oubliant de contrôler le léger accent méridional qu'il maîtrisait si bien d'habitude. Tu es à Paris et tu ne m'as pas encore appelé ?

— Je viens d'arriver, mon bon ! J'ai débarqué de l'Arlberg-Express ce matin...

— Toujours en train de courir l'Europe derrière quelque bijou fabuleux ? Comment va ta femme ? J'espère qu'elle est avec toi et que je vais avoir le plaisir de lui être présenté ?

— Pas cette fois-ci. Lisa n'est pas avec moi...

Une fausse indignation fit frémir le grand nez de

l'antiquaire qui le faisait ressembler à un Louis XI dodu habillé à Bond Street :

— Tu la laisses déjà à la maison alors que vous n'êtes mariés que depuis quelques mois ?

— Il le faut bien. Je me déplace souvent et Lisa, qui a déjà beaucoup voyagé, n'aime rien tant que Venise...

— Elle n'a pas tort mais toi tu es bien imprudent de la laisser seule : elle est ravissante.

— Je sais, fit d'un ton morne Aldo qui se découvrait une bien inopportune envie de pleurer. Heureusement, Vauxbrun lui demandait, sans souffler autrement, ce qu'il venait faire à Drouot alors qu'il n'y avait pas le moindre bijou inscrit au programme. Mais il n'eut pas le temps de répondre : l'antiquaire se détournait pour saluer, avec une élégance très Grand Siècle, deux dames de haute mine qui s'apprêtaient à pénétrer dans la salle près de laquelle on se tenait. Elles lui répondirent avec cette grâce souriante que l'on réserve à ceux que l'on apprécie et continuèrent leur chemin suivies des yeux par les deux hommes, surtout par Aldo à qui l'allure quasi royale d'une de ces deux femmes rappelait quelque chose. C'était une dame déjà âgée — la soixantaine fraîche — mais dont les magnifiques cheveux argentés, coiffés d'une toque de velours noir enveloppée d'une voilette, semblaient faits pour porter couronne :

— Qui sont-elles ? demanda-t-il.

— Tu ne le sais pas ? Je croyais que tu connaissais tout l'armorial européen sans compter le Gotha ? Il s'agit de S.A. la princesse Murat symbole à elle toute seule de la grandeur de l'Empire puisqu'elle est née Cecile Ney d'Elchingen. L'autre est sa sœur, la duchesse de Camastra, mais celle-là, au moins, tu devrais la connaître ? Les Camastra sont siciliens.

— Je ne sais pas si tu es au courant : entre Venise et la Sicile, il y a quelque distance. Mais tu me demandais à l'instant ce que je venais faire ici ? Eh bien, mon cher, je ne suis venu que dans l'espoir de rencontrer la princesse.

— Ah oui ? Et pourquoi ?

— Elle donne après-demain une soirée au bénéfice des réfugiés russes et je voudrais y assister...

— Tu as une telle passion pour les réfugiés russes ?

— Certains d'entre eux ont été de bons clients...

— Et tu souhaites les aider par le truchement d'une œuvre... oh, mais j'y suis ! fit soudain Vauxbrun en se frappant le front.

— Où es-tu ?

— Au fait de tes intentions ! Que je suis stupide !... tu es trop de la partie pour ignorer qu'on va vendre prochainement ici des joyaux Romanov dont la couronne de Catherine II qui porte environ 4 000 carats de pierres précieuses. Tu veux t'approcher ?

— Tu as tout compris ! exhala avec soulagement Morosini pour qui cette vente annoncée était la première nouvelle mais dont il se promit bien de se procurer la date en admettant que Guy Buteau n'en ait pas déjà connaissance.

— C'est on ne peut plus facile et, à la limite, tu

pourrais même te passer de moi : tu as un grand nom, un grand titre, tu es un expert connu. Tu seras reçu... je ne dirai pas à bras ouverts parce que ce n'est pas du tout le style de la princesse, mais avec grâce. Surtout si tu es disposé à faire un don... Je te présenterai à la fin de la vacation... Ça va commencer bientôt : allons nous installer !

— Au fait, pourquoi es-tu ici ? Tu es spécialiste du XVIIIe siècle. Pas de l'Empire ?

— Mais je suis tout à fait dans mon rôle, mon bon ! Je viens acheter pour un... très bon client, une rarissime édition des *Liaisons dangereuses* aux armes du duc de Chartres. Une bibliothèque n'appartient jamais à une seule époque et tu vois que ma présence est toute naturelle.

Jamais vente ne parut si longue à Morosini en dépit de la petite guerre que se livrèrent la princesse Murat et l'envoyé du prince Victor-Napoléon, chef de la maison impériale, que l'exil retenait à Bruxelles où il était d'ailleurs très malade. Querelle dont lui-même se mêla pour arracher à prix d'or une lettre de l'Empereur au maréchal Marmont dont il souhaitait faire un cadeau. Cela lui valut un coup d'œil surpris de la princesse, un regard furieux du mandataire et une remarque acide de Gilles Vauxbrun :

— Quelle mouche t'a piqué ? Tu as une passion pour le « traître d'Essonnes » ?

— Non, mais il était bourguignon et cela fera plaisir à mon cher Guy Buteau qui l'est aussi. Il collectionne volontiers les souvenirs de sa province bien-aimée.

— Tu sais que la princesse n'a pas l'air content du tout ? Drôle de façon de se faire bien voir !

— Cela me permettra de lui offrir des excuses... circonstanciées. Et puis, au moins, elle saura qui je suis.

En effet, l'antiquaire vénitien était connu à l'hôtel Drouot et le commissaire priseur s'était fait un plaisir d'annoncer avec un sourire et un salut :

— Adjugé au prince Morosini que nous sommes toujours heureux de recevoir ici !

La vacation achevée et avant même d'aller chercher son achat, Aldo se dirigea droit vers la grande dame sans même laisser à son ami le temps de prendre l'initiative. Il la salua, ainsi que sa sœur, en homme qui sait son monde puis ajouta avec son plus beau sourire :

— Je crains d'avoir contrarié Votre Altesse mais je ne suis venu que pour acheter cette lettre, mentit-il avec un aplomb confondant.

Elle braqua sur lui un face-à-main réprobateur :

— Chacun est libre ici, monsieur, puisque, hélas, nous sommes en république. Vous écrivez un livre, peut-être ?

— Nullement, madame. Je souhaite seulement faire un cadeau de Noël à un vieil et cher ami pour qui une lettre de l'Empereur... même au duc de Raguse, sera le plus beau des présents.

— On dirait qu'il fait bon être de vos amis ? Vous vous montrez généreux pour eux...

Gilles Vauxbrun pensa qu'il était temps pour lui d'entrer en scène :

— Plus que généreux, Altesse, et pas seulement

pour ses amis mais pour toute détresse. J'espérais d'ailleurs que Votre Altesse me permettrait de le lui présenter à l'issue de la vente. Le prince Morosini, expert en joyaux historiques, est bien connu des réfugiés russes dont Votre Altesse s'occupe avec tant de bonté...

Le face-à-main retomba au bout de sa mince chaîne d'or tandis que les beaux sourcils de la vieille dame se relevaient :

— Vraiment ? En ce cas j'aimerais à en faire l'expérience : je donne, après-demain, une soirée au bénéfice de ces malheureux. Nous vous enverrons une invitation. Où habitez-vous ?

— Rue Alfred-de-Vigny, chez ma grand-tante la marquise de Sommières...

— Oh, nous sommes voisins ! Nous aurons plaisir à vous recevoir... prince !

Le titre était enfin venu alors qu'Aldo en avait fait son deuil. En même temps, le plus charmant sourire venait d'éclore sur le beau visage hautain...

— Eh bien, voilà ! fit Vauxbrun avec satisfaction. Nous avons, je crois, bien travaillé...

— Est-ce que tu y seras, toi, à cette... soirée ?

— Non, mon bon ! Un, je ne suis pas invité et, deux, je n'ai pas du tout envie de dépenser une fortune contre un concert, même de qualité, et un souper. Alors amuse-toi bien !... mais n'oublie pas de venir déjeuner ou dîner avec moi avant de repartir !

En rentrant chez Mme de Sommières, Aldo s'arrêta chez le portier pour téléphoner à Adalbert — toujours aussi hostile à l'idée de se faire appeler par une sonnerie comme une simple domestique, la marquise continuait de refuser l'accès de ses salons à cet appareil barbare — afin de le mettre au courant des derniers développements de leur affaire mais il ne trouva que Théobald qui d'un ton légèrement acidulé lui apprit que « Monsieur était parti prendre le thé avec lady Dawson et ne rentrerait pas de si tôt ! ». De toute évidence, le fidèle valet n'appréciait pas l'Anglaise et, cela, Aldo l'aurait juré. Amusé, il s'accorda le plaisir d'une petite correction :

— Allons, Théobald, ne me dites pas que vous ignorez les règles de l'armorial anglais ? C'est l'Honorable Hilary Dawson qui est la bonne appellation : pas lady Dawson. Ce titre-là appartient à sa mère.

Un énorme soupir déchaîna une tempête dans l'écouteur :

— Monsieur le prince a raison mais cette illusion me consolait un peu. Depuis que Monsieur est rentré je n'entends parler que de cette dame. Entretemps, il n'arrête pas de lui téléphoner. J'ai peur qu'il ne soit bien atteint...

— Ne vous tourmentez pas trop, Théobald. Monsieur n'est pas encore marié.

— Monsieur le prince est bien bon de m'encourager et je l'en remercie du fond du cœur. Y a-t-il un message pour Monsieur ?

— Oui. Dites-lui que je rencontrerai après-demain soir la personne qui nous intéresse. Je le rappellerai.

En pénétrant, à l'heure indiquée sur l'invitation,

dans le magnifique hôtel de la rue de Monceau d'où la lumière rayonnait par toutes ses fenêtres, Morosini pensait qu'en dépit de la guerre, le faste et l'élégance des grandes maisons françaises étaient toujours au rendez-vous. Le couple princier — lui un peu pâle mais souriant, elle superbe en Chantilly noir avec d'admirables bijoux anciens — recevait ses invités avec une grâce qui n'excluait pas une dignité toute royale. La princesse Cécile, surtout, était impressionnante. Le noir mat du deuil qu'elle ne quittait plus depuis que son fils Napoléon était tombé au champ d'honneur en 1916 rehaussait l'éclat de ses diamants, sans doute, mais aussi une beauté blonde dont elle conservait plus que des traces... Elle accueillit son adversaire de l'avant-veille en lui offrant une main parfaite et scintillante sur laquelle il s'inclina, le présenta à son époux et le laissa aller prendre sa place dans la salle de bal où une scène avait été aménagée. Là se produiraient la fameuse basse Fédor Chaliapine et les balalaïkas de Tchernoyarov.

Dans la grande salle où tout portait la marque des deux empires français — la princesse Murat était en effet la première dame du monde impérial sur le territoire national — se réunissait lentement une bonne partie du Tout-Paris, celle qui pouvait payer très cher le droit de s'asseoir sur l'une des multiples chaises dorées dont la maison Catillon s'était fait une spécialité. Seul, le premier rang offrait des fauteuils aux hôtes les plus illustres égrenés aux côtés de celle qui allait présider la soirée : la grande-duchesse de Hohenburg-Langenfels qui, bien sûr, arriverait sans doute la dernière.

Morosini salua quelques têtes connues, serra des mains, en baisa d'autres sans cesser de guetter, du coin de l'œil, l'entrée de celle qu'il attendait. Enfin, elle parut et il crut que son cœur allait s'arrêter. Ses yeux ne la quittèrent plus. Elle était d'une beauté à couper le souffle dans l'enroulement de velours vert allongé d'une petite traîne qui étreignait sa longue et mince silhouette depuis les petits pieds chaussés d'or jusqu'à la blancheur des épaules nues dont aucun bijou ne venait déparer la ligne douce. Peut-être pour mieux mettre en valeur les boucles d'oreilles qui tremblaient contre le long cou gracieux : deux magnifiques émeraudes, simplement serties d'or ? Elles étaient du même vert, exactement, que les grands yeux légèrement étirés vers les tempes dénonçant chez cette magnifique créature une trace de sang mongol. Elles signaient la splendeur orgueilleuse de la belle Mingrélienne dont le visage au teint pâle semblait tiré en arrière par le poids d'une somptueuse chevelure d'un blond fauve nouée en torsades supportant un diadème d'or et d'émeraudes. Comme les épaules, les bras étaient nus, sans le moindre bracelet et, seule, une énorme émeraude écrasait plus qu'elle ne l'ornait une main fine et délicate.

Un murmure d'admiration avait salué son entrée et la suivait tandis que d'un pas nonchalant, un peu las même, elle se laissait guider par ses hôtes jusqu'à son fauteuil. Cette allure particulière était pleine de grâce sans doute mais si l'on y ajoutait la blancheur du visage et les cernes, légers et très émouvants, qui marquaient les beaux yeux on pouvait se demander si la grande-duchesse était en parfaite santé.

De tout le concert, Morosini n'entendit pas grand chose tant son esprit se concentrait sur cette femme. Sans l'avoir approchée, il était certain que ses joyaux étaient l'Ourim et le Toummim et il devait serrer ses mains sur le programme qu'on lui avait remis tout à l'heure pour les empêcher de trembler. Il les voyait enfin, ces pierres qu'il avait désespéré de rejoindre un jour. Elles étaient là, à quelques pas de lui, et pourtant inaccessibles. Or il fallait qu'il les approche, qu'il réussisse d'une manière ou d'une autre à s'en emparer. Restait à trouver le moyen qui n'avait rien d'évident : pour les porter ainsi sans autre accompagnement, il fallait que leur propriétaire en soit très fière, outre le fait qu'elle les avait payées une fortune.

Quand un regard est posé sur une femme avec insistance, il est bien rare qu'elle ne le sente pas. Ce fut le cas de la grande-duchesse. Par deux fois, tandis que la basse russe clamait l'examen de conscience de Boris Godounov, elle se retourna, rencontra ce regard qui la dévorait. Cela n'eut pas l'air de lui déplaire car elle esquissa un sourire. Aussi quand, le concert terminé sous les acclamations, on se dirigea vers les tables du souper, ce fut elle qui chercha Aldo des yeux. Sans aucune difficulté pour le trouver d'ailleurs ; il semblait hypnotisé par elle et la suivait pas à pas. Il la vit se pencher vers son hôtesse et lui dire quelques mots.

Celle-ci se détourna, hésita puis vint vers lui pour lui dire que l'on souhaitait l'avoir comme voisin de table.

— Venez que je vous présente ! dit-elle d'une voix un peu brève où perçait un rien de réprobation. Il semblerait que ma cousine veuille s'entretenir avec vous. Peut-être souhaite-t-elle acquérir quelque joyau ? ajouta-t-elle avec une insolence toute royale qu'il accueillit d'un sourire et d'une légère inclination du buste :

— Peut-être ? fit-il en écho ironique. Décidément elle le prenait pour un boutiquier !

Mais ce que pensait son hôtesse lui importait peu. Ce qui comptait c'était d'approcher la dame aux émeraudes d'aussi près que possible et mentalement il remercia sa chance. Un instant plus tard, il était dûment présenté et prenait place à la table présidée par le maître de maison et la belle Fedora, la princesse en présidant une autre.

Vue de près, la perfection du visage était plus frappante encore. La peau était fine et unie comme une porcelaine. Quant aux émeraudes, le dernier doute disparaissait en admettant qu'il y en eût encore un : c'étaient bien les « sorts sacrés » que Morosini voyait là, enchâssés dans des volutes d'or si lourdes que le lobe des oreilles s'en trouvait légèrement distendu. Cependant il fallait passer du stade de la contemplation à celui de la conversation et, avant tout, remercier de se voir l'objet d'une si flatteuse distinction, mais elle ne lui en laissa pas le temps :

— Je n'imaginais pas, dit-elle de sa voix chantante pimentée d'un charmant accent slave, que j'allais avoir la chance de rencontrer ici un homme aussi intéressant que vous, prince. J'ai failli rester chez moi...

— C'eût été dommage ! Votre Altesse n'aime pas la musique ?

— Si, bien sûr. Chaliapine est divin mais... toutes ces soirées se ressemblent où que l'on aille à travers le monde : un concert, un souper ou alors un bal, un souper. On finit toujours par se retrouver à table et c'est fou ce que, parfois, l'on peut s'y ennuyer ! Et c'est toujours d'une longueur !...

— Je ferai de mon mieux pour vous distraire, madame, et éviter de vous décevoir. Peut-être ne suis-je pas aussi intéressant que Votre Altesse l'imagine ?

— Oh si ! Vous n'êtes pas un inconnu pour moi... mais, par pitié, oubliez l'altesse et la troisième personne. Cela alourdit tellement la conversation !

— Comme vous voudrez ! Que souhaitez-vous savoir de moi ?

— Oh, beaucoup de choses ! Je suis très curieuse... En outre il y a, sur vous, l'auréole de Venise, la ville la plus captivante qui soit, et aussi celle de toutes ces pierres précieuses, de ces joyaux fabuleux qui passent entre vos mains. Ce que j'aime le plus au monde !...

Aldo saisit la balle au bond :

— Je sais. Vous êtes connue, madame, pour votre amour des très belles pierres, surtout des émeraudes... et celles que vous portez ce soir sont fabuleuses...

— N'est-ce pas ? fit-elle, ravie. Je suis folle de ces girandoles ! Je les ai payées une fortune à une femme bizarre, à demi tzigane qui était la maîtresse d'un mien cousin et qu'il tenait cloîtrée dans un rendez-vous de chasse des Karpates. Tenez ! Admirez !

D'un geste vif et gracieux, elle en avait détaché une qu'elle tendit à son voisin, ajoutant aussitôt avec un petit rire :

— Mon Dieu !... Mais votre main tremble ?... Vous êtes aussi atteint que moi, dirait-on ?

C'était vrai. Une violente émotion secouait Aldo à tenir enfin entre ses doigts cette merveille qu'il était prêt à payer de son sang s'il le fallait. Il eut beaucoup de peine à la maîtriser :

— Beaucoup plus, madame ! Vous avez, dites-vous, payé ces joyaux une fortune ? Moi je donnerais tout ce que je possède au monde pour les obtenir.

Son ton était si grave que les beaux yeux verts s'arrondirent :

— A ce point ? fit-elle en récupérant le bijou pour le remettre en place. Essayeriez-vous de me faire peur ?

— Nullement, Altesse, mais ce sont des pierres extrêmement anciennes dont l'histoire est étonnante.

— Vous la connaissez ?

— Assez bien.

— Alors dites, dites vite !

— Veuillez m'excuser mais pas ici !

On servait, en effet, des homards Thermidor et

de nombreux valets s'activaient autour des tables. D'ailleurs le maître de maison, jugeant que le Vénitien accaparait un peu trop sa belle voisine, venait d'attirer son attention. Aldo en profita pour prendre deux ou trois respirations afin d'apaiser les battements de son cœur et tenter de mettre sur pied un plan d'attaque. Il en était à se demander si un cambriolage en règle ne serait pas la meilleure solution quand Fedora revint à lui :

— Vous avez raison. On ne peut pas parler ici et, d'autre part, je pars pour Langenfels demain matin afin de préparer le bal que je donne, traditionnellement, la dernière nuit de l'année. Vous y serez mon hôte à cette occasion et j'espère qu'ensuite vous me tiendrez compagnie durant quelques jours. Nous aurons alors tout le temps... de nous mieux connaître et de parler ! Viendrez-vous ?

Sa main effleura celle d'Aldo cependant que sa voix se faisait plus chaude et plus intime. Morosini se rappela alors les nombreux amants que l'on prêtait à cette sirène et pensa, avec un rien d'accablement, qu'il allait lui falloir encore payer de sa personne, mais la chance qui s'offrait à lui était trop belle pour la repousser. Il serait temps d'aviser quand il serait dans la place...

— Avec une joie infinie ! murmura-t-il avec son sourire le plus ravageur. Votre invitation m'enchante d'autant plus que je dois me rendre à Vienne par la suite. A ce propos... puis-je me permettre d'amener mon... secrétaire ? ajouta-t-il après une imperceptible hésitation sur le poste qu'il allait offrir à Adalbert dont la présence... et les talents bien particuliers lui semblaient tout à fait indispensables.

— Bien sûr ! Qu'est-ce qu'un secrétaire ? fit la grande-duchesse en balayant l'objet d'un geste désinvolte. Le château est immense et il y aura d'ailleurs d'autres invités. Mais eux ne resteront pas...

Il fallut abandonner cet intéressant aparté. L'autre voisine d'Aldo, une comtesse russe appartenant au Comité de secours, se manifestait en lui demandant quel temps il faisait à Venise. Il lui répondit avec toute l'amabilité d'un homme à qui tous les espoirs sont permis.

Le lendemain matin, il se précipitait chez Adalbert afin d'être bien sûr qu'il ne serait pas en train de courir les magasins ou de prendre le thé avec son Anglaise. En effet, il tomba au milieu de son petit déjeuner après qu'un Théobald à la mine découragée l'eut introduit. L'air pensif et la mèche plus rebelle que jamais, Adalbert trempait distraitement un croissant dans un bol de café au lait. Il n'avait pas dû beaucoup dormir car sa chambre empestait le tabac au point qu'Aldo jugea utile d'ouvrir une fenêtre avant de lâcher, d'un bloc, le paquet de nouvelles qu'il apportait. Adalbert l'écouta avec un doux sourire et articula enfin :

— Moi aussi, j'ai une grande nouvelle : je suis fiancé ! Hilary et moi nous marierons au printemps.

— Mes félicitations ! C'est pour ça, j'imagine, que ce pauvre Théobald a la tête à l'envers ?

— Bah, il s'y fera ! Hilary est tellement adorable !

— Ce n'est pas l'effet qu'elle me fait mais ce que j'ai besoin de savoir maintenant, c'est si je peux compter sur toi ?

— Pour être ton secrétaire à la fin de l'année chez la grande-duchesse ? Bien sûr ! Ça tombe d'autant mieux que, du coup, je vais pouvoir accompagner Hilary en Angleterre pour fêter Christmas avec elle et sa famille. Elle veut me présenter. C'est bien naturel...

— Tout à fait ! Eh bien, mes vœux t'accompagnent... mais arrange-toi pour être sur le quai de la gare de l'Est au jour et à l'heure que je te ferai savoir ! Tâche de te souvenir, au milieu de ton paradis britannique, que je me bats pour la vie de ma femme à moi !

Et il partit en claquant la porte, plus furieux qu'il ne l'aurait cru et d'autant plus qu'il se savait injuste et même cruel. Adalbert avait bien le droit d'être heureux et, en outre, il savait quelle tendresse il portait à Lisa, une tendresse qui l'avait parfois agacé. Il se sentit si mal, même, qu'il faillit revenir sur ses pas pour se faire pardonner ses dernières paroles mais l'orgueil le retint. Et aussi une certaine lassitude. L'amour, il le savait, pouvait briser n'importe quoi, même une belle amitié. Peut-être fallait-il qu'il se fasse à l'idée de perdre Adalbert ?...

Pourtant, au jour et à l'heure indiqués, celui-ci arpentait le quai de la gare d'un pas solide, une serviette de cuir à la main et vêtu avec toute la discrétion qui convient au secrétaire d'un personnage illustre, mais Aldo ne se méprit pas sur l'air de componction avec lequel il accueillit son « patron » lorsque celui-ci fit son apparition : Adalbert n'avait pas digéré sa « sortie » meurtrière de l'autre jour. Qu'il n'avait cessé de regretter d'ailleurs. Aussi sans se soucier des autres voyageurs qui encombraient le quai et que la nuit d'hiver changeait en silhouettes imprécises, il l'empoigna aux épaules et l'embrassa :

— Pardonne-moi ! dit-il, je ne savais plus bien ce que je disais.

— Oh, c'est oublié. Moi aussi, j'ai à m'excuser de t'avoir laissé supposer que je ne pensais plus à Lisa et à ce que tu endures... A présent, il faut établir notre plan de bataille...

— Je ne demande que ça... A propos, Hilary va bien ?

Adalbert éclata de rire :

— Hilary à propos d'un plan de bataille ? Tu ne désarmes pas, on dirait ?... Rassure-toi, tu ne vas pas la voir surgir du train : elle a consenti à rester chez elle... Ah, pendant que j'y pense : quel est mon nouvel état civil ? Tu m'as fait faire un faux passeport ou quoi ?

— Inutile. Le tien ira très bien mais pour la grande-duchesse tu t'appelleras Albert Vidal, tout simplement. Montons, il fait un froid de loup !

Le train allait partir. Un haut-parleur invitait les voyageurs à prendre leurs places. Les deux hommes rejoignirent le contrôleur qui leur indiqua le compartiment qu'ils allaient partager pour ce voyage jusqu'à Bregenz d'où un petit train les conduirait à Langenfels, capitale du grand-duché de Hohenburg. Un moment plus tard, alors que le long convoi s'ébranlait en crachant des jets de vapeur, Aldo et Adalbert, installés dans leur étroit compartiment d'acajou, de cuivre et de velours, se réchauffaient à la chaleur de leur amitié intacte. Morosini goûtant avec intensité le confort de pouvoir parler tranquillement sans que le joli minois et les yeux fureteurs de l'Honorable Hilary Dawson s'interposent. C'était la première fois depuis longtemps et il en était d'autant plus heureux qu'il avait l'impression qu'Adalbert éprouvait le même sentiment mais il se garda bien de creuser la question.

Coincé entre la Bavière et l'Autriche, résolument montagnard, le grand-duché de Hohenburg-Langenfels n'existait plus en tant qu'entité politique. Jusqu'à la guerre son souverain était l'un de ces nombreux princes médiatisés réunis dans l'énorme empire allemand dont la Prusse militariste de Bismarck avait fait son affaire mais, protégé par les solides remparts des Alpes, il n'en avait pas souffert et ne souffrait toujours pas d'appartenir maintenant à une république chancelante. La fortune grand-ducale, en tout cas, était intacte et la belle Fedora, devenue simple châtelaine, n'en conservait pas moins la propriété de ses terres.

En débarquant dans la petite gare de Langenfels Morosini et Vidal-Pellicorne eurent l'agréable impression que rien n'avait changé. Posée sur son tapis de neige, la petite ville offrait une image parfaite de conte de Noël avec ses maisons anciennes aux couleurs tendres ornées de fresques aux sujets religieux ou champêtres, ses balcons de bois ajourés et coloriés et ses grands toits recouverts d'un épais tapis blanc. En outre la puissante Rolls-Royce aux portières armoriées qui attendait les voyageurs datait d'avant le conflit mais elle étincelait de bonne santé cependant que chauffeur et valet de pied en impeccable livrée anthracite étaient dignes en tout point d'une cour royale...

Le soleil orangé de la fin du jour teintait la neige et illuminait le paysage que l'on découvrit sitôt franchie une porte médiévale surmontée d'une tour carrée et qui formait un écrin magnifique au puissant château hérissé de tours, de toits et de clochers couronnant superbement une colline rocheuse sur fond de montagnes enneigées...

— Encore un château féodal ! gémit Adalbert qui avait sur le cœur celui de la « comtesse » Ilona. C'est plein de courants d'air et de cheminées énormes qui tirent mal. Un vrai calvaire quand il fait froid !

— Tu es devenu bien douillet en Angleterre. Les petits feux de tourbe n'y sont pourtant pas très réchauffants ?

— Tout dépend de la façon de s'en servir. Souviens-toi de notre petite maison à Chelsea : on y était très bien... Ça, c'est une vraie forteresse.

Aldo nota qu'il ne faisait aucune référence au château de son futur beau-père mais, prêt à jurer qu'il était vieux de plusieurs siècles, il garda ses réflexions pour lui, se contentant de faire observer que vu les dimensions de Hohenburg et les toits que l'on apercevait au-dessus des murailles il y avait une chance pour qu'il eût des appartements confortables. Ce qui se révéla l'exacte vérité.

Après avoir gravi la longue rampe d'accès, protégée d'une muraille crénelée qui tournait autour du piton rocheux, on pénétra dans la cour d'honneur entourée sur trois côtés d'arcades basses sous lesquelles se voyaient encore d'énormes et anciens tonneaux destinés à recueillir l'eau de pluie en cas de siège. Le quatrième côté était occupé par un admirable logis Renaissance dont les multiples fenêtres sculptées dans le mode italien reflétaient glorieusement l'incendie d'un superbe soleil couchant. Une sorte de portail en chêne brun aux sculptures relevées d'or surmonté des grandes armes des Hohenburg-Langenfels et d'une statue équestre dans une niche de pierre y donnait accès. Au bruit de la voiture un maître d'hôtel et quatre valets en costumes traditionnels firent leur apparition. Le premier guida les voyageurs à l'intérieur d'un vaste hall embaumé par les senteurs d'un immense sapin décoré puis vers un grand escalier en leur souhaitant la bienvenue, tandis que les seconds s'emparaient des bagages mais Adalbert avait déjà retrouvé le sourire en constatant qu'une douce chaleur régnait dans la demeure.

— Nous avons, bien sûr, gardé les cheminées, expliquait le majordome, mais Son Altesse a fait installer le chauffage central. Elle est extrêmement frileuse.

— Qu'elle en soit bénie ! remarqua Morosini. Mon secrétaire craint fort les courants d'air.

— Il est malheureusement difficile de les éviter dans une aussi vaste demeure. Nous avons une centaine de chambres et d'appartements.

— Aurons-nous... aurai-je le privilège de saluer Son Altesse avant le dîner ? demanda Aldo.

— Non. Son Altesse se repose jusqu'à l'heure du bal. Il n'y aura d'ailleurs pas de dîner mais un souper à minuit. Votre Excellence comme les autres invités sera servie dans son appartement à huit heures. A présent, je prie Votre Excellence de m'excuser mais d'autres visiteurs nous arrivent et je dois les recevoir...

En effet deux autres voitures ajoutaient, dans la cour, leurs traces à celles qui les avaient précédées et, pendant plus d'une heure, les arrivées se succédèrent pendant que les deux amis s'installaient. Avec son grand lit à colonnes tendu de brocart mais équipé de matelas et d'oreiller mœlleux, ses tapis épais et sa cheminée flambante, la chambre d'Aldo était somptueuse et confortable, tout juste un peu plus que celle, contiguë, attribuée au « secrétaire » qui devait se contenter d'un lit à chevet de chêne peint de fleurs anciennes.

— Je voudrais bien visiter la maison, fit Adalbert en mirant aux flammes un verre de vieux cognac contenu dans l'un des flacons de cristal d'un cabinet florentin dont les portes ouvertes sollicitaient une visite. Ne fût-ce que pour savoir si nous sommes loin des appartements de notre hôtesse. Et puis pour ce que nous souhaitons faire ici, il est bon de reconnaître le terrain.

— Personne n'a dit que nous devions rester

enfermés. Va faire un tour. Moi, je reste. Si on te demande quelque chose, tu pourras toujours dire que tu cherches de l'aspirine pour ton bon maître. Quelque chose me dit que je vais en avoir besoin.

— Et quoi encore ? Je ne suis pas ton valet. Je dirai que je cherche la bibliothèque : c'est beaucoup plus élégant !

Il ne fut pas longtemps absent : à peine une dizaine de minutes au bout desquelles il reparut l'air mi-figue mi-raisin :

— Il y a un monde fou là-dedans. Et rien que des Allemands et des Autrichiens. C'est un va-et-vient de domestiques, de bagages, de femmes de chambre portant comme le saint-sacrement des robes du soir fraîchement repassées et tous ces gens-là ont l'air de se connaître...

— C'est assez naturel. Si le bal de ce soir est une tradition, comme elle l'a dit, sans doute Fedora reçoit-elle toujours un peu les mêmes gens : la noblesse bavaroise, autrichienne. Tu as pu repérer ses appartements ?

— Oui. Nous occupons une position privilégiée puisque nous n'en sommes séparés que par les appartements du défunt grand-duc Karl-Albert. Un domestique m'a renseigné mais ensuite je suis tombé sur un certain baron von Taffelberg qui m'a l'air de jouer ici le rôle, sinon de maître de maison, tout au moins de maître des cérémonies. Il m'a « aimablement » fait comprendre que l'heure était mal choisie pour errer dans les couloirs et qu'on souhaitait que les invités restent bien sagement chez eux en attendant l'heure de faire leur apparition.

— A quoi ressemble-t-il ?

— A un « Junker » prussien. Une gueule en ciment armé, glabre, l'œil bleu délavé sous un monocle qui lui remonte le sourcil au milieu du front, raide comme une planche au point qu'on peut supposer qu'il porte un corset. Il m'a regardé avec autant d'affection que si j'étais une vieille croûte de pain oubliée derrière une malle. Refrigérant, quoi !

— Serait-il le dragon qui veille sur le trésor ?

— Si tu veux mon avis, il en a tout l'air. Quand je l'ai quitté, il entrait chez la grande-duchesse... disons... en habitué ! Si cette belle dame songe à entamer une romance avec toi, il faudra s'en méfier. Son prénom doit être Othello.

— Mais je n'ai pas l'intention d'exciter sa jalousie, ni d'entamer la moindre romance. L'important était de pénétrer ici. J'espère réussir à effrayer suffisamment notre hôtesse pour qu'elle me vende les pierres. Sinon... les grands moyens !

— On joue les Arsène Lupin ?

— Exactement. Cela ne te fait pas peur, je pense ? Et grâce à Dieu, la frontière autrichienne est à deux pas : il suffit d'atteindre cette croupe boisée, ajouta-t-il en désignant un point dans le vaste paysage étalé sous leurs fenêtres. L'important...

Un coup discret frappé à la porte l'interrompit. Une jeune femme blonde, vêtue avec une élégante sobriété d'une longue robe de velours gris clair gansée de satin blanc, deux rangs de perles autour du cou, trois autour des poignets, franchit le seuil et sourit. Elle était jolie et son sourire était charmant quoique un peu triste :

— Le prince Morosini, je présume ?

— Pour vous servir, madame...

— Mademoiselle. Je suis Hilda von Winkleried, la dame d'honneur de Son Altesse. Elle aurait souhaité vous accueillir elle-même mais il était difficile de faire une exception étant donné le nombre et la qualité des invités. Cependant, tout le monde étant... « casé » à cette heure, elle désire vous parler. Voulez-vous me suivre ?

— Avec plaisir...

C'était inespéré, néanmoins Aldo se garda de montrer trop d'empressement et suivit son guide sans rien changer à son allure nonchalante. Cependant il ne put retenir un tressaillement de surprise en découvrant le cadre de la grande-duchesse : l'impression de se trouver transporté au Kremlin au temps d'Ivan le Terrible ! Des plafonds voûtés peints de couleurs vives et d'or masquaient les caissons d'origine, caprice sans doute d'une nostalgique de son enfance princière, des fenêtres cachées par de lourds rideaux surbrodés — la hauteur des voûtes devait leur laisser juste la place —, un sol couvert de tapis, un luxe quasi barbare de tables basses incrustées de pierres semi-précieuses, de fauteuils ressemblant à des trônes byzantins, de candélabres de bronze chargés de bougies allumées car l'électricité, qui équipait cependant le château, était proscrite de cet appartement au bénéfice d'une forêt de cierges et de chandelles brûlant un peu partout mais surtout devant des icônes, sur lesquelles l'or et l'argent laissaient juste la place des visages et des mains. Il régnait dans les deux pièces que l'on traversa une chaleur de four rendue presque étouffante par la fumée légère s'élevant de grands brûle-parfums de bronze posés à même le sol et où se consumait un mélange d'encens et d'autres senteurs que le nez, cependant sensible de Morosini, ne réussit pas à démêler. Il oublia d'ailleurs tout cela en pénétrant dans la chambre où Fedora, assise devant un haut miroir, se faisait coiffer : l'impression d'entrer dans le sanctuaire d'une tsarine qui serait en même temps la caverne d'Ali Baba ! Il y avait un peu partout des pierreries, montées ou non, dans des coupes, des vasques, des coffrets ouverts, et des colliers d'améthystes de l'Oural ou de turquoises pendaient négligemment accrochés à des chandeliers, mais sur les deux meubles bas placés de chaque côté du miroir il n'y avait que des émeraudes : en bagues, en colliers, en bracelets avec ou sans diamants. L'œil ébloui mais cependant perçant de l'expert eut cependant vite fait de repérer les « sorts sacrés », posés simplement au milieu des autres.

— Comme je suis heureuse de vous voir, prince ! fit la voix chantante qu'un léger voile assourdissait. Je craignais tant qu'un obstacle quelconque ne vous ait retenu ! ajouta-t-elle en tendant vers lui une main diaphane et nue sur laquelle il s'inclina surpris de la sentir presque froide.

— Aucun obstacle n'aurait pu me retenir, madame, fit-il sans grand effort d'imagination.

Ce qu'elle souligna aussitôt en riant :

— La courtoisie ne vous permettait pas de dire autre chose. Comment trouvez-vous mon antre ?

— Stupéfiant... et un peu magique. En parfait accord avec vous-même.

C'était l'expression même de sa pensée. En dépit du long peignoir de linon et de dentelles mousseuses qui l'enveloppait et s'étalait autour d'elle, Fedora était fascinante et accaparait la lumière sans autre reflet que la masse brillante de ses cheveux dont un coiffeur apparemment sourd et aveugle était en train de composer un somptueux chignon destiné à supporter la tiare d'émeraudes et de diamants posée près d'elle sur un coussin. En outre, elle lui parut plus pâle encore que lors de leur première rencontre en dépit de la tendre lumière des petites flammes qui habitaient sa chambre...

— Votre Altesse se sent-elle bien ? n'hésita-t-il pas à demander. Elle me semble un peu pâle...

— Je ne suis jamais très colorée mais il est vrai que, ce soir, je suis un peu lasse. Puis-je vous demander un instant, cher ami ? ajouta-t-elle en réponse à quelques grognements intraduisibles de son coiffeur. Il paraît que je bouge trop...

Elle reprit sa pose hiératique tandis que Morosini continuait à s'intéresser au décor et s'approchait du petit oratoire aménagé dans un coin de la chambre et dont la pièce principale était une admirable icône de la Vierge qu'il identifia aussitôt :

— J'aurais cru que cette icône d'Andreï Roublev faisait partie de celles peintes par l'artiste pour le couvent de la Trinité-Saint-Serge ?

Un petit cri de douleur lui répondit : dans sa surprise Son Altesse avait tourné la tête trop brusquement :

— Comment pouvez-vous savoir cela ?

— Avant la guerre je suis allé en Russie et je l'y ai vue. Le couvent a-t-il été détruit par la révolution d'Octobre ?

— Non. Celle-ci est la sœur de celle que vous avez vue. Le peintre en a fait une seconde pour l'un de mes ancêtres. Elle est depuis toujours le précieux trésor de ma famille.

— Puisse-t-elle continuer à vous protéger longtemps ! fit-il gentiment. Elle est... merveilleuse !

— Soyez béni pour cette bonne pensée...

La coiffure était achevée. Le précieux diadème composé de longues pointes alternant diamants et émeraudes étincelait à présent sur la tête de la jeune femme qui renvoya d'un geste son serviteur. Sa suivante allait se retirer elle aussi mais Fedora la retint :

— Reste, Hilda ! Je n'ai pas de secrets pour toi... J'avais espéré, ajouta-t-elle en se tournant vers Aldo, que nous pourrions parler... longuement après le départ de mes autres invités mais... je ne suis pas certaine d'en avoir le temps... Il se peut que l'on m'appelle... ailleurs. A moins que vous n'ayez très faim, pouvons-nous causer maintenant ?

— Je n'ai pas faim, madame, fit Morosini ravi par la perspective de repartir bientôt.

Apparemment, la belle dame renonçait à faire de

lui son amant et c'était une excellente nouvelle. Seulement, il allait falloir jouer serré.

— Merci...

Elle quitta son siège et vint s'asseoir sur le pied du vaste lit couvert de fourrures et de brocart doré mais, en passant, elle avait pris les bijoux qui intéressaient tant Morosini :

— Venez vous asseoir près de moi... Et apprenez-moi pourquoi l'autre soir, à Paris, vous avez dit que vous donneriez tout ce que vous possédez au monde pour vous les procurer ?

Il n'hésita qu'à peine. Ce n'était plus l'heure d'inventer une fable quelconque. Et puis, le beau regard attentif de cette femme lui inspirait confiance. En abrégeant le plus possible, il raconta son aventure de la piscine de Siloé et ce qui s'était ensuivi. Surtout, il omit de retracer la légende donnant aux « sorts sacrés » une origine divine. La grande-duchesse possédait sans doute cette foi quelque peu superstitieuse des Slaves. Si elle apprenait qu'ils venaient de Jéhovah lui-même, elle s'y accrocherait comme s'accroche à une branche quelqu'un en train de se noyer. Aussi ne manqua-t-il pas d'en souligner la malfaisance.

— Vous aimez votre femme ? demanda-t-elle quand il se tut.

— Plus que tout au monde, madame. Si je la perds, il ne me reste rien...

— Et... vous ne l'avez jamais trompée, bien sûr !

La réponse vint immédiate, sincère car, pour Aldo, ce qui s'était passé avec Salomé ne constituait pas une atteinte à son serment : il avait payé un renseignement, voilà tout.

— Non.

— Pourtant...

Fedora suspendit sa phrase, fermant à demi ses yeux qui ne laissèrent plus voir qu'une étroit reflet vert. Elle sourit, puis reprit :

— ...pourtant vous saviez parfaitement, en acceptant mon invitation, ce que j'attendais de vous ? Vrai ou pas ?

— Vrai. J'ai assez vécu pour entendre ce que l'on ne dit pas. Votre Altesse... voulait m'honorer de façon... toute particulière.

— Foin de tous ces mots alambiqués ! Mon altesse voulait coucher avec toi, petit frère ! s'écria-t-elle. Et tu étais d'accord, non ?

— Non. Pardonnez-moi, madame, ajouta-t-il pour corriger la brutalité du mot. Vous êtes sans doute l'une des plus belles créatures de Dieu mais j'espérais être assez habile pour vous amener à me vendre ces pierres. Dans mon esprit il ne pouvait s'agir que d'une transaction commerciale...

— Et si j'en avais fait ma condition de vente ?

Il détourna les yeux pour ne plus voir le regard intense dont elle l'enveloppait :

— Je vous l'ai dit : j'aime ma femme par-dessus tout...

— Tu aurais... payé de ta personne ? fit-elle en éclatant de rire C'eût été peut-être un peu mince ? Ces émeraudes m'ont coûté une fortune.

— Dût la mienne y passer tout entière, je suis prêt à vous donner le montant que vous fixerez.

— Toute ta fortune ? Es-tu si riche ?

— Pas autant que Votre Altesse, sans doute, mais je n'ai pas à me plaindre. Je vous donnerais tout contre les pierres. Seule compte la vie de Lisa...

— Elle s'appelle Lisa ?... Lisa comment, avant votre mariage ?

— Lisa Kledermann.

A nouveau Fedora éclata de rire :

— La fille du banquier suisse ? Je comprends que tu tiennes à elle et même que tu sois prêt à me donner tout ce que tu possèdes. Avec elle, tu es sûr de ne jamais mourir de faim...

C'en était trop ! Pâle de colère, Aldo se dressa devant cette femme qui non seulement le retournait sur le gril mais en outre l'insultait :

— Ma fortune, madame, je l'ai bâtie autour d'un palais plus vieux que votre château, de souvenirs rassemblés au cours des siècles par des ancêtres dont certains portèrent le « corno » d'or des Doges et de beaucoup d'autres choses encore mais j'ai appris la leçon du travail. Si vous me prenez tout, je recommencerai sans aller tendre main à mon beau-père. A présent, dites-moi votre prix et finissons-en !

Pendant un moment elle garda le silence en le regardant comme si elle l'évaluait. Elle sentait qu'intérieurement il tremblait de colère et le trouva plus séduisant que jamais.

— Et si, dit-elle doucement, je me contentais... d'une nuit d'amour ?

Avec un dédain insultant il haussa les épaules :

— D'amour ? N'appliquez donc pas ce mot sublime à ce qui ne serait qu'une misérable caricature. Non, madame. Tenons-nous-en à l'argent ! Pour le reste, vous seriez trop mal servie !

Il esquissa un salut et se dirigea vers la porte devant laquelle se tenait Hilda von Winkleried. La voix de la grande-duchesse le rattrapa :

— Restez ! Je ne crois pas vous avoir autorisé à sortir !

— Et je ne crois pas, moi, que nous ayons encore quelque chose à nous dire, fit-il en se détournant pour la regarder.

Elle était toujours assise dans la blancheur neigeuse de son déshabillé, semblable, sous sa couronne scintillante, à une fée de conte oriental et elle faisait jouer les émeraudes entre ses doigts et les flammes d'un chandelier :

— Ne sois pas si impétueux, petit frère ! J'ai encore quelque chose à dire : ce soir, pour la dernière fois, je porterai ces pierres... et demain elles seront à toi. Nous en fixerons alors le prix... Va maintenant !

Sous la main d'Hilda, la porte ouvragée comme un coffret s'ouvrit et guidé par la jeune fille à travers l'appartement, étouffant comme un térem*, il se retrouva dehors encore étourdi par la scène qu'il venait de vivre et ce qu'il venait d'entendre, mais les derniers mots résonnaient au fond de lui avec les accents de la victoire. Demain, il repartirait pour Jérusalem emportant avec lui la rançon de

* Le logis des femmes dans les grandes familles russes.

Lisa. Une énorme bulle de bonheur s'enfla en lui, l'entraînant vers sa chambre où il entra en trombe :

— Adal, s'écria-t-il, c'est gagné !

Vidal-Pellicorne, qui était en train de faire disparaître méthodiquement le contenu d'une terrine de lièvre, faillit s'étouffer et dut avoir recours au verre de vin posé devant lui :

— Qu'est-ce que tu as dit ? émit-il d'une voix étranglée après avoir toussé plusieurs fois.

— Que tu n'auras pas à jouer les Arsène Lupin. Demain, la grande-duchesse me remettra les émeraudes...

— Con... contre quoi ?

— Je l'ignore mais j'en suis sûre : demain, elle me les vend ! Nous sommes au bout de nos peines, mon vieux ! Et je vais revoir Lisa !

Et il se jeta, pleurant presque, dans les bras de son ami qui se précipitait hors de sa chaise pour en faire autant ! Un instant de pur bonheur auquel fit écho l'orchestre lointain préludant déjà à la grande fête de la nuit.

Deux heures plus tard, sanglés dans d'impeccables habits noirs fleuris d'un gardénia, le prince et son « secrétaire » faisaient leur entrée dans l'immense salle des chevaliers qui occupait à elle seule la partie la plus ancienne du château. Sous les hautes voûtes gothiques, une collection d'armures en pied alternaient avec d'anciennes tapisseries aux vives couleurs miraculeusement conservées donnant à l'ensemble un air de grandeur que n'atténuaient pas les épaisses guirlandes de sapin mêlées de fils d'argent et de houx qui couraient de l'un à l'autre des quatre grands sapins scintillants de bougies plantés aux coins de la salle. Une énorme boule de gui était pendue au plus central des trois lustres de bronze qui éclairaient la salle. Des troncs entiers flambaient dans les hautes cheminées de pierre à chaque extrémité répandant une délicieuse et fraîche odeur de résine. A mi-chemin, sur une large estrade, l'orchestre jouait en sourdine du Lanner ou du Strauss mais en réservant la première valse pour l'instant où la grande-duchesse ouvrirait le bal.

Quand les deux hommes y pénétrèrent, la salle débordait déjà de robes brillantes, d'habits, d'uniformes, d'épaules nues, de diadèmes ou de chevelures endiamantées, perlées ou emplumées. Des groupes s'étaient formés qui causaient, riaient mais sur le ton retenu des gens de bonne compagnie. Entre ces groupes, des valets en livrée verte et blanche évoluaient avec des plateaux chargés de coupes de champagne...

La salle était en contre-bas par rapport au reste du château. On y accédait par un palier suivi de quelques marches. Aldo et Adalbert s'y arrêtèrent pour examiner l'assistance mais sans apercevoir le moindre visage connu :

— Ce bal est une tradition locale, observa Morosini. Il doit y avoir surtout des gens des environs. je n'entends parler qu'allemand.

— Ça nous évitera des frais de conversation. Quoique... j'aperçoive de bien jolies femmes ! fit Adalbert qui, d'une humeur charmante, semblait décidé à enterrer l'année joyeusement. Commençons toujours par aller boire un peu de champagne ! Rien de tel pour se mettre en jambes !

— Tu as envie de danser ?

— Et pourquoi pas ? J'ai encore l'âge, tu sais ?

— Oui, mais tu es fiancé ?

— Pas officiellement ! Et même les fiançailles ne sont pas l'équivalent d'une entrée en religion !

Ensemble, ils descendirent dans la foule, prirent chacun un verre sur un plateau qui passait et trinquèrent joyeusement à ce 31 décembre qui allait clore non seulement l'année mais le cycle épuisant de leurs pérégrinations. Pas seuls, d'ailleurs, car les groupes s'ouvraient volontiers pour accueillir ces deux hommes élégants.

Soudain, il se fit un silence.

L'orchestre s'arrêta net. Le baron von Taffelberg venait de rejoindre le chef et lui parlait à l'oreille avant de se tourner vers la salle où chacun dirigea son regard vers cet homme. Il était pâle jusqu'aux lèvres et semblait bouleversé : le monocle même avait disparu de son orbite.

— Que lui arrive-t-il ? chuchota quelqu'un derrière le dos de Morosini. On dirait qu'il est sur le point de s'évanouir ?

Mais, déjà, Taffelberg se ressaisissait et ce fut d'une voix assez ferme qu'il prononça :

— Mesdames et messieurs... vous tous qui êtes les fidèles de cette fête comme de cette maison... j'ai une affreuse nouvelle à vous communiquer : Son Altesse... Mme la grande-duchesse de Hohenburg-Langenfels vient de mourir...

CHAPITRE IX

UN LEGS EMBARRASSANT...

Le silence à nouveau. Celui, terrifié, qui suit les grandes catastrophes. Toujours debout sur son estrade, Taffelberg restait là, immobile, en face de cette foule qui le regardait sans comprendre. Enfin quelqu'un, un homme âgé de mine haute et sévère, s'avança en s'appuyant sur une canne :

— Qu'est-ce que ça veut dire, Fritz ? Elle est morte ? Mais de quoi ? fit-il d'une voix autoritaire.

— Un malaise soudain... Elle était souffrante depuis quelque temps mais... rien de très inquiétant... A vrai dire, on n'en sait rien, Herr General, mais le médecin est auprès d'elle. Voulez-vous venir avec moi ?...

Pour toute réponse, le vieil homme leva sa canne et rejoignit Taffelberg. Les invités, qui émettaient un chuchotement consterné, s'ouvrirent devant eux :

— On les suit ! décida Morosini. Il faut savoir...

Ils se joignirent sans peine aux quelques personnes — des proches sans doute ! — qui emboîtèrent le pas aux deux hommes et remontèrent vers l'appartement grand-ducal au milieu d'un peuple de valets qui semblait changé en statues. Quelques-uns étaient plantés devant les portes grandes ouvertes de la première pièce où s'engouffra le petit groupe mais celle, étroite et basse, de la chambre était fermée. Elle s'ouvrit cependant sous la main de Taffelberg découvrant un spectacle impressionnant : vêtue d'une longue robe de velours noir à manches longues mais très décolletée dont la traîne glissait sur les marches du lit, Fedora reposait dans le scintillement des joyaux qui couvraient sa gorge, sa tête et ses poignets : la fabuleuse parure d'émeraudes et de diamants assortie au diadème et qui devait comporter aussi des boucles d'oreilles. Mais elle avait choisi, comme elle l'avait annoncé à Aldo, de porter une fois encore l'Ourim et le Toummim dont la monture quasi barbare n'allait pas vraiment avec le reste. A leur vue, Adalbert retint un juron cependant qu'Aldo sentait une sueur glacée couler le long de son dos. L'espace d'un instant, tous deux se revoyaient en train de soulever une dalle au cœur d'une nuit d'été dans une forêt de Bohême, de fouiller la tombe d'un réprouvé. Allait-il falloir recommencer et cela d'ailleurs serait-il possible ?...

— On ne va pas l'ensevelir avec tout ça ? souffla Vidal-Pellicorne.

Morosini secoua la tête dans un geste d'ignorance. Il était tellement bouleversé qu'il se sentait, incapable d'une pensée claire. Le but qu'il croyait toucher était en train de s'éloigner sans que l'on puisse dire où il s'arrêterait... L'épuisante quête allait se poursuivre...

Le médecin qui examinait le corps avec des

gestes doux, d'une grande délicatesse, se redressait, le front soucieux :

— Je crains que la grande-duchesse ne soit morte par le poison. Une autopsie peut être nécessaire... et aussi le recours à la police.

— Une autopsie, la police ? Vous êtes fou, mon ami ! gronda le général. Je ne le permettrai jamais. Ma nièce souffrait du cœur, nous le savions...

— Cependant, il y a des signes...

— Je ne veux pas le savoir !

Une voix douce et triste, celle d'Hilda von Winkleried se fit alors entendre :

— L'autopsie est inutile, dit-elle en tendant une lettre au général. La grande-duchesse se savait condamnée. Elle s'est donné la mort comme cette dernière lettre vous l'explique.

Un murmure de stupeur parcourut la chambre cependant que tous les regards convergeaient vers la pâle et fabuleuse statue qui gisait en toute sérénité sur les fourrures qui recouvraient le lit.

— Voilà pourquoi elle m'a dit qu'elle devait se rendre... ailleurs, murmura Morosini mais bien qu'il eût parlé bas, le vieil homme l'entendit et braqua sur lui un regard sans tendresse :

— Que faites-vous ici, monsieur ?... Et d'abord qui êtes-vous ? Je ne vous connais pas !

— J'étais l'invité de Son Altesse. Mon nom est Morosini... le prince Morosini de Venise !

— Et à quel titre vous avait-elle invité à ce bal de la Saint-Sylvestre où l'on ne convie jamais des étrangers ? Qu'étiez-vous pour elle ? ajouta-t-il en détaillant avec morgue la haute silhouette élégante de l'invité.

— Non, fit Aldo avec une hauteur au moins égale. Je n'étais pas ce que vous imaginez, général. En fait, nous devions traiter ensemble une affaire.

— Une affaire ? Avec une femme qui n'y connaissait rien ?

— Peut-être s'y connaissait-elle plus que vous ne l'imaginez. D'ailleurs Mlle von Winkleried peut vous le confirmer, ajouta-t-il en se tournant vers la jeune fille qui suivait le dialogue. Elle était présente lors de l'entretien que j'ai eu avec la grande-duchesse en début de soirée.

— C'est la pure vérité ! dit Hilda. Il s'agissait d'une tractation...

— Portant sur quoi ?

— Des émeraudes que Son Altesse porte encore aux oreilles. Elle avait promis au prince de les lui vendre demain matin.

— Vraiment ? Eh bien, il n'en est plus question. Ces pierres entrent dans l'héritage... et l'héritier c'est moi puisque je suis le parent le plus proche.

— Un instant ! coupa Morosini scandalisé par ces froides revendications proférées à quelques pas d'un cadavre encore tiède. Que vous héritiez le titre et ce qui s'y attache comme sans doute le château ne veut pas dire que Son Altesse n'ait pas couché sur le papier ses volontés ultimes puisque, selon Mlle von Winkleried elle se savait condamnée...

— Ce qui est le cas, dit Hilda. Il y a dans ce secrétaire un pli fermé par trois cachets de cire à ses armes que j'ai vu plusieurs fois et que l'on doit ouvrir après sa mort...

— Eh bien, nous allons voir cela tout de suite, reprit le général en s'avançant vers le meuble indiqué mais, avant qu'il l'ait atteint, Fritz von Taffelberg s'était jeté devant et en défendait l'accès de ses deux bras tendus :

— Personne ne touchera à quoi que ce soit tant que le notaire ne sera pas ici ainsi d'ailleurs que le bourgmestre représentant les autorités de justice et qu'il faut prévenir. Un peu de respect, messieurs, pour celle qui vient seulement de fermer les yeux et que nous pleurons tous !

Le dernier mot était de trop. Personne n'avait l'air vraiment triste. Morosini se sentit une soudaine sympathie pour ce garçon, froid, dédaigneux et sans doute brutal mais qui portait sa douleur inscrite sur son visage. Il devait être le seul, dans cette chambre funèbre, avec Hilda, à pleurer la belle Fedora dont il était, à coup sûr, passionnément amoureux.

— Vous avez raison, monsieur, dit-il gravement. C'est inadmissible et je vous offre des excuses pour avoir participé à cette discussion mais quand on me pose des questions, j'ai l'habitude d'y répondre.

— Eh bien, vous avez répondu, reprit le général. A présent vous n'avez plus rien à faire ici et je vous autorise à vous retirer ainsi qu'à quitter Hohenburg...

— Pas question ! coupa brutalement Taffelberg. Personne ne quittera cette maison jusqu'à ce que les autorités en donnent l'autorisation. Il arrive qu'un suicide cache un meurtre.

— Vous êtes complètement fou, mon pauvre ami ! Vous oubliez la lettre mais, après tout, faites comme vous voulez ! Cependant j'insiste pour que ce personnage sorte de cette chambre. Nous avons le droit de rester entre nous.

— C'est trop naturel, fit Morosini avec un demi-sourire. Je vous laisse à votre grande douleur, général !

Et il regagna son appartement suivi d'Adalbert qui était resté aussi muet que les personnages des tapisseries mais, à peine la porte refermée, il poussa un énorme soupir et dit :

— Dans quelle histoire de fous nous sommes-nous encore fourrés ? Que faisons-nous à présent ?

— On attend, bien sûr.

— Quoi ?

— Je ne devrais pas avoir besoin de le dire : on attend de savoir qui est l'héritier. Des bijoux, tout au moins... Quelle incroyable guigne ! Nous avons ces foutus « sorts sacrés » à portée de la main et ils nous échappent encore !

Laissant enfin éclater la rage qui menaçait de l'étouffer, Aldo saisit la première chose qui lui tomba sous la main — en l'espèce un vase en terre cuite contenant des branches de houx — et l'envoya se briser contre le poêle qui réchauffait la chambre puis il se laissa tomber sur un tabouret et se mit à fourrager à deux mains dans ses épais cheveux bruns. Adalbert regarda autour de lui, repéra un autre vase à peu près semblable et le lui apporta :

— Si ça peut te soulager, casse aussi celui-là, il est encore plus laid que l'autre ! fit-il avec un calme qui doucha Morosini.

Celui-ci hocha la tête en relevant sur son ami un œil qui était en train de retrouver sa couleur normale et eut un petit rire :

— Je dois être en train de devenir fou ! Remets ça en place et donne-moi plutôt quelque chose à boire ! Et si tu as un plan donne-le aussi !

— Pas vraiment. Si cette pauvre femme n'avait pas eu la fâcheuse idée d'accrocher ces sacrées pierres à ses oreilles, je t'aurais proposé une visite domiciliaire discrète puisque tu dis qu'elles traînaient sur la coiffeuse mais dans l'état actuel des choses c'est impossible. On nous écorcherait tout vif !

— Ce que je n'arrive pas à comprendre, c'est pourquoi elle a fait ça ! Voilà une femme qui me fait une promesse pour le lendemain, qui me dit vouloir porter une dernière fois ses boucles d'oreilles, qui les porte en effet mais qui, au lieu de descendre ouvrir le bal, se couche tranquillement sur son lit et s'empoisonne ? Ça ne se tient pas ! S'il n'y avait pas la lettre d'adieu, je pencherais plutôt...

— Pour un meurtre ? J'y ai pensé aussi. Seulement que c'en soit un ou non, ce n'est pas notre affaire...

— Tout de même ! Si cette malheureuse a été assassinée...

— Ça ne nous regarde pas ! répondit Adalbert en détachant bien les syllabes. Va ranger au grenier ton équipement de chevalier d'un autre âge et laisse ces gens-là se débrouiller entre eux. Ce qu'il nous faut, c'est récupérer enfin les émeraudes. Elle te les avait promises ?

— Oui.

— Et devant témoin ?

— Mlle von Winkleried était là. Restait à en définir le prix.

— Alors nous devons attendre la lecture du testament s'il existe et discuter avec l'héritier. A nous deux on devrait arriver à le convaincre...

— Attendre ! Encore attendre ! Et ça prendra combien de temps ?

Adalbert haussa des épaules désabusées. C'était l'un des deux points d'interrogation importants, l'autre s'attachant surtout à la personnalité de l'héritier. La grande-duchesse n'avait pas d'enfants et si le bénéficiaire était cette vieille culotte de peau de général, il y aurait sans doute encore pas mal de fil à retordre.

— On ferait aussi bien d'aller se coucher, conclut-il. Demain matin on en saura peut-être un peu plus !

— Demain matin on va nous prier poliment de déguerpir.

— Ce ne sera pas si dramatique : on s'installera à Langenfels pour attendre les funérailles, voilà tout !

— Peut-être mais, moi, je n'ai pas la moindre envie de dormir. Il faut que j'essaie d'en savoir plus !

Et, sans attendre la réaction d'Adalbert, Aldo se précipita dans la galerie mais ne dépassa guère le seuil de la porte : un groupe assez houleux composé du général von Langenfels, de Fritz von Taffelberg et de la jeune Hilda sortait de chez la défunte : le vieil homme était furieux et les deux autres essayaient vainement de le calmer :

— Jamais je n'autoriserai cette indécente comédie ! Ma nièce devait être folle quand elle a exprimé ces volontés insensées...

— Insensées peut-être et croyez qu'elles ne me réjouissent pas plus que vous, général, plaidait Taffelberg avec, dans la voix, une note douloureuse qui, fit dresser l'oreille de Morosini mais elles existent. Nous devons en tenir compte.

— Balivernes ! Un simple chiffon de papier !

— Signé par deux témoins, scellé à ses armes !...

— Le feu en viendra à bout tout aussi bien !

— Sans doute, coupa la voix paisible de la jeune fille, mais il ne pourra venir à bout du double, écrit lui aussi de la main de Son Altesse, et déposé chez son notaire de Bregenz. Il faut que sa volonté soit accomplie !

— Eh bien, on achètera le notaire et voilà tout !

— Impossible ! Non seulement il est riche mais incorruptible. Son Altesse l'avait choisi pour cela. Il faut se résigner... monseigneur ! ajouta Hilda, employant pour la première fois le nouveau traitement du vieil homme, ce qui parut l'adoucir en flattant doucement sa vanité. Sa colère était presque tombée quand il objecta :

— Ce qui est impossible, c'est que cette folle n'aille pas reposer auprès de son défunt mari dans la chapelle du château. L'envoyer à Lugano ? Personne ne comprendrait !

— On penserait à une bizarrerie de plus. Notre pauvre maîtresse n'en était pas avare et tout le monde le savait. Fille d'un pays de neige elle adorait le climat méditerranéen. Pourquoi ne demanderait-elle pas à être enterrée au soleil ? Après tout elle n'est pas née ici.

— Je veux bien l'admettre. Mais avez-vous songé que ce... Manfredi ou quel que soit son nom pourrait refuser ?

— Il faudra bien qu'il accepte ! De gré ou de force ! gronda Taffelberg. Je saurai bien l'y obliger !

— Je crois que je peux vous faire confiance mais si nous exécutons cette volonté délirante, j'entends que ce soit en secret ! Les funérailles auront lieu ici, dans trois jours, comme le veulent les traditions et je les conduirai moi-même. Je ne veux rien savoir de plus !

Écartant les deux jeunes gens d'un geste brusque, le nouveau grand-duc partit à grands pas vers ses appartements. Ceux qu'il laissait là gardèrent le silence tandis qu'il s'éloignait. Hilda, enfin, laissa échapper un sanglot :

— C'est affreux, Fritz ! Qu'allons-nous faire s'il refuse de nous aider ?

— Faire la volonté de la grande-duchesse à la lettre ! Il aura ses funérailles puisqu'il y tient mais elle n'en reposera pas moins à Lugano. Dieu sait pourtant que je hais cet Alberto Manfredi mais elle d'abord !...

A son tour, il fonça le long de la galerie obscure comme s'il allait demander des comptes à quelqu'un, cependant qu'Hilda cherchait l'appui d'une colonne pour donner libre cours à son chagrin. Dans son coin, Morosini hésita sur ce qu'il convenait de faire. Dans le bizarre dialogue qu'il venait de surprendre les deux noms prononcés le plongeaient dans un abîme de réflexions : Lugano et Alberto Manfredi, un endroit et une personne qu'il connaissait assez bien. Le comte Alberto Manfredi, pour lui donner son nom *in extenso*, était même l'un de ses bons clients. Ce noble italien, issu d'une vieille famille de la région de Vérone transplantée de l'autre côté de la frontière suisse pour de multiples raisons dont la mainmise du Fascio sur l'Italie n'était pas la moindre, collectionnait avec passion les turquoises et les jolies femmes qu'une grande séduction naturelle attirait aisément. Mais de ces deux collections seule demeurait celle des pierres depuis qu'il avait épousé l'année précédente une jeune femme dont il était tombé éperdument amoureux et dont les grands yeux possédaient la nuance exacte des pierres qu'il aimait tant. En dépit d'une différence d'âge de vingt-cinq ans, c'était l'un des mariages les plus réussis qui se puissent voir. Or si Aldo avait bien compris, la belle Fedora semblait avoir demandé qu'on l'enterre auprès du domaine d'un homme qui avait sans doute été l'un de ses amants ?... Il fallait éclaircir la chose et sans plus tarder. Sortant de son encoignure, Aldo se rapprocha de la jeune fille, qui maintenant pleurait à gros sanglots sur ses mains jointes.

Tirant de se poche un grand mouchoir blanc, il le lui mit doucement entre les doigts sans qu'elle montrât le moindre étonnement tant son chagrin était intense :

— Merci ! dit-elle seulement.

— Vous avez beaucoup de peine, n'est-ce pas ? fit Aldo avec une grande douceur. Comme une petite fille, elle hocha la tête vigoureusement. Alors il ajouta : Trop pour causer un instant avec moi ?

— De quoi... voulez-vous parler ?

— Du comte Manfredi et de la grande-duchesse... Non, ne vous étonnez pas ! Il y a un instant, je sortais de ma chambre pour essayer d'avoir un entretien avec vous...

— Au sujet des boucles d'oreilles ?... Mais je ne peux plus... rien faire... Comprenez-le ! Elle les porte et...

— Il ne s'agit pas de cela. Je sortais donc quand, sans le vouloir, j'ai surpris votre conversation avec Taffelberg. Il se trouve que je connais bien Manfredi et je voudrais comprendre ce que tout cela signifie ?

— Vous le connaissez ?

— Oui... et peut-être pourrais-je vous aider ? Me ferez-vous assez confiance pour m'expliquer de quoi il est question ?...

— Oh c'est simple... C'est insensé mais c'est simple... Il y a environ un an, lorsqu'elle a appris le mariage d'Alberto Manfredi avec qui elle avait eu une aventure passionnée, Son Altesse a décidé, lorsqu'elle mourrait, de lui léguer le corps « qu'il a tant aimé », paré comme il le serait au moment de sa mort et vêtu de la robe de leur première rencontre afin qu'un jour ils reposent côte à côte dans cette terre de Lugano qui a vu leur passion. Il doit lui être remis solennellement et il pourra garder en souvenir les joyaux qui l'orneront avant de les emporter avec lui dans la tombe... Voilà !

— Et vous trouvez que c'est simple, vous ? C'est le coup le plus pervers que l'on puisse asséner à un homme qui vient de trouver enfin le bonheur de sa vie. Comment croyez-vous que la comtesse accueillera cette rivale posthume avec ou sans joyaux ?

— Des joyaux qu'elle n'aura pas le droit de porter... mais qui la tenteront peut-être.

— Pour ce que j'en sais, cela m'étonnerait beaucoup. Mais alors pourquoi s'est-elle parée aussi des émeraudes qu'elle devait me vendre ?

— Parce que vous lui avez dit qu'elles suscitaient le malheur... tout simplement !... Elle pouvait être bonne, pourtant ! Elle l'a été pour moi.

Confondu par cette nouvelle découverte des méandres d'un cerveau féminin avide de vengeance, Aldo garda le silence, imité en cela par la jeune fille plongée à nouveau dans ses tristes pensées.

— Qu'est-ce que Taffelberg compte faire dans l'immédiat ?

— Procéder selon les usages. Le corps va être embaumé puis exposé pendant trois jours et trois nuits à la piété de ses anciens sujets. Ensuite, il sera descendu dans le caveau...

— ... dont, une belle nuit, Taffelberg le tirera discrètement pour le confier à quelque fourgon qu'il escortera lui-même jusqu'à Lugano afin de procéder à la remise « solennelle » ?

— Exactement. Depuis toujours, il est amoureux de Son Altesse et il exècre en proportion le comte Manfredi. Il lui fera tout le mal qu'il pourra... Cela me désole, car le comte Alberto a aimé sincèrement ma maîtresse mais sa jalousie, ses foucades l'ont détaché d'elle peu à peu. Avant même qu'il ne rencontre sa femme actuelle.

— Et bien entendu elle n'a jamais voulu l'admettre ?

— Non. Son excuse est qu'elle a beaucoup souffert de leur séparation et qu'elle en souffrait encore. Au point d'en arriver là où nous en sommes... Mais veuillez m'excuser ! Il faut que je retourne auprès d'elle...

— Allez, mademoiselle de Winkleried ! Et pleurez en paix votre grande-duchesse sans trop vous tourmenter pour le comte Alberto ! Je vais m'en occuper.

— Vrai ? Vous pourrez faire quelque chose ?

— Cela devrait être possible avec un peu de chance !

La chance, Aldo n'était pas loin de penser qu'elle allait peut-être se décider à lui sourire enfin. Si Taffelberg était l'homme qu'il croyait — et il se trompait rarement sur le caractère de ses contemporains — les émeraudes atteindraient Lugano sans encombres. Même si le nouveau grand-duc manifestait quelque intention de refuser le départ à la parure de Fedora, on pouvait compter sur Taffelberg pour exécuter à la lettre les instructions de la défunte, dût-il pour cela déclencher une révolution de palais ou même passer son épée au travers du corps du vieil homme. Celui-ci n'aurait droit à son respect, à son obéissance qu'une fois l'âme tortueuse de Fedora satisfaite.

Ce fut aussi l'avis d'Adalbert quand Morosini lui rapporta ce qui venait de se passer.

— Si je comprends bien, on part demain pour Lugano ? Quelle bonne idée ! C'est un coin que j'aime bien et on y aura presque chaud !

— Demain, non. Je ne veux pas quitter la place aussi vite parce que je préfère voir ce qui va se passer dans l'immédiat. Le général, qui devient grand-duc, a des réactions imprévisibles : il pourrait éprouver quelque peine à voir s'éloigner des joyaux aussi précieux...

— ... mais qui n'appartiennent pas au trésor grand-ducal : ils sont la propriété privée de Fedora. Moi aussi j'ai échangé quelques mots avec sa suivante quand on était dans la chambre. Quant aux réactions du vieil homme, elles devront apprendre à se méfier de celles de l'ancien aide de camp : les siennes aussi sont imprévisibles mais je les crois toujours énergiques. Fedora partira pour le Tessin avec toute sa quincaillerie, tu peux en être sûr.

— On n'est jamais trop sûr ! marmotta Morosini. Et vingt-quatre heures d'avance sur Taffelberg nous suffiront pour prévenir Manfredi...

Tout se passa le mieux du monde. Le prince Morosini ayant fait connaître son désir d'assister au service funèbre par respect pour la mémoire de celle qui l'avait invité mais proposé de se retirer à l'auberge du village, le nouveau grand-duc ne put répondre à un procédé si courtois que par une invitation à résider au château jusque-là. Ce qui permit de surveiller discrètement les préparatifs.

Le corps embaumé de Fedora paré comme il l'était au soir de sa mort fut exposé dans la salle des Chevaliers où aurait dû se dérouler le bal et pendant trois jours les gens de la région, les amis plus lointains aussi purent venir s'incliner devant cette Belle au bois dormant qu'aucun baiser ne réveillerait plus. Grâce aux ordres féroces lancés par Fritz von Taffelberg les journalistes ne purent même pas franchir les limites basses du château gardé comme pour un siège. Répandus aux alentours dans les auberges de campagne, ils devaient se contenter d'espérer l'arrivée d'une personnalité à la suite de laquelle ils pourraient s'infiltrer. L'un d'eux tenta même l'escalade mais dépisté par les chiens des gardes qui patrouillaient sans cesse, il fut reconduit piteusement mais sans dommage à la porterie. Même ceux qui montaient au château pour l'hommage ultime devaient montrer patte blanche.

Retenus symboliquement par des cordons de velours, les visiteurs défilaient lentement devant le catafalque encadré par d'anciens soldats de la Garde et flanqué de hauts candélabres de bronze portant des cierges allumés dont les flammes faisaient étinceler la fabuleuse parure dont la vue amenait quelques discrets chuchotements. Visiblement tous ces gens se demandaient si l'on allait vraiment enfermer un tel trésor dans un tombeau mais personne n'osait poser la question. Debout à trois pas du corps, Fritz von Taffelberg dans son uniforme de hussard, ses mains gantées de blanc appuyées sur la garde de son sabre planté devant lui, surveillait, l'œil grand ouvert et farouche.

— Tu crois qu'il lui arrive d'aller dormir ? chuchota Adalbert.

— Je ne suis même pas certain qu'il en ait besoin. Il a l'air fait d'une autre matière que le commun des mortels, mais...

Morosini suspendit sa phrase. Son attention venait de se fixer sur un petit homme chauve, vêtu d'une confortable pelisse gris anthracite qui passait dans la grande flaque de lumière jaune générée par les cierges. Des gens à la mine cossue il y en avait quelques-uns au milieu des paysans et celui-là n'avait rien de particulièrement remarquable, si ce n'est un nez en pomme de terre, un nez boursouflé et piqueté d'amateur de trop bonne chère. Du menton, Aldo le désigna à son ami qui s'étonnait de l'interruption de sa phrase :

— Ce type ! Tu ne te souviens pas de l'avoir déjà vu quelque part ?

— Peut-être oui... mais où ?

— Il est descendu du train avec nous à Bregenz et je l'ai vu dans celui qui nous menait ici...

— Et alors ? Il ne devait pas être le seul. Un indigène venu passer dans sa famille les fêtes de fin d'année, ou seulement de retour chez lui après un voyage. Dans l'un ou l'autre cas, qu'il vienne s'incliner devant la dépouille mortelle de son ancienne souveraine me paraît on ne peut plus normal.

— Tu as sans doute raison, soupira Morosini. Je commence à voir des ennemis partout...

Pourtant il ne put s'empêcher d'observer l'homme avec une attention accrue. Il le vit s'arrêter assez longuement devant le corps, les mains jointes comme s'il priait, puis esquisser un signe de croix et passer son chemin, comme à regret quand on lui fit comprendre qu'il fallait laisser la place à d'autres. Morosini songea à le suivre mais il aperçut tout à coup Mlle von Winkleried qui, du fond de la salle, lui faisait signe et il la rejoignit.

— Vous avez l'intention de vous rendre à Lugano n'est-ce pas ?

— En effet. Si l'on veut éviter un drame la première chose est de prévenir. Nous comptions partir dès la fin de la cérémonie.

— Trouvez un prétexte mais partez aujourd'hui. Vous avez un train pour Bregenz dans deux heures... D'abord les funérailles ont été avancées de vingt-quatre heures : elles auront lieu demain et, ensuite, Fritz emportera le corps la nuit suivante. Si l'on compte que vous pouvez manquer une correspondance ou ne pas trouver tout de suite le comte Manfredi, le délai pourrait être trop court...

— Vous êtes la sagesse même ! Pouvez-vous m'aider à invoquer un télégramme venu de Venise ?

— Sans aucun doute, mais soyez sûr que personne ne vous demandera de preuves : le nouveau grand-duc vous déteste et Taffelberg plus encore. Ils seront ravis de vous voir partir.

— Je ne les regretterai guère mais merci de m'avoir prévenu !

Une heure et demie plus tard, après des adieux

protocolaires accueillis avec une visible satisfaction, Aldo et son « secrétaire » quittaient Hohenburg dans la voiture qui les avait amenés et qui les déposa à la gare où le petit train qui n'allait pas au-delà de Langenfels les emmena à Bregenz. Ils y passèrent la nuit avant de tracer leur chemin vers la capitale du Tessin à travers le lacis touffu des chemins de fer suisses.

Le lendemain, tandis que les derniers visiteurs allaient quitter le château avant que l'on procède, dans l'intimité, à la mise en bière de la grande-duchesse, un petit homme chauve, vêtu d'une pelisse gris foncé et dont la physionomie aurait été celle de Monsieur Tout-le-monde sans un nez turgescent, demanda à parler à la suivante de la princesse morte. Un petit homme qui semblait extrêmement ému et qui, mis en présence de la jeune fille, se confondit en excuses désolées :

— On me dit, mademoiselle, que le prince Morosini a quitté ce château hier soir. Sauriez-vous me dire où il est allé ? C'est une catastrophe si je ne le rejoins pas au plus vite !

— Qui êtes vous, monsieur ?

— Oh, veuillez me pardonnez si je ne me suis pas présenté mais je suis tellement bouleversé : je suis son cousin, Domenico Pancaldi. Il faut à tout prix qu'il rentre à Venise le plus tôt possible !

— Que s'est-il passé ?

— Oh ! un drame, mademoiselle, un drame affreux ! Son fondé de pouvoir a été assassiné au cours d'un cambriolage particulièrement audacieux. Il faut que je le ramène très vite !

— Mais, puisque vous le saviez ici pourquoi n'avoir pas téléphoné au lieu de faire le voyage ? C'eût été plus rapide.

— Mais votre téléphone ne marche pas. Il est en panne depuis deux jours. Alors j'ai sauté dans le premier train et me voilà. Où est-il, mademoiselle ? Je vous en supplie ! Dites-le-moi !

Il était au bord des larmes et Hilda savait qu'en effet, la ligne reliant Hohenburg-Langenfels au reste du monde avait subi une avarie...

— Qu'est-ce qui vous fait croire que je le sais ?...

— Le fait que vous êtes amis. Du moins d'après le domestique qui m'a renseigné. Alors, je vous en conjure, si vous êtes une amie, dites-moi où je peux le joindre. A Venise la police est méfiante et sévère. Elle le cherche déjà et si on ne le retrouve pas, je n'ose même pas penser à ce qui pourrait se passer. Alors, pitié ! Où est-il ?

— Il avait une affaire à traiter à Lugano. Je pense que vous le trouverez là-bas...

Elle crut qu'il allait tomber à ses pieds :

— Ah merci !... Merci de tout mon cœur, mademoiselle ! Morosini vous remerciera lui aussi pour ce que vous venez de faire ! Vous le sauvez, tout simplement !... Vous êtes vraiment une amie !... je file prendre le train. De Bregenz j'essaierai déjà d'appeler les différents hôtels...

— C'est la meilleure solution. Bon voyage, monsieur !

Revenu à l'air libre, le faux Domenico Pancaldi qui s'appelait en réalité Alfred Ollard, sujet en partie presque égale de S.M. britannique George V et de S.M. italienne Victor-Emmanuel II, s'accorda une longue respiration de cet air des Alpes un peu frais mais tellement vivifiant. Tout s'était admirablement passé grâce à son « extraordinaire » talent de comédien et à cette bienheureuse faculté de pleurer à volonté qu'une nature, avare sur d'autres plans, lui avait concédée à titre de consolation. D'ailleurs il n'aimait rien tant que jouer la comédie et celle qu'il venait de monter pour la jeune Winkleried l'emplissait d'aise. Il regrettait seulement qu'aucun public n'eût été là pour l'apprécier : ceux qui l'employaient auraient pu découvrir de quel artiste exceptionnel ils s'étaient assuré le concours.

Seulement l'autosatisfaction s'effaça bientôt devant le problème qui se posait à lui : qu'est-ce que Morosini et son archéologue préféré pouvaient bien aller faire à Lugano alors que les émeraudes — il venait d'en avoir la confirmation — pendaient toujours aux oreilles d'une grande-duchesse allemande dont on venait tout juste de fermer le cercueil ? Aussitôt une nouvelle question se présenta à son esprit accompagnée d'une soudaine et horrible angoisse : et si les pierres étaient fausses ? A la limite ce serait logique : enfermer pour l'éternité au fond d'un caveau des bijoux aussi somptueux tenait de la démence même si l'intervention des pilleurs de tombe n'était pas à craindre : qui serait assez fou pour aller forcer une sépulture triplement gardée par les portes d'une crypte, celles d'une chapelle et enfin les défenses, médiévales sans doute mais combien efficaces, de Hohenburg ? Alors on pouvait penser que ce diable de prince expert en joyaux anciens avait pu réussir à en faire une copie, mais quand et où ? Depuis leur départ de Jérusalem lui et son complice avaient été suivis, surveillés continuellement au moyen de relais astucieusement disposés. Pendant son séjour à Paris au moment des fêtes de Noël ? Mais il n'avait rien approché qui ressemblât à un joaillier ou même à un ouvrier en chambre. Même chose en Angleterre pour Vidal-Pellicorne. Alors ?

La conclusion s'imposait d'elle-même : il fallait filer à Lugano et le plus tôt serait le mieux. Emplissant ses poumons dodus d'une grande bouffée d'air frais, Alfred Ollard prit sa course aussi vite que le permettaient ses courtes jambes vers la petite auberge de Langenfels où l'attendait son compagnon de tribulations, l'homme qui s'entendait si bien à détraquer les lignes téléphoniques...

En dépit de l'hiver, le temps était divin à Lugano où un soleil bon enfant caressait doucement les rues à arcades, les maisons à l'italienne et le beau lac autour duquel s'étalait toute la magnificence des montagnes d'Italie enneigées, à l'exception du Monte San-Salvatore boisé jusqu'au sommet. Les deux voyageurs arrivés en pleine nuit s'étaient contentés de respirer un air plus doux depuis la terrasse de la gare d'où l'on découvrait un ravissant paysage mais en prenant place, vers la fin de la matinée, dans la calèche à deux chevaux qui allait le conduire à la villa Clementina, résidence du comte Manfredi, Aldo savoura un instant le plaisir de la promenade. Le quai planté d'arbres se continuait par une route en bordure du lac d'où l'on découvrait les collines couvertes de vignes et de jardins que les bois de châtaigniers et de noyers offraient comme un écrin sombre. Jolis villages et villas ponctuaient le paysage.

Celle du comte Manfredi érigée sur des jardins en terrasse descendant jusqu'au lac était l'une des plus belles par la pureté de son style sinon l'une des plus grandes : un pavillon central formant loggia couronnée d'un fronton régnait sur deux ailes dont les terrasses supportaient une ligne de statues. Précédée de ses parterres de « broderies » en petit buis, elle s'enlevait sur un fond de verdure dense et touffue qui rendait pleine justice à sa blancheur et à sa grâce.

Prévenu par un coup de téléphone, Alberto Manfredi rentrait du jardin quand la voiture déposa son visiteur devant les marches de l'entrée. Il l'accueillit avec un plaisir que l'on sentait sincère et qu'Aldo partageait : ses rencontres avec le Véronais avaient toujours été fort agréables. A cinquante ans, Manfredi en paraissait facilement dix de moins en dépit de la belle chevelure blanche qui descendait sur sa nuque et encadrait si bien son visage hâlé aux traits impérieux corrigés par un charmant sourire dont le rayonnement faisait briller des dents blanches et fortes ainsi que des yeux gris larges et bien fendus. Sa poignée de main était ferme, solide comme le corps mince et musclé qu'habillait à la perfection un costume de flanelle anglaise.

— Vous ne pouvez savoir la joie que me cause votre visite ! s'écria-t-il en prenant son visiteur par le bras pour le faire entrer dans la maison. Je dirais même que le ciel vous envoie : j'avais l'intention de me rendre à Venise pour essayer de trouver, avec vous, quelque chose qui ferait plaisir à ma femme dont c'est bientôt l'anniversaire...

— Tout dépend de ce quelque chose ? S'agit-il encore de turquoises ?

— Non, de perles. Annalina a la passion des perles et je voudrais lui en offrir de très belles ayant, si possible, une histoire...

— Aurai-je le privilège de lui offrir mes hommages ?

— Pas dans l'immédiat. Elle vient de partir faire son marché avec la cuisinière. C'est une parfaite maîtresse de maison, vous savez ? Cela va nous permettre de parler en toute tranquillité...

Ils étaient entrés dans un petit salon où le soleil trouvait un écho dans les confortables sièges de velours jaune clair et dans les cristaux anciens emplissant une vitrine. C'était une pièce intime, fleurie de roses de Noël, de jacinthes bleues et de tulipes blanches où tout respirait la paix et le bonheur. Cela se sentait à des détails : une écharpe de mousseline restée au dos d'un fauteuil, la photographie encadrée d'argent d'un couple heureux posée sur un gracieux bureau Louis XV, un livre resté ouvert sous le poids d'une paire de lunettes, le feu flambant joyeusement dans la cheminée. Tout cela évoquait des instants d'intimité précieux sans doute et que ce qui allait suivre mettrait peut-être en danger.

Aux rafraîchissement offerts, Morosini préféra

du café : il y avait trop longtemps qu'il n'en avait bu de bon !

— Mais, avant que nous ne parlions de perles, dites-moi d'abord, cher ami, ce qui vous amène. Je ne suppose pas que vous pratiquiez la transmission de pensée ?

— Non et je crains, mon cher comte, d'être un peu moins le bienvenu quand vous saurez ce qui m'amène. Je suis venu vous prévenir d'un danger qui menace votre bonheur. Car vous êtes heureux, n'est-ce pas ?

— Très heureux ! Infiniment heureux !... mais vous m'inquiétez... De quoi voulez-vous parler ?

— Vous avez gardé, je suppose, le souvenir de la grande-duchesse de Hohenburg-Langenfels ?

— Fedora ? Vous connaissez certainement la réponse à votre question, mon cher prince. On n'oublie pas une femme comme elle, même quand on en a connu pas mal, mais...

— Elle vient de mourir dans son château de Hohenburg. Au lieu d'ouvrir le bal traditionnel de la Saint-Sylvestre auquel elle m'avait fait la grâce de me convier, elle a choisi de se suicider par le poison...

— Que dites-vous ? Elle s'est tuée ? Fedora ?

— Oui. Par amour pour vous, je pense... ou plutôt par vengeance : vous avez osé l'abandonner pour vous marier.

Manfredi bondit de son siège et se mit à arpenter le tapis :

— Moi, je l'ai abandonnée pour me marier ? Sûrement pas ! J'ai mis fin à nos relations parce que la vie avec elle était devenue intenable, que je ne vous détaillerai pas par respect pour son âme mais qui m'aurait rendu fou si je n'y avais mis fin. Oh, ça n'a pas été sans mal : elle n'admettait pas que l'on pût renoncer à elle tant qu'on n'en avait pas reçu l'ordre. C'était elle, paraît-il, qui se lassait toujours la première. Pour une fois le contraire s'est produit mais je n'en pouvais plus : j'étouffais !

— Pour ce que j'en sais — car je ne la connais pas depuis longtemps — elle n'a jamais voulu l'accepter. De son point de vue, c'est une femme qui vous a pris à elle et, cette femme, elle entend le lui faire payer.

— Et comment ?

— Elle vous a légué son corps !

Manfredi arrêta net son va-et-vient pour se laisser tomber sur un canapé, les yeux exorbités.

— Qu'avez-vous dit ?

— Oh, vous avez très bien entendu. Et vous devez l'accepter si vous ne voulez pas déchaîner un affreux scandale. Laissez-moi vous dire toute l'histoire car vous allez avoir des dispositions à prendre et il faudra faire vite...

En quelques phrases nettes, Morosini retraça ce qui s'était passé le 31 décembre à Hohenburg et ce qui en découlait, sans oublier la jalousie de Taffelberg et la joie mauvaise avec laquelle il entendait accomplir sa mission. Sans oublier non plus la raison de sa présence sur les lieux et la promesse non tenue de Fedora :

— ... et j'ai tout lieu de croire, soupira-t-il en conclusion, que Taffelberg sera ici demain.

— C'est insensé ! s'exclama Manfredi, accablé. Une véritable histoire de fous. Mais qu'est-ce que je vais bien pouvoir faire ?

— Y a-t-il une chapelle près d'ici ?

— Il y en a une dans cette propriété. Où personne n'a jamais été enterré d'ailleurs, mais enfin c'est une chapelle. Ce n'est pas là le problème : que vais-je dire à ma femme ? Elle me fait l'honneur d'être jalouse en dépit de notre différence d'âge. Cela m'émeut et me touche beaucoup car j'ai conscience de ma chance et du don merveilleux qu'elle m'a fait en acceptant de m'épouser...

— Elle n'a jamais entendu parler de cette aventure-là ?

— Oh si ! C'est même sa cible préférée quand elle est en colère. Ce qui est rare et m'amuse beaucoup... Vous imaginez ce que va lui suggérer l'idée d'avoir Fedora dans l'enceinte même de son domaine ?

— On pourrait peut-être éviter qu'elle le sache mais pour cela il faudrait l'éloigner.

— Pour l'envoyer où et sous quel prétexte ?

— Là est la question.

Un silence suivit qui ne pouvait, en durant, que se charger d'angoisse. Et Annalina devait revenir d'un instant à l'autre. Ce fut Morosini qui le rompit :

— Vous avez beaucoup de domestiques ici ?

— Pas beaucoup, non. Mon valet, la femme de chambre de mon épouse, la cuisinière plus un jardinier avec deux aides...

— C'est déjà pas mal quand il s'agit de faire les

choses avec discrétion. Autre question : la comtesse a-t-elle de la famille un peu éloignée d'ici ? Je sais, vous allez dire que je manque d'imagination en pensant au coup classique du télégramme mais ce sont souvent les trucs les plus usés qui marchent le mieux.

— Elle a une sœur à Lucerne avec laquelle elle ne s'entend guère parce qu'elle me déteste. Je dois à la vérité que je ne l'aime pas, moi non plus...

— Si cette sœur était souffrante, votre femme se rendrait-elle auprès d'elle ?

— Ottavia, malade ? C'est un cheval ! Elle a une santé à enterrer la terre entière...

— Même une force de la nature peut se casser une jambe ?

— Elle n'appellerait pas sa sœur pour si peu... mais il y a peut-être autre chose. Depuis deux ans elle et ma femme sont engagées dans un procès contre un personnage qui se prétend le fils naturel de leur défunt père et cherche à se faire donner une belle part de l'héritage.

— Voilà qui est intéressant. Et s'il se présentait un fait nouveau, votre belle-sœur réclamerait-elle sa présence ou viendrait-elle ici ?

— Elle a toujours considéré cette maison comme à mi-chemin entre l'antichambre de l'enfer et une maison close, et elle a juré de ne jamais y remettre les pieds !

— A merveille ! Voilà ce que nous allons faire : vous me donnez les renseignements nécessaires, je pars pour Lucerne où je serai dans la soirée et j'y expédie un télégramme signé de votre belle-sœur.

Vous l'aurez demain matin et la comtesse Annalina n'aura qu'à faire sa valise...

— Je suis d'accord mais cela ne nous donnera que quelques heures. En arrivant là-bas, ma femme saura tout de suite que personne ne lui a télégraphié. Elle reviendra aussitôt. Or, il nous faut combien de temps environ ?

— Quarante-huit heures devraient suffire... et... et nous pouvons nous arranger pour que la comtesse reste à Lucerne jusqu'à ce que vous en ayez fini avec cette désagréable histoire. Je vous ai dit, je crois, que mon ami Vidal-Pellicorne m'aide à retrouver ces maudites pierres, et qu'il m'attend au Splendid Royal Hotel.

— En effet mais je ne vois pas...

— Vous allez voir. Si vous voulez bien me confier une photographie et me téléphoner discrètement l'heure du train, Adalbert le prendra en même temps que votre femme, la suivra comme son ombre et s'arrangera pour qu'elle ne rentre pas trop tôt.

— Comment fera-t-il ?

— En vérité, je n'en sais encore rien, sourit Aldo mais c'est un homme plein de ressources qui ne manque ni d'humour ni de délicatesse. Il est pour moi comme un frère et avec ce chien de garde-là, votre femme n'aura rien à craindre de qui que ce soit. Maintenant c'est à vous de me dire ce que vous en pensez.

— Ai-je le choix ?

— A condition de trouver autre chose, oui, bien sûr !

Manfredi regarda sa montre :

— De toute façon nous n'avons plus beaucoup de temps. Annalina ne va pas tarder et j'aimerais mieux qu'elle ne vous rencontre pas. Je vais vous dire ce que vous voulez savoir, mais d'abord, voici une photographie récente... et que j'aime beaucoup, fit-il en tirant de son portefeuille un petit carton représentant une ravissante jeune femme brune dont les longs cheveux se ramassaient en chignon bas sur la nuque et dont les grands yeux clairs semblaient contenir tout le bonheur du monde...

— De quelle couleur sont ses yeux ? demanda Aldo.

— Bleus... non, pas tout à fait : de ce bleu pâle des aigues-marines...

— En ce cas, mon cher ami, nous n'aurons pas besoin de vous priver de cette belle image et l'heure du train suffira : une telle beauté ne saurait se fondre dans la foule et une description suffira, dit doucement Morosini en rendant la photo que le comte remit en place d'un geste tendre, heureux de la récupérer.

Décidément ce couple-là méritait bien que l'on fasse quelques efforts pour le sauver !

Rentré à l'hôtel, Morosini, après avoir consulté l'horaire des chemins de fer et mis Vidal-Pellicorne au courant de ce qu'il avait échafaudé, s'accorda l'entracte d'un agréable déjeuner dans la salle à manger inondée de soleil, puis s'en alla prendre son train pour Lucerne...

Quatre heures treize plus tard — l'exactitude des

trains suisses quel que soit le temps aurait pu passer en proverbe ! — il débarquait au bord du lac des Quatre-Cantons, se ruait à la poste centrale, expédiait son télégramme, puis sachant qu'il n'aurait pas de train avant le lendemain matin, alla prendre ses quartiers à l'hôtel Schweizerhof. Il en repartit tôt le matin pour gagner la gare à pied — il faisait si beau !

A Lugano, il trouva Adalbert qui lisait un journal sur la terrasse de l'hôtel en buvant un Cinzano.

— Quoi de nouveau ? demanda-t-il après avoir fait signe qu'on lui apporte la même chose.

— Tout se déroule comme prévu jusqu'à présent. Ton ami Manfredi a téléphoné vers dix heures pour dire que le télégramme est arrivé et que la comtesse prendra le train de deux heures. J'ai aussitôt retenu ma place.

— Pas de nouvelles de Taffelberg ?

— Rien jusqu'à présent mais j'espère qu'il sera là dans les temps prévus. Je ne pourrai pas retenir indéfiniment cette jeune femme à Lucerne. Surtout lorsqu'elle saura que sa sœur ne l'a pas appelée...

— Comment comptes-tu faire ?

Adalbert plia son journal, étendit ses longues jambes au soleil en s'étirant comme un chat :

— Je n'en ai aucune idée, mon bon... mais je compte sur l'inspiration. Je suis sûr qu'elle me viendra dès que j'aurai vu cette dame que tu dis si ravissante. Les jolies femmes m'ont toujours inspiré...

— Même depuis l'entrée en scène de l'Honorable Hilary Dawson ? Je croyais que tu ne voyais plus qu'elle ? Et puis, tu es presque fiancé ?

— Presque ! C'est ça qui fait la différence ! On va déjeuner ?

En vérité, Adalbert n'avait pas l'air de souffrir beaucoup de s'agiter à des dizaines de lieues de l'Honorable Hilary Dawson. Il était même d'une humeur charmante, très satisfait du rôle qu'on lui confiait dans une aventure des plus délicates. Tout cela remontait quelque peu le moral d'Aldo, franchement désolé de voir son ami perdre sa belle indépendance et renoncer à une vie des plus plaisantes au bénéfice d'une pie-grièche britannique.

De fait, si l'enjeu — la vie et la liberté de Lisa Morosini ! — n'avait été si grave, Adalbert eût trouvé ses dernières tribulations amusantes et plutôt agréables. Il sentit cette impression se conforter lorsque, deux heures plus tard, il s'installa en face d'Annalina Manfredi qu'il n'avait eu aucune peine à repérer sur le quai de la gare : elle était l'une des plus jolies femmes qu'il eût rencontrées, des plus charmantes aussi car aux traits parfaits d'une madone, elle joignait un sourire impertinent, des yeux clairs pleins de vivacité et l'allure d'une reine. Ce petit voyage en sa compagnie allait être fort plaisant !

Après l'avoir saluée avec une parfaite courtoisie il déplia un journal de façon à ce que son regard, passant au ras des feuilles pût observer son ravissant vis-à-vis. Annalina semblait soucieuse, contrariée même, et Adalbert pensa qu'il serait peut-être difficile d'engager la conversation quand il la vit ouvrir son sac, en tirer un étui à cigarette de laque cerclé d'or. La briquet d'Adalbert apparut instantanément au bout de ses doigts :

— Veuillez me permettre, madame !

Elle accepta, le remercia d'un sourire un peu distrait et se mit à contempler le paysage sans plus s'occuper de son compagnon. Le train commençait la remontée du Val Leventina qui, par Bellinzona, le mènerait jusqu'au tunnel du Saint-Gothard et la haute vallée de la Reuss que l'on suivrait jusqu'au lac des Quatre-Cantons et Lucerne. Adalbert se garda bien de troubler sa rêverie. Se recalant dans son coin, il repoussa son journal, croisa les bras et ferma les yeux, ce qui était le plus commode pour surveiller discrètement la jeune femme et réfléchir à ce qu'il ferait une fois à destination.

Il ignorait qu'en arrivant tout à l'heure à la gare de Lugano il avait semé la perturbation dans l'esprit, peut-être un peu fatigué, d'Alfred Ollard, qui toujours flanqué de son acolyte venait tout juste de débarquer. Adalbert était trop occupé à suivre son joli gibier pour prêter attention à deux voyageurs de commerce que sa vue avait figés sur place.

— Dites donc, fit l'acolyte qui répondait au nom de Sam Pettygrew, c'est pas le Français qu'on vient de voir passer ?

— Si, répondit sobrement M. Ollard dont la tête était pleine de points d'interrogation.

— Et il prend le train pour aller où, à votre avis ?

— Quelque part sur la ligne d'ici à Lucerne et à Bâle.

— Et, l'autre, l'Italien ? Il est où ?

— Comment veux-tu que je le sache ? Peut-être

encore ici... En attendant il faut savoir si celui-là n'irait pas le rejoindre quelque part. Tiens, voilà de l'argent, ajouta-t-il en prenant quelques billets dans son portefeuille et en consultant un panneau d'affichage. Tu as tout juste le temps de sauter dans le train. Tu prendras ton billet au contrôleur.

— Vous voulez que je reparte ? gémit M. Pettygrew. C'est que j'en ai assez du train, moi. Je ne peux jamais dormir là-dedans !...

— On ne te paie pas pour dormir ! Suis le Français, je te dis ! Moi je me mets à la recherche de l'autre...

Grognant et pestant, l'acolyte obéit, rejoignit le quai d'où le train allait partir et sauta dedans juste à l'instant où un haut-parleur annonçait la fermeture des portières. Tranquille sur ce point, Alfred Ollard gagna la sortie pour faire le tour des hôtels où Aldo Morosini pouvait avoir élu domicile.

Pendant ce temps celui qui l'occupait tant s'installait près de son téléphone pour y attendre les nouvelles de la villa Clementina, bien décidé à n'en pas bouger avant de les avoir reçues. D'après ses calculs, Fritz von Taffelberg ne devait plus être bien loin...

CHAPITRE X

... ET CE QUI S'ENSUIVIT !

A mesure que l'on approchait de Lucerne, Adalbert voyait s'évanouir ses espoirs d'aimable conversation avec sa jolie voisine. En dépit de deux cigarettes allumées assorties de deux sourires brefs et de deux mercis, il ne réussit même pas à surprendre son regard attaché sur lui un seul instant. Même quand il faisait semblant de dormir. De toute évidence il ne l'intéressait pas. Il ne s'en formalisa pas. Avec une grande humilité, il pensa que Morosini aurait peut-être mieux réussi que lui, mais cette jeune femme devait avoir trop de fierté pour partager ses soucis avec le premier venu, fût-il prince et séduisant au possible, et il eut le bon goût de ne pas lui imposer un regard qu'elle eût peut-être fini par trouver pesant.

Parvenu à destination, il se contenta de descendre du filet l'élégant nécessaire de toilette qu'elle y avait posé, de la saluer et de quitter le compartiment pour aller se poster dans la gare à un endroit d'où il lui serait possible d'observer ses mouvements. Un pilier fit l'affaire. De cette cachette il put alors la voir s'attarder sur le quai en regardant autour d'elle. Sans doute, lorsqu'elle rendait visite à sa sœur, quelqu'un venait-il la chercher. Ne voyant personne — et pour cause ! — elle s'en assombrit un peu plus puis, au bout d'un moment, haussa les épaules avec agacement et se mit en marche vers la sortie. Adalbert suivit, pensant qu'elle allait prendre un taxi mais il la vit partir à pied à travers la grande place ouvrant directement sur la rivière à l'endroit où elle sort du lac. Juste en face, il y avait le port des bateaux assurant la liaison avec les autres localités riveraines et un pont enjambant la Reuss dont les eaux vertes bouillonnaient comme celles d'un torrent. Mme Manfredi s'y engagea. Adalbert suivit à distance pensant que la fameuse sœur ne devait pas habiter bien loin de la gare.

Il ne se trompait pas : franchi le pont du lac d'où l'on découvrait une vue splendide sur les montagnes neigeuses d'une part et, d'autre part sur la vieille ville et ses ponts médiévaux couverts de toits protégeant les naïves peintures décorant leurs charpentes, et dont l'un était gardé par une tour plongeant directement dans l'eau, la comtesse obliqua vers une église qu'elle contourna pour piquer droit ensuite sur une ancienne et très belle maison sous le porche de laquelle elle disparut au moment où les allumeurs de réverbères commençaient leur office. La nuit tombait et, l'une après l'autre, les maisons s'éclairaient. Celle qui intéressait Adalbert comme les autres, encore que ce fût avec quelque parcimonie...

Pensant qu'Annalina, constatant qu'on n'y avait

aucunement besoin d'elle, n'allait pas tarder à ressortir, Vidal-Pellicorne s'établit dans un renfoncement de l'église où des échaffaudages de chantier annonçaient des travaux de ravalement. Il y était parfaitement à l'aise pour observer ce qui se passait en face mais aussi, il s'y trouvait un peu protégé du vent glacial.

Adalbert s'y pelotonna avec résignation pour observer la suite des événements...

Ce même soir, à Lugano, Morosini, dont le téléphone s'obstinait à rester muet, sentit qu'il ne pouvait plus rester là à ne rien faire. Si tout s'était déroulé de façon normale — et il n'y avait aucune raison contre — Taffelberg devait être arrivé. Alors pourquoi ne le prévenait-on pas ainsi qu'il était convenu ? Il était déjà tard et dans la ravissante salle à manger ancienne — le Splendid avait été la villa Merlina ! — le service s'achevait. Incapable d'attendre plus longtemps, Aldo, qui n'avait même pas dîné, descendit à la réception et demanda la voiture qu'on avait dû louer pour lui dans la journée. C'était une petite Fiat assez semblable à celle qu'il avait achetée à Salzbourg. Cela lui parut de bon augure et, heureux d'agir enfin, il démarra allégrement en dépit de la pluie qui tombait dru depuis quatre heures de l'après-midi. A cause du temps et de l'heure déjà tardive il y avait peu d'animation dans la ville mais il n'y en eut plus du tout quand il en fut sorti. Au-delà du rideau liquide que l'essuie-glace combattait courageusement, la route était vide, luisante et triste. On ne voyait même pas le lac réduit à l'état de trou noir...

En arrivant à la villa Clementina, il ralentit et s'arrêta : la grille d'entrée était grande ouverte mais la maison obscure, ce qui était tout à fait anormal. En admettant que Manfredi se soit absenté, ce qui était impensable puisqu'il attendait Taffelberg ! Guidé par son instinct, Aldo se garda de franchir l'élégant ouvrage de fer forgé, rangea sa voiture sur le bas-côté de la route à l'abri d'un jardin voisin, en sortit, enfonça sa casquette sur sa tête et resserra la ceinture de son Burberry's après s'être assuré que son revolver — il s'en était procuré un à Paris — n'avait pas glissé de sa poche. Ensuite il s'engagea dans la grande allée qui contournait la villa.

Lorsque qu'il arriva de l'autre côté, là où les jardins s'étageaient harmonieusement à flanc de montagne autour de trois bassins superposés, il vit qu'il y avait un peu de lumière à une fenêtre du rez-de-chaussée. En outre, son regard accoutumé à l'obscurité remarqua dans le sable des traces annonçant qu'un véhicule lourd s'y était arrêté, mais il ne s'attarda pas à les suivre. Tout cela lui semblant plutôt suspect, il s'avança sans bruit vers la maison, escalada les trois marches sur lesquelles donnaient les portes-fenêtres du vestibule, ouvrit sans difficulté celle du centre et obliqua vers la droite où un rai de lumière glissait sous une porte. Instinctivement, il chercha l'arme sans sa poche, la tint fermement en main et entra dans une sorte d'office habillé de hautes armoires anciennes et de vitrines ou s'étageaient pièces d'argenterie et de verrerie mais il n'y avait personne. A voix contenue il appela alors :

— Manfredi !... Vous êtes là !

Une sorte de gémissement lui répondit, tel que peut en produire une bouche bâillonnée. Se guidant au son, il passa dans la pièce voisine, qui elle était obscure, tourna le commutateur et découvrit un étrange spectacle : alignés le dos aux planches d'un fruitier, il y avait là les trois serviteurs du comte — son valet, la caméristе de sa femme et la cuisinière ficelés comme des saucissons et bâillonnés. Trois paires d'yeux se levaient sur lui habités d'une supplication pleine d'espoir :

— Eh bien, on dirait qu'il s'est passé quelque chose ici ! fit-il d'un ton volontairement rassurant.

En même temps il libérait d'abord la bouche de l'homme et coupait ses liens avant de s'occuper des deux femmes qui d'ailleurs eurent le bon esprit de garder un silence encore apeuré, laissant le vieux valet s'expliquer :

— Ah, Excellence, c'est le Ciel qui vous envoie ! Depuis des heures, nous vivons un cauchemar...

— Où est le comte ?

— Là-haut, à la chapelle. Ces hommes sont arrivés à la nuit...

— Combien sont-ils ?

— Deux mais bien armés. Le chef a d'abord demandé à parler à Monsieur le comte et je l'ai introduit. Pendant ce temps-là, son compagnon, un colosse, nous a réduits à l'impuissance l'un après l'autre. Je me suis laissé surprendre. Pourtant Monsieur le comte m'avait prévenu qu'il attendait une visite... désagréable et...

— La suite, la suite !

— Je n'ai rien vu mais j'ai entendu mon maître protester contre la violence dont il était l'objet. Ils l'ont embarqué dans le fourgon qui les avait amenés et j'ai entendu le chef qui disait : « Que cela vous plaise ou non ce sera comme cela et pas autrement et estimez-vous heureux d'avoir une chapelle, sinon je l'enterrais devant votre maison, en plein milieu ! »... Et puis ils sont partis et je ne sais rien de plus !...

— Eh bien, mettez un manteau de pluie et conduisez-moi là-haut. Le plus discrètement possible. Ah j'oubliais : prenez une arme !...

— Nous n'en avons pas.

— Quoi ? Une grande barraque comme celle-ci, une collection de bijoux et pas d'armes ?

— Monsieur le comte les a en horreur depuis la guerre et Madame la comtesse plus encore. Mais nous avons un magnifique coffre-fort pour les collections... !

Morosini pensa que c'était bien la première fois qu'il rencontrait un collectionneur pourvu d'états d'âme concernant les moyens de défense de ses trésors. La plupart de ses confrères auraient plutôt tendance à en rajouter et il connaissait certaines demeures plus difficiles à attaquer qu'un croiseur-cuirassé... Cependant la cuisinière sortait de l'espèce de léthargie où l'avait plongée l'expérience qu'elle venait de vivre :

— Je préviens la police, dit-elle en se dirigeant vers le vestibule, mais Morosini l'arrêta :

— N'en faites rien ! Pour le moment, tout au moins mais... avez-vous une lampe électrique ?

— Oui, dans le tiroir de la cuisine.

— Alors, restez près de la fenêtre d'où l'on peut voir le mieux les abords de la chapelle...

— Celle de la bibliothèque à l'autre bout de la villa.

— Bien. Allez vous y poster et donnez la lampe à...

— Giuseppe, Excellence ! intervint l'intéressé.

— A Giuseppe ! Si vous voyez la lampe s'allumer et s'éteindre trois fois vous pourrez appeler la police. Pas avant. C'est compris ?

— C'est compris !

Morosini et son guide muni d'une sorte de gourdin s'engageaient silencieusement dans le chemin, sous de grands arbres, qui contournait les terrasses et où le fourgon avait imprimé une double trace. Bientôt ils aperçurent la chapelle qui ressemblait à un temple grec en réduction. Le fourgon était garé devant les cinq colonnes doriques abritées sous le fronton triangulaire de la façade. Ses portières arrière ouvertes et éclairées faiblement par la lumière de l'intérieur du monument montraient qu'il était vide.

Faisant signe à Giuseppe de rester derrière lui, Morosini s'approcha sans faire le moindre bruit du petit portail et jeta un coup d'œil, découvrant sans surprise un spectacle auquel il s'attendait... Entièrement vêtu de cuir noir comme un motocycliste, Taffelberg tenait sous la menace de son revolver un Alberto Manfredi assis sur un prie-Dieu, visiblement épuisé et en train d'essuyer avec son mouchoir son visage et son cou en nage. Devant l'autel, des dalles avaient été enlevées pour creuser une fosse dans laquelle un homme qui ressemblait à un lutteur turc travaillait encore tandis qu'une colline de terre s'accumulait à côté. Le long cercueil était posé un peu plus loin et Taffelberg le désignait à sa victime :

— Déjà fatigué, mon cher ? Je vous croyais plus vigoureux. Il est vrai que c'est plus pénible et plus salissant que mettre des femmes dans son lit mais vous avez encore un petit travail à accomplir tandis qu'Achmet achève le sien. Il faut maintenant ouvrir ceci...

— Vous êtes fou ? Jamais vous ne me convaincrez de commettre un sacrilège !

— Ce n'est pas un sacrilège mais l'expression même de la volonté de Son Altesse : elle veut que vous puissiez la contempler encore une fois dans tout son éclat avant de la confier à la terre. En outre — et c'est toujours sa volonté — elle souhaite que vous conserviez les joyaux qu'elle porte afin qu'ils vous rappellent toujours son souvenir. Elle voyait là une sorte de... compensation pour les légères difficultés que son arrivée pourrait vous causer. Alors, au travail !

— Avec quoi ? lança l'autre avec fureur. Mes ongles ?

— Vous autres Italiens, il faut toujours que vous dramatisiez. Il y a tout ce qu'il faut dans cette mallette, ajouta l'Allemand en poussant du pied l'objet annoncé. Allons ! dépêchez-vous !

Il fallut bien s'exécuter. Tandis que Manfredi commençait à enlever les longues vis, Aldo sentit derrière lui le souffle de Giuseppe s'écourter. Il l'entendit même chuchoter avec angoisse :

— Devons-nous vraiment laisser faire cela ?

— Chut ! Nous interviendrons quand je le jugerai bon. Je veux en savoir davantage...

Il fallut de longues minutes au malheureux Alfredo pour venir à bout d'une tâche qui lui répugnait trop pour qu'il l'accomplît avec adresse. Le Turc — puisque c'en était bien un ! — avait achevé son ouvrage et le regardait faire après avoir ébauché le geste de l'aider, ce que Taffelberg refusa. Visiblement, l'ancien officier d'ordonnance de la grande-duchesse jouissait de l'humiliation qu'il infligeait à un homme qu'il haïssait. Les mains du malheureux tremblaient à faire pitié...

Enfin, le couvercle fut enlevé et Fedora apparut, toujours aussi belle entre les parois de satin blanc, avec la fabuleuse parure que la lumière, cependant pauvre, des deux lampes tempête posées à même le sol fit scintiller. Manfredi était déjà à genoux mais il y fût tombé sans doute tant l'image qu'il découvrait était fascinante. Il en oublia sa triste situation pour souffler :

— Comme elle est belle !...

— N'est-ce pas ? lança la voix sarcastique de Taffelberg. Trop pour un amant aussi vulgaire que vous ! Elle était digne d'un roi... d'un dieu !

Croyant son ennemi définitivement abattu, il l'écrasait de sa morgue teutonne mais, bien que l'Italien fût à bout de fatigue et de rage impuissante, il trouva assez de force pour réagir et se mit à rire à grands éclats qui ressemblaient à des sanglots :

— Un dieu comme vous, peut-être ? Vous êtes impayable, Taffelberg ! Croyez-vous que j'ignore vos sentiments envers elle ? Si toutefois il s'agit de sentiments. Elle n'y a d'ailleurs jamais répondu, même par ennui ou par lassitude un soir de spleen.

— Qu'en savez-vous ? Qui vous dit qu'une nuit je ne l'ai pas tenue dans mes bras ?

— Une nuit peut-être... mais pas deux ! Elle a dû comprendre ce que vous étiez...

— C'est faux ! Je l'aurais gardée si vous n'étiez arrivé, vous et votre suffisance ! Au temps de son époux j'étais son confident, son seul véritable ami et c'est vous qui nous avez séparés. Je vous ai haï alors et, à présent, je vous exècre.

Manfredi haussa les épaules :

— Pas moi. Vous n'en valez pas la peine.

Taffelberg ébaucha le geste de se jeter sur lui mais se retint, se contentant d'agiter légèrement son arme :

— Pensez de moi ce que vous voulez. Cela n'empêche que vous ne soyez en mon pouvoir. A présent, assez parlé : ôtez-lui ses joyaux !

— Que je... ah non ! Je refuse d'y toucher !

— Il le faut pourtant puisqu'elle vous les a légués. Ensuite vous m'en donnerez décharge pour le notaire de Bregenz...

Dans son coin Morosini écoutait de toutes ses oreilles. Ce duel de deux fureurs au-dessus de cette morte somptueuse avait quelque chose de surréaliste.

Avec une extrême répugnance, Alberto Manfredi s'exécutait, ôtant la tiare, le collier, les bracelets... les boucles d'oreilles qu'il garda dans ses mains :

— Curieux ! pensa-t-il tout haut. Elles ne vont pas avec le reste de la parure. Pourtant Fedora ne commettait jamais de fautes en cette matière...

— Elle avait ses raisons. Mettez tout cela dans ce sac, ajouta Taffelberg en tendant une poche de velours noir fermée par un cordon coulissant. Et maintenant, refermez ! Achmet va vous aider à mettre Son Altesse au tombeau qu'elle s'est choisi...

Ce fut fait beaucoup plus vite que Morosini ne s'y attendait. On sentait la hâte d'en finir et Manfredi n'eut pas un geste tendre, ou simplement pieux, pour cette femme qui voulait être sienne au-delà de la mort, en replaçant la mousseline sur le visage et le couvercle. La mise en place du cercueil ne prit guère de temps, elle non plus. La force d'Achmet était telle qu'il aurait pu l'effectuer tout seul mais Taffelberg tenait à ce que son ennemi bût le calice jusqu'à la lie. En vérité celui-ci faisait pitié. Blême et tremblant, il s'appuyait à l'une des colonnes de la chapelle pour reprendre haleine :

— Vous voilà... satisfait... je pense ! haleta-t-il tandis que l'Allemand retenait le geste de son serviteur qui s'apprêtait à rejeter la terre mais il était si épuisé qu'il ne le remarqua pas.

— Pas encore tout à fait ! Il faut que vous signiez le document que voilà, dit Taffelberg avec une soudaine douceur. Achmet, ici présent et votre serviteur, tout à l'heure, signeront comme témoins et nous y apposerons votre sceau, ajouta-t-il en désignant la chevalière que le comte portait à la main droite. Ainsi seront remplies les dernières volontés de Son Altesse. Signez de tous vos noms, s'il vous plaît ! Pas d'un vague gribouillis !

Il tendait un stylo décapuchonné que l'autre prit d'un geste machinal pour s'approcher de l'autel où l'épais papier avait été jeté. Voyant venir la fin de son cauchemar, il tremblait moins et ce fut d'une main assez ferme qu'il s'exécuta. Ensuite il se baissa pour ramasser le sac de velours mais Taffelberg, souriant cette fois, s'en empara avant lui :

— C'est ici qu'intervient, dans notre belle histoire, la petite modification que j'entends y apporter. Il vaut mieux, je crois, que je garde ces bijoux dont, au fond, vous ne sauriez que faire.

— Quoi ? s'écria Manfredi ressuscité comme par miracle. Vous voulez...

— Les garder, bien sûr ! Vous-même ne sauriez comment expliquer leur présence à votre épouse que je regrette beaucoup de n'avoir pu saluer. En revanche ils me seront, à moi, d'une grande utilité car, si vous voulez tout savoir, je n'ai pas l'intention de rentrer dans une Allemagne au bord de l'anarchie pour servir de domestique à un vieillard bientôt gâteux et j'ai quitté Hohenburg sans esprit de retour. Avec ça et le peu que je possède nous allons passer en Amérique, mon fidèle Achmet et moi-même, pour y commencer une nouvelle vie !

— Ainsi... avec vos grands airs, vous n'êtes qu'un voleur ? gronda Manfredi qui, au fond, se faisait doucement à l'idée d'enrichir son trésor personnel de ces pièces exceptionnelles.

— Même pas. Je ne vous prends rien puisque vous ne les avez jamais eus et Son Altesse n'en a vraiment plus besoin...

— Et ce papier pour le notaire. Vous ne devez pas le lui remettre ?

— Je l'enverrai par la poste avant de quitter l'Europe ! À présent, mon cher comte, nous nous sommes, je crois, tout dit et comme je n'ai aucune envie que vous me couriez après...

Il relevait son revolver mais il n'eut pas le temps d'appuyer sur la gâchette. Un coup de feu éclata et, avec sur le visage une immense surprise, Fritz von Taffelberg s'écroula tandis que Morosini, suivi d'un Giuseppe tellement bouleversé que ses dents claquaient, faisait son entrée dans la chapelle salué par un hurlement de fureur : le Turc fonçait sur lui comme le rocher d'une avalanche, ses énormes mains en avant.

— Attention ! hurla Manfredi, mais Aldo était sur ses gardes.

Il esquiva comme le matador devant la charge du taureau et Achmet, emporté par son élan, alla s'assommer contre les tôles du fourgon.

C'était une telle force de la nature qu'il fut seulement étourdi mais ce fut suffisant pour que Morosini, Manfredi et Giuseppe se ruent sur lui d'un accord tacite et le réduisent à l'impuissance avec les cordes dont on venait de se servir. On le rentra dans la chapelle, on l'assit contre un pilier et on revint à l'acteur principal qui, lui, ne donnait plus signe de vie. Aldo s'agenouilla, prit son pouls.

— Il... il est mort ? émit Giuseppe d'une voix chevrottante.

— Tout à fait ! Je n'avais pas l'intention de le tuer mais, dans l'urgence, j'ai trop bien tiré peut-être...

— Vous n'allez pas le regretter, j'espère ? s'écria Manfredi. Si vous ne l'aviez abattu, il me tuait. Mon cher prince, je vous dois la vie ! Mais qu'allons-nous faire de lui ? Et du prisonnier ?

— On va prévenir la police, fit Giuseppe.

— Vous êtes fou, mon ami ! Que voulez-vous que nous lui racontions ? dit le comte. Le mieux serait peut-être... d'éliminer aussi cet homme ?

— Ne comptez pas sur moi pour ça, fit Morosini sèchement. Jamais je ne tuerai de sang-froid. Surtout un homme sans défense !

— Retirez-lui ses liens et vous verrez s'il est sans défense ! Si nous n'avions réussi à le maîtriser, il nous assommait tous.

S'éleva alors, derrière eux, une voix de basse taille s'exprimant comme les autres en italien :

— Sûrement pas ! Je voulais seulement vous ôter de mon passage afin de pouvoir fuir avec le fourgon, dit Achmet qui semblait curieusement détendu.

— Fuir où ? demanda Morosini. En Amérique ?

— Non. Je voulais rentrer chez moi, à Istanbul... maintenant que je suis libre !

— Ne l'étiez-vous pas ? Un serviteur n'est pas un esclave, que je sache, et vous étiez entièrement dévoué à Taffelberg.

— Moi, j'étais esclave. Il faut vous dire qu'il y a

cinq ans, j'ai commis un crime. Le baron m'a sauvé du bourreau à condition que je devienne son serviteur aveugle et sourd. Dévoué, quoi !...

— Il vous avait fait signer des aveux complets de la faute commise et gardait ce papier par-devers lui ? avança Alberto Manfredi.

Dans ses liens le Turc se redressa et, dédaignant celui qui venait de parler, il planta ses yeux noirs dans ceux de Morosini.

— Non. Pas de papier ! Il avait ma parole et savait que je n'y manquerais jamais. Je suis peut-être un meurtrier mais je suis, avant tout, un homme d'honneur. Cette parole, je vous la donnerai à vous si vous me laissez partir librement vers mon pays. Personne ne saura jamais rien de ce qui s'est passé ici !...

Il y eut un silence. Les trois autres protagonistes de la scène pesaient ce qu'ils venaient d'entendre. Enfin, le comte émit en haussant les épaules :

— C'est un peu mince comme garantie, vous ne trouvez pas ?

— Non, fit Aldo dont le regard ne quittait pas celui du prisonnier. Non, je ne trouve pas. A moi sa parole suffira... ou alors je ne sais plus juger un homme...

— Vous voulez le libérer ? Qui vous dit qu'il ne nous sautera pas dessus aussitôt ? Nous ferions mieux de le livrer à la police.

— Vous rêvez, mon cher comte ! Vous imaginez la police pataugeant dans cette histoire plus que bizarre ? A moins que vous n'ayez vraiment envie de faire connaissance avec les prisons helvétiques ?

Elles ne doivent pas être beaucoup plus confortables que les autres et, en outre, si votre femme doit rester en dehors de tout ceci, vous auriez gagné...

Sans attendre la réponse, il se pencha pour libérer Achmet de ses liens et l'aida même à se relever en concluant :

— A moi sa parole suffira et j'en prends la responsabilité...

Debout, le Turc considéra ce prince qui refusait de le traiter en malfaiteur et s'inclina devant lui.

— Merci, seigneur ! Vous avez la parole d'Achmet Chelebi. Vous me rendez la liberté et je ne l'oublierai pas. Mais, avant de partir, je vais vous aider.

Il alla prendre, dans le véhicule, l'une des couvertures que les routes de montagnes avaient rendues nécessaires. Puis, après en avoir vidé soigneusement les poches, il enveloppa soigneusement le cadavre qu'il alla déposer dans la tombe ouverte à la place que le défunt avait réservé à Manfredi, après quoi il combla la fosse avec une partie de la terre et, aidé cette fois par Giuseppe, replaça les dalles que les deux hommes tassèrent de tout leur poids.

— A présent, dit-il, il faut disperser ce qui reste de terre. Avez-vous une brouette ?

Giuseppe se chargea d'aller en chercher une à laquelle il joignit deux balais et, toutes ses craintes définitivement envolées, aida le Turc à nettoyer la chapelle. Quand ils eurent fini, plus rien ne laissait supposer qu'il s'était passé quelque chose en cet endroit tant le travail était bien fait.

— La porte refermée, je jetterai la clef, dit Manfredi. Ainsi il se passera un moment avant que quelqu'un entre ici...

— Vous pouvez partir maintenant, dit Aldo au Turc. Je vous souhaite de longues années dans votre pays. Des années de paix... et d'oubli.

— J'ai déjà tout oublié...

Et il partit vers son destin avec, au fond des yeux, cette flamme qu'allume toujours le sentiment de la liberté retrouvée.

— Les papiers sont en règle, dit Morosini en le regardant démarrer doucement. Avec la valeur du fourgon et ce qu'il emporte, il va pouvoir recommencer une vie dans son propre pays.

— Grâce à vous, mon cher prince, cette dangereuse affaire finit bien, soupira Manfredi. Mais Dieu, que j'ai eu peur !

La nuit était bien avancée quand Giuseppe, redevenu le parfait serviteur, un rien compassé, qu'il était auparavant servit aux deux hommes un merveilleux café accompagné de quelques sandwichs avant de se retirer avec discrétion. Manfredi, alors, alla prendre le sac de velours noir sur la table où il l'avait abandonné, l'ouvrit et en tira, un à un, les joyaux qu'il disposa sur le bois poli. Ses gestes étaient doux, respectueux même, pourtant Morosini nota que ses mains tremblaient de nouveau. Quand ce fut fait, il prit les émeraudes fatidiques et vint les donner à Aldo.

— C'est ce que vous vouliez, n'est-ce pas ? Je crois que vous les avez bien gagnées !

Ce furent alors les mains d'Aldo qui frémirent quand les « sorts sacrés » touchèrent ses paumes mais il les referma dessus avec un inexprimable sentiment de joie et de victoire : il tenait enfin la rançon de Lisa ! Cet instant le payait de ces mois d'angoisse, de peines, de durs travaux, de désespoir même. Il allait retrouver son bonheur !

— Merci, dit-il seulement.

Avec un geste qui balayait toute gratitude, Alberto Manfredi retournait vers la table où étincelaient toujours la tiare, le collier, les bracelets et les bagues. Il les contempla tandis qu'Aldo se resservait du café, passa dessus un doigt précautionneux :

— Qu'en feriez-vous à ma place ? demanda-t-il.

— Ce ne sont pas les banques qui manquent en Suisse, sourit Morosini. Toutes pourvues de coffres inviolables et de toute façon vous en avez sûrement un. C'est là qu'il faut les déposer au plus vite car je ne vois pas quelles explications vous pourriez donner à votre femme si elle les voyait.

— Et si... si vous les emportiez ?

— Moi ? Mais pour quoi faire ? Si vous n'avez pas de coffre, louez-en un !

— Ce n'est pas cela...

Il semblait tout à coup si gêné qu'Aldo se demanda ce qu'il avait derrière la tête. Il allait poser une question quand Manfredi demanda :

— A votre avis, est-ce que je peux en disposer à mon gré ?

Cette fois Morosini commençait à comprendre mais n'en fit rien paraître :

— C'est selon la façon dont on voit les choses. Si l'on s'en tient à la lettre des volontés de la grande-duchesse, vous devez les conserver par-devers vous comme un précieux souvenir de vos amours avant de les ensevelir avec vous, lorsque vous irez dormir auprès d'elle votre dernier sommeil...

— Mais je n'ai pas la moindre intention de me faire enterrer auprès d'elle. Surtout en compagnie de qui vous savez. Et c'est d'ailleurs impossible : nous irons à Vérone, moi et ma femme ! s'écria Manfredi avec impatience.

— Calmez-vous ! Je n'en doute pas, sinon ce que nous venons de faire ne servirait à rien. En outre, l'intention de nuire était patente chez la grande-duchesse quand elle vous a fait ce cadeau à la fois magnifique et empoisonné. Je pense qu'une fois la lettre de décharge partie pour Bregenz avec nos signatures — c'est moi, bien entendu, qui vais remplacer Achmet comme témoin — le notaire la classera. L'oubli et la poussière commenceront leur œuvre...

— Oui, mais, quand je mourrai moi-même, ce notaire ou son successeur pourraient demander une vérification et...

— ... et ce serait difficile si les joyaux sont vendus ? C'est pour cela, n'est-ce pas, que vous souhaitez me les confier ?

— Oui.

Il prit entre ses mains le somptueux collier d'émeraudes et de diamants et en caressa les pierres. Puis, toujours sans regarder son hôte, il lâcha :

— Nous partageons maintenant un lourd secret et dans ces conditions, je ne vois pas pourquoi je vous cacherais encore quelque chose. Je suis ruiné, mon cher, ou peu s'en faut...

— Ruiné ? Vous ?

La surprise de Morosini était sincère. Pour lui, Alberto Manfredi était l'un des hommes les plus riches d'Italie. Mais celui-ci reprenait :

— Oui, moi !... En dehors de la sépulture à laquelle je faisais allusion il y a un instant, il ne reste rien de mes biens à Vérone. Les gens de Mussolini m'ont tout pris. Il me reste cette villa et quelques miettes. Je songeais même à vendre ma collection de turquoises. Alors ce trésor qui me tombe dessus est incroyablement bienvenu, quelles qu'en soient les circonstances...

— Je comprends ! fit Morosini avec compassion.

Manfredi, alors, eut un petit sourire triste :

— Non, vous ne comprenez pas comment, même amputée, une fortune comme la mienne a pu s'évaporer ? Cela tient en un seul mot : le jeu.

— Vous jouez ? Vous ?

— Non, pas moi : ma femme... Oh ! cela ne constitue pas une faille dans notre amour. Elle est la plus merveilleuse des femmes et je tiens à elle plus qu'à tout au monde mais c'est un être humain et tous, tant que nous sommes, nous avons des défauts : elle, c'est celui-là. Et malheureusement, à une demi-heure de bateau d'ici, il y a Campione d'Italia et son fameux casino... La tentation est forte.

— Et elle ne sait pas y résister. Le lui avez-vous seulement demandé ?

— Non. Je la veux heureuse. Je suis beaucoup plus âgé qu'elle et ce qu'elle me donne est sans prix...

— Pas tant d'humilité, je vous en prie ! Vous êtes toujours extrêmement séduisant, mon cher comte, et je vous rappelle qu'une grande-duchesse vient de se suicider pour vous ! Si je comprends bien, la comtesse croit toujours s'appuyer sur une grande fortune ?

— Exactement. Jusqu'à présent, j'ai réussi à lui cacher mes soucis...

— Et vous appelez ça être heureux ? Qu'adviendra-t-il quand elle aura tout dévoré ?

— Ne soyez pas cruel : il lui arrive aussi de gagner et là elle montre une joie d'enfant...

— Je ne doute pas que ce ne soit charmant mais répondez à ma question : qu'arrivera-t-il lorsqu'elle vous aura complètement ruiné ? Acceptera-t-elle la médiocrité ?

— Je ne le verrai pas, car je mettrai fin à mes jours sachant qu'elle ne sera jamais dans la misère : sa famille a de la fortune même si c'est sa sœur aînée qui la gère par testament du père.

— C'est ridicule ! Vous devriez lui dire la vérité. Si elle vous aime comme vous le croyez...

— Je fais mieux que le croire : j'en suis sûr. Vous connaissez sa jalousie puisque nous avons monté une vraie comédie pour éviter un drame.

Morosini ne répondit pas. L'image qu'il se faisait à présent de la jeune comtesse, dont le ravissant visage souriait auprès de celui de son époux sur la photo placée en face, était singulièrement différente de ce qu'imaginait Manfredi. Aldo savait que l'extrême jalousie ne vient pas forcément d'un excès d'amour, sinon de soi-même et d'un sentiment de la propriété poussé au paroxysme. Joueuse et jalouse, Annalina Manfredi ne lui était pas follement sympathique. Son époux, cependant, reprenait avec un rien de timidité :

— Maintenant que vous savez tout, vous voulez bien emporter ces joyaux et les vendre pour moi au mieux, mais avec toute la discrétion possible bien sûr ? A moins que vous ne considériez que je n'en ai pas le droit ?

— En aucune façon. Que serait-il advenu des volontés de Fedora von Hohenburg si Taffelberg avait pu mettre ses projets à exécution ? Ils seraient en route pour l'Amérique. Donc je veux bien m'en charger mais plus tard.

— Pourquoi plus tard ?

— Parce qu'en vous quittant, je ne rentre pas chez moi et que je ne veux pas courir l'Europe et un peu plus avec ça dans mes bagages. Rangez-les, cachez-les, vous pourrez compter sur moi lorsque je reviendrai et nous verrons alors...

Il s'interrompit. Un bruit de moteur venait de précipiter Manfredi vers une fenêtre :

— Mon Dieu ! C'est ma femme... et un homme est avec elle. Comment est-elle déjà là ?...

— Plus tard, la réponse ! Il faut aller au plus pressé : emportez ce sac, videz-le où vous voudrez et mettez à la place votre collection de turquoises...

— Mais... mais pourquoi ?

— Faites ce que je vous dis et vite ! Nous n'avons pas de temps à perdre. Et laissez-moi la recevoir ! Ah ! quand vous reviendrez faites comme si vous ne l'aviez pas entendue rentrer !

Manfredi s'éclipsa tandis que le marbre du vestibule résonnait sous de hauts talons et que le bruit d'une dispute emplissait la maison :

— Arriverai-je jamais à me débarrasser de vous ? clamait une voix féminine sur le mode aigu.

— Je vous ai dit et répété que j'ai reçu mission de veiller sur vous, fit en écho une voix plus mâle qui était celle beaucoup plus paisible d'Adalbert.

La seconde suivante Annalina Manfredi pénétrait en trombe dans le petit salon apportant dans les fourrures qui l'enveloppaient l'air vif du dehors et un parfum d'œillet poivré et de bois de santal. Soudain muette, elle s'arrêta net en face de l'homme de haute mine, si naturellement élégant, qui s'inclinait devant elle sans un mot. Visiblement, il n'était pas du tout ce qu'elle s'attendait à trouver chez elle. Elle retrouva la voix pour demander :

— Mais... mais qui êtes vous, monsieur ? Et où est mon mari ?

— Prince Aldo Morosini, de Venise, pour vous servir, comtesse ! Votre époux vient dans un instant... Bonsoir, Adalbert, ajouta-t-il en voyant son ami inscrire son mètre quatre-vingts derrière la fine silhouette d'Annalina qui réagit aussitôt :

— Vous vous connaissez ? Qu'est-ce que tout cela veut dire ?

— Rien que de très simple, au fond, et de très

naturel quand un époux aime sa femme comme vous êtes aimée, répondit Aldo en allumant son plus beau sourire au bénéfice de la jeune furie. Qui n'en parut pas d'ailleurs autrement émue :

— Ah vous trouvez ça très simple et très naturel ? Ce personnage me harcèle depuis qu'hier j'ai quitté Lugano...

— Je me suis contenté d'allumer votre cigarette, protesta Adalbert. Si vous appelez ça harceler ?...

— Je veux bien l'admettre mais ensuite vous m'avez suivie jusque chez ma sœur. Là vous m'avez épiée, guettée...

— ... en manquant mourir de froid sous le contrefort glacé d'une église, oui, madame, et j'en suis fier !

Reprise par la querelle qui durait depuis Lucerne, Annalina riposta, féroce :

— Dommage que vous n'ayez pas réussi ! Et qu'avez-vous fait ensuite quand vous m'avez vue sortir...

— ... à pied, en pleine nuit et furieuse pour regagner la gare ? Je vous ai suivie, parbleu ! Et j'ai essayé de vous expliquer : un, qu'il n'y avait pas de train pour Lugano avant le matin et, deux, que votre mari, devant régler une affaire délicate, m'avait chargé de veiller sur vous et de vous retenir jusqu'à ce que tout soit fini...

Annalina explosa avec une violence qui rappela à Aldo les colères de sa chère Cecina :

— Une affaire délicate ? Une affaire de femme, oui ! J'ai été écartée de chez moi sous un prétexte fumeux pour qu'Alberto puisse recevoir l'une de ses nombreuses maîtresses et vous, dont je ne veux même pas savoir le nom, vous êtes son complice dans cette histoire ignoble !... Mais ça ne va pas se passer comme ça... Alberto ! Alberto où es-tu ?...

Elle se ruait vers la porte. Aldo la saisit au passage sans trop de douceur et la maîtrisa :

— Soyez un peu raisonnable, comtesse ! Je n'ai rien d'une femme, il me semble ?

— Lâchez-moi, voulez-vous ? Cela ne prouve rien, sinon que vous devez être complice vous aussi. Cette femme est quoi, votre sœur, une cousine ?...

Aldo la lâcha, puis d'une voix aussi coupante qu'une lame d'acier, il déclara :

— Je ne fais pas commerce de femmes, comtesse, mais de joyaux anciens ! Et il n'est pas question de maîtresse mais au contraire d'une preuve d'amour ! Apparemment vous n'avez jamais entendu parler de moi ?

Douchée mais avec un maximum de mauvaise grâce la jeune femme admit :

— Si, bien sûr ! Vous êtes connu mais cela ne dit pas ce que vous aviez de si secret à traiter avec mon époux... ni ce que peut bien être cette fameuse preuve d'amour ? Si Alberto veut m'offrir un bijou, il n'a pas besoin d'un si grand secret !

— Si c'était le cas, en effet ! Cependant il ne s'agissait pas pour lui d'acheter mais de vendre.

— De... vendre ? Mais quoi ?... tout de même pas...

— Sa collection de turquoises, si, madame !

Elle pâlit si brusquement qu'Aldo tendit les

mains croyant qu'elle allait s'évanouir mais elle se retint à un meuble et resta debout.

— Qu'essayez-vous de me dire ? Que mon époux est... ruiné ?

— Pas encore complètement mais peu s'en faut. Vous savez comme il tient à sa collection ? Jugez en conséquence !

La voix d'Annalina jusque-là emplie des éclats aigres de la colère changea soudain, devint plus douce, plus grave et plus triste :

— Et c'est moi qui l'ai mené là, n'est-ce pas ? Moi et ma manie du tapis vert... Voilà pourquoi il lui fallait m'éloigner pour vous rencontrer en toute tranquillité ?

Morosini s'inclina sans répondre mais, à cet instant, Manfredi reparut portant une mallette :

— Tout est là, mon cher ami ! dit-il. Puis, feignant de s'apercevoir de la présence de sa femme : Comment, tu es là ? Mais il n'y a pas de train à cette heure-ci ? Comment as-tu fait ?

Il s'adressait à Annalina mais son regard interrogeait avec un parfait naturel Vidal-Pellicorne qu'il voyait cependant pour la première fois mais dont il devinait qu'il était l'accompagnateur annoncé par Morosini. Ce qui faisait grand honneur à son talent de comédien !

L'archéologue sourit :

— Le rapide de Milan... et la sonnette d'alarme !

— Tu as fait arrêter le train pour toi, mon cœur ? fit Alberto en s'approchant de sa femme qu'il enveloppa de ses bras. Est-ce bien raisonnable ?

— Pardonne-moi mais... depuis hier soir, je suis

comme folle ! Lorsque je suis arrivée chez Ottavia elle tombait des nues, ne comprenait pas ce que je venais faire et quand j'ai parlé du télégramme elle a juré ses grands dieux n'avoir jamais rien envoyé mais, tout de suite après, elle s'est livrée contre toi à une si violente diatribe que nous nous sommes disputées pendant des heures. Tout ce que nous pouvions avoir de griefs, nous nous les sommes jetés à la tête...

— Elle ne t'a même pas invitée à dîner ?

— Elle non, mais Gottfried, le vieux maître d'hôtel de mon père, nous a fait passer à table... où nous avons continué. Tu sais quel souffle elle peut avoir ?

— Toi aussi, sourit son époux. Un talent de famille en quelque sorte...

— Je sais !... Gottfried avait aussi préparé une chambre pour moi mais j'ai refusé de passer la nuit dans une maison où l'on te traîne dans la boue.

— Et comme ta sœur m'accusait d'avoir voulu recevoir une maîtresse, toi tu as voulu savoir si elle n'avait pas un peu raison ?

— Je l'avoue...

— Eh bien, tu as vu : je recevais seulement le prince Morosini dont tu connais la réputation... et qui est aussi un ami.

Tout en parlant, il reprenait la mallette qu'il avait posée pour embrasser Annalina dans l'intention de la donner à Morosini mais la jeune femme s'interposa :

— Non, Alberto ! Tu ne feras pas cela !... Jamais je ne me pardonnerais si, à cause de mes folies, tu te séparais des pierres que tu aimes tant. Il doit y avoir moyen de s'arranger autrement. Et d'abord, je vais me faire « interdire » !

— Tu serais trop malheureuse et je te veux heureuse !

— Auprès de toi je le serai toujours !...

Repris par leur amour, Alberto et Annalina semblaient avoir oublié qu'ils avaient des spectateurs mais la jeune femme se reprit et vint vers eux :

— Je suis désolée que l'on vous ait dérangé pour rien, prince... surtout dans des conditions aussi... inhabituelles, dit-elle en tendant une main sur laquelle Morosini s'inclina, mais je veux que mon époux garde ce qui lui est si cher et nous trouverons une autre solution. A vous aussi, monsieur, je dois des excuses, ajouta-t-elle à l'intention d'Adalbert. Je crains de vous avoir fait passer une fort mauvaise nuit !

— Une nuit exaltante, vous voulez dire, comtesse ? sourit l'archéologue.

— Eh bien, j'espère avoir le plaisir de vous recevoir tous deux un autre jour et dans des circonstances plus paisibles.

Souriante, détendue, infiniment gracieuse, la jeune comtesse était redevenue l'exquise créature et la parfaite hôtesse qu'elle était dans la vie quotidienne. Alberto, pour sa part, rayonnait de voir s'achever de si heureuse façon une aventure qui aurait pu briser sa vie à tout jamais. Écartant Giuseppe qu'il venait d'envoyer se coucher, il raccompagna lui-même les deux hommes jusqu'à la voiture laissée par Morosini en dehors de la propriété.

— Je n'oublierai jamais ce que je vous dois, mon ami, fit-il en serrant avec force la main de celui-ci. Le voudrais-je d'ailleurs, qu'un simple regard posé sur la chapelle le rappellerait à ma mémoire...

— Ce ne sera pas une croix trop lourde à porter que cette double présence ? Et vos servantes sauront-elles se taire ?

— Rien à craindre. Elles me sont dévouées et puis Giuseppe les tient bien en main. Elles aimeraient mieux mourir que lui faire de la peine et Giuseppe est mon plus vieux serviteur. Partez tranquilles ! Tout ira bien à présent... et je vous dois beaucoup de mercis...

On se quitta sur ces mots et de chaleureuses poignées de mains. La voiture fit demi-tour et repartit dans le paysage nocturne où la pluie faisait trêve. Pelotonné dans le siège du passager Adalbert bâillait à se décrocher la mâchoire, exténué par la nuit qu'il venait de passer. En revenant avec Annalina, en effet, il s'était interdit le moindre petit somme craignant que la jeune femme n'en profitât pour lui fausser compagnie d'une manière ou d'une autre. A présent il s'accordait avec volupté la joie de la détente. Au bout d'un instant, un léger ronflement renseignait Aldo amusé sur le degré de profondeur de cette détente. Soudain, Adalbert, comme réveillé d'un cauchemar, sursauta et ouvrit un œil un peu hagard :

— Les émeraudes ! Est-ce qu'on les a ?

— Je me demandais quand tu allais me poser la

question, fit Aldo en riant. Rassure-toi, elles sont là ajouta-t-il en posant une main sur sa poitrine. On va pouvoir aller délivrer Lisa...

— Ah ! Tant mieux.

Avec un soupir heureux, Adalbert reprit son somme...

Quand M. Pettygrew ouvrit les yeux, il se sentit un peu perdu. Il faisait toujours nuit mais on était en gare de Milan et la plupart des voyageurs avaient quitté le train. Naturellement, plus trace de ceux qu'il était chargé de surveiller ! En pensant à ce qu'allait dire son employeur principal, M. Alfred Ollard, pourvu d'un caractère irascible, il se sentit un peu froid dans le dos. Comme s'il n'avait pas eu déjà suffisamment froid à Lucerne dans les courants d'air qui tournoyaient autour de cette fichue église où s'était retranché le Français ! Aussi, en retrouvant la chaleur d'un compartiment confortable, il avait cédé à la fatigue.

N'ayant même pas remarqué que le train s'arrêtait, stoppé par la sonnette d'alarme, il se mit à arpenter la gare à la recherche de son gibier mais, naturellement, ne trouva personne et, très déprimé se rendit au buffet de la gare pour se remonter le moral avec deux ou trois cafés accompagnés de petits verres de « grappa ». Quand il se sentit suffisamment fort pour affronter son destin, il se mit en quête d'un téléphone puis, l'ayant trouvé, se ravisa. M. Ollard n'aimait pas qu'on le réveille en pleine nuit. Or on en était peut-être au matin mais le jour n'avait pas encore fait son apparition. Après tout, le téléphone n'arrangerait pas ses affaires ! Le mieux serait peut-être de prendre un train pour Lugano et d'aller rendre compte de vive voix. Il aurait au moins l'avantage de la surprise tandis que, s'il téléphonait, M. Ollard aurait tout le temps de remâcher sa rancune jusqu'à leur réunion.

Ayant ainsi retardé le moment difficile, M. Pettygrew alla consulter l'affiche des départs, prit un billet et, comme il lui restait un peu de temps, retourna au buffet pour un quatrième café-grappa... Après quoi il se sentit beaucoup mieux. M. Pettygrew était un homme qui détestait se compliquer l'existence.

Il lui fallut pourtant bien faire face à ses responsabilités quand, pénétrant par un joli soleil d'hiver dans le hall de l'ex-villa Merlina, il se trouva inopinément en face de son employeur.

— Puis-je demander d'où vous venez ? demanda M. Ollard avec une douceur qui aurait inquiété quelqu'un de plus sensible.

— De... Milan.

— Et que faisiez-vous à Milan ?

— Je suivais qui vous savez. Il avait pris à Lucerne un billet pour Milan. Alors j'ai fait pareil...

— Et vous en aviez conclu que vous pouviez dormir jusqu'au terminus ?... Seulement, il a dû descendre avant, votre gibier, parce que, tel qu'il vient de m'apparaître, il était d'une charmante humeur et se hâtait d'aller prendre le train pour Paris avec son complice. Ce qui fait qu'à présent plus personne ne les suit !

— Vous voulez dire qu'il faut que je reparte ?

gémit M. Pettygrew accablé par ce nouveau coup du sort.

— Il est trop tard ! Même pour moi ! Il faut un minimum de temps pour quitter un hôtel comme celui-là et je viens seulement de les voir passer.

— On fait quoi, alors ?

— On prend le prochain train. Vous ne pensez tout de même pas que je vais vous offrir des vacances dans un palace ? D'ailleurs vous rentrez à Londres : je vous ai assez vu... Maintenant allez vous laver : vous empestez un de ces horribles alcools italiens douceâtres...

— Et... les autres ? fit M. Pettigrew pas tellement fâché à l'idée d'en finir avec le chemin de fer et de retrouver son cher Pimlico.

— Je vais téléphoner pour qu'il y ait quelqu'un à l'arrivée du train... Ils avaient l'air tellement contents !... je me demande s'ils n'ont pas réussi à se procurer les émeraudes ? Et si c'est le cas...

— Vous allez les attaquer ?

— Tss Tss !... Ce ne sont pas les ordres. S'ils vont prendre le prochain Orient-Express avec correspondance sur le Taurus-Express, nous serons fixés. Cela voudra dire qu'ils les ont.

Quatre jours plus tard, en effet, ayant seulement changé le contenu de leurs valises et rassuré au passage Mme de Sommières, Aldo et Adalbert s'embarquaient pour la longue traversée de l'Europe et de l'Asie Mineure.

Quatrième partie

LA VOLEUSE

CHAPITRE XI

LA PISCINE DE SILOÉ

Quand, après un voyage exténuant, Morosini et Vidal-Pellicorne débarquèrent à Jérusalem et franchirent le seuil de l'hôtel King David, la première personne qu'ils rencontrèrent, avant même le portier, fut le lieutenant Douglas Mac Intyre, de l'état-major, qui, un stick sous le bras, arpentait le hall sur le mode agacé. Visiblement il attendait quelqu'un et ce quelqu'un ne venait pas !

L'apparition inattendue des deux voyageurs lui produisit l'effet d'un rayon de soleil perçant un ciel noir. Il s'arrêta net avec l'expression émerveillée que dut avoir saint Paul en voyant la lumière sur le chemin de Damas. Il était même si content qu'il en perdit sa raideur britannique et qu'Aldo crut qu'il allait se jeter à son cou :

— C'est vous ! s'exclama-t-il en français. Je suis si heureux ! Et notre princesse ?

Même si le pluriel employé ne l'enchantait pas, Aldo offrit un bon sourire à l'amoureux de Lisa :

— J'espère que nous la reverrons bientôt...

Sans lâcher son stick, Mac Intyre frappa vigoureusement sa paume gauche de son poing droit :

— By Jove !... Je suis si terriblement content !

— Mais vous même, que faites-vous là ? Vous montez la garde ?

— Non... puis baissant la voix de plusieurs tons : J'attends... comment vous dites ! Une... huile ?... Avec qui je dois faire la touriste et qui, of course, me fait faire le poireau ! Mais ce n'est plus important maintenant...

— Parce que vous avez envie de causer avec nous ? Écoutez, mon vieux, nous sommes sales et fatigués. Nous avons besoin de repos et d'un bon bain. Alors si vous voulez, venez dîner avec nous ce soir. A condition que vous soyez libre, bien sûr.

— Je serai... Merci grandement !

L'« huile » arrivait, d'ailleurs, et le lieutenant se porta à sa rencontre.

— Tu as eu bien raison de l'inviter, commenta Adalbert. Si j'en crois ce que nous venons de vivre, la situation n'est pas des plus calmes par ici et on pourrait avoir besoin de lui.

En effet, la situation en Palestine se dégradait. Relativement calme depuis que la fameuse Déclaration Balfour avait préconisé l'établissement d'un foyer national juif sans qu'il soit porté atteinte au droit des Arabes, mais c'était là un double vœu parfaitement contradictoire, elle se détériorait. Le mandat anglais sur le pays n'arrangeait rien en s'efforçant de ménager la chèvre et le chou. Des groupes de jeunes hommes déterminés se formaient dans un camp comme dans l'autre ; les émeutes et les affrontements étaient fréquents sans que quiconque puisse prévoir comment cela se terminerait, le beau projet de partage équitable entre les deux communautés s'effilochant de jour en jour entre les doigts des chancelleries. Et comme les Turcs n'étaient pas sans regrets d'avoir été contraints d'abandonner des territoires où ils étaient maîtres depuis des siècles, les troubles débordaient souvent les frontières. Ainsi le Taurus-Express où voyageaient les deux amis avait été attaqué par une bande de pillards heureusement mis en fuite par une troupe de protection locale et les voyageurs en avaient été quittes pour la peur. Prudent, Aldo avait pris soin de protéger au mieux le trésor qu'il rapportait et ce fut dans ses chaussettes que les « sorts sacrés » effectuèrent à Jérusalem une rentrée un peu humiliante peut-être, mais discrète. Il n'aurait pu supporter l'idée de les voir partir entre les mains crasseuses d'un bandit de grands chemins. Il aurait préféré les avaler, au risque d'en mourir...

Le premier soin d'Adalbert, après le déjeuner, fut de se rendre dans les bureaux du quotidien local pour y passer, trois jours de suite pour commencer, l'annonce réclamée par le rabbin Goldberg. Il ne restait plus qu'à attendre le résultat et ce ne serait pas le plus facile. Goldberg était-il seulement à Jérusalem ?

Douglas Mac Intyre apporta la réponse à cette question. Depuis le départ de ceux qu'il considérait à présent comme des amis, il s'était souvent promené, en civil, dans le quartier de Mea Shearim, fréquentant les échoppes du brocanteur et du marchand de tapis proches de la maudite maison dans laquelle il avait vu disparaître Lisa. La présence du rabbin dans la ville sainte ne faisait donc aucun doute pour lui.

— Je l'ai vu encore hier. Il est là, j'en suis sûr !

La réponse d'ailleurs ne se fit pas attendre. Le journal n'était en vente que depuis deux heures environ quand un groom de l'hôtel monta une lettre à Morosini en disant qu'un commissionnaire venait de l'apporter. Elle était courte ; elle fut vite lue :

— Le rendez-vous est pour demain soir, dit-il à Adalbert. Onze heures à la piscine de Siloé ! C'est du moins ce que je traduis puisqu'il dit : « là où nous nous sommes rencontrés la dernière fois... »

— Aucun doute là-dessus mais pourquoi ne pas nous faire venir tranquillement chez lui ? Il doit bien se douter que nous connaissons sa maison ?

— Il a ses raisons dont la meilleure est peut-être — du moins je veux l'espérer ! — qu'il trouve cet endroit désert plus commode pour me rendre Lisa...

Cela faisait encore pas mal de temps à patienter et, ce temps, il fallait l'occuper. Après être allé, avec Adalbert, reconnaître en plein jour le chemin qu'ils parcourraient de nuit, Aldo poussé par l'ancienne angoisse, un peu apaisée quand il avait pris possession des « sorts sacrés » mais qui renaissait depuis l'arrivée à Jérusalem, éprouva soudain l'impérieux besoin de déposer son fardeau au pied de la Croix comme le faisait toujours sa mère aux heures d'épreuve, comme l'avaient fait tous les Morosini au cours d'une longue histoire dont une partie, pour certains, s'était déroulée sur ces lieux mêmes. En quittant la piscine de Siloé et au lieu de remonter vers l'hôtel, il se tourna vers la vallée du Cédron. Ce qui surprit Adalbert :

— Où vas-tu ? Ne me dis pas que tu as envie d'aller rendre visite à notre vieil ami sir Percy ?

— Non. Je veux... visiter quelqu'un de plus haut. Je... j'ai envie d'aller prier au Saint-Sépulcre. Rentre sans moi !...

— A moins que tu ne tiennes essentiellement à y aller seul, j'irais bien moi aussi. Cela me paraît même... la meilleure idée que l'on puisse avoir.

Sans répondre, Aldo se contenta de passer son bras sous celui de son ami, profondément remué par cette nouvelle preuve de leur amitié. Ensemble donc, ils suivirent le chemin longeant le rempart jusqu'à l'ancienne porte des Lions sacralisée depuis par le nom de Saint-Étienne. De là partait la Via Dolorosa, le chemin de souffrance que Jésus, déjà blessé par les fouets des prétoriens et les cruelles épines de sa dérisoire couronne, avait gravi sous la charge du bois du supplice, depuis la forteresse Antonia jusqu'au Golgotha, le « lieu du Crâne », la colline pelée où, à présent, les coupoles d'une basilique byzantine s'efforçaient de remplacer le terrible et rayonnant symbole qui avait porté le Rédempteur et ouvert aux hommes les portes de l'Espérance...

Mais là où ils attendaient silence et recueillement, les deux pèlerins impromptus ne trouvèrent que vacarme et agitation : une foule grouillante où se mêlaient toutes les religions monothéistes s'entassait, se bousculait dans l'étroite rue en pente, coupée d'escaliers aux marches usées et glissantes, qui semblait errer un peu au hasard entre de vieilles bâtisses dont les sommets menaçaient de se refermer sur elle. A chaque station du divin martyr correspondait un édifice mais appartenant à une religion différente : la prise de la Croix devant un couvent de Petites Sœurs catholiques, la rencontre avec la Vierge à l'église des Arméniens cependant que les Melchites ou Grecs Unis possédaient la station de Véronique et de son voile, l'Hospice protestant allemand la rencontre avec les Saintes Femmes et la Troisième chute à l'église copte, etc. Le plus étrange étant encore que l'entrée du Saint-Sépulcre... était gardée par un musulman.

— La basilique elle-même est encore pire, s'il se peut : elle est partagée entre sept communautés qui la gèrent, l'entretiennent... et se la disputent copieusement..., dit Adalbert.

— Tout ceci est aberrant ! Puisque tu le savais, pourquoi m'as-tu laissé faire ?

— Parce que gravir la Voie Douloureuse ne pouvait que te faire du bien mais si tu veux prier en paix, redescendons à l'église Sainte-Anne. Bâtie par les Croisés c'est la plus belle, la plus grave surtout, celle qui correspond le mieux à un élan mystique...

— Elle appartient bien à des moines quelconques ?

— A des moines, oui, mais pas quelconques ! Les Pères blancs... dont faisait partie Charles de Foucauld !

Morosini alla prier à l'église Sainte-Anne.

Vint enfin le moment de se rendre au rendez-vous fixé par le rabbin. Aldo et Adalbert se dirigèrent au pas de promenade vers la Vieille Ville en fumant l'un une cigarette, l'autre un cigare. Ils flânèrent dans les ruelles où les lampes à acétylène des échoppes entretenaient une animation, puis franchirent les vieux remparts pour descendre vers les ruines de la cité de David où ils gagnèrent enfin l'ancienne mosquée enfermant la piscine où Jésus avait ouvert les yeux de l'aveugle. La nuit était sombre. Tout était calme, silencieux, un peu effrayant même. Onze heures sonnèrent quelque part...

A voix contenue, Aldo appela en s'approchant du bassin.

— Vous êtes là ?

Rien ne lui répondit mais, soudain, il aperçut quelque chose :

— Ta lampe, Adal ! Vite !

Dans le mince pinceau lumineux apparut alors ce que, depuis une seconde, il craignait de voir : un corps flottant sur l'eau plate avec, à côté de lui, le chapeau noir tombé de sa tête. Un corps qui était celui d'Abner Goldberg. Le poignard qui l'avait tué était encore planté dans la blessure qu'il portait à la poitrine...

Les jambes d'Aldo se dérobèrent sous lui et il se laissa tomber à genoux, accablé par ce dernier coup du sort dont la signification était si terrible pour lui. Il se souvenait trop des termes de la lettre reçue au soir de l'enlèvement de Lisa : si Goldberg lui-même ne venait la délivrer ses gardiens avaient ordre de la tuer. Et Goldberg, lui-même, venait d'être tué...

Adalbert réalisa aussi vite l'horreur de la situation mais y résista mieux. Fondant sur Aldo, il l'obligea à se relever :

— Viens ! Il faut filer d'ici et vite ! Ceux qui ont fait ça sont très capables de nous envoyer la police pour nous mettre le meurtre sur le dos. Mieux vaut la prévenir nous-mêmes...

— Mais Lisa ?... Elle était peut-être là ?

— Si elle y était et qu'on l'a enlevée, raison de plus pour nous faire aider !.

— Tu as raison, il n'y a plus de temps à perdre...

— Et pourtant, il vous faudra bien m'en consacrer encore un peu, fit une voix moqueuse qu'ils n'osèrent pas reconnaître sur le moment tant elle leur parut incroyable, invraisemblable...

Pourtant ce fut bien l'Honorable Hilary Dawson qui apparut soudain, descendant calmement l'escalier à rampe de fer faisant communiquer l'étage du bassin avec la terrasse qui l'entourait et d'où partait l'ancien minaret. Mais aucun des deux hommes n'eut l'exclamation de stupeur qu'elle attendait peut-être.

— Je savais bien que c'était une garce ! cracha dédaigneusement Morosini.

— J'aurais dû te croire, fit Adalbert en écho, mais la légère fêlure de sa voix trahit une douleur qu'Aldo supporta d'autant moins que, derrière la jeune femme, surgissaient deux Arabes armés jusqu'aux dents et que d'autres sortaient des arches au niveau de la piscine. Or, deux de ces hommes étaient des fils de Khaled, autrement dit les assassins de la Nabatéenne.

Cependant la voix qui savait pourtant se faire si douce reprenait :

— Vous devriez mieux cacher votre joie de me revoir, messieurs ! Vous surtout, cher Adalbert ! Vous pourriez admettre avec plus d'élégance que vous avez perdu. Je vous croyais beau joueur ?

— Je vous croyais une lady ! Vous n'êtes qu'une meurtrière à peine digne de la corde qui la pendra ! Car, bien sûr, c'est vous qui avez tué ce malheureux ?

— Pourquoi voulez-vous que je me salisse les mains quand Ali ou Karim savent jouer du poignard avec tant d'habileté ? Ce malheureux, comme vous dites — encore que je vous trouve bien indulgent à son égard ! —, a été tué à distance, d'une seule lancée mais en plein cœur.

— Dire que vous avez osé me présenter à votre famille ? ne put retenir Vidal-Pellicorne.

— Oh, ne vous souciez pas de ma... famille ! Elle en a vu d'autres. J'admets volontiers cependant que peu d'entre eux avaient votre valeur. Vous êtes un grand archéologue et un ennemi de qualité.

— Un ennemi ? releva Morosini méprisant. En bonne fille d'Albion vous savez mélanger les genres. Ne parliez vous pas de mariage ?

— J'aurais pu aller jusque-là ! La perspective n'était pas sans charme : un époux de bonne famille, riche, élégant, un savant qui m'aurait ouvert un accès privilégié à tous les musées de France et d'ailleurs, ce n'était pas à dédaigner.

C'était même à étudier sérieusement et j'avoue que je me suis interrogée. Malheureusement pour vous, cher Adalbert, je suis trop attachée à mon indépendance... et à quelqu'un d'autre. Et puisque mon parti était pris, j'ai préféré lever le masque.

— Autrement dit : je vous dois une fière chandelle ? fit Adalbert qui retrouvait à la fois son aplomb et un certain sens de l'humour. Recevez mes remerciements pour une lourde sottise évitée ! Moi aussi j'aime mon indépendance, ma chère Hilary ! Si toutefois c'est bien votre nom ?

La jeune femme éclata de rire.

— Ah ! Il y a là une question intéressante. Suis-je Hilary ou bien Violet, Sandra, Daisy ou Pénélope ? Il m'arrive en effet de changer d'identité. C'est indispensable dans mon métier.

Triomphante, l'Anglaise semblait prendre un vif plaisir à s'étaler devant ceux qu'à cet instant elle tenait si bien en son pouvoir. Mais comme tous ceux qui n'ont pas la gloire modeste, elle parlait trop, occupée de son autosatisfaction et, tout à coup, il y eut comme un trait de lumière dans l'esprit d'Aldo : depuis deux ou trois ans, des vols de joyaux, toujours anciens et même souvent antiques, s'étaient produits dans des collections particulières, voire dans des musées moins bien défendus que les grands ensembles nationaux. Le voleur, ou plutôt la voleuse car on savait que c'était une femme, était habile et disparaissait toujours sans laisser de traces autres que, dans le souvenir d'un témoin quelconque, la présence, à un endroit ou à un autre, d'une créature vêtue d'un tailleur noir — comme l'était ce soir Hilary — sous lequel se montrait discrètement la blancheur d'un corsage. En résumé, une tenue comme en portaient beaucoup d'autres femmes et qui n'avait jamais permis de la prendre sur le fait ou même de l'identifier. Faute de mieux, la presse l'avait surnommée Margot la Pie et un début de légende se tissait...

— Dans l'énumération de vos noms, n'y a-t-il pas Margot ? demanda-t-il presque négligemment, satisfait cependant de la voir tressaillir.

— Quelle drôle d'idée ? fit-elle avec un petit rire nerveux. C'est un nom trop vulgaire pour moi...

— Peut-être. Il est vrai aussi que Margot la Pie n'a jamais tué et qu'il y a ici un cadavre. Cependant, que vous n'ayez pas frappé vous-même ne change rien à la chose : la meurtrière, c'est vous...

— On peut aussi supposer que cette Margot n'avait pas encore donné toute la mesure de son talent, coupa Adalbert. Le meurtre, tu sais, il suffit de s'y mettre ! J'imagine même que ce pourrait être bientôt notre tour. Nous en savons trop sur elle.

L'éclat de rire d'Hilary lui coupa la parole et c'était une chose étonnante que cette jeune femme blonde et élégante, riant de si bon cœur dans ce décor sinistre habité par un cadavre et des hommes à la mine sombre...

— Que vous êtes donc mélodramatique, cher Adalbert ! Je crois, décidément, que je vous aime bien. Aussi pourquoi voulez-vous que je vous tue ?

— Parce que c'est la logique des choses, fit Morosini en haussant les épaules. Il vient de vous le dire : nous en savons trop !

— Ce que vous savez ne vous servirait à rien. Je vous dirai pourquoi tout à l'heure. Auparavant je tiens tout de même — à cause de cette tendresse que je vous porte — à me justifier à vos yeux, mes bons amis. J'ai dit tout à l'heure que je n'avais pas tué Goldberg et c'est vrai. Non seulement je n'ai pas accompli l'acte mais ce n'est pas moi qui en ai donné l'ordre.

— Qui, alors ?

— Vous n'imaginez pas que je vais vous le dire ? A présent, il serait peut-être temps de mettre un terme à cette agréable réunion. Me ferez-vous la grâce, mon cher prince, de me remettre les belles émeraudes pour lesquelles vous vous êtes donné tant de mal ?

Dans la nuit paisible, la réponse claqua comme une balle :

— Non !

— Vous n'avez pas le choix, soupira Hilary. Ne m'obligez pas à vous faire fouiller. Ce serait... déplaisant !

— Faites ce que vous voulez ! Vous ne les aurez pas de bon gré. Il faut que vous le sachiez... Ces pierres sont la rançon de ma femme que votre victime avait enlevée...

— Je le sais.

— Comment pouvez-vous le savoir ?

— Je le sais, vous dis-je ! De toute façon cet homme est mort. Votre femme n'a plus rien à craindre de lui.

— Elle a tout à craindre, au contraire ! intervint Adalbert. Si ceux qui la gardent apprennent la mort de Goldberg, ils la tueront ! Hilary, s'il reste en vous quelque chose de ce que j'ai aimé, ne vous chargez pas de ce nouveau crime. Il s'agit d'une jeune femme... que l'on ne peut approcher sans l'aimer et...

— Peste ! Quelle flamme ! Vous faites apparemment partie de la troupe ?

— Je ne crois pas que vous ayez encore le droit de m'interroger à ce sujet ? Cependant je veux bien admettre que je voue à Lisa Morosini un affectueux dévouement.

— Cela ne m'intéresse pas. Assez causé : les émeraudes, prince !

— Le premier qui m'approche, je l'abats !

Un geste rapide et la gueule noire du revolver apparut au poing de Morosini. Hilary, qui s'avançait déjà une main tendue, s'arrêta et même recula :

— Ne faites pas l'imbécile : elle n'a rien à craindre, vous dis-je !

— Qu'en savez-vous ?

— Oh, j'ai pour cela la meilleure des raisons : c'est en mon pouvoir qu'elle est maintenant. Ce... ce digne personnage l'avait amenée avec lui. Je n'ai eu qu'à la cueillir !

— Vraiment ? En ce cas tout est simple : rendez-la-moi et les émeraudes sont à vous. Je n'ai jamais eu l'intention de les garder.

— De ce dernier point je ne doute pas mais, si je vous suivais sur ce chemin, vous auriez tôt fait de me faire rattraper par la police et de reprendre ces si précieux cailloux.

— Non. Vous avez ma parole. Je n'ai aucune

raison de vouloir conserver ces pierres. Bien au contraire ! Elles sont le pire porte-guigne que je connaisse !

— On ne m'a pas si facilement, mon cher prince, et je ne vous crois pas ! Il se trouve que j'ai besoin d'elle. Justement pour vous obliger à vous tenir tranquille pendant que je disparaîtrai. Elle vous sera rendue... en temps voulu.

— Pourquoi vous croirais-je alors que vous refusez ma parole ? Donnez l'ordre qu'on aille la chercher... ou je vous tue.

Il n'eut pas le temps d'ajouter un mot. Apparemment, les troupes de l'aventurière étaient plus nombreuses qu'il ne le croyait. Sortis de nulle part, deux hommes bondirent sur Aldo par-derrière et le maîtrisèrent. Instinctivement il appuya sur la gâchette et le coup partit mais la balle fila vers le ciel. Pendant ce temps, d'autres Arabes s'étaient emparés d'Adalbert. Un instant plus tard, tous deux étaient réduits à l'impuissance et proprement ligotés après qu'Hilary elle-même eut fouillé Aldo et découvert, sans peine aucune, les « sorts sacrés » enveloppés d'un mouchoir de soie dans la poche de poitrine intérieure de son smoking.

Elle les contempla avec le sourire que toute femme digne de ce nom réserve à la beauté :

— Quelles merveilles ! En vérité, elles valent bien la peine que nous nous sommes tous donnée...

— La vôtre n'a pas été si grande mais cela pourrait changer ! N'oubliez pas qu'elles portent malheur...

— Je n'ai pas l'intention de m'en parer et, de

toute façon, je ne suis pas superstitieuse... Navrée de vous quitter à présent, chers amis. La fin de la nuit sera sans doute inconfortable mais du moins personne n'aura l'idée de vous accuser du meurtre de Goldberg ! Ceci compense cela.

— Vous ne l'emporterez pas en paradis, Hilary Dawson ! grogna Adalbert furieux...

Elle tourna vers lui un sourire presque tendre :

— A mon âge on a encore le temps de penser au Paradis et moi je préfère m'en créer un sur la terre. Adieu, mon cœur ! Et... à propos, je ne m'appelle pas vraiment Hilary Dawson. Quant à ma supposée famille, c'était une réunion d'amis chers qui ont bien voulu jouer le rôle.

— Y a-t-il en vous quelque chose de vrai ? fit Aldo avec dédain. En tout cas, retenez ceci : où que vous soyez je vous retrouverai et je vous ferai payer tout cela.

Il eut droit à la fin de son sourire :

— Je vais mourir de peur, mon cher Aldo ! En attendant, permettez-moi de vous dire que, pour un homme de goût, vous en manquez singulièrement en matière matrimoniale : cette grosse femme et vous ne devez pas former un couple bien assorti !...

Emmenant sa déplaisante troupe avec elle, Hilary quitta la piscine de Siloé, laissant ses prisonniers sous le coup de ses derniers mots. Cependant, Aldo attendit un moment avant d'exprimer sa surprise :

— Lisa, une grosse femme ? C'est impossible, voyons ! Qu'est-ce que cela peut vouloir dire ?

— Que Goldberg avait dû se faire accompagner

par quelqu'un d'autre et que ce n'est pas Lisa que cette damnée créature a emmenée...

— Autrement dit, Lisa est toujours au pouvoir des gardiens à qui cet homme l'avait confiée ? Et toujours en danger de mort... Bon Dieu ! c'est à devenir fou ! Et combien de temps allons-nous encore rester ici, ficelés comme des salamis ?

— Je n'ai pas de réponse à ta question, mon pauvre vieux, soupira Adalbert qui se tortillait dans ses cordes dans l'espoir de trouver un moyen de s'en libérer. Tes liens sont-ils aussi serrés que les miens ?

— Je le crains, mais si on réussit à se coucher de côté, tu pourrais peut-être essayer d'attaquer ceux de mes mains avec tes dents. Ou vice versa...

— Le malheur c'est qu'on n'y voit pas grand-chose...

Un mince jet de lumière lui apporta un soudain démenti. Aussitôt Adalbert se mit à crier :

— Par ici !... On est là !... Au secours !

La lumière s'agita au rythme de pas plus rapides puis vint les éclairer de plein fouet accompagnée d'une exclamation satisfaite :

— Je me demandais où vous étiez passés, fit le lieutenant Mac Intyre en tirant de sa poche un couteau suisse à l'aide duquel il attaqua les premiers liens qui se présentaient à lui et qui étaient ceux d'Adalbert...

— Vous nous aviez suivis ? demanda celui-ci.

— Oui... de loin. Une idée comme ça... au cas où vous auriez besoin d'aide...

— C'est le cas ! Et, en venant, vous n'avez rencontré personne ?

— Non. Je vous avais même perdus et j'étais assez loin quand j'ai entendu le coup de feu... Alors je suis revenu...

— Et vous n'avez vu personne ? insista Adalbert. Une jeune femme blonde vêtue de noir et une bande d'Arabes ?

— Mais non, je vous assure !

— Ils ont dû prendre le tunnel d'Ezéchias, murmura Aldo. La fontaine de la piscine ne coule plus. Ou peut-être se sont-ils dispersés ? Et à propos de piscine, regardez un peu, lieutenant, ce qu'il y a dedans ! Vous découvrirez le cadavre d'un rabbin nommé Abner Goldberg.

Le pinceau lumineux obéit, dessina la masse noire qui flottait doucement.

— Seigneur ! gémit le jeune homme. Un rabbin !... Ça va faire une histoire de tous les diables ! Et, en plus, les Juifs crieront qu'il faut purifier ce bassin ! C'est vous qui l'avez tué ?

— Mais bien sûr, voyons ! explosa Morosini. Nous l'avons tué alors qu'il était le seul à savoir où se trouve ma femme et ensuite, comme nous sommes très futés, nous nous sommes ficelés afin de nous procurer un parfait alibi ? Vous rêvez, Mac Intyre, ou quoi ?

— Oh, je suis désolé !... Je ne réalisais pas... Seulement, je ne comprends plus rien : vous ignorez toujours où est la princesse Morosini ?.

— On se tue à vous le dire. Je crois, ajouta Vidal-Pellicorne avec un soupir, qu'il va falloir tout lui expliquer... et en détail. Alors, si vous le voulez bien, on rentre à l'hôtel et on cause. Mais vous voulez peut-être prévenir la police ?

— Oh, moi, je ne préviens personne, protesta le lieutenant. Je laisse ce soin aux premiers promeneurs qui viendront ici. Pour le reste, les Juifs s'arrangeront avec les Arabes puisque le poignard que je vois là-bas a tout l'air de signer le crime. Je ne tiens pas à être pris dans la tempête. Mon colonel serait capable de me casser ! Filons d'ici !

Remettant dans sa poche le couteau dont il venait de se servir avec tant d'efficacité, il se disposait à prendre le chemin du retour quand Morosini l'arrêta :

— Un moment ! Ne crois-tu pas, Adal, que nous ferions mieux de faire disparaître ce cadavre ? Si les gens qui gardent Lisa ne voient pas revenir Goldberg, ils risquent de s'en prendre à elle et ils la tueront à coup sûr quand ils apprendront sa mort. Souviens-toi de la lettre : il faut qu'il aille lui-même la rechercher et avec les mots convenus...

— C'est impossible ! s'exclama Mac Intyre en revenant sur ses pas. Si nous y touchons, nous risquons d'être poursuivis, au moins pour complicité, et je vous rappelle que j'appartiens à l'armée anglaise : cela créerait un dangereux incident diplomatique ! La situation n'est pas bonne en ce moment.

— Et si nous ne réussissons pas à le cacher, c'est ma femme qui va mourir ! Alors les incidents diplomatiques !... Allez nous attendre à l'hôtel ! On s'en charge, Vidal-Pellicorne et moi.

Tout en parlant, il s'agenouillait sur le bord du bassin le plus proche du cadavre puis, comprenant qu'il allait tomber, s'étendit à plat ventre en s'étirant le plus possible. Il en était presque au point de rupture d'équilibre quand il réussit à attraper un pan de la lévite et tira le tout à lui...

— Viens m'aider ! souffla-t-il et Adalbert se précipita.

A eux deux, ils réussirent à sortir le corps et l'étendirent sur le sol.

— Et maintenant, qu'est-ce que vous allez en faire ? grogna l'Écossais nettement réprobateur.

— Ce ne sont pas les tombeaux désaffectés qui manquent dans la vallée du Cédron, répondit Adalbert entièrement acquis à l'idée de son ami. On va prendre le tunnel d'Ezéchias. Et ne dites pas que ce sera long et difficile : on le sait mais, comme dit Morosini, on n'a pas le choix. Retournez au King David, lieutenant, mais laissez-nous votre lampe !

— Pour qu'on me retrouve avec une jambe cassée ? Non !... je vais vous éclairer.

— Et l'incident diplomatique ? ironisa Morosini.

— On va essayer de l'éviter. Et puis une femme comme la princesse vaut que l'on risque une guerre !

Ne sachant s'il devait remercier ou montrer les dents, Aldo choisit de se taire et alla s'atteler aux pieds du corps dont il enleva les chaussures pour les vider et les fourrer dans ses poches.

— N'oubliez pas ça, grogna l'Écossais qui, du bout de son inséparable stick, avait repêché le chapeau et le posait sur la poitrine du mort. Sinon on pourrait se demander ce qu'il faisait là.

Bien que feu Goldberg fût petit, descendre son corps par un tunnel d'environ cinq cents mètres aux marches raides et glissantes fut plus que difficile : un vrai calvaire, dont Aldo et Adalbert admirent volontiers que, sans la lampe de Mac Intyre, ils ne s'en seraient pas tirés mais enfin, après un temps qui leur parut durer l'éternité, on retrouva l'air libre, la nuit du Seigneur et les senteurs de cèdre et d'eucalyptus dans la verte vallée... Trouver près des grands tombeaux un trou dans la falaise fut beaucoup plus aisé. On y installa le corps du mieux que l'on put, on empila pierres et branches sèches à l'entrée et l'on reprit, enfin, le long chemin qui ramenait à l'hôtel... Le sort de Lisa allait dépendre à présent du temps qui s'écoulerait avant la découverte du cadavre.

Vu l'heure tardive — et même matinale ! — le bar de l'hôtel était fermé, pourtant Morosini n'eut aucune peine à obtenir du portier de nuit une bouteille de whisky, un siphon, de la glace et des verres :

— Il n'est pas rare, dit cet homme courtois avec un regard de connivence à Mac Intyre, que quelques-uns de ces messieurs passent la nuit dans l'un de nos petits salons pour jouer au poker tranquillement...

— Je crois que ça m'aurait plu, fit Adalbert, mais pour l'instant nous avons mieux à faire !

A considérer les smokings et l'uniforme mouillés, froissés et salis, le portier voulut bien le croire mais se garda de commenter. Dans un palace de quelque pays qu'il soit, on en voyait bien d'autres...

Plongé dans ses pensées sombres, Aldo laissa Adalbert se charger du récit après qu'ils eurent changé de vêtements et aidé Douglas à retrouver un aspect présentable. Il fumait cigarette sur cigarette, allumant une nouvelle à celle qui allait s'éteindre. En fait il n'écoutait pas, préférant chercher une solution à leur difficile problème.

— A présent Goldberg est mort et lui seul savait où Lisa est retenue... conclut Adalbert.

— On pourrait en tout cas chercher le gamin nommé Ezéchiel qui lui était si cher. Il doit bien savoir quelque chose, celui-là.

— Qui est Ezéchiel ? demanda Douglas.

— Celui qui a porté les lettres et que Lisa a suivi chez Goldberg. Sur nos indications, Mlle du Plan-Crépin avait tiré un portrait dont je dois avoir encore une copie dans mes bagages, dit Adalbert.

— Inutile ! Je m'en souviens très bien. J'ai une bonne mémoire des visages et je vais le faire rechercher, dit le lieutenant. Il serait bien étonnant d'ailleurs que l'annonce de la mort du rabbin ne le ramène pas à la surface : je peux vous assurer que ça va faire du bruit !

— Il y autre chose qu'il faudrait savoir, reprit Aldo. Cette femme... Hilary puisque nous n'avons pas d'autre nom à notre disposition, a dit qu'elle travaillait pour quelqu'un d'autre et il faudrait peut-être se soucier de la malheureuse qu'elle a prise pour ma femme et qu'elle a emmenée pour couvrir sa fuite. Elle ne va pas tarder à s'apercevoir que ce n'est pas Lisa et alors le mystérieux employeur pourrait vouloir s'en débarrasser... L'idée qu'elle pourrait mourir me gêne...

— Moi aussi, mais, à propos du mystérieux employeur, tu n'as pas une petite idée ? Par exemple, tu n'as pas été frappé par le fait que la garde rapprochée d'Hilary était composée des fils de Khaled et, de quelques-uns de leurs copains ?

— Bien sûr que si ! Mais inutile de songer à sir Percy ! Tu oublies qu'il avait un compte à régler avec ces gens depuis la mort de Kypros ?...

— Sir Percy ? intervint Mac Intyre. Vous ne voulez pas parler de sir Percival Clark ?

— Pourquoi pas ? fit Aldo en considérant le visage soudain empourpré du jeune homme. C'est l'un de vos parents ou vous lui vouez un culte ?

— Parent ? Non. Je suis écossais, Dieu merci ! mais c'est un trop grand homme et qui sert trop bien son pays pour que je permette qu'on le soupçonne à propos d'une si vilaine histoire. Je ne vous suivrai pas sur ce chemin-là !

— Et qui vous demande de nous suivre ? s'emporta soudain Aldo. Vous êtes tous les mêmes, les Anglais ! Prêts à toutes les aventures à condition qu'on ne touche pas à votre sacré pays et à ses illustrations !

— Je ne suis pas anglais ! clama Douglas. Je suis...

— On le sait ! Et le roi George cinquième du nom, que vous servez, il est quoi ? Hottentot ?...

— Calme-toi ! intervint Vidal-Pellicorne inquiet de la façon dont tournaient les événements. Souviens-toi que ce garçon vient de nous tirer d'un mauvais pas...

— Je n'oublie rien mais il faut savoir ce que l'on veut dans la vie : ou il nous aide à sauver Lisa ou il chante la gloire de Clark !

— Je veux vous aider ! émit Douglas au bord des larmes, mais je veux aussi qu'on respecte un vieil homme honorable !

Aldo se détourna, prit une nouvelle cigarette et l'alluma d'une main dont le léger tremblement traduisait son énervement :

— C'est bon ! Respectez-le autant que vous voulez... mais tâchez au moins de mettre la main sur Ezéchiel. C'est lui le plus important pour nous et il faut faire vite !

Mais on n'eut pas à rechercher le jeune garçon bien longtemps.

Alors que, rentré dans sa chambre, Aldo s'était jeté sur son lit pour détendre au moins son corps à défaut de son esprit, il surgit soudain devant lui, rejetant la moustiquaire dont la couche l'enveloppait comme une mariée son voile :

— Où est le rabbin Goldberg ? demanda-t-il en braquant sur Morosini un pistolet tenu d'une main trop ferme pour qu'il n'en eût pas l'habitude.

— Vous devriez le savoir ? fit Aldo à qui la vue de l'arme rendit soudain tout son sang-froid.

Sans paraître s'en soucier le moins du monde, il glissa au bord du lit, s'assit et commença à se chausser. En même temps, il reprenait :

— Vous êtes son fidèle acolyte, n'est-ce pas ? Vous ne le quittez jamais ? Alors ?

— Je ne l'ai pas vu depuis hier vers six heures. Il m'avait chargé d'une... commission mais je savais qu'il vous rencontrait à onze heures à Siloé. Il était très heureux parce qu'il allait recevoir les « sorts sacrés » et il avait fait de longues prières pour remercier le Très-Haut...

— Ma femme ? Est-ce qu'elle était avec lui ?

— Je ne crois pas. Son intention était, je crois, d'aller la chercher avec vous afin que vous soyez assuré qu'elle était bien traitée.

— Vous en êtes certain ? Sachez qu'il y avait une femme avec lui... que ses assassins ont enlevée !

— Ses ass... ? Misérable goy, vous l'avez tué ?...

L'arme s'agitant dangereusement dans la main du jeune garçon, Morosini se jeta sur lui et la fit sauter avant de la lancer par la porte ouverte de la salle de bains.

— Réfléchissez ! Je ne demanderais pas où est mon épouse si j'avais tué Goldberg. Nous avions les émeraudes comme l'annonce du journal l'indiquait et, à onze heures, nous étions à la piscine de Siloé. Il y était lui aussi mais flottant sur l'eau avec un poignard arabe dans la poitrine.

— Je suis allé là-bas, moi aussi, mais je ne l'ai pas vu.

— Nous l'avons emporté pour le déposer dans un tombeau provisoire afin d'éviter un affrontement entre les deux communautés...

— Vous n'éviterez rien du tout ! Chez nous, qui a tué doit le payer de sa vie. Et vous allez me dire où vous l'avez mis...

— Je vais d'abord vous raconter ce qui s'est

passé. Asseyez-vous et tenez-vous tranquille un moment !

A son tour, Morosini fit le récit de la nuit tragique et Ezéchiel voulut bien l'écouter jusqu'au bout mais sans, pour autant, abandonner toute méfiance.

— En vérité, vous êtes mon seul espoir, conclut Aldo avec tristesse, car je ne sais plus de quel côté me tourner. Je n'ai plus les « sorts sacrés ». Abner Goldberg est mort et je n'ai aucun moyen de retrouver ma femme. Quant aux pierres...

— Il va falloir les retrouver. Et vous ne saurez où est la princesse que lorsque vous pourrez me dire où sont l'Ourim et le Toummim. Je reviendrai ce soir, vers dix heures, et par le même chemin... Et pas de mauvaises surprises, hein ?

Morosini haussa les épaules :

— Vous craignez quoi ? La police ? Je ne suis pas fou et j'ai besoin de vous.

— Nous verrons ! Encore un mot. Si vous voulez que je vous croie, dites-moi où vous avez mis Rabbi Abner.

Aldo le lui expliqua avec suffisamment de détails pour qu'il n'y eût pas d'erreur. Le garçon eut un mince sourire :

— Sans vous en douter, vous avez obéi à l'une des lois de notre ville sainte : personne ne doit y être enterré afin de préserver sa pureté.

Morosini pensa qu'il y aurait peut-être beaucoup à dire sur la pureté des hommes qui l'habitaient mais s'abstint de tout commentaire. De même il ne fit pas un geste quand Ezéchiel s'en alla reprendre son pistolet dans la salle de bains, gagna le balcon et se servit du bougainvillier qui grimpait au mur pour descendre aussi tranquillement que s'il eût pris un escalier. Vers l'orient, une bande de ciel plus pâle annonçait le jour. Aldo réalisa alors qu'il avait mal à la tête. Ce qui ne valait rien pour la clarté des idées. C'était sans doute d'avoir trop fumé en buvant de l'alcool ?... Il chercha dans sa trousse de toilette deux cachets d'aspirine, les avala avec un grand verre d'eau et retourna s'étendre sur son lit pour y attendre l'effet du médicament. Or à peine sa tête eut-elle touché l'oreiller qu'il plongea dans le plus miséricordieux des sommeils... Et cette fois personne ne vint le réveiller pour la bonne raison qu'Adalbert, accablé de fatigue, en faisait autant et qu'il avait placé sur sa porte l'écriteau priant qu'on ne le dérangeât point.

Il était déjà tard dans l'après-midi quand Aldo refit surface avec la satisfaction de se sentir dispos même si quelques écharpes de brume voltigeaient encore dans sa tête mais sans affaiblir en quoi que ce soit la première idée qui lui était venue en ouvrant les yeux.

Afin de la rendre plus claire encore, il se précipita sous la douche, s'y savonna d'importance avant de s'étriller au gant de crin et d'user généreusement de lavande anglaise. Après quoi il se rasa et regagna sa chambre avec la réconfortante impression que rien ni personne ne lui résisterait quand il entreprendrait, tout à l'heure, l'action qu'il avait arrêtée dans son sommeil. Il y trouva Adalbert qui, installé dans une chaise dont les pieds débordaient sur le balcon, regardait les rayons du soleil couchant restituer comme presque tous les soirs à la Vieille Ville son image de Cité Céleste tissée d'or et de lumière.

— Ça va mieux ? demanda-t-il sans quitter des yeux le merveilleux paysage dont les nuances changeaient.

— Oui. Et j'ai pris une décision : ce soir, je vais rendre visite...

— A sir Percival Clark ? Et pourquoi, s'il te plaît ?

— Parce que j'ai la conviction profonde que c'est lui la cheville ouvrière de tout cela... Certains des Arabes de cette nuit étaient des fils de Khaled. J'en suis sûr. Ce qui veut dire qu'il n'en a tiré aucune vengeance pour la mort de sa fille.

— C'est assez bien raisonné... mais, moi, je sais à présent qu'il est l'homme pour qui travaille Hilary. Cette nuit, j'ai retrouvé enfin le détail qui me tracassait et que je n'arrivais pas à définir...

— Et ça t'est venu comment, cette illumination ?

— C'est l'apparition dans notre histoire de Margot la Pie. C'est elle qui a été le révélateur. Tu te souviens des nombreuses vitrines qui ornent la maison de sir Percy ?

— Bien entendu. Elles renferment de très jolis bijoux antiques ; mais cela n'a rien d'étonnant si l'on tient compte du fait qu'il a travaillé dans plusieurs pays d'Orient...

— Sans doute, mais ce qui est plus étonnant c'est qu'au milieu d'objets sans histoire... pénale tout au moins, se trouve une boucle de ceinture, en or, représentant la tête d'Héraclès portant en guise de casque la tête du lion de Némée que j'avais pu admirer il y a quelques années dans les collections du musée de Syracuse. C'est l'un des rares objets rassemblés dans les années 70 avant Jésus-Christ par le proconsul Verrès que l'on ait pu retrouver...

— Il ne cache pas qu'il ait acheté certains de ces bijoux. Pourquoi pas celui-là ?

— Parce qu'il n'a jamais été en vente. En revanche, au cours d'un voyage en Italie, il y a environ trois ans, je me souviens d'avoir lu dans un quotidien qu'un vol audacieux avait délesté Syracuse de plusieurs objets de valeur. La boucle de ceinture en faisait partie.

— Je ne nie pas qu'il ait pu l'acheter au voleur mais...

— Qu'est-ce qui te prend ? Tu viens de me dire que tu veux aller chez sir Percy, j'apporte de l'eau à ton moulin et tu fais la fine bouche ? Tu es malade ou quoi ?

— Non et j'admets volontiers que je me fais l'avocat du diable mais c'est peut-être parce que ça me paraît trop beau : exposer un joyau volé me paraît dangereux...

— Ici ? Autrement dit au bout du monde des Européens ? Il faut un spécialiste comme moi et avoir non seulement visité ledit musée mais encore avoir retenu ce que l'on y a vu. Or, les foules ne se pressent pas à Syracuse même si le musée est l'un des plus importants d'Italie. J'ajoute qu'il est aussi l'un des plus mal protégés...

— Et c'est Margot qui l'a volé ?

— Le journal, en tout cas, lui attribuait le vol. Alors, on va chez notre ami Clark ?

— Sans hésiter mais pas maintenant. Je viens de recevoir la visite d'Ezéchiel et j'ai dû tout lui raconter au sujet de Goldberg. Il voulait me tuer...

— T'a-t-il appris, en échange, où est Lisa ?

— Non mais il doit revenir à dix heures ce soir. Le mieux est peut-être de l'attendre. Il pourrait nous aider.

— Au fond, pourquoi pas ? Maintenant que son patron est mort il doit vouloir récupérer les émeraudes pour son compte personnel. Et puis nous ne serons pas trop de trois puisqu'il ne faut pas compter sur Mac Intyre dans ce qui risque d'être une expédition, punitive...

L'Écossais, en effet, devait bouder dans son coin car on ne le revit pas. On dîna de bonne heure, en gens affamés qui ont devant eux une longue nuit incertaine et, après avoir avalé deux cafés serrés, on alla attendre Ezéchiel dans la chambre d'Aldo. Celui-ci en profita pour tirer au clair une idée qui venait de lui revenir.

— Dis-moi, quand vous êtes allés à Londres, toi et Hilary, comment s'est-elle arrangée avec le British Museum puisque, si je me souviens bien, tu m'as dit y être allé avec elle ?

— Oui, je l'ai dit mais en fait, nous n'y sommes pas allés, avoua Adalbert en rougissant furieusement. Elle... avait hâte de me présenter à sa famille. Et ne me regarde pas comme ça. Je me suis fait avoir sur toute la ligne. Mais je ne suis pas le premier à qui ça arrive, ajouta-t-il avec amertume.

— Je le sais puisque j'ai brillamment inauguré la série et je t'offre mes excuses. Remarque, je ne serais pas surpris qu'elle ait des relations avec les gens du musée. Ce genre de fille assure toujours ses arrières. De toute façon qu'elle soit qui elle veut, Margot la Pie ou la reine d'Angleterre, cela n'a plus d'importance puisque Goldberg est mort. Il ne nous reste plus qu'à espérer qu'Ezéchiel aura des choses intéressantes à nous dire.

— Quoi qu'il en soit, fit Adalbert d'un ton rêveur, j'aimerais bien, quand nous serons sortis de cette affreuse histoire — ce que je veux espérer — j'aimerais bien, dis-je, aller bavarder de Margot la Pie avec Gordon Warren, notre ami de Scotland Yard...

Dix heures sonnaient au clocher de Notre-Dame de France, la grande église catholique proche, quand, avec une ponctualité exemplaire, le jeune garçon sortit des bougainvilliers et prit pied sur le balcon. S'il était armé, cela ne se voyait pas mais il semblait plus soucieux encore que tout à l'heure. Inquiet, Morosini l'interrogea aussitôt. N'avait-il pas réussi à retrouver la dépouille du rabbin ?

— Si. Il est bien à l'endroit que vous m'avez décrit et je vous remercie des soins que vous avez pris. Il restera d'ailleurs là-bas jusqu'à ce que je sache qui l'a fait tuer... Non, ce qui me tourmente c'est que Mme Morosini ait disparu de la maison où nous l'avions mise. Et pas seulement elle ! Ses gardiens eux aussi se sont volatilisés...

— Cela n'a rien de surprenant, fit remarquer Morosini. Ne vous ai-je pas dit qu'elle accompagnait le rabbin Goldberg la nuit dernière et que l'Anglaise l'a prise comme otage afin d'assurer sa retraite ? Dès lors les gardiens n'avaient plus aucune raison de rester.

— Vous ne comprenez pas. Il s'agit d'un couple qui habite toute l'année une maison dans les collines de Galilée et, même si le renfort qu'on leur avait donné ne présentait plus d'utilité, eux n'avaient aucune raison de quitter leur domicile.

— Les collines de Galilée alors que nous la croyions hors des frontières, fit Aldo avec amertume. Vous vous êtes bien moqués de nous !

— Même pas ! Il était seulement bon que vous le croyiez et elle aussi. On l'y a conduite par un chemin suffisamment détourné pour qu'elle se croie en Syrie ou même plus loin... Elle ne pouvait savoir où elle était.

— Si elle est restée enfermée dans une cave pendant des mois, ce devait être difficile en effet !

— Non. Ne croyez pas cela ! Elle était bien traitée, servie même par une femme dévouée à Rabbi Abner mais bonne. Je ne suis pas allé là-bas avant aujourd'hui et je ne l'ai pas approchée une seule fois, cependant je peux vous jurer qu'elle n'a jamais eu à souffrir d'autre chose que du manque de liberté.

— C'est déjà suffisant ! Et j'espère qu'à présent elle n'endure pas un traitement pire...

Visiblement agacé, Adalbert intervint :

— Cette discussion n'a aucun sens. Nous avons mieux à faire que palabrer sur des éventualités. Nous avons, nous, une idée sur l'endroit où peuvent se trouver la princesse Morosini et vos sacrées émeraudes. Alors la question est celle-ci : voulez-vous nous aider à les récupérer oui ou non ?

— Votre question est de celles qui ne se posent pas ! fit le jeune garçon avec dédain. Bien entendu je vous suis !

— Nous ne voulons pas vous prendre en traître, dit Aldo. Réfléchissez encore ! Nous allons chez un homme riche, puissant, un Anglais respecté de tous. Il vit ici comme vous-même et il pourrait vous causer de grands dommages !

— S'il a tué Rabbi Abner, il est mon ennemi, s'écria Ezéchiel avec orgueil. Et s'il a fait tuer Rabbi Abner il aura à redouter ma vengeance si je ne le tue pas cette nuit ! Qui est-il ?

— Sir Percival Clark. Vous venez toujours ?

— Plus que jamais ! Il est trop l'ami des Arabes pour être le nôtre.

CHAPITRE XII

UNE FEMME ARABE...

La nuit était froide et silencieuse quand on approcha de l'ancien couvent. C'était comme si toute la nature retenait son souffle dans l'attente d'un drame. Haut dans le ciel, une lune ronde, dessinée avec la précision d'un pinceau japonais, suscitait des ombres bizarres à travers les grands arbres du mont des Oliviers ajoutant au décor un côté fantasmagorique, un peu inquiétant.

Comme lors de leur précédente visite, Morosini arrêta la voiture assez en contrebas et à l'abri d'un buisson — un endroit faisant suite à une petite descente qui lui avait permis de rouler sans moteur.

— Du grand art ! apprécia Vidal-Pellicorne. Si les occupants de la maison ont entendu la voiture ils penseront qu'elle se dirige sur Jéricho.

— C'est ce que j'espérais. Comme tu vois, sir Percy n'est pas encore couché : il y a de la lumière dans sa bibliothèque. A son âge, on dort peu : je ne me voyais pas braquer la lumière d'une torche électrique sur le visage effaré d'un infirme tiré du sommeil.

— On est toujours à Fontenoy, à ce que je vois ? On ne va tout de même pas aller jusqu'à sonner ?

— Idiot ! grogna Aldo en haussant les épaules. On va entrer comme tu sais si bien le faire. Montre-nous le chemin ! Prêt, Ezéchiel ?

— A tout, monsieur ! Je vous l'ai dit.

Et dans la main du jeune homme apparut soudain un pistolet prouvant que servir Jéhovah n'empêchait pas de pratiquer l'instinct de conservation ;

— Rangez ça ! On s'en servira plus tard si besoin est.

L'un après l'autre les trois visiteurs nocturnes franchirent le mur d'enceinte et, sans faire plus de bruit que des chats, ils arrivèrent au pied de la terrasse d'où, quelques mois plus tôt, Aldo et Adalbert avaient contemplé un beau soleil en train de se coucher sur Jérusalem.

La lumière qui éclairait la grande pièce était douce et suggérait l'intimité ainsi que le repos du soir. Et, de fait, rien n'était plus paisible que l'image de ce vieil homme assis dans le grand fauteuil de son bureau — la chaise roulante était poussée sur le côté — en train de compulser des notes en face de cette belle jeune femme qui buvait du champagne à demi étendue sur un divan et plus exquise que jamais dans une robe de velours bleu nuit sans autre ornement que le collier de perles à triple rang qui serrait son cou mince et les magnifiques perles en poire de ses oreilles.

Si la vue d'Hilary surprit les deux amis, ce fut moins parce qu'elle semblait installée comme chez elle puisqu'ils en étaient venus à la conclusion que sir Percy était son employeur, que de la voir « encore » là ! N'aurait-elle pas dû, après avoir mis sa prisonnière en lieu sûr, prendre le premier train ou le premier bateau en direction de n'importe où ? Eh bien non, elle était là, buvant tranquillement son champagne en souriant à l'homme dont la belle tête se relevait à cet instant même pour envelopper la gracieuse silhouette d'un regard dont l'intensité frappa les observateurs invisibles : c'était celui d'un homme à la fois passionnément épris et infiniment heureux.

— Moi qui m'étais imaginé, souffla Aldo, qu'elle pouvait être pour lui une autre fille naturelle, ou une nièce ou...

— ... ou une maîtresse ! fit Adalbert. Il n'est peut-être pas aussi paralysé qu'on le croit.

— Mais tu m'as dit qu'il était dans ce fauteuil roulant depuis des années... un accident de fouilles si ma mémoire est fidèle ?

— Chut ! émit Ézéchiel. Elle parle !

En effet, Hilary quittant sa pose un rien suggestive venait de se lever et, s'approchant de sir Percy, enveloppait son cou d'un bras caressant :

— Vous savez que je pars demain matin à l'aube, très cher. Montrez-les-moi encore une fois !

Tournant la tête, Percival Clark chercha des lèvres le bras nu qui l'enveloppait :

— J'aurais aimé vous les laisser, mon amour, car vous les avez bien méritées mais il y a trop longtemps que je les cherche... je crois à la puissance que ces pierres peuvent offrir à qui sait parler leur langage...

— Oh, je connais vos dons de médiumnité !... on

dit, cependant, que les « sorts sacrés » sont néfastes ?

— Aux femmes seulement, parce qu'elles n'y voient qu'un élément de parure exceptionnel. Donnés par Dieu à un homme, ils ne peuvent être maniés que par des hommes... et encore ! Pas n'importe lesquels, ajouta-t-il avec orgueil.

— Je les ai apportés cependant sans en éprouver le moindre désagrément. Alors montrez-les-moi encore une fois ? J'avoue que la beauté de ces émeraudes m'a fascinée. Leur couleur est si rare, si intense !

La flamme qui brûla soudain dans la voix de la jeune femme fit sourire l'archéologue :

— Quelle ardeur, ma chère ! Je me demande si les sortir est bien prudent ?

— Tout à fait ! Et je vous promets d'être sage !

Il recula son fauteuil pourvu de roulettes jusqu'à l'armoire de soubassement d'une des bibliothèques dont il ouvrit la porte, glissa la main à l'intérieur et, soudain, un petit tiroir pris dans une moulure s'ouvrit : les émeraudes étaient là, posées sur un coussinet de velours noir. Sir Percy, avec une sorte de respect, en prit une dans chaque main et sans refermer le mécanisme donna un coup de reins pour ramener son siège à la grande plaque de marbre noir portée par des lions de pierre qui lui servait de bureau. Enfermés dans ses poings, les joyaux étaient invisibles. Les coudes appuyés aux bras du siège, les yeux clos, le vieil homme resta là sans bouger prenant d'instinct l'attitude hiératique d'un Grand Prêtre. Ce qui impatienta Hilary :

— Vous essaierez leurs pouvoirs plus tard ! Donnez-les-moi ! J'ai tellement envie de les toucher !

Comme à regret... peut-être même avec une sorte de répugnance, il tendit les émeraudes sur sa main ouverte et la jeune femme s'en saisit avec avidité. Puis, les tenant délicatement du bout des doigts, elle fit jouer leur somptueuse couleur verte dans la lumière de la grande lampe de bronze posée sur le marbre noir :

— Magnifique !... Quelle splendeur ! Et voyez comme cette teinte me va bien !

Elle s'approchait d'un miroir ancien posé sur une console et s'y mirait en tenant les bijoux de chaque côté de son visage. La voix, soudain brève, de sir Percy la ramena à la réalité :

— Je ne connais pas une femme à qui ces pierres n'iraient pas bien et c'est là leur danger : les porter, c'est se condamner. Rendez-les-moi !

— Oh ! juste encore un moment ?... L'effet est tellement ravissant !

— Oui, mais on ne joue pas avec ce genre de joyaux. Rendez-les-moi ! Et vite !

Cette fois, c'était un ordre. Le visage de l'archéologue s'était durci et le feu impérieux de son regard parut brûler celle qu'il visait. Elle eut un mouvement des épaules comme pour chasser une gêne mais, matée, elle s'approcha à regret de la main tendue. Ce fut le moment que choisit Aldo pour entrer en scène. Franchissant d'un bond la baie entrouverte, il se trouva là à point nommé pour saisir les « sorts sacrés » au moment où ils passaient de l'un à l'autre.

— Je crois, dit-il froidement, que ceci n'appartient à aucun de vous deux. Souffrez que je les récupère pour les rendre à qui de droit ! ajouta-t-il en les glissant tranquillement dans sa poche.

— Qui de droit ? fit sir Percy sans paraître autrement surpris de le voir là. J'aimerais savoir de qui il s'agit, selon vous ? En aucun cas, je pense, à ce brigand juif qui a reçu hier le salaire de son avidité ?

— Il s'agit du peuple d'Israël... à moins que vous ne contestiez les héritiers du prophète Élie ! Quant au rabbin que vous avez fait assassiner hier, il les voulait pour donner plus de puissance aux siens et c'était, après tout, assez noble même si les moyens employés pour se les procurer ne l'étaient guère. Et à ce sujet, vous n'avez rien à lui envier : où est la princesse Morosini, mon épouse ?

— Je l'ignore... oh, mais vous êtes venu avec un véritable commando, ajouta sir Percy en voyant Adalbert, suivi d'Ézéchiel l'arme au poing se précipiter sur Hilary qui s'approchait d'un gong, afin d'alerter, sans doute, le valet Farid. Ravi de vous revoir, mon cher confrère !

— Dire que je vous croyais quelqu'un de bien ! soupira Adalbert déjà occupé à ficeler la jeune femme avec un cordon de tirage arraché aux rideaux. Désolé, ma chère mais avec vous on ne prend jamais assez de précautions.

— Parce que vous croyez me réduire à l'impuissance définitive avec votre bout de ficelle ? dit la jeune femme en riant. Ne rêvez pas, mon cher Adalbert ! Je resterai encore moins longtemps dans ces liens-là que dans ceux dont vous rêviez pour nos deux vies.

— Non sans quelques débats intimes, ma chère amie. Je peux vous confier à présent qu'on ne renonce pas si facilement à l'agréable existence qui est la mienne. Avec vous, je risquais de perdre mon fidèle Théobald, la perle des serviteurs. Cela demandait réflexion...

— Ne fanfaronnez pas ! Vous savez bien que vous êtes très amoureux de moi...

— J'étais, ma chère, j'étais ! Voyez-vous, je parais peut-être un peu lent mais il m'arrive de comprendre vite. Ainsi je n'aurai aucun état d'âme en remettant Margot la Pie à quelque police que ce soit.

Elle haussa des épaules dédaigneuses :

— Vous en êtes toujours à cette fable ridicule ?

— Pas si ridicule que ça ! Il y a, ici même, la preuve que vous et cette intéressante personne n'en font qu'une...

Ce qu'il considérait comme un insupportable marivaudage exaspéra soudain Ézéchiel :

— Assez parlé ! gronda-t-il en pointant son pistolet alternativement sur la jeune femme et sur le vieil homme. Je veux savoir qui a fait tuer Rabbi Abner ?... Et ne me répondez pas que ce sont des Arabes quelconques ! Ils n'ont été que les exécuteurs et ce que je veux savoir, moi, c'est qui a donné l'ordre. Vous ? ou vous ?

— Lui sans doute, dit Morosini. Avant de nous

abandonner ligotés à la piscine de Siloé, cette femme nous a dit qu'elle agissait sur ordre et comme les émeraudes étaient ici...

— Eh bien, nous allons le faire parler ! grinça le jeune homme en marchant résolument vers sir Percy ! Et je vous jure qu'il va avouer...

S'il pensait terrifier sa future victime, Ézéchiel se trompait. Au lieu de se montrer effrayé, l'archéologue éclata de rire et, haussant soudain la voix :

— En avez-vous entendu suffisamment, capitaine ?

Aussitôt un coup de sifflet strident retentit en même temps qu'un officier et deux soldats de la police militaire sortaient, l'un de derrière une bibliothèque, les autres d'une pièce voisine. Quatre autres sautèrent par-dessus la balustrade de la terrasse venant du jardin.

— Suffisamment, sir Percy, pour admettre que vous aviez raison de réclamer une protection pour cette nuit. Désarmez-les, vous autres !

En un clin d'œil, Aldo, Adalbert et Ézéchiel furent fouillés de fond en comble en dépit de leurs protestations, particulièrement violentes chez le jeune garçon auquel on passa les menottes. Et, bien entendu, la première chose que l'on trouva chez Morosini, en dehors de son revolver, ce furent les émeraudes que le capitaine posa, avec respect, sur le bureau de sir Percy :

— Votre bien, sir ! Avec mes compliments ! Il s'agit sans doute d'une découverte récente qui fera grand honneur à la Grande-Bretagne !

— Dites-moi, capitaine ! intervint Aldo qui bouillait de rage. Vous êtes sourd ou quoi ?

L'officier le toisa avec une morgue qui donnait la juste mesure de son intelligence.

— Je ne crois pas, mon garçon ! Pourquoi cette question ?

— Un, je ne suis pas votre garçon ! Deux, je suis le prince Morosini, de Venise, expert international en joyaux anciens, et ce monsieur que vous arrêtez est un archéologue français réputé, M. Vidal-Pellicorne. Quant à ce jeune homme...

— C'est un Juif... visiblement !

— Vous avez beaucoup d'esprit, n'est-ce pas ?... J'ajoute que si vous désirez en savoir plus sur nous, vous avez tout intérêt à vous adresser à notre ami, le chef-superintendant Warren, de Scotland Yard...

— Nous sommes en terre occupée et ne dépendons pas de Scotland Yard... Et j'ai vu ce que j'ai vu !

— Mais apparemment vous n'avez rien entendu ? Voilà pourquoi je vous ai demandé si vous êtes sourd ! J'ai accusé cet homme d'avoir fait assassiner le rabbin Abner Goldberg, bras droit du Grand Rabbin de Palestine, à la piscine de Siloé la nuit dernière...

— Si un quelconque rabbin avait été assassiné à Siloé, ça se saurait. Les Juifs auraient crié comme des chats écorchés...

— Je suis juif comme l'avez si bien remarqué, s'écria Ézéchiel, et je crierai plus fort encore qu'un chat écorché contre votre justice à vous les Anglais ! Cet homme est un meurtrier...

— ... cette femme une voleuse internationale connue sous le nom de Margot la Pie, enchaîna Adalbert, et j'ajoute que tous deux retiennent captive la princesse Lisa Morosini, épouse de mon ami et fille d'un richissime banquier suisse. Or, nous avons tout lieu de craindre pour la vie de Lisa Morosini si on ne la retrouve pas très vite !

Cette pluie de précisions parut entamer la couche de certitude du capitaine. Surtout, apparemment, la dernière partie :

— Un richissime banquier suisse ? Qui donc ?

— Moritz Kledermann, de Zurich. Ça vous dit quelque chose ? fit Aldo avec un haussement d'épaules.

Il voyait mal ce qui, chez un citoyen des Cantons, pouvait intéresser un Anglais qui venait de balayer superbement la caution d'une des têtes pensantes de Scotland Yard. Celui-ci daigna le renseigner :

— J'ai une grand-mère à Zurich et je vais quelquefois la voir. Là-bas on connaît bien cet homme. Ainsi, il est votre beau-père ?

— On ne saurait mieux résumer la question. J'ajoute...

Cependant cet échange sur un ton plus amène parut impatienter sir Percy qui coupa sèchement :

— Quelle que soit la famille de ce Morosini, capitaine Harding, il n'en constitue pas moins une grave menace pour moi ainsi que vous venez de vous en convaincre en suivant, de votre cachette, la scène qui vient de se dérouler. Je vous rappelle que c'est pour m'en défendre que je vous ai appelé.

Alors ne changeons pas de sujet, s'il vous plaît... et commencez par libérer miss Dawson !

— Sans doute, sir Percy, fit le capitaine en s'exécutant mais comprenez qu'il me faut éclaircir certains points. Les accusations qui viennent d'être portées sont graves et je ne doute pas de leur stupidité en ce qui vous concerne, mais j'aimerais en savoir un peu plus sur cette jeune dame.

— C'est une amie chère et j'en réponds !

— Bien entendu. Malgré tout je voudrais savoir pourquoi l'on vient de l'accuser d'être une voleuse internationale ? Cet homme a même prétendu qu'il y avait ici une preuve. Or on peut toujours être abusé... même par ses meilleurs amis... et je désire voir cette preuve.

— Oh, ce sera vite fait, assura Adalbert qui commençait à se demander si ce capitaine Harding avec ses révérences et ses ménagements n'était pas plus malin que son entrée en matière ne le laissait supposer. La référence à Moritz Kledermann avait fait vibrer une corde cachée sous sa cuirasse de morgue britannique — le sang suisse peut-être, joint à une certaine nostalgie de vacances enfantines, de chocolat au lait et de ranz des vaches ? Voulez-vous prier notre hôte de vous confier les clefs de cette vitrine ? ajouta-t-il en désignant celle qui se trouvait la plus éloignée de la grande fenêtre.

Sans paraître autrement ému, Clark prit, dans un coffret de cèdre, une petite clef et la tendit sans mot dire à l'officier qui alla ouvrir le meuble, auprès duquel Adalbert le rejoignit.

— Connaissez-vous le musée de Syracuse, capitaine ?... Non ?... Cela ne m'étonne guère. En général on connaît... ou l'on croit connaître parce qu'on les a parcourus d'un œil fatigué par trop de beauté, et sur des jambes lasses, les musées de Rome, de Florence, de Venise ou de Naples. C'est pourtant l'un des plus importants d'Italie en ce qui concerne l'art grec. Les passionnés de cette période et les connaisseurs, eux, sont loin de l'ignorer et cette jeune dame fait partie des connaisseurs. Voyez cette boucle de ceinture en or figurant la tête d'Héraclès coiffée de la gueule du lion de Némée qui date du IVe siècle avant Jésus-Christ ! — et, plongeant la main dans la vitrine, Adalbert en tira le petit mais admirable objet qu'il mit sur la paume de Harding. Elle a été volée il y a trois ou quatre ans au musée, avec quelques autres babioles, par celle que la presse a surnommée Margot la Pie... et qui est en ce moment en face de vous !

— C'est un scandale ! clama la jeune femme. Comment osez-vous m'accuser avec un tel aplomb ? Je n'ai rien à voir avec celle dont vous parlez et quant à cet objet...

— Sir Percy nous dira peut-être alors où il se l'est procuré ? fit Vidal-Pellicorne en se tournant vers le vieil homme mais s'il espérait le décontenancer, il se trompait. L'autre lui offrit même un sourire un rien dédaigneux :

— Oh, c'est fort simple : je l'ai acheté. Très cher d'ailleurs, à un personnage bizarre qui est venu me voir un soir au Caire où je donnais une série de conférences. J'avoue ne pas m'être soucié de la provenance et en cela peut-être suis-je coupable mais j'ai été tellement séduit par la beauté de cette boucle que j'ai payé sans même marchander.

— Un homme, en vérité ? Et un homme « bizarre », ironisa Adalbert. Je ne doute pas que si l'on vous demandait de le décrire vous ne nous régaliez du plus pittoresque des portraits. Moi je crois qu'en fait de personnage mystérieux, c'est plutôt notre chère Hilary qui vous l'a apportée puisque c'était elle qui la possédait. Si l'on cherche bien, d'ailleurs, ajouta-t-il en se penchant de nouveau sur la vitrine, je suis persuadé que l'on trouverait ici d'autres produits de ses larcins. Sans compter les deux émeraudes, les « sorts sacrés » juifs que sir Percy s'est dépêché de fourrer dans sa poche quand vous les avez sorties de celles du prince. Des émeraudes qui cependant lui appartiennent bel et bien et que nous nous sommes donné un mal de chien pour ramener à Jérusalem...

— Et qui sont la rançon de ma femme ! explosa Aldo dont la patience était usée jusqu'à la corde. Pendant que nous palabrons ici elle est peut-être en train de mourir à l'endroit où cette misérable femme l'a cachée ! je vous somme — vous entendez capitaine ? — je vous somme de faire votre devoir d'honnête homme en arrêtant cette femme et en...

— Un instant ! un instant ! coupa Harding. « Cette femme » ! Je n'entends que ça ? Elle a bien un nom...

— Naturellement, elle a un nom, fit calmement sir Percy. C'est l'Honorable Hilary Dawson.

— Et ça, c'est un gros mensonge !

Contrairement à ceux qui l'avaient précédé,

c'était par la porte et introduit par Farid, que le lieutenant Douglas Mac Intyre venait de faire son entrée juste à temps pour entendre la fin de la phrase.

— Comment ça, un mensonge ? tonna l'archéologue. Et d'abord qui êtes-vous ?

En rectifiant la position, l'Écossais déclina ses noms, grade et qualités mais, bien décidé à garder l'avantage causé par son arrivée inattendue, il ajouta aussitôt :

— Je connais très bien l'Honorable Hilary Dawson, attachée au British Museum, parce que c'est une amie de ma tante Arabella depuis qu'elles étaient au collège ensemble. C'est une charmante personne avec des cheveux gris et un lorgnon qui doit avoir le même âge que ma tante : une bonne soixantaine d'années.

— Quelle sottise ! hurla celle que l'on ne savait plus comment appeler. Je suis la seule, la véritable Hilary Dawson...

— Et ma tante Arabella, c'est la reine Victoria ? émit Mac Intyre en dardant sur elle son œil rond. Je reconnais que c'était commode de prendre son identité parce qu'elle ne bouge jamais de son musée où elle s'occupe des porcelaines ni de sa petite maison de Kensington où elle élève une douzaine de chats. C'est aussi la personne la plus timide et la plus effacée qui soit. Elle ne sort jamais et ne voit presque personne. Elle serait bien surprise d'apprendre qu'une aventurière mène une vie intense sous son nom à travers le monde.

— En ce cas, miss, veuillez me dire qui vous êtes ? demanda Harding à la jeune femme...

— La reine de Saba ! fit celle-ci en haussant les épaules. Comme elle, j'apporte des trésors lorsque je viens visiter la Palestine. N'est-ce pas, mon cher Percy ?

Pour la première fois celui-ci semblait désorienté. Aldo se demanda s'il avait vraiment cru à la fausse identité de sa maîtresse ou s'il s'apprêtait à interpréter un rôle.

— Je ne sais pas, murmura-t-il en passant sur son front une main tremblante. Comment aurais-je pu savoir que vous n'étiez pas celle que vous prétendiez être ? Je n'ai pas mis les pieds au British Museum depuis près de trente ans.

— Mais, intervint Morosini qui commençait à pencher pour la thèse de la comédie, vous acceptiez qu'elle vous apporte le produit de ses vols ? Et ne dites pas que ce n'est pas vous qui l'avez lancée sur nos traces tandis que nous recherchions les « sorts sacrés »...

— Je les cherche depuis si longtemps !...

— Kypros aussi les cherchait. Votre fille assassinée par votre ami Khaled et ses fils ! Peut-être en votre nom puisque apparemment vous n'avez pas réclamé leurs têtes à la Justice !

— Non ! Ne dites pas cela ! J'aimais Kypros mais... Khaled et ses fils sont comme le vent du désert : capables de se volatiliser aux quatre horizons sans laisser de traces... Je sais qu'ils sont avides et cruels mais...

— ... mais tant que vous les payiez bien, ils vous

servaient en conséquence ? Seulement c'est à ces gens-là que votre amie « Hilary » a remis Lisa, ma femme ? Alors si vous voulez que je vous crois, faites-lui dire où ils l'ont emmenée. Sinon, au cas où il lui arriverait malheur, je vous en tiendrais responsable et, sur l'honneur de mon nom, je jure que je vous tuerais !

— Un peu de calme, sir ! coupa Harding. Ce ne sont pas des propos à tenir devant moi !

— Si vous saviez ce que ça m'est égal ! Si je ne retrouve pas Lisa vivante, je n'aurai plus aucune raison de vivre, sinon la vengeance !

Le vieil homme regarda Morosini au fond des yeux, puis se tourna vers la jeune femme qui se tenait debout non loin de lui :

— Dites-lui où elle est, Hilary ! Sa mort ne vous servirait à rien. Je suis navré de ce qui vous arrive car vous allez être arrêtée mais je veillerai à ce que vous ayez le meilleur des avocats...

Brusquement les yeux de la jeune femme lancèrent des éclairs de colère :

— Vous en aurez besoin vous-même ! Croyez-vous que si l'on me traduit en justice je me tairai ? Je n'ai tué personne, moi, puisque j'ai toujours agi sur vos ordres et mes mains sont nettes de sang mais maintenant que tout se découvre vous jouez les Ponce Pilate ! Vous lavez les vôtres en me laissant tout sur le dos ? Eh bien, je refuse !

— Que vous refusiez ou non, hurla Aldo hors de lui, je n'en ai rien à faire. Je veux savoir où est mon épouse !

Abandonnant soudain toute morgue, Hilary

considéra cet homme visiblement à bout de nerfs avec quelque chose qui ressemblait à de la sympathie :

— Je n'en sais rien ! soupira-t-elle. Et je vous supplie de me croire. Les fils de Khaled devaient la conduire en lieu sûr jusqu'à ce que j'aie quitté le pays. Sir Percy devait le leur faire savoir. Mais les ordres étaient de ne pas lui faire de mal...

— Ne pas lui faire de mal ? fit Aldo amèrement. Vous ignorez sans doute comment ces hommes ont tué Kypros, la Nabatéenne, qui était cependant la fille de leur patron ?

La jeune femme n'eut pas le temps de répondre. Conscient de ce que ses gardiens suivaient le débat avec un vif intérêt, Ezéchiel venait de bondir sur la terrasse et, prenant appui de ses mains cependant menottées, sautait dans le jardin...

— Courez après lui, bande d'imbéciles ! hurla le capitaine en se précipitant pour fouiller des yeux l'obscurité devenue plus épaisse grâce aux nuages qui cachaient à présent la lune. Et ramenez-le-moi ou il vous en cuira !

Trois hommes sautèrent à leur tour et disparurent, avalés eux aussi par les ténèbres, mais cette soudaine évasion exaspérait leur chef. En rentrant dans cette bibliothèque dont le terrain lui semblait à présent suspect et instable, il voulut retrouver des assises plus sûres :

— En voilà assez ! déclara-t-il. Vos histoires me paraissent de moins en moins claires et j'entends en finir. Miss, je vous arrête au nom du Roi et j'emmène les autres... pour audition dans mes locaux...

— Vous m'arrêtez aussi ? demanda sir Percy.

L'officier considéra un instant l'infirme :

— Pas encore mais vous devrez, sir, vous tenir à ma disposition... et peut-être songer à vous choisir un avocat.

— Ici ? Je n'en connais aucun de convenable...

— Vous les trouviez cependant suffisants pour moi ? fit amèrement la jeune femme. Et vous disiez que vous m'aimiez ?

— C'était vrai et je crois que ça l'est toujours. Vous aussi le disiez et cependant vous vous retournez contre moi dès que les choses vont moins bien ?

— Mon cher, dit-elle en riant, il est temps, je crois, de vous en apprendre un peu plus. J'ai passé avec vous des moments... agréables et vous me payiez bien les objets que je vous apportais. C'est là toute ma vérité car, sachez-le, je n'ai que deux passions au monde : les joyaux et l'argent. Cela exige beaucoup et laisse peu de place pour le reste. Le prince Morosini vous expliquerait cela aussi bien que moi...

— Non, fit Aldo. L'argent ne m'intéresse qu'en fonction de ce que l'on en peut tirer et ma passion des bijoux illustres, réelle je veux bien l'admettre, n'a jamais empêché mon cœur de battre. Tout ce que je possède ne vaudra jamais l'amour de ma femme ! Je vous plains !

— Ne vous donnez pas cette peine ! Et, tenez, je puis, sans être voyante, vous prédire d'abord que je ne resterai pas longtemps en prison. Et ensuite que nous nous reverrons un jour ou l'autre ! Vous aussi, mon cher Adalbert ! Je garde le meilleur des souvenirs de nos pérégrinations communes...

— Oui, eh bien, en voilà assez ! intervint le capitaine. Je peux vous assurer que vous irez en prison et, si vous êtes convaincue de meurtre, à la potence, belle dame !

— Qu'allez-vous faire du prince et de son ami ? demanda Douglas Mac Intyre qui n'avait rien dit depuis un moment.

— Vous n'avez pas entendu, lieutenant ? Je les emmène pour les auditionner...

— Alors je vais avec vous. J'en sais assez sur cette histoire pour vous éclairer et, en outre, je veux que vous vous assuriez de ce Khaled et de ses fils qui me semblent...

— Vous croyez peut-être que je ne connais pas mon métier parce que je suis militaire ? aboya le capitaine ! Je ferai ce que j'ai à faire mais je veux bien vous entendre !... Ah, pendant que j'y pense : j'emporte cette boucle d'or, sir Percy, afin d'en connaître un peu plus sur son histoire. Je veux, en outre, que vous me remettiez ce que ces messieurs appellent les « sorts sacrés » ! J'ai l'impression qu'ils ont, eux aussi, beaucoup de choses à m'apprendre !

Sans un mot, l'archéologue, devenu soudain très pâle, fit jouer le mécanisme révélant le tiroir secret, prit les émeraudes qu'il fit jouer dans la lumière comme « Hilary » l'avait fait tout à l'heure et referma son poing dessus avant de les tendre à l'officier :

— Tenez ! Prenez-les ! Peut-être qu'elles ne vous feront pas de mal à vous ?

Harding haussa les épaules en empochant les joyaux comme il eût fait de son mouchoir :

— Sornettes !... Je n'ai jamais été superstitieux !

— C'est bien ce que je pensais ! Il faut être intelligent pour cela !... Ne me direz-vous pas adieu, Hilary ?

— Est-ce bien nécessaire ?

— Je crois que oui...

— Alors, adieu, Percy ! fit, d'un ton indifférent, la jeune femme que l'un des soldats aidait à s'envelopper d'une cape assortie à sa robe et doublée d'un molleton de satin blanc...

Et elle sortit sans se retourner...

Tard dans la nuit et bien après que l'ancien couvent byzantin se fut vidé de ses visiteurs, la lampe brûla sur le bureau de sir Percival Clark. Le temps d'écrire trois lettres dont l'une était particulièrement longue...

Menés au quartier général de la police militaire par un Harding devenu aussi méfiant et froid qu'un inquisiteur médiéval, les interrogatoires durèrent longtemps et force fut à Morosini et à Vidal-Pellicorne d'admettre que leur interlocuteur était peut-être moins bête qu'ils ne l'avaient cru de prime abord lorsqu'il faisait preuve envers Percival Clark d'une vénération frisant la platitude. Il se révéla ce qu'il était en réalité : un bon policier, sans génie peut-être, mais sachant au moins écouter. Ce qui n'était pas toujours facile avec le jeune Douglas qui, talonné par le désir de sortir au plus vite ses amis de ce mauvais pas, mettait son grain de sel à tout bout de champ.

Ce fut à lui que ceux-ci durent d'être autorisés à regagner leur hôtel en échange de la remise de leurs passeports et avec l'interdiction d'en sortir jusqu'à nouvel ordre : ayant pu confirmer un certain nombre de déclarations d'Aldo, il se portait garant de l'authenticité du récit des deux hommes. Et surtout il exigea — son poste à l'état-major général lui donnant beaucoup de poids, en dépit du grade inférieur sur un officier moins bien placé — que des recherches fussent entreprises dans l'instant pour retrouver Lisa Morosini. Il y mit même tant de flamme que le capitaine lui décocha, exaspéré :

— Vous êtes certain, lieutenant, de ne pas être amoureux de cette dame ?

— Je le suis... mais avec vénération ! affirma-t-il gravement.

L'œil goguenard d'Harding glissa jusqu'à Morosini :

— Et vous dites ça devant le mari ? Je croyais les Italiens jaloux.

— Nous ne le sommes jamais sans raison, dit Aldo sèchement. Et je ne retiens que la vénération. Depuis le premier enlèvement de ma femme, le lieutenant Mac Intyre a fait l'impossible pour m'aider à la retrouver. Je serais stupide si je m'offensais d'un sentiment aussi dévoué... et aussi chevaleresque.

— Votre femme est belle, je suppose ?

A bout de patience, Morosini prit feu :

— Très ! mais là n'est pas la question !... Il s'agit de la retrouver vivante, vous m'entendez, capitaine ? Que vous restiez là à discuter de son physique alors qu'elle endure peut-être je ne sais quelle torture aux mains des sauvages qui ont massacré Kypros, il y a de quoi devenir fou. Faites quelque chose, sinon, dussé-je aller jusqu'au roi d'Angleterre, j'aurai votre peau, capitaine !

— Vous me menacez ?

— Prenez-le comme vous voulez ! Si ma femme est morte...

Étranglé par les larmes qu'il ne pouvait plus contenir, il n'alla pas jusqu'au bout de sa phrase et dut se rasseoir, assisté par Adalbert alarmé par cette explosion de douleur. Cependant, Douglas protestait lui aussi et Harding comprit qu'il était allé trop loin ; sans juger utile de s'excuser pour autant :

— Je vous ai déjà dit que je connaissais mon métier. Nous avons télégraphié au poste d'Hébron. Ils vont envoyer à Ein Guedi fouiller le village. Si la princesse y est...

— Ils s'en débarrasseront d'une façon ou d'une autre ! s'écria Aldo. Laissez-nous y aller, moi et Adalbert !

— Il n'en est pas question ! Rentrez à votre hôtel ou je vous colle en prison !

— Moi, je vais y aller ! assura Mac Intyre. Je retourne à l'état-major rendre compte et je pars là-bas !

— Pourquoi pas avec un détachement de l'armée ? grogna Harding. Vous savez pourtant qu'il faut prendre des gants avec les Arabes ces temps-ci. Abdallah, le nouveau roi de Transjordanie, n'est pas commode et le Grand Mufti de Jérusalem est son ami ! Pas d'incident diplomatique, s'il vous plaît ! Laissez-moi faire.

— Eh bien, j'irai tout seul, grogna entre ses dents l'Ecossais têtu.

— Si ça vous amuse de risquer votre carrière, ça vous regarde mais vous, jappa Harding à l'adresse de Morosini, je veux votre parole d'honneur que vous ne filerez pas avec lui ! Sinon, je vous garde !

Aldo fut bien obligé de s'exécuter et quitta le bureau avec les deux autres pour rentrer à l'hôtel la mort dans l'âme mais, au moment où le lieutenant prenait congé d'eux, Adalbert murmura.

— Je suppose que vous allez partir en civil ? Y a-t-il une place dans votre voiture ?

— Vous ne devez pas quitter le King David ! Et je voyagerai avec ma moto.

— A moins que vous n'ayez un side-car, le porte-bagages fera mon affaire... avec un petit coussin ! Et je vous rappelle que, moi, je n'ai pas donné ma parole d'honneur...

— Un oubli regrettable !

— Un oubli bien commode. Il faut toujours savoir utiliser les fautes des autres, conclut Adalbert avec un sourire innocent qui trouva un reflet dans les yeux du jeune homme.

— Dans une heure ! conclut celui-ci. Près des tombeaux hérodiens et tâchez de ne pas vous faire remarquer !...

Une heure plus tard, Adalbert, vêtu de tweed comme n'importe quel touriste anglais en cette saison, coiffé d'une casquette enfoncée jusqu'à ses lunettes noires et chaussé de solides chaussures à semelles de crêpe, une serviette de cuir et un imperméable léger sous le bras, quittait l'hôtel par l'escalier de service et les jardins, laissant Aldo sérieusement déprimé même s'il s'efforçait de le cacher. Laisser à d'autres le soin de rechercher celle qu'il aimait plus que tout au monde — même si son plus cher ami constituait la moitié de ces autres ! — lui était cruel. La parole donnée le condamnait à tourner en rond dans sa confortable cage, plus prisonnier d'un honneur qui lui semblait dérisoire que des murs de sa chambre dont les fenêtres s'ouvraient au large sur la lumière dorée et les jardins. L'action n'était-elle pas le meilleur antidote de l'angoisse ? Et non seulement il en était privé mais il ne savait même pas si les deux chevaliers sans armure partis délivrer la princesse captive ne poursuivaient pas un simple mirage puisque, au fond, nul n'avait la moindre idée de l'endroit où pouvait se trouver Lisa et, plus il réfléchissait, plus l'idée s'ancrait que la « grosse femme » évoquée par Hilary n'ayant aucune chance d'être Lisa, c'était du côté des Juifs qu'il fallait la chercher. Des Juifs qui, ne voyant pas revenir Goldberg, avaient fort bien pu mettre à mort leur otage avant de disparaître. Et de ce côté aussi l'horizon était bouché puisque Ezéchiel, le seul fil conducteur qui restât, s'était volatilisé...

Enfermé dans sa chambre, Aldo passa une longue journée sans toucher au plateau qu'un serviteur noir, inquiet de sa mine terreuse, tint absolument à lui monter et une plus longue nuit encore sans trouver un instant de repos. Debout devant la fenêtre ouverte sur l'obscurité bleue, il interrogeait inlassablement les étoiles comme ils le faisaient, Lisa et lui, en arrivant à Jérusalem, cherchant si celle que la jeune femme s'était choisie en riant brillait toujours ou bien s'était ternie. En dépit du froid nocturne qui envahissait la pièce, il ne pouvait se résoudre à fermer les battants vitrés, cherchant un peu de chaleur dans les cigarettes qu'il ne cessait de fumer.

Il vit se lever le jour, s'enflammer l'aurore et enfin briller le soleil d'hiver qui allait tout réchauffer sur terre sauf son propre cœur où l'espoir n'arrivait plus à vivre. En allant vers le meuble où il avait posé un dernier paquet de cigarettes après avoir jeté le précédent, il aperçut son image dans le miroir de la coiffeuse et lui adressa une grimace désabusée. Avec sa barbe de deux jours, les cernes qui marquaient ses yeux rougis par la fumée et l'insomnie, le smoking froissé qu'il n'avait même pas songé à ôter, il portait au moins son âge et ressemblait assez à ces joueurs décavés que l'on voit sortir des casinos, clignant des yeux dans la lumière crue du matin comme des oiseaux nocturnes soudain tirés de leur univers. Et qui, parfois, allaient tout droit chercher dans la mort l'oubli d'un sort contraire.

Il se demanda si c'était cela qu'il choisirait au cas où Lisa ne reviendrait plus. Ce serait si simple, si facile d'en finir au lieu de traîner une vie encore longue peut-être, même si, chez les Morosini, on avait toujours considéré cette solution comme indigne sauf en cas de force majeure.

— Pourquoi pas ? fit-il tout haut. Mais pas dans cet état-là ! Un Morosini ne reçoit pas la mort déguisé en clochard... et puis Lisa n'aimerait pas du tout te voir comme ça ! Va au moins prendre une douche et te raser !...

Deux coups autoritaires frappés à sa porte interrompirent ses pensées amères :

— Entrez ! cria-t-il. C'est ouvert !

Le capitaine Harding entra.

Son regard fit le tour de la chambre, glissant au passage sur les cendriers pleins, le lit non défait, pour s'arrêter sur Morosini lui-même.

— Vous n'avez pas bonne mine, remarqua-t-il.

— Cela présente quelque importance pour vous ?

— Oui. Et... votre ami est dans le même état ?

— Je n'en sais rien. Allez voir !

— J'en viens. Il n'est pas chez lui. J'ai une vague idée de l'endroit où il peut se trouver. Et avec qui mais, au fond, c'est sans grande importance.

— Ah bon ? Il ne vous intéresse plus ?

— Non. Vous non plus, d'ailleurs. Vous permettez que je m'assoie ? moi non plus je n'ai pas dormi cette nuit. Et, en fait, je boirais bien un peu de café ? Il est excellent ici. Rien à voir avec celui du Q.G.

— La réputation du café anglais n'est plus à faire ! fit Morosini en décrochant le téléphone pour passer la commande. Mais je vous en prie : prenez place ! Et dites-moi ce qui me vaut l'honneur...

Harding contempla son vis-à-vis comme s'il supputait l'effet de ses paroles à venir, puis toussa pour s'éclaircir la gorge :

— Je suis venu vous rendre votre liberté. Vous pouvez désormais aller où bon vous semble. Rejoindre votre ami au nom impossible, par exemple ?

Les sourcils d'Aldo remontèrent vers le milieu de son front.

— Que s'est-il passé ?

— Quelque chose de fort ennuyeux pour nous mais qui vous met hors de cause ainsi que votre ami. Sir Percival Clark s'est tiré une balle dans la tête cette nuit...

— Il s'est tué ? souffla Morosini. Mais pourquoi ? A cause de cette femme ?...

— Sans doute, mais pas seulement cela. Avant de mourir il a écrit trois lettres : une pour elle en me priant de la lui faire tenir, une pour le haut commissaire anglais en Palestine, sir Herbert Samuel, pour qui il lègue ses biens et ses collections à l'Angleterre, une pour moi, enfin, qui m'éclaire sur toute cette affaire des émeraudes et dans laquelle il reconnaît vous avoir manipulés, vous et votre ami archéologue...

— Comment est-ce possible ?

— Oh, c'était facile ! Rien de ce qui se passe ici ne lui est inconnu. Il a su, bien entendu, que vous aviez rapporté au Grand Rabbin le fameux Pectoral du Grand Prêtre et il a espéré que l'on vous demanderait de rechercher ce qu'ils appellent les « sorts sacrés ». Dès lors vous avez été surveillé continuellement et, tandis qu'il invitait M. Vidal... quelque chose à dîner, il vous a fait épier quand vous avez rejoint le rabbin Goldberg...

— C'est impossible. Le tunnel d'Ezéchias ne permet guère la poursuite.

— Mais quand on sait où il mène, il est aussi simple d'y aller directement... et à pied sec...

— Il aurait mieux fait de surveiller ma femme et de lui éviter une captivité pénible...

— Cela ne l'intéressait pas. Seul le résultat comptait et vous avez été suivi, épié tout au long de votre périple à la recherche des émeraudes...

— ... par l'honorable Hilary Dawson à partir d'Istanbul ? Je sais !

— Par d'autres aussi dont, charitablement, sir Percy tait les noms et qui, au fond, n'ont rien fait que vous pister...

— A propos de noms, avez-vous appris celui, réel, de la fausse Hilary ?

Le capitaine eut soudain l'air très gêné. Il toussota, se leva, fit deux ou trois tours dans la chambre...

— Non, avoua-t-il. Et je ne sais pas si quelqu'un arrivera un jour à le savoir. Pour tout vous dire, je ne pourrai même pas lui remettre le dernier message de sir Percy. Elle... elle n'est plus à Jérusalem.

Aldo bondit :

— Vous l'avez laissée filer ?...

— En aucune façon mais le résultat est le même. Hier, vers midi, un ordre est arrivé... d'assez haut pour m'obliger à l'obéissance : la prisonnière devait être transférée sur l'heure au Caire pour y être jugée. On l'a donc embarquée sur un bateau à destination de l'Égypte...

— Où vous pensez qu'elle ne débarquera jamais ?

— Ça m'étonnerait. Le bateau qui devait l'emmener est entré au port de Jaffa une heure après son départ.

— Qu'est-ce que cela veut dire ? C'est une histoire de fous ?

— Oh, c'est assez facile à comprendre, fit Harding sans se démonter. Les deux navires étaient du même type et portaient le même nom.

— C'est insensé ! Comment est-ce possible ?

— Bof !... Il faut croire que cette fille, voleuse ou pas, a de hautes protections. On n'est pas près de la revoir !

Aldo sentit qu'on ne lui disait peut-être pas tout mais admira la rapidité de réalisation des prédictions d'Hilary. Son ironique adieu ne lui avait-il pas affirmé qu'elle ne resterait pas longtemps en prison... et qu'ils se reverraient ?

— La lettre que sir Percy lui destinait, verriez-vous un inconvénient à me la remettre ?

— Pour quoi faire ?

— Souvenez-vous de ce qu'elle a dit quand vous m'avez emmené ! Il y a une chance pour que je la rencontre un jour. Bien avant vous, en tout cas...

— Pour quelle raison ?

— Oh, fort simple ! Je suis spécialiste des joyaux anciens et, de préférence, historiques.

— Je sais mais...

Aldo haussa les épaules :

— Elle aussi... mais d'une autre façon !

Le capitaine Harding réfléchit puis soupira :

— Pourquoi pas, après tout ? Je vous ferai porter cette lettre. Et à propos...

Il plongea la main dans une poche de son uniforme, en tira un petit paquet blanc fait avec un mouchoir plié :

— Tenez ! Je vous les rends ! Ils sont à vous puisque c'est à vous que cette diablesse les a volés...

Sur le linge blanc, les joyaux qui avaient paré Bérénice, Saladin, des sultans ottomans, les amours de Vlad Drakul et les jolies oreilles d'une grande-duchesse laissèrent un rayon de soleil animer leur profondeur verte, plus séduisants que jamais. Morosini, pourtant, repoussa doucement la main qui les lui offrait.

— Non. Ils appartiennent à la tradition juive. Remettez-les au Grand Rabbin de Palestine ! Ils iront rejoindre le Pectoral dont ils étaient le complément...

Harding prit les émeraudes mais ce fut pour les poser sur une petite table :

— Ça, je ne veux pas le savoir. Vous êtes le dernier propriétaire connu, je vous les rends. Libre à vous d'en faire ce que vous voulez, mais ne comptez pas sur moi. Je suis officier anglais et si vous m'obligez à les reprendre, je les envoie tout droit au British Museum. En espérant qu'ils y arriveront !... A présent vous êtes libre et je vous souhaite bonne chance.

Il salua réglementairement, alla vers la porte mais s'y arrêta :

— Ah, j'allais oublier ! Ne vous précipitez pas à la recherche du lieutenant Mac Intyre et de votre ami. Je peux vous prédire qu'ils seront rentrés ce soir : il y a des troubles sérieux dans la région d'Hébron et jusqu'à la mer Morte. Ils vont être refoulés...

Aldo ne répondit pas. Qu'aurait-il pu dire à cet homme qui avait toujours considéré la disparition de Lisa comme un détail sans importance ? Et, en vérité, le sort s'acharnait contre eux. Il ne manquait plus à leur malheur qu'un nouveau réveil des affrontements qui opposaient périodiquement les Arabes aux Juifs, et l'ensemble aux occupants anglais...

Longtemps, il resta assis, l'œil rivé aux joyaux magnifiques et redoutables dont personne ne lui contestait plus la propriété mais qui lui faisaient horreur. Au point qu'il décida de ne pas les garder un instant de plus qu'il ne fallait.

Cherchant une pochette de soie, il les emballa, choisit dans la garde-robe le costume qu'il allait mettre et fourra le tout dans l'une des poches intérieures. Puis il alla prendre une douche froide, se rasa, s'habilla avec plus de soin encore que de coutume par respect pour celui qu'il allait rencontrer et quitta l'hôtel à pied pour gagner, dans la Vieille Ville, la principale synagogue où il demanda une entrevue avec le Grand Rabbin.

Le lévite qui l'accueillit — et qui le reconnut parce que c'était celui-là même qui l'avait reçu au lendemain de l'enlèvement de Lisa — acquiesça gravement et ouvrit devant lui la porte du parloir où il avait déjà attendu. Mais ce fut Ezéchiel qui parut...

Le visage soudain rayonnant, les mains tendues, il courut plus qu'il ne marcha vers le visiteur :

— Vous êtes venu ?... Est-ce que cela veut dire...

— Que je vous « les » apporte ? Oui. Le capitaine Harding me les a rendus tout à l'heure. Mais par quel miracle est-ce que je vous retrouve ici ?

Le jeune homme haussa des épaules désinvoltes :

— Un petit miracle. J'ai couru jusqu'ici en passant par le tunnel d'Ezéchias et la synagogue est lieu d'asile. D'ailleurs nous venons d'apprendre qu'aucune charge ne sera retenue contre moi. Et tout va bien... sauf pour notre pauvre Rabbi Goldberg... Je sais bien que ce qu'il vous a fait était condamnable mais il était prêt à tout pour ce trésor-là. Et il a fait prendre soin de votre épouse...

— Le malheur est que je ne sais plus du tout où la chercher. En admettant qu'elle soit encore en vie. Les Arabes n'ont pas les mêmes raisons que vous de la ménager... Puis-je voir le Grand Rabbin ?

— Hélas, non ! Il s'est rendu, avec une délégation de nos frères, chercher la dépouille de Rabbi Abner dans la grotte où vous l'aviez déposée afin qu'elle reçoive les prières qui lui sont dues avant de retourner pour toujours à la terre...

— Tant pis ! Eh bien, ajouta Morosini en sortant le petit paquet de soie pour le donner à Ezéchiel, voilà ce que nous avons tant cherché !

Comme celui-ci l'avait fait tout à l'heure, Ezéchiel défit sur le plat de sa main les légers pans soyeux et contempla un instant les émeraudes du Prophète.

— Je ne suis pas sensible aux joyaux, soupira-t-il, mais je reconnais que ceci est magnifique...

— Et aussi dangereux que superbe ! Je suppose que les « sorts sacrés » vont aller rejoindre le Pectoral ?

— Non. Après la mort de Rabbi Abner, le Grand Rabbin a été mis au courant de ce qu'il avait exigé de vous et nous avons évoqué la destination des « sorts sacrés » alors même que nous ignorions encore si nous les retrouverions un jour. Je dois aller gravir le mont Sinaï et les y cacher là où Yahvé fit entendre sa voix et donna à Moïse les Tables de la Loi. C'est Lui qui les a donnés et c'est à Lui qu'ils doivent être rendus ! Rabbi Abner s'illusionnait en pensant qu'après tant de sang versé, de crimes et de souillures, les pierres divines pourraient encore produire la moindre prophétie...

— Il en sera comme vous voulez, fit Aldo avec un geste évasif. Ma tâche, à moi, est achevée.

— Mais pas la nôtre. Rabbi Abner vous avait promis, je crois, une grosse somme d'argent ?

Morosini eut un haut-le-corps :

— Avez-vous pensé que je pourrais accepter ?

— N... on. Mais c'était mon devoir de le rappeler.

— Merci. Je ne vous aurais pas pardonné si vous aviez insisté.

Lorsque, débarrassé des pierres mais pas de son angoisse, Aldo approcha du King David, il vit quelques badauds attroupés devant l'entrée autour d'une de ces scènes de rue comme il s'en rencontre souvent en Orient. Le centre en était le voiturier de l'hôtel, un âne et une femme arabe qui venait d'en descendre et qui avait pénétré dans le jardin du palace avec ses draperies poussiéreuses et ses pieds nus dans des babouches sales. On n'entendait guère que la voix du préposé qui déversait sur l'impudente un déluge d'imprécations arabes au milieu desquelles la malheureuse ne pouvait placer un mot. Mais, soudain, il poussa un cri de douleur : la femme venait de lui écraser les orteils d'une babouche féroce et l'on entendit alors, articulé en excellent anglais :

— Et moi, triple imbécile, je vous dis que je veux voir le prince Morosini. Je sais qu'il est ici...

Cette voix !... Pouvait-il y en avoir deux semblables ?

Avec l'impétuosité du chien perdu qui entend celle de son maître, Aldo fonça comme un bélier à travers l'attroupement, bouscula tout le monde et attrapa la femme au moment même où le portier allait la rejeter hors des jardins. Il faillit s'étaler avec elle mais réussit à conserver assez d'équilibre pour envoyer son poing dans la figure du serviteur qui, lui, s'écroula au milieu des rires des spectateurs.

— Aldo ! soupira « l'Arabe » en secouant ses draperies douteuses. Enfin te voilà ! Je commençais à désespérer.

N'arrivant pas à en croire ses oreilles et encore moins ses yeux, il considéra avec stupeur le visage brun et rond, la natte noire qui sortait du voile de tête et l'espèce de maquillage que formaient les traces de poussière mais les grandes prunelles violettes ne pouvaient appartenir à personne d'autre.

— Lisa ?... C'est bien toi ?

Elle éclata de rire en se jetant à son cou :

— J'admets que je ne suis guère à mon avantage mais avec un bon décrassage et un shampooing, je devrais me ressembler...

Elle sentait la sueur, le sable et même l'un de ces affreux parfums qu'affectionnaient les Orientales de basse condition. Son étreinte ne dura d'ailleurs qu'un instant. Déjà elle se reprenait :

— Rentrons ! Tous ces gens qui nous regardent !... Ah, et puis, dis à ce grossier personnage de prendre soin de mon âne ! Il faudra le ramener plus tard dans la vieille ville...

Le voiturier, mal remis à la fois du coup et de la surprise mais consolé par le billet que lui glissa Aldo, acquiesça avec enthousiasme et salua même son agresseur qui entraînait déjà sa femme vers l'ascenseur à une allure telle qu'elle le pria de ralentir :

— Doucement, mon chéri, s'il te plaît !...

— C'est vrai, tu dois être morte de fatigue. D'où arrives-tu ?

— Des environs d'Hébron. Mais je te raconterai...

— Attends ! Je vais te porter...

— Non. Surtout pas ! Tout va aller très bien...

En arrivant dans la chambre, elle envoya promener ses babouches puis se hâta de laisser tomber le vaste et épais voile jadis blanc qui l'enveloppait du sommet de la tête aux chevilles et apparut dans une ample tunique à ramage qu'Aldo considéra avec ahurissement, comprenant en un éclair pourquoi Hilary avait parlé d'une grosse femme.

— Eh oui, fit Lisa amusée. Tu seras papa dans un peu plus de deux mois. Et même doublement parce que, d'après la femme qui s'est occupée de moi, il devrait y en avoir deux...

Les jambes coupées, Aldo se laissa tomber à genoux sur le sol de marbre, et se mit à rire au point d'être obligé de se plier en deux. Un rire nerveux, à la limite du convulsif, qui se mua sans transition en des sanglots et un déluge de larmes. Les ressorts qui tenaient Aldo debout depuis tant de mois venaient de céder...

Sans rien dire, Lisa regarda son époux prosterné à ses pieds aux prises avec une réaction qu'elle n'eut pas de peine à analyser. Le rejoindre fut plus difficile. A l'aide d'un canapé, elle se laissa glisser auprès de lui et attira sur ses genoux la tête qu'elle se mit à caresser doucement :

— Mon pauvre amour !... Cela a été si dur ?... mais pour moi aussi, tu sais? Au fond, sans ces deux femmes, la Juive et l'Arabe qui m'ont aidée autant qu'elles le pouvaient, je ne sais pas si je m'en serais sortie aussi bien, dit Lisa.

Deux heures s'étaient écoulées. A présent, débarrassée de ses oripeaux, de sa crasse et de ses « peintures de guerre », la jeune femme, assise dans le grand lit et adossée contre la poitrine de son époux qui l'enveloppait de ses bras, achevait de raconter. Elle avait dit comment, arrivée à la maison de

Goldberg sous la conduite d'Ezéchiel, elle y avait été droguée, endormie, ce qui avait permis à ses ravisseurs de l'emporter loin de Jérusalem sans qu'elle s'en rendît compte. Revenue à la conscience, elle s'était retrouvée dans une chambre étroite et blanche comme une cellule de nonne et en compagnie d'une grosse femme juive, en costume traditionnel, qui lui avait conseillé, sur un ton plutôt rude, de se tenir tranquille si elle ne voulait pas qu'il lui arrive malheur. Plus tard, un homme — le mari de sa gardienne — était venu la mettre au courant du marché que l'on avait imposé à son époux mais, entre-temps elle avait été prise de dégoûts de la nourriture et de nausées matinales qui avaient vite renseigné Déborah — la femme — sur son état. C'est alors qu'elle avait obtenu d'écrire à Aldo la lettre dont Marie-Angéline du Plan-Crépin avait été l'innocent facteur.

— J'avais une peur horrible que tu commettes une imprudence, que tu tentes un coup de force parce que cet enfant qu'on m'annonçait, je voulais de toutes mes forces pouvoir le mettre un jour dans tes bras. J'étais devenue fragile et même précieuse à mes propres yeux...

— Pourquoi ne pas l'avoir dit dans ton billet ?

— Pour que tu te ronges les sangs doublement ?

— Je ne crois pas qu'il soit possible de se tourmenter davantage que je ne l'ai fait, soupira-t-il en appuyant ses lèvres dans les beaux cheveux encore humides mais qui avaient retrouvé leur chaude couleur blond vénitien.

La suite des jours s'était révélée paisible pour la

future mère dans la maison de Déborah et de Samuel dont elle ne sut jamais le nom. C'était une maison rectangulaire dans sa partie principale, terminée par une terrasse dont Lisa n'avait pas l'accès mais entourée d'un jardin, fermé il est vrai par de hauts murs qui ne permettaient pas de voir au-delà, mais elle devait être située dans des collines : cela se sentait à l'air plus doux et plus frais. Un grand figuier centenaire étendait ses branches sur une partie du jardin et Lisa vécut sa captivité à l'ombre de ses feuilles épaisses. Déborah la soignait attentivement. La chance voulut qu'elle soit sage-femme et, en outre, toute femme enceinte est quasi sacrée pour une Juive.

Enfin il y eut le jour récent, où l'on vint dire à la prisonnière que son époux était revenu à Jérusalem et que, selon toutes probabilités, il avait rempli sa mission. Et comme à l'aller, Lisa, endormie et les yeux bandés de surcroît, quitta la maison, somme toute hospitalière, où elle avait passé de si longs mois ! Pour qu'elle passe plus facilement inaperçue, on lui avait teint le visage et on l'avait habillée en femme juive de la campagne. D'ailleurs, il lui fallait à présent des vêtements amples et la jolie robe de mousseline blanche à fleurs jaunes n'était plus qu'un souvenir. Elle retrouva la demeure de Mea Shearim dont elle était partie.

Dans la nuit, un homme qu'elle ne connaissait pas — elle n'avait jamais vu Abner Goldberg ! — l'emmena à travers les rues et les ruines de la Vieille Ville jusqu'à cet endroit sombre où la mort attendait. Le drame s'était déroulé rapidement, ordonné par une femme blonde si visiblement anglaise que Lisa pensa qu'il valait mieux se faire connaître, mais l'autre parut s'amuser beaucoup de son aspect bizarre qu'elle n'eut d'ailleurs pas le temps d'expliquer : un coup appliqué sur la tête la renvoya au pays des cauchemars dont elle ne sortit que dans une voiture lancée à toute vitesse à travers l'obscurité mais, cette fois, sous la garde d'Arabes à la mine farouche, armés jusqu'aux dents. Au bout du chemin, le scénario déjà vécu quelques mois plus tôt se renouvelait : une maison blanche dans un lieu inconnu, pas de jardin mais un patio avec des plantes autour d'un vieil olivier, une femme entre deux âges...

— Celle-là s'appelait Halima et n'était pas sage-femme, soupira Lisa, mais elle n'eut pas besoin de connaissances spéciales pour constater mon état. Elle éclata alors en imprécations contre les hommes qui m'accompagnaient. Je ne comprenais pas mais, à sa gesticulation, je n'avais pas de peine à traduire : elle était furieuse, scandalisée qu'on lui amène une créature enceinte jusqu'aux yeux. Quand les hommes se furent éloignés, elle essaya de me rassurer, expliquant dans un anglais hésitant que je devais rester chez elle jusqu'à ce qu'une personne inconnue eût quitté le pays, mais que je serais bien traitée. En fait, durant les heures que j'y suis restée, Halima se montra aussi attentive que Déborah et je ne te cache pas que cela m'a donné à penser. J'en avais plus qu'assez de cette aventure qui n'en finissait pas mais elle me faisait découvrir qu'il pouvait exister une solidarité entre les femmes quand il s'agissait d'un enfant à naître. Très vite, elle m'en a donné une preuve absolue...

— L'âne et ton accoutrement, c'est elle ?

— Bien sûr. Pourtant je ne suis pas restée longtemps chez elle. Dès le matin, des troubles éclataient et les hommes quittèrent la maison. Alors, elle vint me dire que ma présence devenait trop dangereuse et qu'elle préférait me laisser partir parce qu'elle ne voulait pas qu'on me trouve chez elle. Il fallait que je prenne la fuite et, dans ce but, elle m'a expliqué quelle route suivre pour rentrer à Jérusalem. Je ne demandais pas mieux, tu penses, mais il y avait près de quarante kilomètres et cela l'inquiétait : « Dans ton état, tu n'y arriveras jamais ! » me dit-elle. Alors, elle m'a déguisée comme tu l'as vu et elle m'a donné un âne, qui appartient d'ailleurs à sa sœur mariée à un chaudronnier de la ville arabe. C'est là qu'on doit le ramener. Et puis, hier matin, je me suis installée dessus et elle m'a souhaité bonne route... au nom d'Allah !

— Qu'Il la bénisse ! s'exclama Aldo. J'aurais bien voulu te voir sur ton âne. Tu devais ressembler à la Sainte Vierge lors de la fuite en Égypte...

— Voilà que tu blasphèmes maintenant ? fit Lisa avec sévérité. Il n'y pas de quoi rire. La Sainte Vierge devait avoir encore plus peur que moi à cause des soldats d'Hérode et son chemin était plus long. Il est vrai qu'elle avait son époux et que moi j'étais malade de crainte que tu ne soies déjà reparti...

— Sans toi ? Tu es folle, Lisa ! J'étais venu te

chercher et aucune force humaine ne m'aurait fait partir. La route n'a pas été trop dure ?

— Elle m'a paru interminable ! Grâce à Halima, j'avais de quoi boire et de quoi manger mais il y avait tous ces gens que je rencontrais, ceux qui fuyaient et ceux qui allaient au combat. Je me suis cachée dix fois au moins... Et j'ai marché une partie de la nuit.

— Tu savais comment manier un âne ?

— J'en ai eu un quand j'étais petite et je l'adorais. Après j'ai eu des chevaux mais je l'ai toujours regretté.

— Tu n'as pas fait de mauvaise rencontres ? Personne ne t'a parlé ?

— Des mauvaises rencontres, non. Je te l'ai dit : Je me cachais quand j'avais un doute. Quant à parler, je faisais signe que j'étais sourde et muette... Mais j'étais contente d'arriver...

La voix de la jeune femme se fêla imperceptiblement et Aldo resserra son étreinte autour des douces épaules.

— Tu es en sûreté à présent, mon ange, et je te jure que plus personne ne réussira à me séparer de toi...

— Je te crois, pourtant il va falloir que tu me laisses seule un moment.

— Pour quoi faire ? On n'est pas bien là, tous les deux ?

— Si, mais il va falloir que tu me cherches de quoi m'habiller. Je ne peux pas vivre drapée dans un peignoir de bain en tissu éponge.

— Je vais m'en occuper mais d'abord je vais

demander qu'on rapporte tes bagages. Sachant que je devais revenir ici pour te récupérer, je les avais confiés à la direction de l'hôtel. Sauf tes bijoux que Tante Amélie a remportés.

— Ça, c'est une bonne nouvelle ! s'écria Lisa. Bien que je craigne de ne plus rentrer dans mes vêtements habituels...

— A cause de ton tour de taille ?

— Pas seulement. Tu n'as pas remarqué que j'ai grossi ? Mon régime de ces derniers temps était fait de pois chiches écrasés dans l'huile, de figues, de dattes, de fromages de chèvre et de pâtisseries dégoulinantes de miel et bourrées d'amandes ou de pistaches. J'adorais d'ailleurs mais ça n'a jamais fait maigrir personne ! Tout à l'heure, dans la salle de bains, j'ai eu un choc ! gémit-elle. Je ne vais plus oser me regarder dans une glace !

— Tu devrais, pourtant, mais regarde bien ! Tu n'imagines pas à quel point tu peux être appétissante avec tes rondeurs.

Et, pour mieux la convaincre, Aldo donna à sa jeune femme un baiser aussi peu conjugal que possible...

Lorsque, fidèles aux prévisions du capitaine Harding, Adalbert et Mac Intyre reparurent vers la fin de l'après-midi, ils apprirent du portier que le prince Morosini était absent mais qu'il les invitait à dîner le soir-même. Ils furent un peu étonné que leur retour eût été prévu avec tant d'exactitude mais s'en trouvèrent plutôt soulagés : Aldo devait être au courant des troubles et ne leur en voulait pas de rentrer si vite. En revanche son invitation les surprit davantage : ils l'imaginaient si bien terré au fond de sa chambre, environné d'un nuage de fumée irrespirable et malheureux comme les pierres !

A l'heure dite, pourtant, tous deux pénétraient, tirés à quatre épingles, sur la terrasse aux lauriers roses éclairée par les petites lampes posées sur les tables fleuries. Le maître d'hôtel les guida vers la partie la plus éloignée et là ils reçurent le choc de leur vie : Aldo en smoking blanc caressait des lèvres la main d'une éblouissante créature dont la vue les plongea dans une profonde stupeur : coiffée à ravir avec des épingles d'or piquées dans ses cheveux noués bas sur la nuque, vêtue d'une sorte de dalmatique de soie blanche brodée d'or, Lisa, rayonnante, leur souriait en tendant vers eux ses mains aux poignets chargés de multiples anneaux d'or, récent cadeau d'Aldo qui, pour sa femme retrouvée, avait dévalisé la boutique d'un bijoutier yéménite. Des bijoux qu'elle portait lors de son enterrement, elle n'avait pu garder que sa bague de fiançailles...

Tétanisé par la stupeur, Mac Intyre se figea :

— C'est... c'est la reine de Saba ! bredouilla-t-il.

Mais chez Adalbert la joie balayait déjà l'étonnement :

— Non. C'est Lisa ! Notre Lisa ! s'écria-t-il en se précipitant pour embrasser la jeune femme.

— Eh oui, c'est bien elle ! fit Aldo en riant. Elle nous est revenue toute seule, comme une grande, et avec un petit âne !

Le dîner fut des plus gais, des plus passionnants

aussi car chacun raconta ses aventures qui, dans cette ambiance élégante, fleurie et confortable, prenaient des airs de contes fantastiques mais on oubliait déjà les peines, les angoisses et les peurs pour la joie de cet instant où l'on se retrouvait ensemble...

Dès qu'il eut remarqué la grossesse de Lisa, Adalbert réclama l'honneur d'être parrain :

— Cela vous revient de droit, dit Lisa, mais je crois qu'il nous en faudra un autre puisque nous aurons sans doute des jumeaux ! Serez-vous celui-là, lieutenant Mac Intyre ?

Le jeune homme rougit furieusement, balbutia quelques mots incompréhensibles mais il était, de toute évidence, profondément heureux à l'idée que, par ce lien, il aurait une petite part dans la vie d'une femme qui l'avait ébloui pour toujours...

L'odeur du café emplissait l'air et le ballet discret des grands Soudanais en robes blanches déroulait son rite quand un groom s'approcha de Morosini, le salua et lui tendit un message sur un plateau d'argent :

— Une lettre pour Son Excellence !

Lisa se figea, sa coupe de champagne à la main tandis que ses yeux s'agrandissaient :

— Oh non ! émit-elle presque douloureusement. Pas encore !...

Aldo prit la lettre d'une main et posa l'autre sur le poignet de sa femme :

— Je t'ai dit que plus personne ne pourrait nous séparer.

D'un geste rapide il ouvrit l'enveloppe, déplia la feuille sans en-tête et parcourut le texte des yeux :

« J'aimerais beaucoup vous revoir, disait-il. Que diriez-vous du mois de septembre à Paris ? On y vendra, je crois, quelques pièces séduisantes. Il me semble, depuis longtemps, que nous sommes faits pour nous entendre, vous et moi... » Pas de signature, sinon un petit dessin à la plume représentant une pie à longue queue.

— Eh bien ? s'impatienta Lisa la voix un peu étranglée.

Aldo lui sourit tendrement, prit sa main soudain froide, en baisa la paume puis, reprenant la lettre, la déchira en petits morceaux qu'il jeta dans le cendrier :

— Rien d'important, mon cœur !... Et surtout, rien d'intéressant.

FIN

Saint-Mandé, février 1999.

TABLE

Achevé d'imprimer en juin 1999
sur presse Cameron
par ***Bussière Camedan Imprimeries***
à Saint-Amand-Montrond (Cher)

Édition exclusivement réservée
aux adhérents du Club
Le Grand Livre du Mois
15, rue des Sablons
75116 Paris
réalisée avec l'autorisation des éditions Plon

N° d'impression : 992512/1.
Dépôt légal : avril 1999.

Imprimé en France